語可書坊

羊的门

李佩甫 著

作家出版社

......耶稣对他们说，我实实在在地告诉你们，我就是羊的门。

我就是门。凡从我进来的，必然得救，并且出入得草吃。盗贼来，无非要偷盗、杀害、毁坏。我来了，是要叫羊得生命，并且得的更丰盛。

——摘自《圣经·新约·约翰福音 10》

第一章

一、土壤的气味

在中国九百六十万平方公里的版图上，有一块小小的、羊头状的地方，那就是豫中平原了。

踏上平原，你就会闻到一股干干腥腥的气息，这气息微微地在风里或是空气中含着，这自然是泥土的气息了。

那么，稍稍过一会儿，你会发现这气息偏甜，气息里有一股软软的甜味。再走，你就会品出那甜里还含着一点涩，一点腻，一点点沙。这就对了，这块土地正是沙壤和黏壤的混合，是被古人称做"下土坟垆"的地方。这说明你的感觉很好。而后，从东向西，或是从南向北，你一个村庄一个村庄地走下去，你会发现虽然道路阡阡陌陌，土壤是一模一样的，植物也是一模一样的。仅仅是东边的土质含沙量多一些，而西边的黏壤多一些；南边的碱性大一点，北边的酸性多一点，没有太大的差别。再走，你先是会产生一种平缓的感觉，甚至是太平了，眼前是展展的一马平川，一览无余，没有一点让人感到新奇和突兀的地方，平得很无趣。接着，你就会对这块土地产生一种灰褐色的感觉。灰是很木的那种灰，褐也是很乏的那种褐。褐和灰都显得很温和、很亲切，一点也不刺眼，但却又是很染人的，它会使人不知不觉地陷进去，化入一种灰青色的氛围里。那灰青是淡调的，渐远渐深的，朦朦胧胧的，

1

带有一种迷幻般的气韵。

若是雨天，大地上会骤然泛起一股陈年老酒的气味。那是雨初来的时候，大地上刚刚砸出麻麻的雨点，平原上会飘出一股浓浓的酒气。假如细细地闻，你会发现酒里蕴含着一股腐烂已久的气味，那是一种残存在土壤里的、已很遥远的死亡讯号，同时，也还蕴含着一股滋滋郁郁的腻甜，那又是从植物的根部发出来的生长讯号，正是死亡的讯号哺育了生长的讯号，于是，生的气息和死的气息杂合在一起，糅勾成了令人昏昏欲睡的老酒气息。

这就是平原的气息。

平原的气息是叫人慢慢醉的。

春日里，在雨后新湿的乡间土路上，那隐隐的酒气里会泛出一股女性的肉味，是一种有点熏人的、肉质的甜香；夏日里，在烈日炎炎的正午，那酒气里会泛着一股浓浓的腐酸，腐酸里会散出一股男人下体的臭味；秋日里，当小风儿溜过的时候，那酒气就显得有点涩了，涩出了一股淡淡的婴儿脐带的腥味；冬日里，酷霜过后，走在弯弯曲曲的车辙上，那酒气里会含有一种干干的苦艾味，苦得哑、苦得很老到，就像是晨光里老人那一声带血丝的咳嗽。

再走下去，你先是会眼晕，而后会头晕，走着走着，你就会觉得你已植入了平原，成了平原上的一株植物了。

二、三千年留下的一句话

在很久很久以前，这块平原，这块古老的土地，也曾是一个国家。一个记录在文字上的国家，叫做许国。

据史载：许人立国不久，即惨遭战乱。先有郑人伐许，宋人伐许，晋人伐许，卫人伐许……许人颠沛流离二百余载！

战国初，许地再次被瓜分，隶属韩魏。秦二世三年，先有沛公南攻许地，屠之；献帝三年，又有李觉、张济掠许地，所过杀无遗！

西晋迄南北朝时期，事变剧烈，尤过前代。永兴二年，刘乔攻许；永嘉二年，王弥陷许；十二月，太傅越师甲兵四万战许；太清二年，大都督刘丰生将步骑十万屯许……前后兵甲锯民长达一百八十余载！

隋唐之际，贞观四年秋，许地大水。嗣圣七年，许地大雹。继又有安史之乱，安禄山遣兵克许，遍地烽烟，民惨遭巨祸。永贞二年，许地大旱；十二年，许地大雨，民溺死者不计其数；元和九年九月，吴元济掠许，许人恐，窜伏于荆棘间，为其杀伤驱剽者不计其数，可谓蹄蹄见血！

五代、北宋间，淳化元年六月，许地大风雹，坏民舍一千五百间！至道二年许地蝗食苗；宝元五年，许地地震；庆历七年，又震；至元四年，霪雨害稼，麦禾不登；十九年，蝗食害稼，草木皆尽，大饥！

明弘治六年六月，大旱；秋八月，大水；冬，大雪，平地三四尺，民多冻死！正德十四年，地震，房屋摇动，民大恐！万历十六年，大疫，死亡枕藉！二十一年，大水，禾稼尽，人相食！十四年二月，李自成破许地，所到之处，老稚无存，房屋尽毁，许地洗劫，尤以此次备极惨痛！

清康熙十一年，大雨；十五年，地震；十六年雨雹；夏，大疫；秋，大蝗；是岁大饥，人相食！

咸同之际，太平天国起于前，裕匪、皖匪乱于后，往来驰骋，窜扰许地屡屡，计十五年，民苦不堪言！

宣统三年，辛亥，武昌革命军起，许地西、南土匪蠢动；冬十月，盗匪蜂起，乡民大扰……

…………

是呀，一页黄纸一页泪。连年的战乱，天灾又是那样的频繁，人是怎么活过来的呢？那一代一代的后人又是怎样得以延续的呢？没有人知道。也仿佛是一眨眼的工夫，三千年过去了。在广袤的豫中平原上，仍然是一处一处的村舍，一处一处的炊烟……人活着，树也活着。三千年啊，漫长的三千年也仅仅传下来这么一句话，说这是一块"绵羊地"。

绵羊地呀!

三、草的名讳

在平原，有一种最为低贱的植物，那就是草了。

当你走入田野，就会看到各种各样的、生生不灭的草。

它们在田间或是在路旁的沟沟壑壑里隐伏着，你的脚会踏在它们的身上，不经意地从它们身上走过。它当然不会指责你，它从来就没有指责过任何人，它只是默默地让你踩。

若是待得日子久一些，你就会叫出许多草的名称。比如说，那种开紫色小白花的草，花形很小，小得让人可怜，它的名字就叫"狗狗秧"。比如说，那种开小喇叭花的草，花形也是很小，颜色又是褪旧的那种红——败红，红得很软弱，它的名字叫"甜甜牙棵"。比如说，那种叶儿稍稍宽一点、叶边呈锯齿状的草，一株也只有七八个叶片，看上去矮矮的、孤孤的、散散的，叶边有一些小刺刺儿，仿佛也有一点点的保护能力似的，可你一脚就把它踩倒了，这种草就叫"乞乞牙"。比如说，那种一片一片的、紧紧地贴伏在地上、从来也没有抬过头的草，它的根须和它的枝蔓是连在一起的，几乎使你分不出哪儿是根哪儿是梢，它的主干很细很细，曲曲硬硬的，看上去没有一点点水分，可它竟爬出了一片一片的小叶儿，这种草叫"格巴皮"。比如说，那种开黄点点小花儿的草，那花儿小得几乎让人看不见，碎麻麻的，一点点、一点点地长在那里，它给你的第一印象就是让你轻视它，这种草叫"星星草"。有一种细秆上带一些小黑点的草，粗看虽瘦瘦弱弱也浑然一体，细看又是分节的，你用手一抓，它就自动地解体了，断成一节一节的，这种草叫做"败节草"。有一种看上去是一丛一丛的，丛心里还长着一些绿色的小苞，它的身形本就很小，自顾不暇似的，可丛蕊里却举着那么多的小蛋蛋，这种草就叫"小虫儿窝蛋"。有一种叶片厚厚的、秆也是肉乎乎的草，它的叶身是油绿色的，顶端却是碎碎的浅黄，那种黄似花非花，很像是猫的眼，如果你把它掐断，它会流出一股奶白色的汁液，那汁液是很毒的，它可以让割草孩子的"小鸡儿"肿成碗大，也可以点瞎人的眼，这种草就叫"猫猫眼"。有一种叶儿呈柳状、看上去软塌塌的草，它的叶背上长着一层细细的、肉眼几乎看不见的茸毛，叶面又显得很柔，很低眉顺眼，这种草就是"面条棵"了。有一种草是蔓生的，它缠缠绕绕地伏在庄稼棵上，一爬就是几尺长，藤一样的棵棵上生长一种扁圆的小叶，结有一嘟噜一嘟噜的扁豆状的绿色小浆果，浆果酸酸的，也有一丁点甜味，这自然是"野扁豆棵"。再比如，有一种茎端举着一个个紫红色花序的草，那草的下部很柴、很单，却高擎着一只只紫红色的、菱形的小灯笼。那紫也是很陈旧的紫，渐渐褪出来的紫，红也是水洇出来的那种红，颜色是慢慢浸上去的，看上去没有一点亮光，却又是经得住细看的，这就是"灯笼棵"。再比如，有一种叶儿分叉的小草，茎上的草叶是一对一对的，分开叉呈剪状，中间是一个小小的鼓结，这就是"剪子鼓棵"了。再比如，有一种蔓儿弹弹长长又曲曲弯弯、线一样细的草，它隐在庄稼棵的下面，紧贴在地皮上，就把那线一样的蔓儿扯出去，生出几片椭圆形的小叶，这看上去就很勉强了，很有点力不从心了，可它却又结出果来了，那果珠儿一样圆圆的，油绿色，翡翠似的，尝了，味又是很苦的，这就是"蜜蜜罐"。再比如，有一种大叶的草，草叶呈圆弧状，叶面稍宽，一株一株地散长在庄稼地里，这就是"猪耳朵棵"。再比如，有一种草的颜色是暗绿的，叶面稍窄一些，矮矮的小棵棵，那叶儿软塌塌的，很疲劳的样子，那绿也是往下走的，往暗处、往灰处走的，没有一点色泽，这就是"灰灰菜"。

"白蒿"是靠气味引人注意的。它总是孤单单地生在草丛中，不怎么起眼的，可它能释放出一种熏人的气息来，那气息也是很复杂的、很不正道的，开初并不觉得，慢慢你就有点晕了，就觉得那味似香非香、似臭非臭的，却暗暗地逼人，叫你头蒙。"毛妞菜"的叶是团状的，团儿很小，是贴在地面上生长的，几片叶子呈瓣形平贴在地上，中间有一个很小、很茸的蕊，也是散散落落，尽量不引人的。"麦郎子"

是伏游在麦田里的草。这是一种没有颜色的草，它偎在麦棵上，麦苗绿的时候它也绿，麦子黄了，它也跟着黄，身子紧缠在麦穗儿上，看上去游游动动、躲躲闪闪，却也结出一个小小的、很不像样的穗儿，有籽，只是很秕。"毛毛穗儿"就不同了。它叶儿油绿，一丛一丛的，高高地挑着一个毛茸茸的穗头，穗头上有许多绿针一样的茸刺儿，那刺儿很软、很平和，带一副乖顺的样子。"水萝卜棵"的叶儿呈蔓缨状，是铺在地上的，它的水分全储在根部，因此根就显得粗一些也长一些，拔出来看是嫩白色的，带须，尝了，有一点涩甜。"驴尾巴蒿"的穗头很长，下垂着弯成弓形，叶儿是条状的，也长，茎儿弹弹的，总像是弯着腰，不敢抬头似的。"马屎菜"一身油绿色，叶肉看上去很厚实，看上去油汪汪、肉乎乎的，茎秆却是浅红的，红得很宽厚，不暴，茎头又盘蜷状，略带一点点浅黄。"野蒺藜"也是随地蔓生，开着一丛丛碎星样的小黄花，花也是尽量往小处去，往淡处走，一星星、一点点的，看上去哀哀顺顺，却生出一种六棱形的带刺的蒺藜果，那果上的刺极为尖锐，稍不留意就会狠狠地扎你一下。"涩格捞秧"的茎很细很长，一节一节的，每节有四叶，叶儿是棱状的、对称的，茎上生有一种灰灰的短毛刺儿，很涩……

在豫中平原，最普遍最常见的草，也就是这二十四种了。

在平原上，阅过了这些草的名讳，你就会发现，平原上的草是在"败"中求生、在"小"中求活的。它从来就没有高贵过，它甚至没有稍稍鲜亮一点的称谓，你看吧：小虫窝蛋、狗狗秧、败节草、灰灰菜、马齿菜、驴尾巴蒿……它的卑下和低劣，它的渺小和贫贱，都是看得见摸得着的，是显现在外的，是经过时光浸染，经过生命艺术包装的。

当然了，这些草也有显赫的时候。那是因了一个人的名气，因了一个人的极为特殊的嗜好，当这二十四种草编织在一起的时候，它才有了闻名全国的机会。那就是著名的"呼家堡草床"，也叫"呼家堡绳床"。

这是后话了。

四、"屋"的意识

在平原的乡野，无论你走进任何一个村落，三步之内，你就会听到这样的招呼声："吃了吗？"

"吃了吗"是一种泛泛的亲切，是一般性的问候。它就像是西方社会里那个没有"心"字的"你好"，就像是一个陌生的点头，一个可以对任何人的客气。它的声调是温顺的、乖巧的、善意的，在心性上却是防范的、远距离的、言不由衷的。它的热情和它的假心假意互为表里、共荣共存。同时呢，它又是一个陈年旧日的烙印，一个一代一代相传下来的饥饿信号的烙印。

所以，"吃了吗"是平原上的第一句话。说过"吃了吗"之后，一般是不会再说第二句话的，除非是相熟的朋友，或是比较亲近的人。到了亲人相见或是朋友见面的时候，你才会听到在豫中平原上广为流行的第二句话："上屋吧。"

这时的"上屋吧"就成了一种特别的邀请，成了一种真心实意的表达，成了一种表面淡化了的、却又是肉贴肉的亲切。在平原的乡村，如果你走进一户相熟的人家，狗在你的腿边"汪汪"地叫着，这时候有主人从院子里迎出来，说一声："来了？上屋吧。"这就用不着再说什么了，这是在告诉你，你已经到"家"了，这里就是你的"家"。你自然会受到最好的款待，连狗都不会再叫，顺从地对你摇一摇尾巴……在这句话里，"屋"的发音是很重的，"屋"成了一种象征。一种家园的象征，也是避难之所的象征。

在平原，"屋"一直是避难之所的象征。

天是很大的，很大很大，大得没有依托；云又是很重的，很重很重，重得随时都会塌下来。那云，看着是白的，软的，高高的，一絮一絮的，可倏尔就会黑下来，整个天都会黑下来，黑成鏊子底，那黑气能贴着人头飞！更不用说风霜雨雪，雷鸣电闪，又是那样的无常无序。人，靠什么藏身呢？天就压在头上，一个细细的小脖颈是支不住天的。地呢，又是展展的一马平川，那平缓是一眼望不到边的，无处躲藏。因此，人的恐惧是写在脖子上的，人首先要给自己找一个避难之所，一个可以藏身的地方，于是"屋"的概念就产生了。"屋"的意识是建立在死亡之上的，"屋"字是首先把"尸体"架在头上，而后才有了稳固的一层一层的生存底座，那是一种先有"死"后有"生"的认识，也是从"死"到"生"的无限循环。这个循环是由平原人的生存口诀组成的：……盖一所房子娶一房媳妇生一个儿子；儿子盖一所房子娶一房媳妇生一个儿子；儿子盖一所房子娶一房媳妇生一个儿子……

　　在这里，人毕生的精力都放在了"屋"的建造上，房屋成了人们赖以生存的第一要素，也是人们的精神外壳。人们一生一世的终极目标，就是为了要建造一所房子，一个"屋"。这个"屋"的实质是内向的，是躲避型的，是精神大于物质的。可"屋"的外化却是以小见大的，以弱对强的，以有限对无限的。同时，在"屋"的意识里仍然含有阴性的、单一的、小私小我的情结，就像坡上的羊一样，看似一群一群，却是孤孤单单、一个一个的。不管怎么说，毕竟还是有了一个"屋"。天很大，不是吗？可我有一个"屋"呀！

　　在这里，"山"和"水"都成了平原人的假想和渴望，成了对天的抗拒仪式，是企盼着受到庇护的意思。于是，这里的房墙叫做"屋山"，这里的房顶也就很高昂地叫做"山脊"了。在平原的乡村，盖房是一定要起"脊"的，哪怕是一间小小的茅屋，也要起一个"人"字形的房脊。条件好一些的，盖得起瓦屋的，那讲究就更多一些，有起"龙脊"的，有起"泥鳅脊"的，有起"莲花脊"的，有"斗拱脊"的，还有"五脊六兽"的……这样的房脊有着一种假想的战斗姿态，仿佛是对天的宣战。房脊上安放的、塑造的、雕刻的全是与水有关的形象，比如，龙；比如，鱼、海马；比如，莲花；正房正脊上还要插上两面猎猎的红色小旗……这就是平原人以"山"、"水"来对付天的战斗精神了。然而，在内里，那恐惧却是真真切切的，是刻在骨子里的。

　　在这里，人的骨头是软的，气却是硬的，人就靠那三寸不烂之气活着。在后来的日子里，那"气"竟然成活了一个人物，一个真真切切的、在平原上广为流传的传说……

五、平原上的一个传说

若是从颍平县城出发，走上三十五里，就到了丁集，再走十五里，是王集，过了王集，慢八里，是黑集。过了这三集，就是赫赫有名的呼家堡了。

在路上，乡村里的公共汽车颠颠簸簸，行人的嘴又是很碎的，你在摇摇晃晃、半睡半醒之中，不由得会听到一些传说。这些传说是经过平原乡人口头加工的，自然会有夸张的成分，开初的时候，你也许根本不在意。渐渐地，会有些断断续续的只言片语飘进你的耳鼓，其中有三个字，会反反复复地在你的耳边出现，这就是"呼家堡"。在他们的言谈话语中，你会不断地听到"呼家堡"这三个字。当他们说"呼家堡"的时候，那种口吻、那种姿态，必然会引起你的注意。再过一会儿，你就会感到吃惊，会好奇地支起耳朵来……

行程中，那话语就像是扯不断的线头，在你的耳畔缠绕着。日光冉冉，车窗外是黛青色的平原，一处一处的村舍在你的眼前晃过，那贫穷是显而易见的……慢慢，你会觉得有些讶然，会产生一种对"呼家堡传说"的谜一般的疑惑。你不由得会茫然四顾，看一看行人的脸，试图想读出点什么，可你什么也没有读出来，在平原人的脸上，是猜不出字的。于是，你的好奇心终于占了上风，当车来到呼家堡站牌下的时候，你会毫不犹豫地跳下车来，你说：我要看一看。

当你走进呼家堡的时候，你会发现，正如路人所言，这里的村舍的确是一排一排、一栋一栋的，看去整齐划一，全是两层两层的楼房。那楼房的格局是一模一样的：一样的房瓦，一样的门窗，一样的小院，院子里有一模一样的厨房和厕所。你一排一排地看下去，走到最后时，却仍然跟看第一排时的感觉一样。而后，你推开一家小院的门，径直走进去，你会惊讶地发现，这里的房门全都是不上锁的。那你就大胆地走进去，看一看这户人家吧。抬起头来，你自然第一眼就看见了挂在门上方的一个红色的小木匣子。那个小木匣子四四方方的，前面是镂空的，在镂空的地方，刻的是一个红五星。不用说，这一定是个小喇叭了。紧接着，你就会看到挂在玻璃窗后面的窗帘。那窗帘是淡蓝色的，上有竹样的图案。门两旁和屋后挂的窗帘竟是一样的颜色，一样的幅面，一样的长度。接下去，你会看见摆放在屋子里的沙发。那沙发是全包的那种，看上去很大很结实也很笨重，沙发上也全都套有白色镶蓝边的包套，十分注目。沙发总共有三只，两只单人的，一只双人的。两只单人沙发中间隔着一个暗红色漆面的小茶几，对面摆放的则是那只双人沙发，看上去就像是一个小型的会议室。那么，你再次抬起头来，立时就会看见挂在墙上的挂钟。那钟很大，有一米多长、近两尺宽，表壳是长方形的，木制旧式的，木壳上也漆着暗红色的亮漆。那钟的表盘是乳白色的，下边垂荡着一个响着钢音的钟摆，钟摆一嗒一嗒地走着，突然会"当"的一声，那"当"声吓你一跳！接下去，你的目光会从一些家具上扫过，回过身去，就看见了贴在茶几上方的画像。那画像并不大，小幅的，有一尺见方，是照相制版后印出来的那种。你贴上前去，会发现那是一个老人的画像。老人的脸很阔，是一张有棱角有褶皱的国字脸，眉毛很浓、很黑，鼻梁很高，眼细细地眯着，可那光一下子就从睫毛里透出来了……让人不由得肃然。

当然，你不会就这么只看一家，你肯定想多看几户人家。那么，假如你一家一家地看下去，你很快就会发现你是进了一个迷宫。你马上就会怀疑自己，是不是看花眼了？走错门了？你看，你又进了一户人家，却发现房子的格局是一模一样的，房间的布局是一模一样的，连家具摆放的位置也是一模一样的：一样的小院，一样的厨房，一样的小喇叭，一样的窗帘，一样的沙发，一样的挂钟，一样的彩电，一样的空调，一样的贴着一个老人的画像……再走一家，再走一家，你的头就晕了，你也不知道你是走到哪里去了。你会不断地问自己，是不是有病了？见鬼了？

可当你从一个门里退出来，重新回到村街上的时候，你肯定会碰上一个戴红袖标的老人，他会很警惕地问一声：是参观的吗？你说，是的。那么，他就会对你和蔼地笑一笑，"唔唔"地点点头，去了。

终于，你要离开这里了。走在呼家堡的柏油马路上，你还会看到学校、医院、浴池和村舍周围的工厂……一切看上去都井井有条，可你还是弄不清这究竟是一个什么地方。当你越过一片片整齐划一的田野，试图重新走上国道的时候，还有一个惊讶在等待着你。

在夕阳的余晖下，你会看到一大片坟墓，那坟墓也是整整齐齐的，一排一排，一方一方，一列一列的，每个坟墓前都有一个碑刻的编号，每个编号都有规定的顺序。在这里，死亡之后，仍然排列着编号和顺序……在坟墓前的花墙上，赫然写着几个大字：地下新村。

也许过一些日子，在平原上待得久一些，你会听到这样一句话，这是一句很著名的话，这句话就是有关呼家堡的宣言：我不信猫不吃生姜！

第二章

一、二泉映月

县长呼国庆近来一直头疼。

他遇上麻烦了。是大麻烦。如果弄不好，他的官也许就当到头了。

这麻烦是由一桩离婚案引发的。

近些年，离个婚已不算什么了。说起来，事本来很小，他根本没在意。可就是这么一个小小的麦芒儿，突然之间起了连锁反应，引发了一连串的事端。真是大风起于青萍之末呀！于是，呼国庆决定去按摩一下，治治他的头疼病。他知道，在这种时候，要显得大气一些，要更为潇洒。他记得呼伯曾经说过，当问题成了堆的时候，你就是一堆烂泥，真摊开了，也就好上墙了。

如今在县城里也有按摩院了，自然也有了异性按摩。不过，在平原上的一个小县城里，它还是有点羞答答的，它的名称或是叫"桑拿浴"，或是叫"按摩诊所"。总之，虽然遮遮掩掩，也算是有了。

可呼国庆自任县长以来，一次也没有去过。他不是不想去，主要是顾忌他的名誉，一个三十六岁的年轻县长，不顾忌名声行吗？现在，他不想那么多了，他要去让人"按摩按摩"。他听说很多县里的干部都是晚上去的，偷偷摸摸的。他要大白天去！

离开办公室的时候，他故意对秘书小赵说："走，咱也去叫人

'按按'。"

平时，他总喜欢一个人开车出去，这一次，他专门带上了秘书和司机。他就是要让人知道，他不在乎人们会说什么了。

当他们驱车来到"按摩诊所"的时候，老板早早地就迎出来了。秘书抢先一步，介绍说："这是呼县长。"腰上挎着BP机的老板立时握住他的手，十分热情地说："是呼县长啊。呼县长，你好你好！听到'大师'的消息了吧？"

呼国庆望着这个生意人，知道他是跟王书记有点关系的。心说，在县城里，有什么事情能瞒过我吗？可他什么也没有说，只是跟他碰了碰手，故作不知，问："什么大师呀？"

老板吹嘘说："哎呀呀，你还不知道哪？我就是说要去请你呢……'大师'是我们特意邀请来的。徐大师得过峨眉山老道的真传，是带功按摩，能治各种疾病，是个神人，真是神人哪！他在外地的时候，曾多次为中央首长带功按摩……"

呼国庆说："好哇。我近来头有点涨，让他给我按按。"

老板连声说："请请，请。"

进了"诊所"，呼国庆发现里边并不热闹，人也不多，四下望去，都是些木板隔成的一格一格的小格间，每一个小格间都掩着一道布帘，每个布帘门前还立着一位姑娘。他不经意地瞥了一眼，见她们虽然都抹了些脂粉什么的，也都还是些农村的姑娘；那些小格间里边，大同小异，差不多都铺着一张床，还有一些沙发之类。间或，有女人的笑声从布帘后面传出来……呼国庆明白了，这里是过夜生活的地方，喧闹是晚上才会有的。

老板把他们引到一个略为宽大一些的雅间里，一边吩咐人泡茶，一边说："呼县长，你先泡泡，我这就去请'大师'。"

呼国庆无心洗浴，他只是略微在盆池里泡了一会儿，就穿着一件宽松的浴衣走了出来。重新回到雅间，躺在了那张铺有床单的硬板床上……他想静下心来，思考一点什么，可线头太多，网一样，一想头就大。真是剪不断、理还乱哪！

片刻，老板领着"大师"进来了。呼国庆懒懒地从床上坐起来，听老板介绍说："这是咱县的呼县长……这就是徐大师。徐大师，你可得给咱县太爷好好治治呀！"

　　呼国庆看了来人一眼，站起身来，去和"大师"握手。"大师"看上去有五十多岁，穿一件很干净的旧道袍，面目清癯，一副仙风道骨的神态，却戴一副黑墨镜。"大师"站在那里，只微微地点了点头，手伸出来了，身子却未动，呼国庆立刻就明白了，"大师"原来是个瞎子。

　　当两人的手握在一起的时候，他又突然发现，这人怎么看上去有些面熟呢？

　　呼国庆问："徐师父是本地人吧？"

　　老板马上说："大师是咱县人。要不，还请不来呢。"

　　"大师"看上去很沉默，话不多，只说："你躺下吧。"

　　于是，呼国庆重新躺了下来。当他躺在那张床上的时候，"腾"的，一下子就想起来了，他的确是见过这位"大师"的。那是在二十多年前，他在县中上学时，曾见过一个卖狗皮膏药的瞎子，那时候，他时常蹲在学校大门旁的电线杆下面，摸摸索索地拧烟来吸，有调皮的孩子用小瓦片投他，他总是跳起来，抡起竹竿破口大骂……就是他，肯定是他！二十年后，他成了"大师"了？当这一切弄明白后，呼国庆有些索然，他心想，不会是个骗子吧？可又一想，他能骗什么呢？不由暗暗一笑，心说，吃什么饭的都有，这也算是一碗饭吧。

　　"大师"先是郑重其事地净手，接着又点上了一炷香，即刻，房间里有了一股淡淡的香味。而后，"大师"来到他的床前，默默地说："我这是带功按摩。你要放松些，全身放松。放松后再入境，什么也不要想，人世间的是是非非要全抛下，这样效果才好……"

　　呼国庆没有吭声。他想，要能抛下就好了，问题是能抛下吗？人是在世间活的，怎么能抛下世间的事情哪？荒唐。

　　"大师"说："不能抛下也不要紧，我会带你入境，带你进入功法的境界。我先按你的头部，按时配有功法音乐，按头时，曲牌是《二泉映月》；按身上时，曲牌是《百鸟朝凤》……"

呼国庆心焦如麻，自然无心听他说什么。无意中拾了两句，也仍是很不以为然。他心里说，还挺"形式"呢。怪了，也就是"按摩按摩"，也要讲个屌"形式"？也是呀，也是，若是没有了这些"形式"，又怎敢称"大师"呢？

可是，很快他就发现，他错了。时光是很染人的呀！

这是一双多么奇妙的手啊！

当音乐响起来的时候，他觉得他的脑袋忽然之间成了一把琴，一把正在被弹奏的琴。随着音乐的节拍，有一双手正在他的脑袋上弹奏。那双手从鼻侧做起，经过眉间、前头部、颠顶部、后头部、后颈部……先是按、掐、点、搓、揉，接着是抻、运、捻、压、弹……那十个指头先是像十只灵动无比的小蝌蚪，忽来忽去，忽上忽下，忽合忽分，在他的面部穴位上游动；继而又像是十只迅捷无比的小叩锤，一叩一叩、一弹一弹、一凿一凿，慢中有快、快中有合、合中有分，在他的头部穴位上跳动。乐声快时它也快，那乐声慢时它也慢，啊，那仿佛是一个哑甜的老人在给他讲古，又像是在吟唱着什么。些许的苍凉，些许的淡泊，些许的睿智，些许的平凡，如梦？如诗？如歌？渐渐地，那音乐随着弹动流进了他的发根，渗进了他的头皮，凉意也跟着渗进来了，先是一丝一丝、一缕一缕，慢慢就有清碧碧的水在流，他甚至听到了轻微的"哗啦、哗啦"的水声，随着那水流，他觉得有一股热乎乎的东西从脑海里流了出去……瞬间，有黑蒙蒙的一层东西散去了，他的脑海里升起了一钩凉丝丝的明月。啊，月亮真好！月亮真凉！月亮真香！月亮银粉粉地映在水面上，有凉凉的风从水面上掠过，风吹皱那水中的月儿，四周是一片空明，一片空明啊！他就像是在那凉凉的水面上躺着，月亮碎在他的脑门上，一摇一摇，一簸一簸……接下去，什么都没有了，什么都消失了，没有了县长，也没有了那缠在网里的日子，门是空的，月是凉的，一片静寂。他只觉得眼皮很重很重。

就在他半睡半醒、欲仙欲醉的时候，他模模糊糊地听见"大师"说："你身上没病，心上有病。"

他不语。可他在心里已默认这位"大师"了。虽然也有假。一个瞎子，用二十年的时间，把生命的运作写在手上，写到了炉火纯青的地步，这就足可以弄假成真了。二十年哪，多少日子？！

突然，音乐变了，那双手的指法也变了。这时候，那双奇妙无比的手已悄然地移到了他的身上……他听见他的身体在叫，身体的各部位都发出了一种欢快的鸟鸣声，从"肩井"到"玄机"，跳"气门"走"将台"，游"七坎"进"期门"，越"章门"会"丹田"……一处一处都有小鸟在啄，在叫，在歌，在舞；或轻或重，或深或浅，或刚或柔；那旋律快了，敲击的节奏也快。啊，那手就是跳动的音乐，那肉体就是欢快的音符……接着，仿佛是天外传来一声曼语：转过身去。他就在朦朦胧胧中随着翻过身来，立时，脊背也跳起来、叫起来了，从"对口"到"凤眼"，走"肺俞"贴"神道"，下"灵台"近"至阳"，跳"命门"跨"阳关"，过"肾俞"近"龟尾"……一处一处脉在跳，血在跳，骨在跳。他感觉到有千万只鸟儿在他的身上鸣唱，忽而远，忽而又近；忽而箭一样直射空中，忽而又飘然坠落；有千万只鸟舌在他的肉体上游走，这儿一麻，那儿一酸，这儿一抖，那儿一揪。热了，这音乐是热的，有一股热乎乎的细流很快地渗遍了他的全身……天也仿佛一下子开了，天空中陡然抛下了千万朵鲜花，香气四溢！真好啊，真好！处处明媚，处处鸟鸣……到了这时，他已经彻底放松了，什么也不想了，只想睡，只想好好地睡上一觉。

可是，纵然是到了这般境地，什么都忘了，什么都丢掉了，有一句话他却没有丢掉，这句话他一直在牙缝里含着，那就是：要尽快地去见呼伯，能救你的，只有呼伯了。

二、背景

县长呼国庆有一个情人。

这是绝密。直到现在，仍没有一个外人知道。

他跟她是四年前认识的。那时，他还在顺店乡当书记。顺店乡离县城较远，没人愿去，呼国庆去了，工作搞得很有起色。后来，市里派人下基层考核干部，派到顺店乡三个人，两个男的，一个女的。再后，那女的就成了他的情人。

那女的叫谢丽娟，大眼，大嘴，长得很"那个"。看见她总不由得让人往"茄子地里"想，可又不能想。人家是来考核干部的，政治生命在人家手里捏着呢，说不定就"一言兴邦，一言丧邦"。

初接触时，呼国庆很谨慎，既热情又有分寸，他主要是想给考核组留下个好印象。接触了两次后，他发现三个人中，那女的是关键人物。因为她长得太"那个"，那两个男的都乐意听她的。这是个很微妙的心理因素，呼国庆捕捉到了。于是，他做了一点小小的动作，他不再见她了，尽量躲着她，私下里让乡里的秘书把生活安排好，却不跟她见面。这样，两天后，所有的干部都谈完了，呼国庆成了最后一个。考核组的人对他说："呼书记，你准备一下，下午咱们谈谈吧。"他说："好，好，我下午汇报。"那天中午，乡里请了一顿，呼国庆暗中布置了一下，把两个男的全都灌翻了，却偏偏留下了那女的，只让她喝饮料。下午，呼国庆就去了那女人的房间。这时候，呼国庆也并没有想别的，无非是想让她回去后多说几句好话。

可是，当他跟那女的见面的时候，那女的第一句话就说："呼书记，你的心眼真多。"

呼国庆一下子怔住了。他想，这小女子可真不简单哪！他那点小把戏，她一眼就看出来了。可他还是装出一副什么也没听出来的样子，挠了挠头，笑着说："我们这里比较偏，轻易不来个市里领导，也不知道如何接待，有不周的地方，还望多包涵。"

那女的手里扇着一个小手绢，有意无意地说："把我们的人都灌翻了，还说不会接待？"

呼国庆又挠了挠头，说："你看，真不会，真不会。"

那女的看了他一眼，说："你在这儿反映挺好呢。"

呼国庆故意叹口气说："我这个人没啥能力，乡里的工作，不好弄啊……"

那女的说："怎么不好弄？不是干得挺有起色吗。"

呼国庆说："不好弄，净二不豆子。"

那女的"哧儿"笑了，好奇地问："啥叫'二不豆子'？"

呼国庆故意逗她说："你知道豆子吧？"

那女的白了他一眼："我怎么不知道豆子呢？你也太轻看我了吧……"

呼国庆说："'二不豆子'是本地方言。咋说呢？就是那种……你说它不熟吧，它黄了；你说它熟了吧，里边又青不棱的。这就是'二不豆子'。这种豆子点不成豆腐，是瞎货……"

那女的马上说："我明白了，这是一种形容，对本地人的形容。对吧？"

呼国庆连声说："对，对，太对了！从民俗学的观点来看，这是一块无骨的平原，是块绵羊地，翻翻历史书你就知道了。从根本上说，人是立不住的，因为没山没水，就没有了依托。可这里有气。从《易经》理论上说，气生水，也生火；生水倒好了，水可润人，你到海边上看看就知道了，水养人，也秀人，水能把人托起来。可这里又缺水，不是说没有一点水，是缺那种润人的大水。你到村里看看，二亩大的一个水坑，他们就叫'海子'。所以说，只能生火，火也是小火，没有火苗的火，也就是炕炕烟什么的。间或也可能炕出一个什么大气候来，但一般都很难成景。地就是这样的地，人就是这样的人。或者就大多数来说是这样的。所以在基层工作，遇上的净是些'二不豆子'，就没有什么道理可讲……"

那女的听着听着，两只大眼忽闪忽闪的，露出一副很感兴趣的样子……

可呼国庆说到这里，却不说了，故意不说了，只说："瞎编，瞎编。"

那女的很认真地看着他，说："你谈得挺好，挺有意思。"

往下，呼国庆轻描淡写地说："闲扯篇呢。两位科长喝高了，这会儿不算正式谈，晚上再正式给你们汇报吧。我说两个小笑话，你就知道'二不豆子'啥样了……我刚来的时候，遇上了一件麻缠事。离这儿七里，有个村，叫圪墚村。你听这名儿！村里有个小学。有一年下暴雨，村里有一户人家的房子塌了。房子一塌，没地方住了。刚好那学校放假，这户给村里说了说，就搬到学校去住了。说是暂时的。可后来学校开学了，他也不搬，就在那儿扎长桩住下了。一住三年，弄得学生没地儿上课。村里、乡里都劝他搬出来，可谁去说也不行，他就是不搬。这家有四个儿子，虎汹汹的，村里也没人敢惹。一直到我来之后，他家还在那教室里住着呢。有人给我反映了这个问题，我就去了。去那里一看，果然如此。我就给这户人家做工作，希望他顾全大局，尽快地搬出来。我说，给你们半个月时间，这时间够宽裕了。可我一转脸，就听这户人家说：'他说的是个屁！想走走屁，不想走去屁，说些七屁八鸟干啥呢？！县法院都来过，也没执行了，还怕乡里？！'我没吭声，一句话也没再说，就走了。到十五天头上，我又去了。这次我带上了乡里的全体干部，还带上了乡派出所的全体民警。临去时，我对那些民警说：都把枪带上！到了圪墚，还没进院呢，就见这家老老少少、男男女女涌出来十几口子，一个个大呼小叫的，说是死在里边也不出来！我站在院里，沉着脸说：'搬，十五天时间已到，按照法律，可以强制执行！'我这么一说，更坏事了，只见门前的地上趴倒了一片，一个个哭天抢地地说：谁敢搬，就从他们身上踩着过去！谁敢搬，他们全家就死在谁的面前……一家伙，干部们全都愣住了，谁也不敢动了，全都看着我。我黑着脸说：'看我干什么？执行！出了问题我负责！'而后，我侧过身，对民警们喝道：预备！民警们呼啦啦都把枪拔出来了。我说：瞄准！民警全都用枪瞄准了他们。我说：我喊，一、二、三……你们就开枪！出什么问题我一个人担着！接着，我喊：一！还没等我把第二声喊出来，这家的女人忽一下都爬起来了，一个个脸都吓白了，看谁跑得快吧。一边拽她们的男人一边往外跑，还嘴硬呢，说：叫他搬，叫他赔搬了……"

那女子听得入迷了，担心地问："没出啥事吧？"

呼国庆说："没有。这事以后，可老实了，再不缠了。"

那女子歪着头看了他一会儿，说："你真敢开枪呀？"

呼国庆说："真敢。不过，临出发的时候，我给民警们下了死命令，不准带子弹，一粒子弹也不准带……"

那女的"咯咯"地笑起来，笑得腰都弯了，半天喘不过气来。最后说："你真坏呀，真坏。"

接着，呼国庆又给她讲了一个"笑话"，讲得绘声绘色的，也捎带着不显山不露水地把自己的"政绩"给裹进去了，逗得那女子一会儿"咯咯咯"，一会儿"嘀嘀嘀"地笑个不停……到了这时候，他看目的已经达到了，就毫不迟疑地站起身来，找了个借口，走了。

当天晚上，当考核组的三个人坐在一起时，呼国庆就又是一样子了。他很严肃、很认真地坐在那里，衣服上的每一个扣子都扣得严严实实的，像一个小学生一样，手里捧着一个小本，说的每句话都很有分寸，都留有充分的余地。当他汇报工作的时候，眼看着手里的小本，嘴里吐出了一串一串的数字……那女子坐得离他最近，看他不时地看手里的小本本，说得又是那样的流利、那样的精确，就好奇地把头凑过来，看他手里拿的小本。这一看不要紧，他想捂上，可已经来不及了，原来他手里拿的小本本是空的，上边什么也没有写……这是个多么精灵的女子呀！她什么也没说，像是只看了一眼，又重新坐回去了。呼国庆只好装模作样地咳嗽了一声，把那小本本装进了衣兜。

第二天，考核组的人要走了。当乡里的干部们为他们送行时，那个叫谢丽娟的女子有意无意地和呼国庆走在了一起，她贴近他的耳朵轻声说："你真鬼！"说着，她忍不住又笑了。呼国庆怕别人听见，就故意很严肃地点点头，说："噢噢。"谢丽娟低声说："你'噢'什么？我有事要告诉你呢。这事吧，本不该说的。我告诉你，也好让你有个思想准备。"接着，她用更小的声音说："告诉你一个消息，你是县长候选人之一……"

呼国庆一听就明白了，他的战略已经起作用了，无疑，这个女子对他产生好感了。这消息是组织部门掌握的，是上层的机密，按说是不该说的，这是违反纪律的事，可她竟然告诉他。对他来说，这个消息实在是太重要了！太及时了！呼国庆不敢儿戏了，他紧握住她的手，很真诚地说了两个字："谢谢。"

应该说，呼国庆能当上县长，谢丽娟是帮了大忙的。这不仅仅是在给市委组织部汇报时，她把他夸成了一朵花；关键是，她及时地给他提供了信息，使他赢得了时间。当时的县长候选人是两名，呼国庆排在第二位，是搭配上去的；另一个人是上边压下来的，无论从各方面说，都比呼国庆有优势。可最后却是呼国庆当选了。

当然，在最关键的时候，是呼伯说了话……

呼国庆当上县长后，觉得无论如何也该去看看人家小谢。小谢跟他非亲非故，这样帮他，是很够意思的。可送点什么好呢？他斟酌再三，最后还是拿不定主意。他想，这样的城市女子，人又漂亮，必然心高气傲，礼重了，她说你俗，也许那点好印象就破坏了；送点雅的，又显得太薄气。于是就干脆些，什么也不带。

那是四月的一天，呼国庆带车到市里来了。他本意是看小谢的，可他却转了个弯，先去组织部见了那两位科长，说了一些客气话。在说这些客气话的时候，他已拐弯抹角地把谢丽娟的情况打听清楚了。到了这时，他才知道，小谢并不是市委组织部的人，她在宣传部工作，是临时抽出来的。组织部在二楼，宣传部在三楼，呼国庆本意是要上去的，可其中的一位科长热情得过了头，说话间就拨了个电话，小谢就从楼上下来了。呼国庆没有想到，这次见面，小谢却显得非常冷淡，话很少，像变了个人似的。她只是干干地跟他碰了一下手，很矜持地说了两句客气话，就冷场了。

这时，呼国庆灵机一动，说："这样吧，刚好三位都在，机会难得，我表示表示，请你们吃顿便饭，怎么样？"那两位科长看样子都很乐意，可小谢却断然拒绝了。她说："你们去吧，我晚上还有事情……"呼国庆一下子蒙了头了。他想，这次来是专程看你的，你要不去，这客就请得没有价值了。于是，他用半开玩笑的语气说："怎么，不给面子？"谢丽娟冷着脸说："我确实是有事情。你们去吧，你们去。"说着，扭身就想走。那两位科长一看小谢不去，也都不想去了，连声说："算了，算了吧……"这么一来，把呼国庆搞得非常尴尬。他站在那里，暗暗地咽了口唾沫，舌头像不会打弯了似的说："那，那，要不……改天？"那两位科长看小谢冷淡，也不像开初那样热情了，只连声说："呼县长，改天，改天吧。"就这样，匆匆见了一面，小谢走了，那高跟鞋在过道里"橐、橐……"地响着，每一下都很重！

回到招待所，呼国庆心里很不是滋味。他想，怎么就翻脸不认人呢？不大对劲呀，是得罪她了？不会……那又是怎么一回事呢？越想越觉得这里边肯定有蹊跷。于是，他对司机说："放你的假了，你先回去吧。我晚上有个摊儿（酒席）。明天上午来接我。"

傍晚，呼国庆鼓足勇气，敲开了市委家属院五号楼的一个房门，门开了，立在门前的正是谢丽娟。呼国庆说："冒昧了。不管你欢迎不欢迎，我还是想见你一面，好当面向你致谢……"

小谢笑了，是她的眼笑了，那双大眼一下就灿烂了，她望着他，调皮地说："你也该来呀……"而后，她轻轻地咬了咬下唇，说："请吧。"

进门后，呼国庆才松了口气，那提着的心也就放下来了。他大略地看了看房间的格局，这是一套一室一厅的小单元，好像是只住着谢丽娟一个人。房子不大，却布置得很整洁，一切都井井有条。当他在沙发上坐下来的时候，小谢已经把水果、香烟都端上来了。而后，她歪着头，甜甜地问："喝茶还是咖啡？"

呼国庆说："茶吧。"

不一会儿，谢丽娟就把茶泡好了，她把茶端上来，放在他的面前。那是一个十分精致的小茶杯，里边的茶叶碧绿碧绿的。接着，她拉过一张折叠椅，在他的对面坐了下来。当两人面对面时，却出现了瞬间的沉默。两人都在注视着对方，就好像是分别很久的老朋友，又突然重逢了一样。

片刻，小谢说："我猜，你肯定会来。"

"噢，为什么？"呼国庆笑着问。

小谢看了他一眼，说："因为你鬼。"

呼国庆一时不适应这样的谈话方式，他摇了摇头，不置可否地笑了。

"已经到任了？"

"到任了。"呼国庆点了点头。

"祝贺你呀，县长大人。"小谢笑着说。

"祝贺什么，一个烂摊子……"呼国庆故意说。

"又藏呢，又藏呢。"小谢歪头看了看他。

"不是藏，是确实不好弄。"呼国庆做出一副很认真的样子。

小谢眼里闪着光："我还不知道你吗，鬼精鬼精的。"

呼国庆笑笑说："你知道我什么？我那都是些小把戏，上不得台面的。能干的人多了去了……"

小谢说："你也别给我来这一套。按你的能力，当个市长也绰绰有余。这你心里清楚。可你也有不足的地方，你知道你的最大缺陷是什么吗？你太精明，小智慧太多，处处显示你的机智，显示你高人一筹。你把智慧用滥了。你缺的是大智慧，缺的是傻气。而古往今来，能干成大事的人，身上都有一股傻气。这是你的致命伤……"

呼国庆怔住了，紧跟着，他的激情一下子被调动起来了，他的两只眼睛也开始放光了。他说："你说得太对了，你敲到我的麻骨上了！我知道我身上有毛病。有时候会忍不住显示自己……但是，有一点，可以说，你还不了解这个平原。在这里，缺的不是傻气，我知道你是从大的方面说的。在这块土地上，生长着的就是一股股的傻气，到处都是傻气，傻气是平原上的最大优势，同时也是最大的劣势。装傻充愣、大智若愚是这块土地的特质，正是因为傻气太多了，它把很好的人才都淹没了。傻气是可以做大，但它也磨人，它吞吃的是人的灵性……"

小谢两眼直直地望着他，说："你是哪个学校毕业的？"

呼国庆故意贬低自己说："屎，我蒙了个电大，后来又晕去进修了两年。"

小谢问："在哪儿？"

呼国庆说："武大。是呼伯保送我去的。"

小谢惊喜道："哟，说起来咱们还是校友呢，我也是武大毕业的。"

呼国庆摆摆手，调侃说："不敢，不敢。我那不算，我那不算，你们才是正牌。我是瞎晕的，拿钱买的。"

小谢嗔道："就是校友嘛，你看你……"

呼国庆笑笑说："就算是吧。高攀了。"

小谢仍很激动地说："你的话也有道理。可我认为，土壤是可以改良的，这当然是一种文化改良。它需要时间。我刚才说的'傻气'，跟你所说的傻气还是有区别的。虽然同是本质，但'本质'和本质也有区别。我明白，你所说的本质其实是血脉里带着的一种东西。而我所说的本质，则是一种大的走向，这两个相比较来说，一个是遗传，一个是认识……"

呼国庆点点头，接着说："我明白你的意思，大器须钝力。其实，这里边有一个'度'的问题。任何事情都是有'度'的，差之毫厘，谬之千里。关键是在'度'的把握上……"

往下，两人越说越近乎，越说越投机，都有点相见恨晚的感觉。那话语就像是一把打开心灵的钥匙，两颗心都在一个亮点上跳跃着，你近一步，我也近一步，你跃上一层，我也跃上一层，很多东西一点一点地被剥蚀掉了，剩下的只是两颗心的交汇，是精神亮点的互补……

十点钟的时候，呼国庆看了一下表，说："噢，不早了，我该走了。"

谢丽娟柔声细气地说："好，你走吧。"话是这样说的，可她的声音太媚了，两只大眼直勾勾地望着他，那分明是在挽留……

十二点了，呼国庆站起身来，又说："太晚了。招待所要关门了。该走了，真该走了。"

谢丽娟仍一动也不动地坐在那里，并不站起送他，只是声音更软更柔更甜："好，走吧……"

那声音实在是太诱人了，那声音鲜艳无比，像是一只只红色的小樱桃。呼国庆忍不住想把那声音吃下去……

他又坐下来，自我解嘲说："好，我再吸支烟。"

谢丽娟什么也不说，站起身来，弯腰从茶几上拿起烟，给他递上一支，而后又拿起火，从容坦然地移坐到了他的身边，把烟给他点上……

后来，不知怎的，两人就抱在一起了。先是嘴对着嘴，接着是舌头搅着舌头……心智已燃烧到了那种程度，肉体也要跟着燃烧。这种燃烧是先亲到了"里"而后才退到"外"的，是先有灵，而后才有欲；那舌尖尖上吮的是思想的汁液，亲的是语言的结晶，是在精神上成熟之后才在肉体上品尝的。两人先是坐着亲，而后又站起来亲，亲着亲着，身体的那些部位就接触在一起了……呼国庆觉得他抱的简直是一团火焰，一团肉艳艳的火焰，触到哪里哪里就有火热的回应……他也有过一瞬间的游移，他想到了妻子，可那火焰很快就把他仅有的一丝游移烧成了灰烬。小谢浑身颤抖着对他说："国庆，国庆，你把我吃了吧，你把我撕撕吃了吧……"

一个月后，呼国庆决定离婚。

三、没有面条了

呼国庆是在极其秘密的情况下，实施他的离婚步骤的。他也没想一下子就把婚离了，他知道那是不可能的。

他的计划是三年，打一场"解放战争"。

呼国庆的妻子叫吴广文，师范毕业，也是从农村出来的，在县城的一所小学里当教师。她跟小谢没法比，人长得一般，干巴巴的，还是个温性子，说也说不出个什么，也只会教个加减乘除，哄哄孩子。一开始的时候，呼国庆并没有提离婚的事，他一字都没透，反而比平时回去得勤了。有一次，吃饭的时候，他对妻子说：你看，县上工作忙，应酬也多，一天到晚累得迷三倒四的，我也没工夫陪你，老让你一个人在家，我这心里挺不是滋味。你下了班，也出去玩玩嘛，跳跳舞什么的……吴广文说：我不去，搂搂抱抱的，有啥意思？再说，我也不会跳舞。呼国庆说：不会可以学嘛。我也不会。这样吧，凑住机会，我带你去学学。于是，呼国庆就抽空带她去了两次舞场……

此后，在长达一个月的时间里，呼国庆没再回过一次家。他先是借机会考察去了，在外地待了半个多月，出差回来，他也没有回家，而是独自一个人开着车到小谢那里去了。这时候，他已学会了开车，常常独自一人开车到市里去"汇报工作"。不过，他已交代过秘书，让他隔三差五地去给家里打个电话，送些舞票什么的。待他再回家的时候，发现妻子有了一些细微的变化，她在穿戴上有些讲究了，走路也稍稍有些发飘，没事时，嘴里竟然哼出了"一二三四一……"他心里说：很好。

这样持续了一年多时间，呼国庆又有了新的发现。他发现妻子比以前爱说了，也都是些小道消息，从舞场上传出来的消息：县里的人事安排，谁谁跟谁谁有勾扯；学校里的一些变化，哪个班里学生如何……在她的话里，不时透出一个信息，她总是说，秦校长那人不错，秦校长那人水平高，秦校长那人思想解放……呼国庆总是笑笑说：我也看那人不错，是块料。有一天晚上，呼国庆突然开车回家去了，可门却锁着，于是他又驱车赶到了县城里的一家舞厅，一看，果然不错，妻子正跟那个姓秦的跳舞呢。从侧面看，那姓秦的眼里有东西。

他谁也没有惊动，就又悄悄地离开了舞厅，心说：好，好哇。

再后，呼国庆出差就更频繁了。他经常给家里打个电话，说他要出去几天。有时是一个星期。有时是半个月。初时，妻子还有些牢骚，时间一长，也就惯了。这时候，她已当上了那所小学的教导主任，常跟校长在一起研究工作，也忙起来了。到了第二年的冬天，呼国庆觉得时机成熟了，到了该摊牌的时候了。他先是秘密地去了谢丽娟那里一趟，告诉她不要再往县里打电话了，要她在这一段时间里跟他断绝任何联系。其实小谢很聪明，她从一开始就没有以个人的名义给他打过电话，每次打电话，只要他不在，她总是说：我是市政府办公室，有个材料让呼县长赶快报来……连这样的"暗号"电话，呼国庆也不让她再打了。眼看要过年了，小谢有些不高兴，就埋怨说："你这个人就喜欢搞阴谋。摊开不好吗？"

呼国庆说："我也想搞阳谋，也想光明正大，可这样行得通吗？"

小谢说："怎么行不通？我就敢去县里，敢当众宣布我爱你！你

26

敢吗？”

　　呼国庆说：“你别再给我添乱了。还说呢，我第一次来市里找你，你像变了个人一样，冷若冰霜。那不是阴谋？”

　　小谢抱着他的头，轻声说：“那我也是为你好。我就看你灵不灵。你知道有多少人追我吗？一个排都不止。你刚当上县长，我是怕他们两个看出我喜欢你，我怕我忍不住会流露出来。他们在组织部门工作，捏着你的政治生命哪……多不利呀！”

　　呼国庆说：“对呀，这不叫阴谋嘛，这是策略。”

　　小谢嗔怪道：“阴谋，就是阴谋。我也不知怎么搞的。我原来可不是这样的。我在学校的时候，喜欢唱，喜欢跳，有什么就说什么，喜欢直来直去。可一分到这里，看一个个都那样……我是被你们染的，被这块地染的。”

　　呼国庆说：“手段并不重要，重要的是我爱你，这就够了。你要相信我，我用三个月的时间把这事处理好，在这三个月里，咱们不能有任何联系，要完全断绝来往，你明白吗？”

　　小谢叹口气说：“你太精明，精明得过头了，我想，总有一天，你会栽跟头的。可我没有办法，我真是太喜欢你了，包括你那些小诡计。亲亲，我对你一点办法也没有哇！只好随你了……”

　　从这一天起，呼国庆说到做到，真的再不跟小谢见面了。过春节的时候，他到市里去给领导拜年，竟然也没有去看小谢。可小谢终于忍不住了，她在大年初一那天给呼国庆挂了个电话，电话是呼国庆接的，谢丽娟在电话里流着泪说：“我想你，我想死你了……”呼国庆对着话筒，很严肃地说：“噢，噢噢。是这样，上班再说吧。好不好？”谢丽娟说：“你装什么装？你真残酷！你连句话都没有吗？”呼国庆对着话筒说：“噢，知道了。这事要慎重。过罢年再说，行吧？”谢丽娟“砰”的一下子把电话撂了……

　　过罢年，呼国庆就开始放出风来，说他要跟一个企业到深圳去考察一个项目。这话在半月前就说了。可临走的时候，他却悄悄地借故留下来了。那是一个星期六的晚上，白天里，呼国庆带着秘书和司机去了一个偏远的乡村，一直拖到很晚很晚的时候才往回赶。回到县城已经快十二点，呼国庆对秘书说："走，跟我回去，让你嫂子下面条！"秘书忙说："算了，呼县长，天这么晚了，不去了。"呼国庆根本不容他回话，虎着脸说："去，都得去。跟着我你还怕什么？"就这样，呼国庆带着秘书和司机突然回去了。

推开门的时候，呼国庆"愣"住了，秘书和司机也都愣住了，只见他的妻子吴广文和秦校长抱在一起，双双在沙发上坐着……呼国庆的脸立时就沉下来了，他一声不吭地站在那里，一句话也不说。屋里的电视机仍在呜哩哇啦地响着，正播演着一个外国的爱情片。可那一对就像是吓傻了似的，浑身抖着，却仍然是双双搂抱在一起，一动也不动地坐着，沙发很大，他们只占很小的一个角……

片刻，呼国庆回过身来，默默地摆了摆手，对愣在那里的秘书、司机说："没有面条了，你们回去吧。"秘书和司机这会儿才醒过神儿来，一个个像小偷儿似的，慌慌张张地溜走了。

呼国庆"啪"的一下关上了门，甩开手，用力地摔了两个玻璃杯！只听"砰！砰！"两声巨响，地上飞溅着一片玻璃碎片！接着，他怒声吼道："他妈的，欺负到老子头上来了？！我崩了你个狗日的！"

那两个人像傻雀一样，这时才想起赶忙分开去，那秦校长胆都吓破了，竟然"扑通"一声，跪了下来，他跪在那儿说："呼县长，你你，你你你……听我……解释。"

呼国庆破口大骂！整整骂了有十多分钟……骂得他们狗血喷头！这时，那些乡村里的骂人土话一下子就游到了他的嘴边上，张口就来，用得是那样的自如，骂得是那样酣畅淋漓！他已经好久没这样骂过人了，他觉得他早已知识化了，离昔日里的乡村已经非常遥远了，可他没想到，他一下子就骂回到乡野里去了。骂到最后，连他自己也觉得过了，就拉回来说："解释什么？还有什么可解释的？人赃俱获！你还有啥话说？！有多少人给我透风儿，我本来不信。可你们不作脸哪！"说着，他拉过一把椅子，在两人面前坐了下来，故意淡了语气说："说吧，你们想怎么办吧？"

吴广文浑身抖得像筛糠一样,她紧勾着头,流着泪说:"也,也没干,没干什么,真的没干什么……"

那秦校长也小声跟着说:"没干,真是没干,头,头一回,就,就接,接了个吻……"

呼国庆说:"吴广文,你别说了,你还有脸说?"接着,他用力地拍了一下茶几,喝道:"你看看,你们都成了啥样子了?!咱们在一个县里工作,你,你们能不能给我留一点脸面?就是有啥,背背人好不好?你们这样,传出去还叫我怎么工作,我还有脸在这里工作吗?!"

他这么一说,吴广文也默默地跪下了,两人都跪在了他的面前。那秦校长用力地朝自己的脸上扇了一巴掌,说:"呼县长,我错了,错完了……"

到了这时,呼国庆看火候差不多了,就站起身来,长叹一声,在屋子里来来回回地踱步。这么走了一会儿,他摆摆手,默默地说:"起来吧,都起来吧。"

两人跪在那里,像惊兔一样地望着他,想起来,又不敢起来。呼国庆望着他们,再次用很伤感的语气说:"起来吧……"两人这才慢慢地站起来,又不敢坐,屁股只欠着沙发的边……

呼国庆说:"事已经出来了,我也不难为你们。只有一条,我只要求你们给我作个保证,保证今后不再往来,唉……也就算了。"

秦校长一听这话,就像是获了大赦一样,立即发誓赌咒说:"呼县长,你放心吧,我们绝不再来往了。从今往后,你要再发现我跟小吴有来往,我就是猪、是狗,是连猪狗都不如的畜生!"

呼国庆说:"那好,我相信你。"接着,他沉默了一会儿,说:"老秦,县长也是个人哪,我也要个脸面,你总得给我个台阶下吧?这样吧,你给我写个保证书,签上你俩的名字,你就可以走了。"

秦校长低着头,沉默了很久,只见脑门上的汗珠一层层地往下滚落……最后,他说:"呼县长,你能不能放我一马?你要能放我一马,我一辈子听你使唤,一辈子保你的驾,永不反悔……"

呼国庆说:"这样不好吧?咱们都是为党工作的,不是为哪个人工作的。要不，我给公安局的马局长打个电话？让他来处理？反正已经这样了，我就再不要脸一回……"

秦校长的头勾得更低了，头上的汗珠亮晶晶的，一豆一豆地往下滴……末了他说："我写。"

可拿起笔的时候，秦校长又犹豫了，他吞吞吐吐地说："呼县长，你，你叫我怎么写呢？"

呼国庆冷冷一笑说："怎么是我叫你写呢？是你自己下的保证嘛。你是校长，是玩笔杆子的，还用我来教你？实事求是嘛，如实写。"

秦校长双手攥着头，万分懊悔地说："真的没干什么呀，真的……"

呼国庆引导说："老秦，别的我就不说了。你半夜十二点还在我家里坐着，这关系正常吗？我也不要你多写，就写两人发生了不正当的关系，以后绝不再犯就行了。"

秦校长咬咬牙，也只好按他说的那样写了……而后，他和吴广文都签上了名字。

夜里，吴广文一直坐在那里哭……呼国庆反而安慰她说："事已经出来了，我也不埋怨你。说起来我也有责任，整天不着家……今后改了就好，只要你能改，咱们还好好过日子……"这么三劝两劝，又把吴广文劝到床上去了。

第二天上午，呼国庆拿着那份保证书，先是到了县政府的打字室复印了几份，而后就直接开车去了县法院。在法院里，他关上门对法院院长说："日他妈，真是没脸见人了！你看看吧。"说着，把那份"保证书"递了过去。

院长一看，立时就炸了！说："这姓秦的是吃了狗胆了？敢日到县长头上！收拾他！"

呼国庆长叹一声，说："算了，一个县里工作，传出去影响不好。再说，闹起来还叫他们怎么活呢？我吃个哑巴亏，算了。你把这事给我办了吧，要不一想起来就恶心……"

院长迟疑着问："你是说……"

呼国庆说："你看呢？我听听你的意见。"

院长说："这还咋过？离屎了吧！"

呼国庆说："你说离？唉……啥法哩？离就离了吧。不过，这事你可得给我保密，不能传出去，传出去闹得沸沸扬扬的，说不定有人会自杀……你悄悄地把事给我办了吧。"

院长说："好好，你别管了。"

事办到这一步，一切都是在预料之中的，应该说是非常圆满了，可呼国庆要更为圆满。十点钟时，他又回到家里，回头就往床上一扔，连连叹气……妻子吴广文还在鼓里蒙着呢，见他这样，战战兢兢地偎过来，问他怎么了？呼国庆说："没脸见人了，我是没脸见人了！传得沸沸扬扬的，整个县政府都知道！"接着，他先骂司机，后骂秘书，说是养了一群白眼狼！还拼命地揪自己的头发！

见他这样，吴广文慌了，一时也没了主意，只流着泪连声问："你说咋办？你看咋办呢？"

呼国庆坐起来，又长长地叹了口气，说："人言可畏呀，一个小县城，就那么些人，谁不知道谁呀，咱俩都在这儿，又都担着职务，往后咋见面哪？现在只有两条路可走。一条是，我不当这个县长了，我调走……"

吴广文惊恐地望着他，说："这……还有呢？"

呼国庆说："要不，你调走？"

吴广文更慌了，说："我……不在你身边？"

呼国庆说："那就没路了，只有离婚……"

吴广文沉默了很久很久，眼里的泪一滴一滴无声地落下来，最后说："那就离吧。"

呼国庆说："广文，你人不错，是个好人。这些年，跟着我受委屈了。说来说去是我不好哇。这样吧，东西呢，都归你。丹丹在她姥姥家住着，孩子跟她姥姥有感情了，就让她还跟着姥姥吧。你要是真不想要，就给我送回来，孩子还是咱们的嘛。咱呢，先把事办了……我给你请几天假，你先回娘家住几天，避避舆论。回头也许咱还可以……"说到这里，呼国庆不说了。

这时的吴广文愧恨交加，已心乱如麻，一点主意也没有了。呼国庆怎么说，她就怎么做。呼国庆亲自开车，一路上好言劝解把吴广文送回娘家去了。

可呼国庆没有想到，就是这个尾声的"圆满"，圆出事情来了，圆出了一个大乱子！

四、"一号车"

每次路过这个十字路口，路过县城这条繁华街口的大转盘时，呼国庆就有一种涩涩的、说不出的感觉。

他与县委书记王华欣的矛盾就是从这里开始的。说起来，那也是一件很小的事，可以说小如一粒芥子，可就是这么一粒芥子，竟然顶出了一个裂缝。这个裂缝在平时是看不出来的，可到了关键时刻，它就起作用了。

那还是呼国庆刚任县长不久的事。有一天，县里四大班子的领导集体到邻县去签署一个有关水资源方面的协议。协议是双方早已商定好的，去这么多人的目的无非是表示一下双方的友好和重视（因为过去曾有过矛盾和争执）。中午吃饭的时候，由于参加者都是两县的主要领导，酒也喝得十分酣畅。县委书记王华欣身边坐的是邻县的一位妇联主任，那妇联主任叫陶小桃，长得有几分姿色，人也泼辣，很会劝酒。她一会儿跟王书记猜拳，一会儿是押宝，一会儿又是"老虎、杠子、虫"，把王书记的兴致很快就挑起来了。王书记一高兴，就放得很开，谁也不让替，输了就喝，喝着喝着就有些高了。书记一喝多，舌头不打弯，说话粗声大喉咙的，就有些放肆，他说："小桃，桃儿，这、这样吧，我破、破个荤谜。你猜、猜着了我喝、喝一大白！猜不着你、你喝——一大白！"邻县的妇联主任是见过些世面的，根本不在乎，说："行！倒酒。你说吧——"说着，抓过茅台酒瓶，也不用小酒杯了，把茶杯拿过来，竟然倒了两茶杯！王华欣酒壮豪气，一捋袖子，说："听

32

好了：掰开你的，入进我的，毛茸茸的进去，白花花的出来……"他刚把谜面说完，那妇联主任立时把那杯酒端起来了，先是一阵"咯咯咯……"的浪笑，接着大声说："牙刷子！你喝吧。"说着，就端起酒硬往王书记嘴里灌！众人大笑。一时，王书记没有办法了，就勉强喝了半杯，这才缴械说："桃，桃。投降，我投降。不行了，真不行了……"

宴毕，要走了。双方领导在大门口握手告别时，喝多了的王华欣却死缠着那妇联主任，嘴里一连声地喊着："桃儿，桃儿，小桃……"逗一些荤荤素素的笑话。那女人也浪，两人一会儿你拍我一下，一会儿我挠你一下，叽叽嘎嘎地笑……人们都立在那儿等着，谁也不好说什么。等了有五分钟之后，见他还没有要走的意思，呼国庆实在是看不下去了，就说："咱们先走。"说完就上车走了，其他的人也跟着走了。

王书记本就喝多了，昏头涨脑的，正跟人打情骂俏呢，扭头一看，他手下的人全都走光了。门外的停车场上孤零零的就剩下他那一辆车。这才有了几分清醒，也有几分尴尬。

他匆匆地跟人告了别，上车就虎着脸说："开快点。给我赶上他们！"

两县相距并不远，一路上，王书记一再命令司机："快！快！"就这样，一直追到县城的这个十字路口，到底把先走的车队赶上了。这时，王书记又命令道："超过去！给我横那儿，拦住他们！"司机只好遵命。只听"嘎"的一声，王书记的轿车突然横在了整个车队的前边！他从车上跳下来，也不管什么交通秩序，三步两步跑到呼国庆的车前，对着司机厉声喝道："谁让你走的？谁让你走的？！你是一号车？！……"见书记暴跳如雷，司机吓坏了，想解释点什么，却又不敢，只是默默地掉眼泪。

呼国庆在车里坐着，心里的火噌噌往上冒，很想说点什么，可他知道，这时候不管他说什么，都不可避免地会有一场战斗，这样一来，矛盾就公开化了，他刚到任，立足未稳，还是避开锋芒吧。于是，呼国庆暗暗地忍下了这口恶气，他一句话也没说，两眼一闭，身子靠在了轿车后座的后靠背上……

纵是这样，王书记却仍不解气。他训完司机后，又重新回到自己车上,对司机说:"操,反了!你给我围着这个转盘开,开慢点!"于是,一个车队,八辆轿车,就都跟着首车围着十字路口的大转盘转起圈儿来……这时候,转圈儿就成了一种形式,一种渲染,一种对"一号车"的确认过程。"一号车"开得很慢很慢,后边的车也只好跟着一辆一辆地慢下来,一圈儿一圈儿地围着街口转。呼国庆坐在后边的车里,拼命地压抑着心中的怒火。转圈儿是形式,可他品尝的却是那"内容",形式和"内容"是一体的,形式在转,"内容"也在转,这一切都成了对他心理承受力的一种检阅,一种超极限的弹压!此时此刻,呼国庆心里的滋味是无法言说的。

一时,路口上的交通完全堵塞了。站在指挥台上的交警像是傻了一样,不知该如何指挥才好。四周是人山人海,人们全都在观看这些在十字路口上转来转去的八辆车……人群中有人议论说:"这是干啥呢?来大官了?!"

车里一片沉默。

一连转了三圈后,王华欣这才舒了一口气,他对司机说:"算了,走吧。"

第二天上午,两人又见面的时候,王华欣说:"操,昨个儿喝高了。你看我这鸟脾气,多包涵啊,老弟。"

呼国庆笑了笑,轻描淡写地说:"没啥,没啥。我也喝高过,都一样。"话是很平常的,但这里边也隐隐约约地含着一点什么。

王华欣笑笑,他也笑笑,好像这事就过去了,可那感觉却在心里埋下了。感觉种下了,那芥蒂也就种下了。慢慢,慢慢,在很多事情上,就有"芽儿"生出来了……

后来,每次出门的时候,呼国庆就对司机说:"'一号车'走了没有?"司机若说:没有呢,王书记还没下来呢。呼国庆就说:那就再等等,让"一号车"先走。司机若说:走了。呼国庆就说:走了吗?那咱也走吧。慢慢,这话就在司机班传开了,越传面越大。在机关内部,私下说到王的时候,人们就说"一号车"如何如何。不久,这话就传到了王华欣的耳朵里,王华欣挺了挺肚子,笑笑说:"一号车就是一号车嘛。"

在常委会上，"一号车"也体现得很充分。每次开会的时候，王华欣总是固定不变地坐在会议室靠北边的那个中间位置上。不管来早或是来晚，他都要坐在那里，时间一长，那个位置自然就成了中心位置。有一次，呼国庆来得早了些，他往靠南边那个中间位置上一坐，招呼那些常委们说："来来，人不多，凑凑，凑凑。"常委们也就凑凑。过一会儿，王华欣挺着肚子来了，他看了看众人，把茶杯不轻不重地往桌上一放，笑眯眯地说："你看你们？放个屁都不利索！散散，散散。"常委们也只好散散。王书记这才坦然坐下，宣布说："开会吧。"

会议室里摆放的本来都是藤椅，一色儿的藤条椅子。可突然有一天，椅子全换了，王华欣坐的那个位置换的是皮转椅，其他位置换的是折叠椅，虽然都是黑颜色的，可这一换，差别就大了。位置上的差别带来了心理上的差别，在议到什么的时候，人们的心理就发生了很微妙的变化，到了关键的时刻，一般都是王书记的意见成了最后定论。

为此，呼国庆非常生气。可生气归生气，话却没法儿说。你不能因为一张椅子说什么，也不能为一个位置说什么，说了也只能说明你的涵养差，斤斤计较。要论起来，人家会说，这都是些鸡毛蒜皮，可众多的"鸡毛蒜皮"堆积起来，就形成了一种逼人就范的气势。这就像空气一样，你看不见摸不着，却可真真切切地感受到。有一次，在一个私下的场合，呼国庆无端地冒了一句："鸟，公社书记水平！"不知怎么的，这话又传到王华欣的耳朵里去了。在一次干部会上，王华欣说："谁当过公社书记？举举手。"当场就有好几个人举起了手。王华欣笑笑说："哟，还不少呢。"接着又说，"呼县长，你不也干过乡党委书记吗？"呼国庆说："干过。"王华欣拉长声音说："噢，都在基层干过呀！"

这些感觉都是慢慢储备、慢慢积累的，也是潜移默化的。后来又发生了一件事情，这个事又把两人的矛盾往前推进了一步，推到了白热化状态。

有一个绰号叫"范骡子"的乡党委书记，在下边干了十年，说起来也是有些政绩的。他想调到县城来，主要是想当副县长。从人事线上说，他是王华欣的人，王华欣平时对他也很好，见面总是骡子长，骡子短的，很随便。可他又转弯抹角地跟呼国庆的老婆有一些亲戚关系。一般县里改选都在下半年进行，可这人下手早，年初就开始活动了。他先找了县委书记王华欣。王华欣说："这个事嘛，你最好给呼县长打个招呼……"范骡子试探说："我是不是得表示表示？"王华欣模棱两可地说："你想表示表示也行……"于是，范骡子就找呼国庆去了。

那也正是呼国庆快要离婚的时候，有一天晚上，范骡子突然到家里来了。他一来，吴广文张口就喊舅，她说："舅，你咋来了？"接着又是倒茶又是递烟，显得十分热情。这么一来，呼国庆也不好不热情了，就坐在那儿陪他说话，说了一些闲话之后，范骡子说："广文，你歇吧。我跟呼县长说点事。"吴广文说："舅，你有啥赇说了，外甥女婿，还有啥不能说的？"说着，吴广文就进里屋去了。

范骡子这才说："呼县长，我是个直人，有啥说啥。我在下边干了十年了，没有功劳也有苦劳，我想动动……"呼国庆笑着说："有啥想法，你说吧。"范骡子说："别的也没啥，干这多年了，看县里能不能安排个副职？"呼国庆一听就明白了，他是想当副县长呢。呼国庆沉默了一会儿，说："这个事儿，还早呢，下半年才……"范骡子暗示说："我知道还早。我就是想早些给你打个招呼，你心里有个数。我已经给王书记说了……"呼国庆一听这话，心里就有些反感，可他并没有表露出来，只说："好，我记着就是了。"范骡子似乎还想说点什么，可他终于没说，又坐了一会儿，就告辞了。

等他走了之后，呼国庆才发现，在沙发的一个夹缝里，还放着一个信封呢！呼国庆拿起来一看，里边竟然装着厚厚的一沓钱！呼国庆立时就愣住了，那是一万块钱。那钱拿在手里，像火炭一样，变成了一种很烫人的东西！怎么办呢？呼国庆心里明白，这钱是万万不能收的。如果收了，他没有当上，钱你退不退？退不退都很尴尬呀。如果当上了，那也总有一天会传出去。不定哪一会儿，他要是喝酒喝高了，会给人说：不假，他提我了，可我给他塞钱了……人家就会猜：你既然敢收他的，就敢收别人的，谁也不知道你黑了人家多少钱财呢。到了那时候，你就是浑身长嘴也说不清楚了！这不比一条烟、一瓶酒、一件东西，这是一个数，他不管啥时候都会记着你收过他的一个数。再说，他又是王的人，跟王华欣的关系那么近，这就更不能收，万万不能！

　　呼国庆为这事考虑了整整一个晚上。第二天，他拿上那个信封去了王华欣的办公室。进了门，他二话没说，就把那个装钱的信封扔在了王华欣的办公桌上。王华欣看了看他，说："你这是演的哪一出啊？"呼国庆说："走麦城。"接着又说："我是没招了，请书记处理吧。"王华欣瞅了瞅扔在桌上的信封，说："啥事吧？"呼国庆说："骡子昨晚上到我那儿去了……"王华欣听了，沉吟一会儿，说："这屎货！"呼国庆说："王书记，你看咋办吧？"王华欣又自言自语说了一句："这屎货！"接着，王华欣看了呼国庆一眼，马上把秘书叫过来，当着呼国庆的面说："你给我点一下。"秘书拿起信封，把里边的钱倒出来，一五一十地点了，而后说："王书记，一万。"王书记就说："哦，一万。"说了，沉默了一会儿，他才挺了挺肚子，大包大揽地说："国庆，既然你有难处，我来处理吧。"呼国庆马上说："那好，那好。"

　　谁知，呼国庆刚走，王华欣一个电话就把纪委书记招来了。纪委书记一进门，王华欣就说："这是呼县长交上来的，你处理一下……"纪委书记是个"二炮"，他拿起桌上的信封看了看，大嗓门说："是骡子？骡子那狗日的咋干这事？！"王华欣眼皮都没抬，只重复说："这是呼县长交上来的，你处理一下。""二炮"也没再说别的，骂一声："操！"拿上钱就奔市里去了。

　　一个月后，市里的调查组下来，范骡子被停职反省，免去了乡党委书记的职务……宣布那天，骡子当场就瘫了，站不起来了。人是活脸的，弄到了这一步，他还有脸见人吗？他简直成了一摊泥了，就躺在县委大院的水泥地上，像断了脊梁的狗一样，又哭又骂……

　　这样的结局，呼国庆也没料到。他没有想到，王华欣这么快就把骡子牺牲掉了。他以为骡子是王的人，王华欣说什么也要保他。他一定会死命保他。这样的话，就等于把"球"踢回去了。看你王华欣怎么处理。你处理也好，不处理也好，反正把柄在我手里……

可是，结果却恰恰相反。那个"二炮"到处给人说："呼县长把钱交上来了，我不处理行吗？！"王华欣也在大会上说："呼县长做得对，很对，非常对。廉政，廉政，啥叫廉政？这就是廉政……"话上说得很得体，可这么一来，呼国庆反而成了众矢之的，成了"廉政"的楷模——也就成了直接把骡子干掉的"杀手"，成了骡子的仇人了。

"球"又踢回来了。送去的时候不声不响，踢回来却是"大鸣大放"。在中层干部眼里，王华欣落的是"挥泪斩马谡"，不得已为之；呼国庆却落的是"嫌隙人有心生嫌隙"，"弄小巧借刀杀人"。说又说不清楚，解释又不能解释，自家酿的苦果，也只好自己咽了。

五、节外生枝

在离婚的事情上，呼国庆又错走了一步。

他错就错在，千不该，万不该，不该让离了婚的妻子即刻就回娘家。离婚本来是两人之间的事，叫女人一旦回了娘家，那羞辱就成了一家人的了。

刚回去那几天，吴广文并没把离婚的事透出去。一是她觉得没脸说，二是她还抱着一线希望，她以为呼国庆还会回心转意，他的话里还留着活口呢……可是，女儿心里有事，家里人很快就看出来了。

吴广文的父亲是城关镇七里店的支书，人是很精明的。他先后当了十五年支书，好朋好友好脸面，自然有些活动能力。女儿回家来，对他来说是件大事，那是"县长夫人"回来了。一家人自然十分高看。吴支书立马吩咐女人："多弄俩菜。"这本是待客的规矩，女儿出了门就是客了，何况还是"县长夫人"。于是，当娘的就顿顿给女儿做好吃的。可几天过去了，女儿却越吃越少，一点点一点点的。娘看在眼里，说："咋猫样？"女儿却说："饱了。"吴支书看着女儿，说："算了，那边油水大。"

私下里却对女人说："广文心里有事。"女人说："我也看出来了，夜里搂着丹丹掉泪哪。"吴支书说："你夜里问问她。"夜里，娘就问广文："咋了？"吴广文说："不咋。"娘说："生气了？"吴广文说："没有。"娘说："没有你回来干啥？"吴广文不吭。娘说："呼县长知道你回来？"吴广文说："他送我回来的。"娘说："嗯？"吴广文说："嗯。"娘说："嗯是个啥？"吴广文说："没啥。"娘说："是不是没生娃？这也好说，把丹丹给她舅，再生一个。"吴广文说："不是。"娘说："不是又是啥？"吴广文说："娘，你别问了……"说着，眼圈就有点红。娘说："有啥说说，也犯不上这样。"吴广文扑在床上，"哇"的一声哭起来了。

第二天上午，一家至亲全都在堂屋里坐着，吴支书朝里间喊了一声："广文，你出来。"吴广文慢慢从里间走了出来，也就是一夜之间，眼圈黑着，人也瘦了许多。吴支书说："广文，你说实话，是不是已经'那个'了？"吴广文不说话，一句话也不说。吴支书说："你说话呀？！是不是真'那个'了？"吴广文还是不吭。吴支书急了，发脾气说："广文，你再不说实话，哭都来不及！你说，到底办了没有？！"吴广文勾着头，像蚊子哼一样说了声："嗯。"一时间，全家人都成了勾头大麦了。那耻辱最先出现在吴支书的柿饼脸上，血丝一线一线地漫上来，漫成了一个血葫芦瓢。看起来，女儿是被退回来了。女儿成了一块用过的抹布，人家说不要就不要了，这是多么大的难堪哪！这，这往后还怎么做人呢？吴支书咬着牙说："你，你怎么不死呢？！"接着，他眼里先是有了泪，而后一跺脚，长叹一声，说："我去找你舅。"

下午，范骡子竟然主动来了。这时的范骡子已被免职，他已很久没有出门了，他的脸面已被那件事情碾碎，没有脸又怎么做人呢？他成了一头真正的"咸骡子"，只好终日躺在床上养"病"。平心而论，范骡子并不是贪官，他给呼国庆送去的那一万块钱有一部分还是借的，可他撞到枪口上了！因此，在他躺倒之后，也还有人来看他，还有人说他是太老实了，连给人送礼也不会……所以范骡子是又愧又恨，愧是愧在不该去干那样的蠢事，可愧是虚的，恨却是实的，有目标的。那个目标就是呼国庆，他恨死了呼国庆！所以，当吴支书来找他时，他刚刚还在床上头疼得呻吟呢，可一听完来意，忽一下他就坐起来了，那病先就好了七分。他觉得是上天给了他一个报仇的机会，这是无论如何不能错过的。

他一进家门，就对吴广文说："广文，事儿到了这一步，你也别遮遮掩掩了，把啥都说出来吧。说出来我好帮你拿个主意。"

吴广文不想说，她实在是羞于启齿。范骡子就启发说："闺女，这里就你爹你娘你舅，没有外人。你说吧，你得原原本本地给我说出来，再难说的，你也得说，你不说我没法儿帮你……"

就这样，就像是挤牙膏似的，一点一点的，吴广文还是把经过说出来了……

吴广文刚一说完，范骡子眼就亮了。他瞪着两只牛蛋眼，一连吸了两支烟，一拍桌子说："闺女呀，傻闺女呀，这是个'套'呀！这都是他算计好的，就是让你往里钻的呀！"

吴广文还有些不信，怔怔地望着范骡子……

范骡子说："他是不是早就说要去深圳？"

吴广文说："是。"

范骡子说："到了那天，东西收拾好了，车票也买好了，是不是？"

吴广文说："是。我给他装了两套换洗衣服，还有……"

范骡子说："可他没走，半夜里又突然回来了，是不是？"

吴广文小声说："是。"

"回来就看见你和秦校长在一块儿坐……是不是？"

吴广文像蚊子样地"哼"了一声……

范骡子说："闺女，这一环一环的扣得这么紧，你还看不出来吗？早说要走要走，他为啥突然又不走了？既然不去了，为啥中午不回家？晚上又不回？就说有事，也可以往家打个电话呀？他过去是不是也这样？"

吴广文回忆说："过去……他总是打个电话说一声。"

范骡子说："这是个阴谋！是他早就设计好的。你还在鼓里蒙着呢！你知道这是为啥？他是存心不要你了！他是有外头了，肯定是有外头了！不然，他不会费这么大的周折……"

"闺女呀，看起来人家早就下手了。这不是一般的毒辣，这'招'是蝎子喂出来的。狠着呢！人家网早就张好了，就等你往里钻呢。到了这一步，你离也得离，不离也得离，离了还叫你没话说，离了还泼你一身臭水，让你走哪儿臭哪儿……"范骡子开始给吴广文做工作了。

范骡子说："闺女呀，千不该，万不该，你不该给他写那'保证'，那就是证据呀！他说写个'保证'就没事了，那是骗你的。那是个屎盆子！就是要往你头上扣的……不信我托个人给你问问，肯定法院里看过那东西。心机深哪！"

坐在一旁的吴支书，听着听着，那脸就像是让人扇了一样，他沉默了很久才说："她舅，你看咋办吧？"

这时，范骡子沉着脸说："大主意还得闺女自己拿。我看只有两条路。一条，忍了，趁早别想复婚的事，那是不可能了。他要是有这个心，他就不会急着去办手续。我敢肯定，不出仨月，准有个浪女出现，我要呛不准，把我的眼抠了！另一条，就是告他。他不让你活，他也别想安生！"

吴支书咬着牙说："老丢人哪！告！就是倾家荡产、砸锅卖铁，也得出这口恶气！"

范骡子最后又特别叮嘱说："闺女，走到这一步了，你也别怕。有你舅给你做主，没人敢咋你。你给我写个'材料'，我给你往上递，省市县一齐送！不光往上递，'人大'也送，到'人大'开会时，一个代表送一份，准叫他县长当不成！"

吴广文还有点不忍，嗫嗫嚅嚅地说："那，告他啥呢？"

范骡子急了，拍着桌子说："你咋还迷瞪？！傻闺女，别抱幻想了，他不会再跟你过了。告啥？啥要紧告啥，啥吃劲告啥。告他喜新厌旧，告他行贿受贿，告他……你好好回忆回忆，他都收过谁的钱、收过谁的礼，要一笔一笔给他写下来！"

吴支书也说："写，写吧。他让咱死哩，临死也得拉个垫背的，咬也得咬他一口！"

范骡子劝道："写吧，闺女，人就是一口气呀！不然，这算啥呢？落个人不人鬼不鬼的……"

女人在一旁说："要是给他认个错，兴许……"

范骡子拍着手说："老姐姐呀，你呀你呀，嗨！咋恁糊涂哪？人家是下狠手了，死活不要你了，你跪下喊爷也不行！"

吴支书瞪了女人一眼，说："你别喳喳了，听她舅的。"

话虽已说到了这种地步，可吴广文还是没有写。她还抱着一线希望。她偷偷地回去了一趟，想再见见呼国庆，看他怎么说……然而，当她带着女儿回家后，一连等了三天，天天给呼国庆打电话，最终也没有见到呼国庆。她明白了，那是呼国庆故意躲着不见她。到了这时，她才彻底绝望了。

当范骡子再来的时候，她咬着牙说："我写。"

不久，呼国庆就知道了吴广文告状的事。开初，他还有点不以为然，私下里给人说："让她告去。告到联合国我都不怕！"可是，渐渐地，他就觉得风头不对了。他知道，县委书记王华欣早就看过那份"材料"了，可他却一直不动声色，就像是不知道这件事一样，既不制止，也不通气，一任事态发展。很快，县长老婆状告县长的事，成了全县的特大新闻！一时，各种谣传满天飞，到处都在传播县长呼国庆受贿多少多少的消息。人们纷纷议论说：别人说的有假，他老婆说的还有假？！

又有人说：市纪委调查组马上就下来了……

到了这时，县委书记王华欣还是没有明确态度。他只是很随意地问了一句："你老婆是咋回事？"呼国庆马上掏出了吴广文和秦校长写的那份"检讨"，他把那张纸往王华欣的桌上一放，说："是她干下了见不得人的事，倒反咬一口！她告 让她告了，我奉陪到底！"王华欣并不看那张纸，只皱了皱眉头说："这是干什么？很不好嘛。你别理她，让她告去。"话虽是这样说，可私下里，却有人告诉呼国庆说，最近范骡子常到王书记那里去……还有消息说，这件事是范骡子一手策划的，他正到处活动呢，不光是往上发告状信，还串联了十几个乡的乡长……县里的班子马上就要改选，呼国庆这会儿才认识到问题的严重性。

于是，他立即拨通了呼家堡的电话，在电话里，他对村秘书杨根宝说："根宝，无论如何我得见呼伯一面！"

第三章

一、花甲

八月二十七，是呼家堡的吉数，是上苍给呼家堡人送来星宿的日子。

六十年前的那一天，迎着灿灿的朝霞，呼天成光荣诞生在呼家堡的一座破旧的茅屋里。时光荏苒，斗转星移，漫长的六十年过去了，在呼家堡，他已先后领导了四代人，呼家堡也成了平原上最有名的村子。

有一天，他忽然说，他老了。

呼家堡人说，呼伯不老。再说，没有呼伯，我们怎么活呢？

他笑笑说，他们巴不得我去呢。

呼家堡人一个个泪汪汪的，说，呼伯，你怎么说这话呢？你的恩德我们会记一辈子的……

他叹口气说，人都是要去的。过了八月二十七，我就活满一个甲子了。老了，老了呀。

这话虽然是私下说的，也就是一两个人知道，可很快就传遍全村了。于是，就有人死死地记住了这个日子……

晨光里，在太阳还未升起的时候，高挂在呼家堡村街中央的大喇叭就响起来了，喇叭里播出的是《东方红》乐曲。三十年来，呼家堡

44

的第一支曲子一直是《东方红》。这其实是一道命令，一道无形的命令，在《东方红》的乐曲声中，呼家堡的男男女女、老老少少，一个个揉着眼，小跑着走出来，齐聚在村办公楼前的广场上。接着大喇叭里就传出了"呼家堡健身操"的音乐。这音乐是套仿的，其实也就是一般的操乐。音乐响起来的时候，呼家堡人就跟着伸胳膊蜷腿……这就是呼家堡的晨操。这套操是呼天成创的，也是八节，所以叫"呼家堡健身操"。

做完健身操，当人们回家吃饭的时候，挂在各家屋门前的小喇叭就又响起来了，喇叭碗儿里传出的是女播音员姜红豆那半普通半乡土的语音。姜红豆的语音里带有一股牛屎饼花加含羞草的气味，很让呼家堡的小伙子们着迷。姜红豆在小喇叭碗儿里捏着腔说：呼家堡人民广播站，现在开始播音了……同志们，今天是八月十七，八月十七，也就是说，离我们最敬爱的老书记的生日只有十天了，只有十天了！各单位、各部门都纷纷写下了决心书，决心以实际行动，以优异的工作成绩为老人的生日献礼！写决心书的单位有：第一队、第二队、第三队、奶牛厂、面粉厂、造纸厂、制药厂、食品厂、饮料厂、猪场、羊场、饲料厂、汽车队、机耕队、卫生院、浴池、学校……接着，姜红豆又说：这个日子就快要来到了。人们都期盼着这个难忘的日子，期盼着能在老人六十大寿那一天去为他祝寿……可是，姜红豆仅仅才播了一天半，刚刚播完那些"决心书"，就再也不播那个"时刻"了。当有人问起的时候，她抿着嘴儿，有点遗憾地说："老头"不让播了。

是呀，村民们都盼着这一天呢，村民们早就开始串联了，人们在私下里偷偷商议着，该给"老头"送点什么好呢？不光是村民们想为老人祝寿。早在半月前，就先后有省、地、县的各方人士纷纷打电话来，询问寿辰的具体时间……可是，当播音停止后，突然之间，老人发下话了。老人只说了六个字：不祝寿，不收礼。

就这六个字，立时平息了村人们祝寿的念头，他们都知道老人的脾气，也就罢了。只是忙坏了村里的秘书。在那些天里，他几乎每天都坐在电话机旁，给各方人士挂电话、回电话，做一些必要的解释。

他在电话里不厌其烦地说："呼伯说了，心意他领了。请你们不要来。来了也不接待。呼伯说……"

然而，在八月二十七这一天，还是有人来了。上午十点的时候，在离村不远的108国道上，先后有一辆辆的小汽车向呼家堡驶来。仅从那些耀眼的轿车上就可以看出，来的全都是非同小可的人物。可这些车辆并没有直接开进呼家堡，他们离村很远就停下来了。那些坐着轿车来的客人们，把车一辆一辆地停在了村外的路口上，而后一个个徒步向村里走去。

渐渐地，车越来越多。多得连过往的路人都惊诧了。只见先后有二十几辆高级豪华的轿车停在村外的路边上，排起了一个长长的耀人眼目的车队。从车上走下来的人一个个气宇不凡，他们相互打着招呼，手里提着礼品，大步走着。有人一边走一边说："不知老头见不见咱们？"有人摇摇头，说："不会见。老头既然发话了，他说不见就不见。"还有人说："老头六十大寿，不见也得来呀！"有人说："那是，那是。"

村里的干部们自然知道这些人的分量，也都慌慌地迎出来，把他们迎进一个个接待室，倒上水，递上烟，说一些客气话，而后私下悄悄地派人去请示呼伯。呼天成沉思良久，淡淡地说："既然来了，就安排他们吃个便饭吧。"又问："见不见？"他说："不见。"

中午时分，在呼家堡接待客人的小餐厅里，依次安排了三桌。第一桌摆在题名为"棉田小屋"的雅间里。"棉田小屋"里挂有一个巨大的、镶在玻璃镜框里的彩色壁画，壁画上是一团团雪白灿灿的棉花。这桌安排的全是省、地、县一些很有名堂的行政官员。第二桌摆在题名为"麦田小屋"的雅间里。"麦田小屋"里仍是挂着一个巨大的、镶在玻璃镜框里的彩色壁画，壁画上是一片片金灿灿的麦穗。这桌安排的大多是一些很有影响的文化人，是一些报纸、电视台、杂志的高级记者们。第三桌摆在题名为"谷田小屋"的雅间里。"谷田小屋"里还是挂着一个巨大的、镶在玻璃镜框里的彩色壁画，壁画上是一丛丛黄澄澄的谷穗。这桌的人稍杂一些，有几位是省里市里一些银行的行长，有几位是省里一些大公司的经理，还有两位是在工商、税务部门负一些责任的。

待客人坐下后，菜很快就上来了，每桌先上的是八道凉菜：第一道是"油炸蝈蝈"，第二道是"凉拌灰灰菜"，第三道是"糊烧麻雀"，第四道是"清蒸榆钱儿"，第五道是"醋熘蚂蚱"，第六道是"拔丝红薯"，第七道是"风腊鹌鹑"，第八道是"蒜辣柳尖儿"。这八道菜都是具有"呼家堡风格"的，是呼家堡的土产。每逢来了较为重要的客人，这八道凉菜是必上的。虽然多是野物、土产，灶上还是极为讲究的。这八道菜所花费的代价绝不低于一桌高档宴席。当然了，这八道只能算是配菜，主菜是火锅，那火锅是专门从外地买的，袖珍型的。烧的是酒精，每人面前摆一个；火锅的配菜也是八种，有生鱼片、鳝丝、羊肉片、肥牛片、鱿鱼片……酒水是三种：有白酒，那自然是"五粮液"；有红酒，那自然是"民权红葡萄"；有啤酒，那自然是"青岛生啤"了。最后才是主食。主食有馄饨、饺子、豆面面条、小窝头等等，也都是极精致讲究的。不过，这样的档次，在呼家堡只能算是二类或三类的接待规格。即使这样，也必须有呼天成发话，若是呼伯不点头，客人是坐不到这里的。只要呼伯说出"便饭"二字，就是这样的规格了。

端起酒杯的时候，坐在"棉田小屋"的一位十分精干的、看上去还有些傲然的中年人首先站了起来。他是特地从省城赶来的，是省里一个十分要害部门的处长。他举起酒杯，郑重地说："首先让我们给呼伯祝寿，祝老人家身体健康！岁岁健康！呼伯不在，作为晚辈，我先喝为敬吧……"说着，他一连喝了三杯。喝毕，他又对在一旁作陪的村干部说："请转告呼伯，老人的生日，我年年都会来的。他不让来，我也要来……"话语中，仿佛言犹未尽，又补充道："呼伯是我的恩人哪！"众人也都跟着站起来，为老人的寿辰和健康干杯。说起呼伯，谈起往事，自然都有很多的感慨……

酒过三巡之后，坐在"麦田小屋"里的一位客人突然泪流满面，他哽咽着对作陪的村秘书说："根宝啊，我在呼家堡当知青的时候，你才四岁，才这么一点点高，你小，你不知道，那时候，那时候啊……要不是呼伯，就不会有我冯某人的今天！是呼伯介绍我入的党，是呼伯推荐我上了大学，分到报社后，又是呼伯一次一次帮我……说起来，我是省城报社的副总编，我也算是有发稿权的人，可我没有为呼家堡写过一篇稿子，一个字也没写过。每次跟老头谈起来，老头都说，你写什么稿子？你不要写，你是呼家堡出去的人嘛。你吹什么？我不要你吹，吹得高摔得死。可我知道，我心里什么都清楚，老头是为我好呀！前些年，评职称的时候，我缺软件，我没有书啊！实在没办法的时候，我又硬着头皮找了呼伯，呼伯给了我三个字：出，出好！第二天，呼伯就派人把钱给出版社送去了，我这才评上了编审。人心都是肉长的呀！根宝啊根宝，你把酒倒上，全倒上。我喝就一溜儿，我喝十二杯！我这是为呼伯喝的……"他把排在桌上的酒一杯一杯地喝下去，摇摇地晃着身子说："我真想为老头办件事呀，我冯云山什么时候能为老头办件事呢？"

坐在"谷田小屋"里的那位银行行长大概是喝多了，红涨着脸，嘴里絮絮叨叨地就那么几句话："老头怎么不上我们那儿贷款呢？多少人找我，认识不认识的，都去找我，我都给他们批了。大笔一挥，批了！就老头不找我，老头是看不起他这个侄子呀！给老头捎话吧，给老头说，我对他有意见！我范炳臣对他老人家有意见。呼家堡办这么多企业，难道说不需要钱吗？可老头就是不找我，找别人都不找我。只要老头言语一声，让人拿二指宽的条子，我都认，我不是不认哪！可老头不找我呀，老头就是不找我……喝？这酒我不喝了，我生老头的气……"坐在他身旁的是一位市工商局的副局长，他也喝得稍多了一点儿，听范炳臣这么说，马上举起手来："老范，你说啥？你生谁的气？你还敢生老头的气？！你再说一遍？敢再说生老头的气，我就敢扇你！"老范马上扬起脸，说："老刘，你扇，你扇，你替老头扇我，我不还手！"老刘说："这还差不多……"众人跟着嚷嚷说："罚酒，罚酒！"

等客人吃完饭的时候，村秘书杨根宝已经把一些要做的小事做了。他悄悄地把那些坐在另一处吃饭的司机叫来，每辆车的后备厢里都装上了一份礼物，这些礼物也都是呼家堡的土产：每人一壶小磨香油，十袋精致奶粉，一箱饮料。这是惯例。

茶后，客人们要走了，村干部们也都跟着出来送行。临上路时，有三位客人再三地表达了想见见呼伯的意思。报社的冯云山把杨根宝拽到一旁，悄声说："根宝，你跟呼伯说，我想见见他老人家。你让他给我安排个时间，到时候我再来……"银行行长范炳臣，在临上车前，又回过身来，紧握住村秘书的手，低声说："根宝，给老头说，我想见他。你给我说说，看老人啥时候有空……"根宝笑着说："我一定转告。"

不料，工商局的那位副局长老刘，摇摇晃晃的，酒醉人不醉，走着走着，却又站住了，他结结巴巴地说："我我我不走了。我不走了。我有事，我再等一天，说啥也得见见呼伯……"

二、茅屋

这是一个静谧的、很少有外人知道的小院。

小院隐在果园的深处。秋了，苹果开始有香味了，在秋阳的映照下，一树一树的果儿泛着青色的亮光。有雀儿在果树上飞来飞去，从这个果儿上跳到那个果儿上，枝头微微地弹动着，弹出一片雀儿的"啾啾"。在果枝的缝隙里，在一排排果树的后边，若隐若现地透出一个小院落来。

那院门很旧了，是那种老式的双扇门，门板上黑污污的，带着雨水留下的陈年污迹，看去，显然是从旧房上拆下来的。院墙有一人多高，旧砖砌的。院子里歇着一架葡萄，那葡萄也已很有些年数了，一身铁黑色，树身虬虬蚰蚰，蜿蜒向上爬去，爬出一片片遮荫的老叶，那叶儿经了初霜的浸染，叶边已泛红了，叶下垂着一串一串的葡萄。葡萄架下有一石桌，石桌是旧碾盘改的，还有两只旧日的小石碌，权且做了石凳。葡萄架的后边有三间茅屋，是麦草苫的。总共三间草房，还有一间是单独隔出来的，也单独有一个可以进出的门。门都是单扇，窗户呢，也仍是旧式的格子小扇，很有些寒碜的样子。

进门就可以看见那只破旧的洗脸盆架，架上放着一盆清水；靠里，摆着一张旧办公桌，还有几张简单的床铺，一些木椅之类……墙上糊的是一些过期的旧报纸，报纸因有些时日了，泛黄。更靠里一些，单放着一张床，是草床；床前也是一张旧桌，旧桌旁挡着一架旧式的立柜，立柜外边是一张简易的木制躺椅，躺椅上半躺半靠地坐着一位老人。老人半眯着眼，两只手摊放在躺椅的扶手上，默默地躺靠在那里，仿佛是睡去了。在他的呼吸里，竟然散发着一股股草的气味，那气味是各种青气杂合出来的，弥漫了整个屋子，显得非常浓烈、独特。老人的脸是国字形的，脸上的皱纹却是弧状的，一条条皱褶像涟漪一样四散开去，显得人很平和；可他的眉毛就像是硬板刷一样，浓浓、硬硬的，看去不怒自威，这人就是呼天成了。在呼家堡的今天，家家户户都住上了两层小楼，村里自然也有许多豪华的各种规格的接待室、办公室，办公楼就更不用说了……然而，只有这里才真正是呼天成办公的地方。

　　如果细细地观察，就会发现，茅屋虽然破旧，里边却有着较现代化的装备。外间，在那张旧木桌上，在一块旧毛巾的下边，悄悄地摆放着两部电话机，一只是红色的，一只是黑色的，那红色的是外线，那黑色的是内线，那电话随时可以拨通中国乃至世界的任何一个地方；在那些简易床铺的下边，隐隐可以看见装有暖气设备的管道和一排排铁制的暖气片；在门的后方，在一个很不显眼的地方，还摆放着一台可以控温的电热饮水机和一些茶具。里间，也是有床铺的，床上铺着蓝格格的粗布床单；就在那粗布床单上，放着一只进口的十七波段的收音机，那自然是收听新闻用的；在被旧立柜挡着的一张旧办公桌上，还有一只白色的电话机，那是一只专线电话；在立柜外边，放的是一对木制简易沙发，在沙发中间的小茶几上，放着一只在十五公里范围内有效的对讲机，如果他要说什么的话，在几秒钟之内，他的声音就可以传遍呼家堡的任何一个地方……老人也并没有睡去，偶尔，他的手指会微微地在木制躺椅的扶手上弹动一下，当他手指弹动的时候，就会露出压在他手心下的一只小钥匙，那是一只看上去很普通的钥匙，只不过有些精致罢了。然而，却没有人会知道，这其实是一台"奔驰

500"的车钥匙，它价值一百二十多万呢！

　　今天是老人的生日，是他的六十大寿。可他却默默地躺坐在这里，整整一天了，谁也不见。在这一天的大多数时间里，他似乎都在把玩那只小小的车钥匙。他特别喜欢钥匙贴在手指上的那种感觉，那凉是光滑的、沁人的、有肉感的。那只明铿铿的车钥匙在他的手心里跳跃着，给他带来了圆润的、丝丝缕缕的愉悦。有时候，他把它扔起来，听落在桌上的那声"当"的脆响；有的时候，他又把它拿起来。用力地贴在脸颊上，在脸上印出一个椭圆形的印痕，他喜欢这样。可他的心却并不在车钥匙上，他的心是在漫长的六十年中游荡……

　　日子很碎呀，不是吗？日子是一天一天走过来的。呼家堡虽说地方不大，可也费了他四十年的心血啊！在这四十年中，他先后有过七次危机，那七次，每一次都让他绞尽了脑汁，可他终于还是走过来了，他创立了一个新的呼家堡，一个在豫中平原赫赫有名的呼家堡。他值呀！可他的思绪却时常出现恍惚，有时候，他会蓦地睁开眼来，眼里透出一丝警觉，像是突然发现了什么……而后他又慢慢地闭上眼睛，重新回到平静中。是呀，有些事情是可以言说的，能说的都在这块土地上矗立着；而有些事情是不能言说的，还有些事情是他不想言说的，那些事情都装在他的脑海里，在闲暇的时候，它会悄悄地溜出来……他也常常忆起童年的一些往事，那往事是零碎的、一片一片的，不知怎的，当静下来时，就会陡然蹦出一片来……在一个场光地净的日子里，他看见他和一些八九岁的娃子在场里玩"中状元"。那时候，"中状元"是乡下孩子独有的游戏。娃们在光溜溜的场里脱下一只破鞋，而后鞋尖对着鞋尖竖起来，垒一个小小的宝塔。于是，孩子们就排成队，手里提着另一只破鞋去砸那"宝塔"，看谁砸得准。每砸倒一次，娃子们就喊："中了！中了！"接着重新再垒，垒了再砸。那时候，他中了多少"状元"哪！那破鞋像箭一样地甩出去，甩出一股子脚臭气，在翻飞着脚臭气的场院里，娃们齐声高喊："中，中，中状元，骑白马，戴金冠！"……想起童年里的这段往事，他抬起手，轻轻地拍了拍头，默然地笑了。这时，他的笑里显现出了少有的慈祥，他脸上的皱纹也像花一样的舒展开去。而后，他慢慢地坐直身子，学着童年的样子，把那只钥匙用力地投了出去，只听"当啷"一声，钥匙准确地落进了门旁的洗脸盆里……

听到响声，村秘书杨根宝走了进来。这是一个十分机灵的年轻人，他在门外已站了一会儿了。他跨进门来，先是立在门旁，轻轻地叫了声："呼伯……"呼天成仍是眯着眼，在那里半躺半靠地坐着，也仅仅是"嗯"了一声。杨根宝却马上走到水盆前，在清水里摆了几下毛巾，三下两下拧出了一个毛巾把，又快步走到呼天成身边，把毛巾抖开，递到了他的面前。

呼天成睁开眼来，接过毛巾在脸上擦了几下，又随手把毛巾递还给他，淡淡地问："走了？"

杨根宝赶忙说："走啦，走啦，客人都……送走了。还剩一个……"说着，看呼天成坐起来了，年轻的村秘书笑着说："呼伯，我今天可真是开眼了！"

呼天成看了他一眼，也淡淡地笑了笑，说："咋呼啥？你开啥眼了！开屁眼了吧！"

杨根宝迅速地看了呼天成一眼，他有点不好意思了。啊，这是个最值得骄傲、最值得自豪的老人，他的辉煌是很多人穷其一生都无法达到的。可他从来没有骄傲过。他的话总是很含蓄，无论什么时候都裹着一层让人无法看清的东西……村秘书挠挠头，"嘿嘿"地笑着，赶快从衣兜里掏出一个小本本来，念道："呼伯，我给您汇报汇报，今天……"

呼天成摆了摆手，说："我知道，你不用念了。"

村秘书一愣，一时不知该说什么了……

呼天成轻轻地拍着头，说："根宝啊，我给你一个学习的机会。你说说，他们是来看谁的呢？"

村秘书用试探的语气说："他们……可都是来给您老祝寿的呀。"

呼天成闭上眼，轻轻地摇了摇头，说："也是也不是。我看，主要是为两个字，两个字呀。说得好听一点呢，是为了'进步'……当然了，情义也是有的，不能说没有。人嘛，种瓜得瓜，种豆得豆，搭锯见末呀，但主要是为两个字。"

村秘书问："呼伯，是哪两个字呀？"

呼天成沉吟了片刻，没有说是哪两个字，只是很含糊地说："是有所图啊。"

村秘书说："呼伯，他们都说……"

呼天成眯着眼说："想见我？我知道他们想见我。根宝，人心不足啊。他们想见我，都是有想法的。他们都是人才，难得的人才呀，不然，我也不会……我是帮过他们，我还会帮他们的。可我也有我的原则，我的原则是，于呼家堡有利的事我干……"

村秘书赶忙说："呼伯原则性强，我们得好好学呀。"

呼天成斜了他一眼，说："猴，你也烧秆我呢？"

村秘书忙说："不敢，不敢。我哪敢呢？我是真心话。"

呼天成不再说什么了。停了片刻，他问："邱建伟来了吧？"

村秘书说："邱处长来了。他还说，以后年年都要来。"

呼天成微微地笑了笑，说："那是个聪明人呀。"

村秘书又汇报说："刘局长没走，在这儿等着见您呢。"

呼天成沉吟了一会儿，摇了摇头，好久才说："……副了多年，想当正职，想叫我给市里说说话。我一个刨地球的，不是不能说，说多了也不管用……还是不见吧。"

"冯总编也想见您，一再地让我捎话……"村秘书弓了弓身子，说。

呼天成拍了拍脑门："云山是个好人，只是黏了一点。可用而不可大用……再说吧。"

村秘书又用试探的语气说："那，范行长……"

呼天成忽然直起身子："小范也来了？"

村秘书说："来了。非说要见见您，说一定得给他安排个时间。临上车还说呢……"

呼天成笑着说："炳臣呀，人呼呼啦啦的，也算是一角子将。有豪气。好，过一段时间，我见见他。"

村秘书接着汇报说："呼伯，大伙都想给您老祝寿，您不让，也没人敢了。村里一些孙辈的娃子，学前班的，想来给您老磕个头，这您总不能不让吧？"

　　呼天成睁开双眼，看了看杨根宝说："是你组织的吧？"

　　村秘书慌了，忙说："不是，不是。是孩子们想来……也可能是他们家里人……呼伯呀，大伙对您的感情，您还不清楚？他们早就排好了队，在街口上等着呢，您看……"

　　呼天成一下一下地拍着头，停了好久才说："算了，别折我的寿了。咱呼家堡不搞这一套。"

　　村秘书又请示说："那，呼伯，那些礼品怎么办？"

　　呼天成淡淡地问："啥？"

　　村秘书说："光大蛋糕就二十多个呢！全是定做的……"

　　呼天成摆摆手，打断了他的话："分给群众吧，一个单位一个。"

　　村秘书用试探的语气说："不留一个？"

　　呼天成说："一个不留。"

　　村秘书想了想，又看了看手里的小本，说："哎呀，我差点忘了一件事。呼县长先后打了三次电话，想见您，说有急事。您看……"

　　呼天成身子往后一歪，重又躺在了靠椅上，他闭上眼睛，沉默了一会儿，喃喃地说："国庆会有啥急事？不好好当他的县长，找我干什么？他来了？"

　　村秘书说："本来要来的，临时脱不开身了，特意派了办公室马主任来……又打电话说，请呼伯一定给他安排个时间。"

　　呼天成没有吭声，只是很久地沉默着……

　　村秘书又站了一会儿，轻声说："呼伯，那我走了。"

　　呼天成用手一下一下地拍着头，沉吟片刻，说："嗯？"

　　村秘书听到声音，立时转过身来，望着老人……

　　呼天成说："给国庆回电话吧。"

三、生日的礼物

夜深的时候，一个影儿悄悄地溜进了隐在果园里的茅屋……

片刻，院子里传来了"趿拉、趿拉"的脚步声，紧跟着是几声响亮的咳嗽，那是呼天成从外边回来了。

呼天成走进茅屋，"啪"一声拉亮了电灯，这时，他像是突然之间闻到了什么，很重地咳嗽了一声，问："谁呀？"

只听里屋传来了猫样的声音："……是我。"

听到回答，呼天成愣愣地站了一会儿，缓步走了过去，他推开里间的屋门，又拉开灯，只见一个姑娘勾着头，在里屋的床边上坐着……

呼天成略感诧异地望着她，说："噢，是小雪儿，你怎么来了？"

小雪儿默默地站起来，低着头说："是我妈让我来的。"

呼天成沉吟了片刻，说："噢，有事吗？"

小雪儿说："我妈说，今天是您的生日，是您的六十大寿，让我给您送礼物来了。"

听她这么说，呼天成笑了。他哈哈大笑，说："好哇，好哇，礼物呢？"

小雪儿轻轻地咬了咬下唇，低声说："我就是……"

呼天成觉得脑海里"嗡"的一下，炸了！有一种白亮亮的东西像大水一样漫过来……他眼前即刻出现了一个雪白的、扭动着的胴体，一双充满柔情的哀怨的大眼睛，那眼睛、那胴体带出了一串串粉红色的回忆。回忆像火苗一样在他的胸中燃烧着，他的心、他的肝、他的五脏六腑都在火中煎着、炼着、熬着……接着，他仿佛又听了那"沙拉、沙拉"的声音，三十年来，那"沙拉、沙拉"的声音一直在他的耳畔响着、在他的心里锯着。纵然是他的人生辉煌达到顶点的时候，他也没有忘记那"沙拉"声……

呼天成默默地望着站在床边上的小雪儿，久久不语。那是玉立着一份年轻的、新鲜的血肉。肉是白的，是那种粉粉的白，润润的白，活鲜亮丽的白,那白里绷着一丝一丝的嫩红,就像是"鹅娃儿笋"一样。眉儿是黑的,是丝线一样的黑,黑得活泼,黑得细密,黑得灵敏,那黑一抹一弯,动出一撇勾人的黑晕。眼是一潭晶莹莹的水儿,那水儿是活的,透的,葡萄一样的。那韵儿也仿佛是一层一层的,一波一波的,波中闪着一些金色的钩儿一样的亮点,也沉也伏,忽而隐了,忽而又泛上来,恰似那潭中的鱼儿,一游一游,让人馋哪。鼻儿呢,巧巧的,纤纤的,有红润慢慢浸出,鼻尖尖上亮着白绒绒的细汗,鼻弧儿一挑,耸中含媚,媚里带羞。嘴儿是红的,是那种天然的、肉肉的红,红得生动,红得健康,红得鲜艳,不带一丁点儿脂粉气。她高高婷婷地立在那里,浑身上下透着一股姑娘特有的青春气息,那气息是由一曲一曲的椭圆形肉弧组成的,她的胸部、她的腰部、她的臀部,全都……啊,多好,熟了!熟了呀。呼天成在心里默默地说。他的目光像弹簧一样围着小雪儿转了三圈,弹出去,拉回来,再弹出去,再拉回来,终于,他慢慢地转过身去,喃喃地说:"是你妈让你来的?"

小雪儿不吭了。

他闭上眼,默默地说:"回去吧,孩子,你回去吧。"

小雪儿说:"我,我是自愿的。"

他咳了一声,用干哑的声音说:"孩子,你误会了吧?我,好像……给你妈说过,让你得空儿来一趟,是想,跟你谈谈工作上的事,是想,给你加加担子……改天,再说吧。"

小雪儿睫毛一闪,悄然落下了一滴晶莹的泪珠,她小声说:"我真是自愿的……"

他转过身来,走上前去,轻轻地拍了拍小雪儿的肩膀,在这一瞬间,他的手感受到了女性肉体的柔软和温热,那温热再一次点燃了他心中的火焰……可他仍然说:"回去吧,孩子。"

小雪儿抬起头来,望着他说:"呼伯,早年,您救过我妈……后来,又救了我哥,您是我们家的大恩人。没有您,就没有我们一家……我不知道该怎么说……"

他不敢再看那"水儿",那"水儿"真润人哪!

他干干地说:"小雪儿,那些事不要再提了。那都是些过去的事了……唉,那也是我该做的,我是呼家堡的当家人嘛。"

小雪儿咬了咬嘴唇,说:"今天是您的六十大寿……我妈说,您什么都不缺……"说着,她开始解扣子了……

他说:"孩子呀,你是不是看我老了,可怜我?"

小雪儿绷紧一线血红,不吭,她已解开了第一个扣子,正在解第二个扣子……

呼天成说:"孩子,你想要什么?你要什么,你给我说……"

小雪儿说:"我什么都不要,我们家欠您太多了,我只想……"

呼天成扭过身去,在沙发上坐了下来,他无力地摆了摆手,说:"去吧,你去吧……"

这时,小雪儿已解开了第三个扣子,顷刻间,那雪白的乳房像跳兔儿一样扑了出来,在那弹软的雪白之上,亮着一圆晶莹的葡萄红……

呼天成把那晶莹的葡萄红含在眼里嚼了一会儿,却加重语气说:"去吧,孩子。你呼伯老了,你还年轻,你呼伯不能毁你。你这份儿情意,我,收下了……"

小雪儿停住手,愣愣地站在那儿,片刻,她又慢慢地、一个一个地把扣子重新扣上……

她用低低的、近似耳语的声音说:"呼伯,我走了。"

呼天成摆摆手:"去吧,孩子。"

小雪儿又咬了咬嘴唇,快步地朝门口走去。可呼天成又忽然叫住她说:"等一下……"小雪儿站在门口,转过脸来,默默地望着他……

呼天成说:"你妈她……"

小雪儿说:"我妈她……"

呼天成说:"噢,噢噢。孩子,给你妈捎个话,就说我……让她多保重吧。"

小雪儿默默地点点头……

接着,呼天成又用伤感的语气说:"孩子呀,你呼伯老了,上岁数了,又管着呼家堡这么一大摊子……有时候,也累,也孤啊!你得闲的时候，多来看看你呼伯，好吗？"

小雪儿又点了点头。

呼天成叹了口气，终于说："天不早了，回吧。"

小雪儿走后，呼天成一动也不动地坐在那里。他喃喃地说："好菜呀，多好的一盘菜呀！"

接着，他眼前出现了另一个女人，出现了一双凄然动人的眼睛，出现了许许多多的令人难以忘怀的日子，那些日子就像是粉红色的羽毛，在他的眼前乱纷纷地飞舞着，一片一片、一絮一絮地落在他的心上，飞动着的是羽毛，落下的却是火焰……他的心说，是钢人也化了呀！

是呀，三十五年前，他曾经救过一个女人。每当想起那个女人，他就会闻到一股枣花的气味。在那个大雪纷飞的早晨，那个女人倒在村口的草庵里，那天，她穿的就是一件枣花布衫……后来，那女人多次对他说：你要了我吧，要了我吧，我实在是受不了了……可他一次也没有要过那个女人……他多想要那个女人呀！可是，那时候，那时候呀……

现在，在他六十大寿的这一天，她的女儿来了，她是来回报他的……什么叫"献身"？这才是"献身"哪！人，活到了这份上，也算值了。账是不能还的，有些账必须让它欠着，欠着很好。更让他感到欣慰的是，今夜，他没有再听到那"沙拉、沙拉"的声音，它竟然不再出现了……为此，他也有一点点的遗憾。

呼天成轻轻地拍着脑门，默默地对自己说：练吧，再练练功吧……

夜半时分，呼天成练完功，刚刚躺下打了个盹儿。突然，那个放在小茶几上的"对讲机"响了，里边传出了民兵连长呼二豹那急切的呼叫声："呼伯，呼伯，有急事向您汇报，有急事向您汇报！"

呼天成坐了起来，拿起那个"对讲机"，平静地问："啥事？说。"

呼二豹在"对讲机"里迟疑了一下，说："这事，鳖儿……"

呼天成问："急事吗？"

呼二豹说："急事。"

呼天成马上说："你来吧。"

一个时辰不到，呼二豹手里抓着那部"对讲机"，气喘吁吁地跑来了，他进门就报告说："呼伯，有人往您脸上抹屎！"

　　呼天成仍坐在那里，沉静地看了他一眼，批评说："看你慌哩，慌个啥嘛？啥事儿吧，说清楚。"

　　呼二豹喘了口气，又说："我刚刚得到消息，有人要走……"

　　呼天成问："谁要走？往哪儿走？"

　　呼二豹说："就是那个愣头青货，二组在面粉厂的那个刘庭玉。操！他要脱离集体，要带着老婆孩子走……这不是往您老脸上抹屎是啥？！"

　　呼天成心里"咯噔"一下，好久没有说话。过了一会儿，淡淡地说："走就让他走嘛，你慌个啥？"

　　呼二豹一时被激住了，他望着呼天成，张口结舌地说："这，这……他正收拾东西哪，明儿一早就走了呀！"

　　呼天成的心被狠狠地扎了一下，就在二十天前，省里的一个领导来参观的时候，他还笑着说："呼家堡没有一个人愿意脱离集体，打都打不走啊！"那个领导也笑着说："你们是平原一枝花，富哟！"可现在，他的话音刚落，就有人要走了……这是扇他的脸哪！

　　呼天成闭上眼睛，沉默了一会儿，说："通知干部们，开个会吧。"

　　呼二豹应了一声，立时走到院子里，拿着"对讲机"大声吆喝起来……

　　一会儿工夫，干部们匆匆赶来了。等人到齐的时候，呼天成站起身来，望了他们一眼，说："你们讨论吧，拿个意见出来……"说着，却径直走到靠里边的那张草床上，一扭身躺下了。

四、呼家堡绳床

　　这能算是一张床吗？

　　它是那样的破旧，床帮仅是几块粗糙的、黑污污的木头，木头上泛着一股腥叽叽的气味，那气味是人的油汗和蚊虫的尸体喂出来的。说是床，也仅是床框上简单地网着一些草绳，草绳上结着一个一个的网结，那网结是一扣一扣的，人躺上去的时候，就像是落在了一个没有多少张力的兜网上，那一扣一扣的绳结会深深地勒进人的皮肤。那可是些带有毛刺的草绳啊！

可是，对呼家堡来说，这绳床是有纪念意义的。这张绳床的床帮是槐木的，很结实，它已有四十年的历史了，可以说，它是呼家堡艰难岁月的见证。早在四十年前，在呼天成刚当上支书的时候，村里很穷，穷得连一张桌都买不起。于是，呼天成就带人下河坡里割草，而后把草晒干，拧成绳子；又伐了几棵不长的老槐树，打了一些个绳床。这些绳床后来就成了他们的办公用具，夜里开会，可以坐一坐、躺一躺，实在是太晚了，就睡在这些绳床上……渐渐地，这些绳床大多都坐坏了，也就不再用了。可呼天成却执意要留下一张，他说他已经睡习惯了，离开这草编的绳床，他睡不着觉。

"呼家堡绳床"的光荣，是很多年后才有的。最早的影响，是一位省委副书记造出去的。

一九六六年冬天，呼天成秘密地从外边接回来了一个人。这个人是用架子车偷偷拉来的，他的腰被打断了。尔后，在长达一年多的时间里，那人就隐藏在苹果园的茅屋里，躺在一张草床上……多年后，一直到那人再次复出的时候，人们才知道，这里曾经藏过一个省委副书记！这位省委副书记复出后，特别怀念在呼家堡的那些日子，尤其怀念他曾经躺过的那张草床。他到处给人说，要不是老呼的那张草床，他就活不到今天……他说，那时候，他的腰被红卫兵打断了，疼得厉害，可一躺到那张草床上，他身上的疼痛马上就轻了，先是麻，后是痒，哎呀，那滋味真是舒服啊！……他说，因为怕人发现，他没有请医生看，也不敢请医生看，是那些草的气味治好的他的腰，百草治百病啊！……他还说，一躺到那张草床上，不知怎的，这心就静了，什么也不想。他马上就看到了他的母亲，他能咬着牙活下来，就是他想到了他的母亲……这位省委副书记走一处说一处，一时，"呼家堡绳床"就成了上层一些领导眼里的神奇之物！那些上了年纪的高层领导人，有过腰疼病的，纷纷派人前来讨要；连北京都知道了"呼家堡绳床"的传说……（当然，那些送人用的"呼家堡绳床"已不是昔日的那种破绳床了，床架是专门定制的，草也是专门种植、经过选择的，不似以前的那么扎人了。）再加上一些报纸、电台的鼓噪、宣传，"呼家堡绳床"一下子名扬四方！它先是具有了包治百病的神性，继而又成了一种精神的象征。

然而，真正喜欢绳床、离不开绳床的，却只有呼天成一个人，只有他这张绳床才是采集了二十多种草编出来的，其中有很多种带有毛毛刺儿的草，他特别喜欢那种扎扎窝窝的感觉。

他只要一躺到那张绳床上，浑身的血好像一下子全流到脊背上了。那刺是一点一点的，一芒一芒的，一小窝儿一小窝儿的。一开始的时候，也只是感觉到这里有一点点儿扎，那里有一星星儿的刺，那刺动是很轻微的，是可以品的。慢慢地脊梁上就像着了火，是慢烧的小火，小火在他的毛孔里烧着，一点点、一点点地热，那感觉就像是有什么从脊背上流出来了。一炙一炙地流，一润一润地流，多好啊，那初期的扎扎窝窝的疼点在慢慢地消失，脊梁也跟着消失了，再过一会儿，就没有脊梁了，什么也没有了，取而代之的是一种气味，那是一种草和肉体接触后产生出来的气味：先是腥，有一点苦涩的腥；接着是香，也是那种带一点苦涩的香；而后是甜，仍是那种带一点苦涩味的甜。再接着，草的气味就把人整个覆盖了，各种草都在释放着它们的气味，他成了气味的导体，那被割了又晒、晒了又拧的草像是还阳了一样，发散出一股股浓烈的黑颜色的芳香……他就像是躺到了大地之上，躺到了无边的田野里，身下是一窝一窝的热土，四周是茂密的草丛，他也就跟着化成了一株草，成了草精了，他也常给人开玩笑说，他就是草托生的，他是"草精"。到了这时，也只有这时候，他的大脑里才会一片清明，该放下的全都放下了，该扔的也都扔掉了，那思绪就像锥子一样，尖锐地扎在一个点上，那么，思考重大问题的时候就到了。

呼天成很久没有躺这张草床了。过去,每逢遇到重大问题的时候,他都要在这张绳床上,躺一躺。以此来平静心中的火焰。这里是他思考问题的地方,也是他痛下决心的地方。

现在,呼天成蜷在那张草床上,紧闭着两只眼睛,脑海里空空静静的,可他却清清楚楚地看见了一个小人儿。那个狗儿曾经穿着一个小红兜肚,在他的眼前爬来爬去,流着两筒清水鼻涕,可他爬着爬着竟也长大了。他高中毕业,当过三年兵,是他把他送走的,当的是消防兵,在城里学爬墙……而后他就回来了。他没把这孩子当回事儿,回来把他分到面粉厂。他甚至都记不清这狗儿的面目了。只记得这娃子黑黑的,有点腼腆,不大爱说话。可是,他看走眼了。他没有想到,就是这么一个小狗儿,在他的六十大寿的这一天,竟然要脱离集体……

是呀,是呀,他的确是把屎罐摔到了我的脸上!不,狗儿是整整扣下了一个屎盆子!!他为之奋斗了四十年的呼家堡,在今天,在他无比辉煌的时候,竟然有人蔑视他的存在,连招呼也不打,说走就走?!没有天了吗?没有日月了吗?没有世界了吗?!他曾多次在大会上讲过,呼家堡是一个整体,呼家堡的荣誉不是哪个人的,是大家的,每个人都是呼家堡的一分子,大家都要像珍惜自己的生命一样珍惜集体的荣誉。如果有人破坏呼家堡的荣誉,那么,大伙说怎么办吧?……他记得当他说到这里的时候,整个会场上齐声高呼:撕吃他……可是,竟敢有人把他的话当成耳旁风,竟敢有啊!

呼天成身子微微地动了一下,在心里默默地说:有人给他送礼来了,在他六十大寿的这一天,有人给他送来了礼物,那是一个屎盆子!这是最好的一份礼物了!好哇,好哇。

许多年来,他觉得他已练就了一双鹰眼,他的眼就是专门用来识人的。他从未看错过一个人,四十年来,他培养了多少人才,又送走了多少人才呀!有多少人对他说:老呼,你真是慧眼识人哪!可是,这一次,他却看差眼了。他竟没注意到这么一个人,这的确是个人物,是个人物啊!可他为什么要走呢?仇恨他?是为了那件事……也许。

平日里不动声色，突然来这么一下子，这年轻人肯定是动了心思的，他是工于心计呀！要不，他是不会走的。在他六十大寿这一天，他敢站出来，敢说出那一个"走"字，这就说明，他是遇上对手了。许多年来，虽然也有人搞鬼，可他还没有遇到过真正的对手。没有一个人敢公开地和他对着干。这一次，他是遇上了。

记得，在送这娃子去当兵的那次欢送会上，他的父亲，那个胆小的老实人曾一磨一磨地凑到他跟前，说："您看，这娃子……"当时，在那样的场合下，他也顺口说了句客气话，他拍了拍他的肩膀说："老刘，你养了个好娃子呀！"他爹忙说："呼书记，您多调教，您可得多调教他呀……"那的确是个老实人，可老实人养了个不安分的娃子……

他在大会上讲过多少次呀！集体是什么？集体是一种信仰，是一种觉悟，要活在一块儿活，死在一块儿死；集体就是一驾马车，你往东，我往西，驴拽狗不走的，行吗？集体就是一块责任田，你种这，我种那，你两垄谷子，我二斗黍秫，行吗？集体就是卖了老婆买合笼，不蒸馒头蒸（争）口气……唉，草是要锄的，牲口是要用鞭子抽的。草隔一段不锄它就要疯长，牲口隔一段不抽也会炸蹶子。俗话说，土是养人的，一方水土养一方人，土得有"墒"，这个"墒"很重要啊！水多了它涝，天干了它旱，人也是这样啊！这三年，就这三年，他大意了。

娃子呀，你的根在这里，你的户籍在这里，你的父母在这里，你能走到哪里去呢？你跟你呼伯斗心眼，你还太嫩了一点，你还嫩哪！他是可以不让他走的，只要他言语一声，他就走不了。这样，要是这样，就太小家子气了，传出去影响也不好。可这不仅仅是走一个人的问题，这事关呼家堡的声誉呀！多少年来，呼家堡一直是铁板一块，这块铁板是他花了四十年心血熔炼的，现在，这块铁板出现缝隙了……

想到这里，呼天成的肝疼了，他的肝上冒出了一团一团的火苗……他心里说：老了？难道真是老了？

五、呼家堡的议会

一个时辰之后，在绳床上躺着的呼天成扭了个身儿，坐起来了。他脸上带着微微的笑意，显得异常的平静。他把干部们重新召进屋来，大咧咧地对村秘书说："根宝，给我弄根烟儿。"

村秘书赶忙从兜里掏出一盒"红塔山"来，那烟盒的封口已经撕开了，是早已准备好的。他递上去一支，接着又点上火。呼天成吸了两口，抬起头，目光在众人脸上撒了一圈，说："说说吧？"

民兵连长呼二豹一下子跳起来了，炸声骂道："鳖儿作死呢！叫我说，捆他一绳，看他还操不操了？！"

呼天成看了他一眼，轻声说："坐下，坐下说。"

呼二豹一下子就蔫了，他乖乖地坐下来，不吭了。

呼天成又鼓励他说："说吧，继续说。"

呼二豹吭吭着，脸涨得通红，他想小点声说，可他大嗓门吆喝惯了，不会小声儿说话，只好捏着腔说。他的声音尽量往小处走，可听起来竟还是扎扎窝窝、枝枝杈杈的："我说，我是说……"他一边说一边看呼天成的脸，想从呼天成的脸上看出点什么，可他什么也没有看出来，只好接着往下说，"我有个好法儿，一绳下来他就老实了。就是用那种细绳儿，细塑料绳儿，拴住他的两只大拇指，只绑这俩指头，别处不动他，而后把狗日的吊起来，日弄到梁上，也不用吊太高，只一砖高，将巴差的似挨地似不挨地，睛让他往下蹭了，蹭一下'胳肢'他一下，蹭一下'胳肢'他一下，光往痒处'胳肢'……用不了多会儿，一顿饭的工夫，他就老实了，保管叫他服服帖帖的。这个法儿没法验伤，谁也验不出来伤在哪儿……"呼二豹说着说着，眼发亮了，他直了直腰，望着众人，还不由自主地舔了一下嘴唇。

一时，屋子里静了，没有人说话，谁也不说话。过了一会儿，呼天成淡淡地说："往下说吧。"

副村长呼国顺伸了伸脖子，说："我……我我说……两两句。"他是个结巴舌，有点口吃，他的话总是一节一节的，就像是"败节草"一样，他瞪着眼，很认真地说："叫……叫……叫我说，还……还是，按按制度办……事。咱……咱咱……不是有规……规定，违违……违反那那个……那……先先停他的水，后断断他的电……电，叫叫电工把线给他掐了，弄他半月，可可……可灵！不不……不像话！说……走人就走人，那……那还行？！"

面粉厂的厂长插话说："国顺说这不行。他正想走哩，你断他啥电哩？断也白断……他这个人拗，年轻轻的，好琢磨个人，好认个死理儿。你越不让他干啥他偏干啥。叫我看哪，就不让他走！不能让他走！"

呼国顺说："咋……咋……咋不行？他，他走？！哼，他爹……爹哩？他娘……娘哩？他爹他娘总……总走不了……了吧？他，他爹……爹娘吃水……水不吃？他只要说不……不吃……也也好办……"

奶牛场场长拧了拧身子，这人说话磨里磨叨、女里女气的，他小嗓说："说这说那那，都是白扯。关键是这个头儿不能开。头儿一开，往下就难说了……我看哪，抓他一个典型。把他弄到群众大会上，一上会就好办了，到时候你一句他一句，光唾沫星子就能把他淹了！别说鳖儿就那一张嘴，就是他浑身长嘴，也过不了这一关！看看有多少指头戳他的脸吧？！叫他说，叫他自己说，咋？集体给他房住，给他钱花，给他供吃供喝，给他配沙发、装空调……呼家堡哪点儿对不起他了？呼伯哪点儿对不起他了？他肯定说不出来，说不出来就好办了……到时候想咋处理他，咋处理他！"

羊场的场长呼平均身上有膻味，没人愿跟他坐一起的，他就在地上蹲着，一只手在地上划来划去，划了一会儿，他忽然抬起头说："叫我说，还是用老法儿治他。给他'开小灶'。"他说着说着，也有点兴奋了，唾沫星子溅起来："找个地方，找个僻静地方，就我们那羊圈边上有个小屋，可得劲。弄去，让民兵看住他，一天三晌让他家里给他送罐饭，干部们轮班找他谈，日他娘，黑里白里连轴转，三天不行五天，五天不行十天，赔熬他了，一夜一夜熬他，眼熬得跟灯笼样，用不了几天就把他攻下来了！看他还操不操了？"

猪场场长刘德有不紧不慢地说："肉是好肉，就看咋割法儿了。咱这儿不是每月都搞'民主评议'吗？我知道那是评议工分，评议工资的。我看，咱改改，咱也给他来个民主评议，评议评议他这个人。让他一个单位一个单位去接受'民主评议'，一人说他一条错，就一千多条错，人身上有一千多条错，你说他是个啥人？人不敢让人评议，评议时间长了，连他自己都觉得他是个孬种，大孬种！到他自己也认识到他是个孬种的时候，就好办了……"

妇女主任马凤仙先是像背诵似的说："谁往呼伯头上扣屎盆子，我们坚决不答应！一千个不答应，一万个不答应！"说着说着，她竟然掉泪了。她流着泪说，"呼家堡的男人都该站出来，扇他！啥狗 × 马 × 的东西，良心叫狗吃了？！敢破坏集体？！破坏呼伯……还算人不算？！"接着，她又说，"你们说了半天，净脱裤子放屁，多那一事，六个指头搔痒，多那一道儿！叫我说，啥法儿也别使，就一条，弄住他娘，弄住他媳妇，啥都齐了。干部们根本不用出面，找些积极老婆们，赔开'帮助会'了，看老婆们把他家里砸磕成啥样？！那一年开麦升家的'帮助会'，不就是这样吗？一群老婆围住，吃了饭就开，吃了饭就开，指头捣到脸上……一家伙可老实了！女人家最要脸面，三天下来，保准屙稀屎！"

往下，众人七嘴八舌，纷纷发表自己的高见，谈出了许多更为绝妙的好主意……会议开得十分热烈。众人都异口同声地说：绝不能让这鳖儿走！绝不能开这个口子！

在众人发言的时候，呼天成一声不吭，他只是默默地听着。有时，把眼闭上，有时睁开，淡淡地望着众人。一直到都表了态，都讲完了，他才问："说完了？还有没有？谁还说？"

就这么一句，屋子里又重新静下来了，众人都望着他。这时，呼天成说："大家的意思是不让他走？"

众人齐声嚷嚷说：不能让他走！他这是给集体抹黑！这个头不能开……

可是，呼天成却笑眯眯地说："怕啥？走就让他走嘛……"说着，他的脸突然就黑下来了，一股黑风风的怒气罩在了他的脸上。他沉着脸，目光像烙铁一样在众人脸上烫了一圈，厉声说："这个头咋不能开？！走个把人有啥了不起的？还有谁走？你们谁还想走？！说呀，谁走都行，我现在就批准！谁走报名！"

刹那间，屋里的空气顿时紧张了，没有一个人敢吭声，人们都低下头去，呆呆地看着跟前那一小块儿……

片刻，呼天成的语气缓下来了，却仍是很严肃地说："你们都是呼家堡的干部，是接班人哪。遇上一点小事就这么不冷静，行吗？别说走他一个人，走十个人，走一百个人，呼家堡还是呼家堡！你们谁想走也可以走嘛，我老了，不中用了，我是要留下来的。呼家堡四十年都没垮，我不相信，现在还有谁能搞垮它！怕什么？！啊，有什么可怕的？！"接着，他又说："毛主席说，天要下雨，娘要嫁人……走就让他走嘛。当然了，有人要走，这说明什么？说明我们的工作没做好，有漏洞。我也是有责任的。在这里，我就不多批评大家了。"

干部们全都望着呼天成，一时，也都各自想着身上的"责任"……

呼天成手捧着头想了一会儿，默默地说："走可以走，咱还是要做到仁至义尽，总还是要见个面吧？你们说呢？"

立时，民兵连长呼二豹站了起来，马上说："我去叫他！"说着，他望了呼天成一眼，见呼天成的眼皮一耷蒙，便快步走了出去。

此刻，干部们像是悟过来了，一个个又说："就是，呼伯分析得对，走就让他走，一个老鼠屎还能坏锅汤？走他个把人也没啥了不起……"

一会儿工夫，呼二豹回来了。他一进门就说："鳖儿操哪，不来！我把他爹日弄来了。"

这时候，人们才发现，门口还站着一个人。他袖手立在那里，腰弓着，脸上带着惊慌不定的神色。他的目光小心翼翼地四下探去，可是，没人理他，谁也不理他。他缩了缩身子，喃喃地说："他呼伯，您看……"

呼天成望着他，久久不说一句话。他的目光像碾盘一样压在刘老头的身上，刘老头感到了那目光的重量，他弓下腰，再次缩了缩身子，像要钻进地缝儿似的，头上出了一层一层的汗珠……

　　片刻，呼天成淡淡地说："老刘，你养了个好娃子呀！"

　　刘全老头嗫嚅地解释说："都劝过他。我劝他，他娘也劝他……不听劝。孩子大了，我也是没法呀！"

　　这时，呼天成笑了笑，说："没啥。年轻人嘛，想出去闯闯，是好事。你回去给庭玉捎个信儿，咱呼家堡需要人才，只要是人才，会适当安排的。留下来当然很好。想走呢，不拦他，随时可以走。不过，咱呼家堡是个集体，不是旅店，不能想咋就咋，你说对不对？就说是旅店，来了也得登个记吧？走时也得打个招呼吧？！嗯？……我说了，走是可以走，随时都可以走。如果对干部们有意见，就是走，也要把意见留下来。对我的、对干部们的，都留下来，好改进工作嘛。你看呢？老刘……"

　　刘全老头像鸡啄米似的连连点头说："我说他，我说说他……让他来，让他一定来。"

　　…………

　　又一个时辰过去了，院子里终于响起了那"趿拉、趿拉"的脚步声。人们都朝门口望去，然而，在门口出现的仍然是刘全老头……

　　刘全老头再次弓着腰走进来，一进门就扇起脸来，他一边扇自己的脸，一边流着泪说："我没这个儿子，权当我没养这个儿子……收拾他吧！"

　　呼天成忙说："老刘，你这是干啥呢？别，别……快，让老刘坐下……"

　　有人赶忙给老全头让座，可他没有坐，他也不敢坐……只是连声说："收拾他，收拾他吧。"

　　呼天成淡淡地说："你说哪儿去了，收拾他干啥？他又没犯法。"接着，呼天成叹了口气，手捧着头沉默了一会儿，终于说："娃子铁了心要走，就让他走吧……老刘，他既然不愿见我，你就再给他捎个信儿。你给他说，我呼天成不是鸡肠小肚的人，在外头要是混不下去，还回来，我还欢迎他。要是遇上难处了，就言语一声，我呢，多多少少的，在外边还认识几个人，也许能帮他一把……就这样吧。"

这时，民兵连长呼二豹跳起来了，瞪着眼说："呼伯，就这样让他走了？！"

妇女主任也站起来，点着刘全老头的鼻子嚷嚷说："老刘，还有良心没有？有些人的良心是让狗吃了！啥叫仁至义尽哪？呼伯也只能这样了吧？！"

呼天成摆了摆手说："留住人，留不住心，让他走吧。"

刘全老头脸都黄了，他往后退着身子，一再嗫嗫地说："我再说说，我去再说……我，我给他跪下，我让他来……"说着，他小跑着回去叫儿子去了。

会散了，可呼天成却一直手捧头坐在那里，他还在等着，他想他会来的……

第二天上午，太阳升起来的时候，民兵连长呼二豹走了进来，他一进门就骂道："这鳖儿是吃了豹子胆了！"

这时，呼天成脸上露出了明显的失望，他的眉头紧皱着，脸上的纹路绷出了一道道凛然的紫色血红，可他仍淡淡地问："走了？"

呼二豹说："走了。"他的目光望着呼伯，仍希望他说一点什么，只要呼伯言语一声，他立马就把那"吃了豹子胆的"追回来！

呼伯不语，倒是站在一旁的村秘书忍不住说："哼，他还是不走的好。"

一语未了，呼伯突然就看了他一眼！

过了一会儿，呼天成摇了摇头，喃喃地说："这孩子，都不敢见我一面？"

第四章

一、一个"贼"字

三十六年前，在一个秋日的黄昏，年轻的村支书站在村口上，面对一群下工的村人，开始有了"主"的意识。那时候他虽然才二十来岁，却已经当了三年的副支书、一年半的支书了，已算是呼家堡的当家人了。可真正的领袖意识，却是在这一瞬间产生的。

那时的呼天成年轻气盛、血气方刚，面对呼家堡村人的盗窃行为怒不可遏！在那个时期里，村里总是丢东西。开初也许是由于饥饿，后来就是惯性了：村边地里的玉米一夜之间就会被掰去大半，红薯长在坡里，到出的时候，竟然有很多是空穴；收豆的时候，一亩豆子拉到场里只剩下了几十斤；在场里打芝麻，明令不准穿衣裳，一个个都光着脊梁进场，可光棍汉孙布袋趿着一双破鞋，出出进进两趟，就趿走了三两半芝麻……

在这么一个秋熟的九月里，在夕阳西下的时候，呼天成带着六个基干民兵，立在村口上，突然拦住了从地里回来的村人，挨个进行搜查。

头一个撞上的是八婶，八婶拧着一双小脚，挎着一个草筐，仄仄歪歪地向村口走来。八婶年岁大了，不是拿工分的劳力，她是上地里搂草去了。一个基干民兵拦住八婶说："站住。拿队里东西了没有？"

八婶一下子怔住了。八婶看着站在一旁的呼天成，颤颤地说："天成，娘那脚！这是干啥呢？"

望着八婶那一头苍苍的白发，呼天成有点不好意思了，他想叫一声"八婶"，可他又发现喊这么一声后，往下边就无法进行了。在呼家堡，拐弯抹角七大妗子八大姨的，说起来家家户户都沾点亲，要是让过了八婶……这时，他第一次觉察到乡下的"礼俗"成了一种阻碍。可他没有往下多想，他只是觉得有点"膈应"，八婶是他的亲八婶呀！他扭过脸去，不再看八婶了。于是，那个基干民兵就上去搜八婶的身。他先是从八婶的大裤腰里摸出了一块红薯，而后又从大草筐里翻出了两穗玉米……那基干民兵说："操，这是啥？！"八婶立马软了，八婶求告说："大侄子，大侄子，我是头一回呀……"

呼天成依然背对着她，一声不吭。于是，那基干民兵喝道："站到一边去！"

搜查的第二个人是个半大孩子，那孩子叫二兔，他爹是第三小队的队长。二兔背着一捆草走到村口时。那基干民兵看了呼天成一眼，呼天成正气着呢，他厉声说："搜！"那民兵上去就把二兔弄翻了，说："操，草里塞的啥？！"二兔还骂呢，他说："日你娘，啥也没有！"那基干民兵一刺刀就把草捆挑了，只听"骨骨碌碌"的，从草捆里滚出了几块红薯！二兔一看露馅了，就地往下一躺，撒起泼来："我日你娘啊……"呼天成喝道："扯一边去！"

搜查的第三个人正是光棍孙布袋。孙布袋是请假相亲去了。他手里提着一个破手巾兜，兜里提着一小匣点心。他的腰挺得很直，头上戴着一顶借来的蓝帽子，一磨一磨地走来了。来到跟前时，他还说："吃了？"没等他说完，呼天成一脚就把他踢倒了。按翻后，两个民兵从他的腰里一下子搜出来了七穗玉米！只听孙布袋高声说："我是掰柿树坡的！哪驴说瞎话，我是掰柿树坡的……"再翻那点心匣子，谁知那匣子也没有点心，里边不过是两块扒来的红薯。可孙布袋仍然嘴硬，他喊道："我向毛主席保证，真是掰柿树坡的！"

呼天成让这三个"偷儿"在村口处站成一片，各自的脖子上都挂着偷来的庄稼，单等着下一位……

然而，当他转过脸来的时候，呼天成愣住了！

在夕阳的余晖下，只见下工的村人们全都在村口前的土路上立着。几百口人哪，男男女女，老老少少，一个个正向村口走来，他们走到村口处都自动地站下了，没有人再往前走，人们木然地站在那里，望着那脖子上挂有"赃物"的三个人。那脸像墙一样，一排一排地竖在那里，竖出了一片灰黄色的狼一样的沉默！

开初，呼天成吓了一跳！在晚霞的映照下，那些土黄色的人脸源源不断地、一层一层地堆竖在他的眼前，那些黑黑白白的眼仁全都对着他。在西天那一片橘红色的霞光里，在红色落日那巨大背景下，那些灰黄色的人脸被映出了一种深远的明亮，一种朦朦胧胧的坚硬；那坚硬，绷出了一种鲜艳而又冷然的生动，那生动里似乎聚集着一股巨大的力量，仿佛顷刻间就会扑上来！那时他毕竟年轻，他的脑海里出现了片刻的慌乱，他甚至想跑，他心里说：跑吧？他觉得那么多的人如果一齐涌上来的话，会把他撕成碎片，会把他踩成一摊烂泥！就在此刻，他听见身后传来了一声耳语般的嘀咕，那是一个基干民兵在慌乱中叫道："呼支书……"

这时，呼天成才猛然醒悟，在这一瞬间，他才想起来，他是支书呢。他无论如何是不能跑的，他要这么一跑，他这一辈子就算完了。怎么办呢？于是，他强迫自己牢牢地站在那里，强迫自己的两腿不要发抖，而后，他慢慢地转过脸去，背对着那些叫人看了发怵的人脸，那些人脸叠在一起的时候实在是太可怕了，就像是一垛一垛的森森可怖的墙，那墙是一层一层的；那黑白浑浊的眼仁重重叠叠地木着，看去就像是群狼咆哮前的沉默！你猜不透那层层叠叠密不透风的脸墙后边到底隐藏着什么样的念头……一背过身来，他就觉得好受些了，那静中的沉默就显得不是那么压人了。但他仍感觉到背后有眼，那眼一重一重的，像刺一样扎在他的背上。在这样的时候，他脑海里竟然没有话了，他脑海里一片空白！他只是等待着，等待着……可是，十秒钟过去了，并没有人发作，身后一点动静也没有。

就在此刻，他脑海里霍然一亮，不知怎的，他突然想起了他十七岁时参观北京故宫时的情景。那是他有生以来第一次出远门，当时他是作为中原民兵代表进京参加国庆观礼的。那也是他有生第一次坐火车，在"咣当咣当"的火车上，他第一次感受到世界竟然是那么大呀！他也是平生第一次在故宫里看到了皇帝坐的龙椅，那龙椅高高在上，气势磅礴，他一下子被镇住了！他说不出来心里是一种什么样的感觉，可他却体味到了那无比的高贵和高高在上的威严！还有那皇宫的雄伟和九龙照壁的辉煌，都给他留下了极为深刻的印象……那记忆瞬间在他的脑海里放大了。

　　片刻，呼天成转过身来，他深深地吸了口气，抬起头来，他的脸上多了一层凛然。他不再看那些人脸了，他谁也不看。他炸声喊出了一个字："贼！……"接着，他炸开喉咙高声喊道："一窝贼！人没脸，树没皮，百方难治！偷！偷吧，偷光，偷净！！"

　　一个"贼"字，在村口的脸墙上炸出了一片愕然。就是这么一个简简单单的"贼"字，一下子就镇住了几百口人！这样的结果连呼天成都感到吃惊。

　　此时此刻，他突然发现，在这块土地上，人是很软弱的东西，在某些时候，人简直是不堪一击。那么多的人，那么多的脸哪，就在一瞬之间，全都发生了一种奇妙的变化。人脸上就像刻上了字一样，那就是一个"贼"字。一个"贼"字使他们的面部全都颤动起来，一个"贼"字使他们的眼睛里全都蒙上了一层畏惧。一个"贼"字使他们的头像大麦一样一个个勾下去了。一个"贼"字就使他们互相偷眼望着，相互之间也突然产生了防范。那一层一层、看上去很坚硬的人脸在一刹那间碎了，碎成了一种很散很无力的东西，那些脸就像是掉在地上的豆腐，一个个软塌塌灰蒙蒙的，灰出了一片迷茫和簌然。

　　这就是书上所说的"人民"吗？

　　呼天成的自信心陡然增强了。他觉得他顷刻间就越过了众人，脱颖而出。他的个子并不高，只能算是中等偏低的个头，人也并不虎势，但是，在此时此刻，他的身没长，可他的心长了，他在心理上已高出众人很多很多。他明白了，只要镇住了心，就镇住了人。心很小，人很大，可心是人的主。

呼天成再次鼓起勇气，主动出击了。他要试一试那些目光的力量，他要检验一下人心的强度。他扬起头来，去寻找那些可以直视的眼睛。

他的眼在脸墙上很快地撒了一圈，先是捕捉到了王狗蛋的眼睛，王狗蛋是个老好好，人很绵软，他女人能提着他的耳朵日骂他。呼天成的目光一下子就刺过去了，他的目光刚一射在王狗蛋的脸上，王狗蛋眼里即刻露出了狗一样的神情，马上就往下缩身子，人立刻就矮了半截，那腰还不由自主地拧了一下；于是，呼天成信心大增！他又把目光瞄准了呼墩子，呼墩子是个傻大个子，长得虎背熊腰的，一顿能吃七个杠子馍，还能把石碡搬起来，可他却是个不长心的货。呼天成看他的时候目光加了些力，他的目光像冷刃一样直射过去。想不到，呼墩子那牛蛋眼出溜一下就躲开了，躲得很快，他的目光躲闪着，还用舌头舔了一下厚嘴唇，这是一种慌乱的表现，他腰里也肯定有东西！

于是，呼天成的目光里就增添了更多的"主"的意识，他从那一排一排的脸墙上挨个看过去，越看自信心越强，越看胆气越足，那些目光几乎全是畏惧的，是一点一点往回缩的；也有强一些的，不往回缩的，就是那些不回缩的目光里，也藏有一些慌乱和迷茫，还有一些辩解的意味，仿佛在说，你看，我什么也没有偷，我真的没偷……纵是那气壮的，也是辩解中的气壮。这时呼天成的目光就成了一把刀子，他把众人分割了，他把那一层一层令人恐怖的脸墙分割成了一个一个的被审查者，一个一个在有罪和无罪中分拣的羔羊……他甚至有点可怜他们了，那么多的人，几百口人哪！他想，他们中的任何一个，如果走上来，一脚把他踢倒，那又会怎样呢？

信心和激情是可以产生智慧的。呼天成的精神高高在上，脑海里顿时涌出了许多超越众人的念头。他知道面前的这群人怕是大多都偷了地里的庄稼，而他又不可能一下子捉住那么多的人。俗话说，法不治众啊！于是，呼天成很快就又做出了一个决定，他为这个主意能够在一瞬之间产生而高兴。他慢慢地转过身去，再次背对着那些村人，高声说：“把该放下的，都给我放下，回去吧！”

话说出来了，可人还是黑压压地站着。仍没有动，谁也不动，人们还在那儿愣着。呼天成再次高声说：“那些偷了东西的听着，我给你们一个改过的机会！我不查了。你们把腰里的东西放下，都回去吧！”说完后，他仍然背对着他们，不看，他不看的目的就是要告诉人们，我清清楚楚地知道你们都干了什么，我不看就是说我不想知道都是谁偷了，我是在给你们最后一次机会。乡下人是活脸的，我是给你们一个“脸”！

说完最后一句话时，呼天成的脑海里曾出现过一丝游移和不安。他想，万一他们仍然立着不动，那又该怎样呢？

然而，只听身后一片“扑扑通通”的响声……顷刻间，像决了口的水一样，人们都从他身边快步涌过去了。

当呼天成再次回过身来的时候，他看见村口的土路上，到处都扔着一些红薯、豆荚和掰下的青玉米……

那三个站在一边的人竟然没敢走，他们仍然傻傻地立在那里，脖子上仍挂着他们偷来的庄稼。于是，呼天成对那些基干民兵说：“去，掂个锣，拉上他们去游村，游三趟！看他们还偷不偷了！”

在这天傍晚，吃饭的时候，锣声响了，村人们全都跑出来围观。只见那三位被当场捉住的“偷儿”，脖子上挂着他们偷来的庄稼在游街……而众多的“偷儿”却暗暗地吸了一口凉气。

年轻的呼天成就是在这样的时刻，产生了一个近乎伟大的念头：我就是他们的主，我要当好这个主。

二、孙布袋

十天后，村里的盗窃风不那么盛了，没人再敢偷地里的庄稼了。于是，在一个月明星稀的夜晚，呼天成来到了孙布袋的家里。

孙布袋是个光棍汉，人高高大大的，也算精明，就是“虫”了一点，太惜力。于是，三十多岁了，却找不下个媳妇。他的爹娘都早早地下世了，独自一个人过光景，日子就显得很邋遢、很艰涩、很没有意思。村里搞大食堂的时候，他是热烈欢迎的，因为从此可以不做饭了。食堂一散，他就没辙了，家里连个像样的锅碗都没有，他也不置，终日就是掰俩玉米、扒几块红薯、偷二两芝麻，烧烧吃吃，对付着过日子。时间一长，就偷出惯性、偷出水平来了，也偷出了一种愉悦。偷对他来说变成了一种技巧，变成了一种玩赏，变成了一种与众不同的奇遇和潇洒，变成了生活里的"女人"。没有什么是他不能偷的，没有什么是他偷不来的。

夏天里，他光身一人在场里睡觉，半夜他赤肚肚儿摸到邻村的瓜地里，一根线都没带，竟然一次偷回去十二个大西瓜。说出来都没人相信，问他怎么能一次抱走十二个西瓜？那是不可能的！他说这有啥难的？用瓜秧打成"十字结"绕在瓜上，而后用"屎壳郎滚蛋儿"的方法，扯一个十个全动……他说，看瓜的打一声呼噜，他就扯一下瓜秧，瓜就跟着骨碌一阵子……瓜秧结实着呢；冬天里，他在仓屋里帮了两天忙，就在人们的眼皮底下，他就能偷去一碗油！油是很不好偷的，可他竟能带着满满的一碗油，大甩着手从仓房里走出去，还能让人看不出来。这事本来也没人知道，后来还是他自己卖能说出去的。人家问他，咋能把油弄出去？他说，这还不好办。说着，就给人们演示了一番。原来，他先是仰起身，平仰，跟着紧吸几口气，把肚子吸瘪，而后再折下身子，把满满一碗油平贴在肚皮上，再反扣过来，用布条勒紧，肚子紧吸着那碗，碗就掉不下来了。就这样，他大甩着手，气昂昂地把油偷出去了。平日里，他还在衣服上缝了很多布袋，可以说浑身上下都是布袋。他没老婆，那些布袋都是他自己粗针大麻线缝上去的，一到地里，见啥都往腰里塞，于是人送绰号"孙布袋"。

呼天成进了孙布袋家，也不说话，只用眼盯着孙布袋看，看着看着，就把孙布袋看"毛"了。一会儿的工夫，孙布袋站也不是坐也不是，就慌慌地问："天成，有事吗？"

呼天成说："说没事也没事，说有事也有事，事不大。"

孙布袋看了看呼天成，说："你看，我这儿连个坐的地方都没有……你要有啥事就说？"

呼天成又看了他一眼，还是不说话。就势往地上一蹲，从兜里掏出一只烟袋，就蹲在那里卷烟吸，拧了一支又一支……

孙布袋更"毛"了，他猜不透呼天成找他到底是什么意思。他不敢再叫天成了，就改口说："支书，这些日子我可是连村里一根草毛都没拿过，不信你搜！你赌搜了。"

呼天成说："贵生，我想让你帮个忙。就看你愿不愿帮了。"

孙布袋一时怔住了，"贵生"这两个字听上去很陌生，却又有点耳熟。他怔了好一会儿，才想起这本是他的"大号"，是他的名字呀！这个名字已好久没人叫了。他心里一热，又看了看呼天成，眼里透着迷茫，不知他到底是什么意思。

呼天成又说："你要能帮我这个忙，过一段儿，我可以给你说房媳妇，我说到做到。"

孙布袋脸上立时就露出了干渴。在孙布袋面前是不敢提"女人"二字的，只要一说到女人，他就迷了。他干渴的时间太久了，他想女人都快想疯了！在很多个夜晚，他都是在苦苦地熬着，最早的偷窃行为就是因为熬不过那漫长的黑夜才窜到地里去的……他的眼立刻就亮了，亮得发黏，他先是舔了一下厚嘴唇，接着又咂了咂嘴，连声说："你说你说！你尽管说。"

呼天成说："我想借借你的脸。"

孙布袋眨了眨眼，像是没听清楚似的，问："借啥？"

呼天成说："你的脸。"

孙布袋还是不明白。可孙布袋被"女人"二字迷着，他蹲下身子，往前凑了凑，用巴结的语气说："你就说叫我干啥吧。"

呼天成说："把你的脸借给我使使……"

孙布袋似乎是听明白了，孙布袋说："你要借我的脸？"

呼天成说："对，我就是要借你的脸。"

孙布袋说："咋个借法？"

呼天成说:"你不是好偷吗?你不是会偷吗?你不是偷得很巧妙吗?我让你每天上地的时候,偷一样东西。玉米也行,红薯也成,豆也成……"

这会儿,孙布袋终于听出意思来了。他说:"我不傻。你以为我是傻蛋?我要是偷了,一回村就让你逮住了。是不是?"

呼天成说:"是。"

孙布袋说:"那往下呢?"

呼天成不吭了。他只吸烟,不说话。

孙布袋说:"往下好让你整治我?是不是?往下你还会让我脖里挂着偷来的东西游街示众……是不是?"

呼天成把烟拧了,很平静地说:"是。"

孙布袋说:"这么一来,我的脸就不是脸了。我还能活人吗?我不借,人是活脸的,这个脸我不能借……"

呼天成脸一沉,说:"你以为你是个啥货?你没偷过?你没贼性?老实告诉你,我啥时候都能收拾你!"说着,呼天成霍一下站起来了。呼天成说:"你再想想……"说着就要走。

孙布袋眼巴巴地说:"你真能给我说个女人?"

呼天成说:"我从来都说话算数。"

孙布袋咧了咧嘴,那样子像哭一样难看,他说:"你是黑我呢。天成,你存心黑你老哥呢。再咋我也是个人呢,我能不要脸吗?!"

呼天成说:"你要真不愿就算了。"

孙布袋看着呼天成,看了一会儿,又说:"你记分不记?"

呼天成摇了摇头,心里想,鳖货,这真是个鳖货!他说:"你想要?你想要就记。"

孙布袋说:"收拾一回记多少?"

呼天成说:"你说吧,你要多少?"

孙布袋说:"一回五分吧?不能再少了。"

呼天成说:"给你记十分。可有一条,你不能说出去。你不能给任何人说,你要是敢日白一个字,我会叫你吃不了兜着走!"

孙布袋点着头说："我不说。你放心，只要能说下媳妇，斗死都不说。可你承许我的，你可得兑现……"

呼天成又最后看了孙布袋一眼，扭头走去了。当他拐上村街的时候，才长长地舒了口气。

那时的夜总是很黑，村街就像是灰黑色的磨道一样，那黑深深浅浅参差不一，既看不清前边是什么，也看不清后边是什么，人在黑暗中走，走的是一种熟悉，走的是一种心态。这时候人就没有了，人完全融在黑暗里了。你得不停地想点什么，要不然任何人都会恐惧的。不过，总是有狗咬声从村东村西响起来，狗咬出了一种让人亲切的温馨。还有那旧式织机的"哐哐"声，也使人产生一种和缓的平静。

可呼天成并不想平静，那时他年轻啊，一颗年轻的心总是很热，一个个念头像杂草一样从他那勃勃的雄心里冒出来，那狗咬、那旧式织机的"哐哐"声时常干扰他的思绪。于是，他总是对那些跑过来的狗们厉声喝道："杀你！"还好，月色很凉，月色从树的缝隙中漏下来，洒一地朦朦的小白点，他踏着那些小白点往回走，走出了一些深深浅浅的"思想"，走出了一些朦朦胧胧的"智慧"。他想，他要"日弄"好一个村子，他就必须彻底地征服人心。要想彻底征服，他就得先摧毁一些东西，而后才能够建立……

踏着那些斑驳的小白点，望着无尽的夜空，呼天成发现，在平原的乡野，在这样一个村落里，真正的统治并不是靠权力来维持的。他深知，村一级的所谓组织并不具备权力形态，因为它不是村人眼里的"政府"。在村人们眼里，"政府"才是真正的"上头"，而他仅仅是"上头"与"下头"之间的一个环节。那么，在呼家堡，要想干出第一流的效果，就必须奠定他的至高无上的地位。而这一切，都是靠智慧来完成的。那就是说，他必须成为他们中间最优秀的一个。对于那些"二不豆子"、那些"字儿、门儿"不分的货、那些野驴一样的蛮汉，他必须成为他们的脑子、他们的心眼、他们的主心骨。

那么，一开始的时候，他得有一个"饵"，孙布袋就是他的"饵"了。

自此，孙布袋的"脸"成了他祭旗的第一刀。

在乡村里，脸面是活人的招牌。乡人是最看重脸面的。

呼天成正是借孙布袋的"脸"，给全村人上了一堂生动的政治课。

这门课的第一步是展览。那时候，几乎是每天傍晚，孙布袋总是在村口处被人当场捉住，"人赃俱获"。于是，孙布袋的脸就成了一个挂起来的"贼"字。那个"贼"字一次又一次地暴露在光天化日之下，浸泡在众多人的眼仁里。他的脸就像是被剥光了皮的树一样，无数次地接受目光和语言的洗涤！不光是一些女人指着他的鼻子骂，孙家那些上了年纪很有些辈分、也很有些正义感的叔伯爷们曾当众唾他！孙家的同宗说：布袋呀布袋，你是没有一点改性了，你真丢孙家的人哪，你把孙家祖祖辈辈的人都丢光丢净了！

那时，孙布袋的脖子上总是挂着一串串偷来的东西，像小丑一样在村街上被人牵着走……人眼是可以腌人的，众人的眼可以把一张脸腌小腌烂腌成肉干，腌成一泡臭狗屎！开初的时候，他还觉得自己是假的，是做给人看的，每当他被捉住时，还有点满不在乎，还觍着脸对人笑呢。后来他就再也笑不出来了，后来他从众人的目光里看到了一个狗样的东西，那就是没有了"脸"的自己。他的目光在与人接触的时候，就再没有了那种平静，也没有了过去的那种"愉悦"，当人看他时，他自己就先先地有了一种"贼"的感觉，那个"贼"字灼烧着他，使他恨不得立时钻进地缝里去。到了这时，连他自己也觉得他已经不是人了！

展览不光是给孙布袋带来了耻辱，也给全村人抹上了深重的精神烙印。人们一看到孙布袋就腰里发紧、心里发怵。孙布袋那张脸成了一种象征，一种罪的象征。人们一看到孙布袋，就想到自己也曾是偷过一两穗儿庄稼的，也就不由得倒抽一口凉气。呼天成要的就是这种"杀一儆百"的效果。

孙布袋一下子就完了，孙布袋自此彻底地成了村人的笑料，成了连孩子们都不屑于理睬的渣子，成了谁想踢一脚就踢一脚的狗。他走在村街上，总有人取笑他说："布袋，又偷了点啥？"到这时候，孙布袋才后悔了。他曾私下里找过呼天成，他悄悄地对呼天成说："我不弄了，日他妈，我不能再去卖脸了……"呼天成瞪了他一眼，冷冷地说："晚了！"孙布袋哭了，五尺高的汉子，蹲在那儿一把鼻涕一把泪地嗷嗷大哭。等他哭完了，呼天成说："弄吧，退是退不回去了。我说了，将来给你说个媳妇……"

于是，孙布袋万般无奈，只好继续做贼……

呼天成的第二个步骤是开会。开会是呼天成给村人们上的第二课，这应该说是一堂"集体意识课"。那时候，在许多个点着马灯的夜晚，孙布袋自然而然地成了会议上的活靶子，成了法定的批判对象。

应该说，是会议照亮了呼家堡的漫漫长夜。这是呼天成的一个创造。正是呼天成把"会议"这个群体集中的形态发挥到了极致。在当时的呼家堡，召开会议成了呼天成的一个法宝。他发现，只有会议才能把人的精神"团"起来，会议像是一根绳子，捆住了呼家堡的人心。会议使人收缩，会议也使人膨胀；会议就像翻牌一样，随时可以翻出一张脸，再翻出一张脸，只要你掌握了会议，你就掌握了主动权，需要的时候，你就可以把某一张脸"亮"出来……会议也成了呼家堡人的兴奋剂，会议可以产生各种不同的妙用：对呼家堡的女人们来说，会议成了她们的"戏台"；对呼家堡那些光棍汉们来说，会议成了他们的"女人"；对呼家堡的老人们来说，会议成了"红日头"，成了他们靠在南墙根儿捉虱的日子……这是一个个让人激动又让人紧张的时刻，当民兵连长高喊"把人带上来"的时候，众多的人头都会齐刷刷地扬起来，望着台上……

在会议上，呼天成成了真正的主宰，成了一呼百应的核心。呼天成心里明白，对孙布袋这个"饵"的使用是有期限的，一个孙布袋并不能长期调动人的兴奋点，这个祭"脸"的仪式只是个开始，他必须往纵深处发展。开会得有议题，好在议题是可以制造的，因为人的"错误"是现成的，人是不可能不犯错的。人只要活着，就会有错，你只要有错，那议题也就是现成的了。于是，在以后的日子里，会议的名堂就多起来了。会议渐渐地开出层次来了，每一次会议的议题都会事先有一个新的"饵"。那"饵"在不断地转换着，会议的形态也在发生着变化。

在会议上，他开始对人的脸面进行"切割"。他把人分成了一个一个的层面，每一次开会，头和尾都有了一些差别和区分。比如，在开会之前，他会先开上一个"队委会"或是"扩大队委会"，这样，就把一些人的"脸"提出来了，给这些"脸"一些光耀的机会，这些"脸们"立时就会容光焕发。比如，在会议之后，他又会开一个"模范会"或是"骨干会"，那么，又会有一些被点到名字的"脸们"为此而容光焕发；再比如，他会在会议中间突然再召集一个"积极分子会"或"贫协会"，立时就会让一些被点到名字的妇女激动不已，甚至热泪盈眶！正是这种区分产生了差别，差别产生了意想不到的效果。呼天成发现，就是这些极简单的形式，使人心有了颤篥感和等级感。人脸上是没有字的，是会议给他们一个个都刻上了"字"，那字是刻在精神上的。人的脸皮是多么薄呀！那烙印打上去的时候，又是怎样的惊心动魄呀！那些可怜的村人们，为了能被点到名字，常常鸡不叫就起来下地了……

会议真好！

呼天成的目的达到了，权威很快就树起来了。可他身后却多了一个"尾巴"，那就是孙布袋。在没人的时候，孙布袋总是偷偷地溜到他跟前，像鬼魂似的突然跳出来说："支书，你给我说的媳妇呢？"

三、小娥的魂灵

可是，权威也是会受到挑战的。

就在第二年的夏天，呼天成刚刚建立起来的权威，受到了一次强有力的挑战。那真是一个神鬼皆惊的日子呀！

那是七月。在七月的一天中午，小娥死了。

就在那个燠热难耐的中午，当人们都躺在树荫下歇晌的时候，村民刘全的女儿失脚滑进了村东的哑巴河。小娥那年才十四岁，她是在河边洗衣裳的时候，失脚滑进水里去的。后来，当村人们赶去时，她已经在水面上漂起来了。

刘小娥的娘趴在河边上哭着说："娥呀，娥呀，你不听话呀！娥呀，娥呀，你不听话呀……"后来她就被人架回去了。

老人们说，还是当紧办理后事吧。

"后事"却难办，非常难办。

这当然不是因为悲痛。毛主席说，死人的事是经常发生的。一个女娃，死了也就死了，哭也是要哭几声的，但也说不上十分的悲痛。可是，她是在哑巴河里淹死的，这情况就不同了。哑巴河是呼家堡惟一的"海子"，说起来也就是一个十多亩大的水塘，还是个死水塘。然而，这个塘里的水却从来没有干过。据说，把一只会叫的青蛙扔进水里，它就再也不会叫了，所以它叫哑巴河。关于哑巴河，早年曾有过许多神神鬼鬼的传说，于是也就有了一个古人留下的规矩：凡是在哑巴河里淹死的人，必须把她的"魂灵"打捞上来。否则，她就会成为一个新的淹死鬼，每年都要拉一个人下去……

按照规矩，打捞"魂灵"的形式极为悲壮，也极为神秘。这事必须让有血缘关系的家人亲自去做，外姓旁人是不能参与的。首先是得扎一个木筏，木筏上要有"引魂幡"，幡下还要用麻线拴上一只公鸡。而后才能绑上绳子，由亲人拉着木筏顺河转圈走，一边走还要一边喊魂……要一直拉到"魂灵"自动跳到木筏上来为止。

于是，在老辈人的监督下，村民刘全也就按规矩扎了一个木筏子，去河里打捞女儿的"魂灵"。

那时的刘全也才三十来岁，手巧，会做木活儿，是村里的匠人头，在村人中是很有些脸面的。刘全虽是个绵善人，平日说话没大言语，可一站在房头上就不行了，盖屋的时候，他只要一站在房角上，那威风和气势就出来了。他带了很多徒弟，本村外村都有，因此他时常蹲在房角上，叼着一支烟，指挥那些徒弟们给人瓦屋。他说：狗，你下去。狗就下去了。他说：二槐，你上来。二槐就上来了。声不高，话也绵软软的，挺镇人。上梁的时候，他的眼就是尺子，他说：东边高了，那一准就是高了；他说西边歪了二分，那也一准就是二分。他就有这眼光！人只要有了"眼光"，那威信也就跟着上去了。再加上谁家盖屋都要请他去帮忙，"脸气"就越来越大，敬重他的人就多。因此，一听说刘全家出了事，来帮忙的人特别多。打棺那天，刘全家光徒弟就来了十几个，那些沾亲带故的就更不用说了，一时间，刘家就显得热闹非凡，人多势众！

一时，打捞"魂灵"的日子成了呼家堡盛大的节日。那时候，河边上总是黑压压一片，站满了观看刘家捞"魂"的村人们……村支书呼天成有时也来看一看，他来的时候总是默不作声，就蹲在河边上，两眼盯着水面。走的时候仍是默不作声。开始的时候，人们都瞅着河上，也没有人注意他。

对这件事，人们都处在一种莫名其妙的"激动"之中,这是大事呀！没人注意支书在不在，自然也没人去征求支书的意见。可呼天成对这件事在意了……

在呼家堡，刘家是个大姓，人口重。刘家沾亲带故的亲戚也多。现在，他们全都在河边上立着，帮着操办捞"魂"的事宜。在老辈人的指点下，刘全先是跪下来，嘴里念念有词，给河里的神灵们烧些纸钱，待三叩九拜之后，才拉上纤绳，拽着那个扎有引魂幡的木筏顺河走。刘全是个筋巴巴的小瘦人，当他赤身穿着一个大裤衩子、拉上纤绳围河走的时候，一不小心，先先就栽了一跟头！栽得灰头土脸的，显得人很滑稽。然而，却没人笑，人们怕惊了神灵，没人敢笑。人们看刘全从地上挣扎着爬起来，跟跟跄跄地拉着纤绳往前走。于是，老辈人说：再愿吁愿吁吧。他就重新跪下来，又"愿吁"了一番。接着又拉纤绳往前走。天太热了，日头像火镜一样从天上爆下来，没有一丝风，水面上静静的，筏子在水面上一漂一漂地动着。刘全边走边喊："妞，上来吧。妞，上来吧。"

围观的人们全都盯着那只筏子，看筏子在水面上一晃一晃地荡，想那"魂灵"什么时候能跳上来呢？然而，筏子上什么也没有，只有那只用麻绳绑着的芦花公鸡，公鸡时而抬抬头，时而又勾勾头，看上去傻呆呆的……河边上，刘全一圈一圈地走着，当刘全围河走了三圈后，就再也拽不动那筏子了。他有哮喘病，往下，他走一步，喘一声，嘴张得像小庙，头伸得像勾头雁，腰弯得像大虾，在阳光的照射下，那像弓一样的脊梁上汗淋淋的，一根绳子像尾巴一样在背上拖着，活像是捆绑着的一只水母鸡。走着走着，就又一头扑倒在地上了。他再次爬起来，人成了一个土驴，他四下看了看，伤心地叫道："她娘，她娘……"见没人应，就摇摇晃晃地拽着绳继续往前走。这时，小娥娘拧着一双小脚跑上去，一把拽过纤绳，说："她爹，你歇歇。"说着，她背上纤绳，嘎勾着头往前拱……就这样，小娥娘在前，刘全在后，一耸一耸、一拧一拧地走着……

　　河面上，哑哑地飘着那一高一低的喊魂声："妞，妞哇，上来吧。"

　　"妞，你听话，上来吧……"

　　从早晨到中午，又从中午拉到黄昏，小娥的"魂灵"仍然没有打捞上来。傍晚的时候，围观的村人就更多了，很多外村人听说信儿也都跑来了。河边上一时喧闹无比，到处都是围观的人群。天塌黑之后，河上又点起了白纸糊的灯笼，筏上一只，刘全手里提着一只，白灯笼摇摇地照在河面上，更增加了几分让人恐怖的阴气。白灯笼映着刘全两口子的身影，那影儿小小、晃晃，摇摇曳曳，看上去就像鬼魂一样。两人早已是疲惫不堪，却仍拽那个筏子在顺河走，两人的喉咙都喊哑了，声音已经发不出来了，可两人的嘴仍然张着，在心里喊："妞，你上来吧，上来吧……"

　　捞"魂"的仪式进行到第三天的时候，河面上仍是纹丝不动，什么也没跳上来。刘全两口子实在是拉不动了，却还在挣扎着……可人们仍然兴头不减。刘家的族人一片一片地跪倒在河边上，来河边烧纸钱的女人也越来越多，诵念的声音也越来越大了，在一片袅袅的青烟里，只听立在河边上的村人们齐声高喊："妞，上来吧！"

　　"妞，你上来吧！"

　　到了这时，呼天成觉得他不能不管了。他觉得无论如何不能让这些神神鬼鬼的东西统治村人。他更不能让刘家的人为这件事裂出一块……他必须想出一个办法来。

第四天头上，半上午的时候，刘全两口子仍拽着那筏子在河边上一圈一圈缓缓走着。人太乏了，那拉筏的绳子似有千斤重，一坠一坠地在水面上拖着……骤然，人群中响起了一片欢呼声，只听水面上"扑嗵"一声，一道亮光闪过，只见一尾金色的小鲤鱼跳到了那只筏子上！一时人头攒动，人群轰一下涌过来了，人们齐声高喊："上来了！小娥上来了！！"

当筏子从河里拉上来的时候，刘全双手捧着那尾金色的小鲤鱼，眼含热泪，抖抖索索地跪下来，给河中的神灵们谢恩。他跪在地上接连磕了三个响头，说："神哪！……"

此刻，就在此刻，呼天成突然站起身来，大步走上前去。他一伸手，把那尾小鲤鱼从刘全手里拿过来，高高举起，大声说："这是小娥的魂吗？这就是小娥的魂？！"

刘全两口子一下子怔住了，光张嘴就是说不出话来。

呼天成又喊道："谁说这是小娥的魂，站出来？！"

没有人说话，河边上围观的人谁也不说话。呼天成又高声说："我知道这是老辈人立的规矩，我看这规矩得破破了！你们睁眼看看，这能是小娥的魂吗？！"呼天成接着又说："屎，我告诉你们，我这人不信邪。我不迷信那些神神鬼鬼的东西。这明明是一条小鱼，怎么能是小娥的魂呢？！"说着，他把那条小鱼举得更高了。

刘全两口子看出他有摔的意思，赶忙"扑通"一声，在呼天成身前跪下了……

小娥娘求告说："支书，你放了小娥吧……"

刘全也说："支书，你放下小娥。"

呼天成叹口气说："刘全，我不是跟你过不去。我只是不信邪。我不能让这股子邪气把村里的正气淹了……"

呼天成说着，再一次把那条小鱼高高举起，对着众人说："你们听好了，如果真有鬼神，就让那鬼神来惩罚我吧！……"说着，在灿灿的日光下，在众人的注视下，眨眼之间，只见他的两个手指一紧，生生把那"魂灵"给活活捏死了！！

天哑了。

地哑了。

人也哑了。

此时此刻，在黑压压的人群里，人人眼里都露出了恐怖的目光。

周围一片死寂！

而后，呼天成对着河大喊了三声："神鬼们听着，你们来找我吧！我是呼天成。我就是呼天成！从明天开始，我在这里站三天。在这三天里，我天天候着你们！！我不信邪，你们要有种，就让雷劈了我！"说完，他撂下众人，把死了的"魂灵"往地上一摔，大步走去了。

刘全两口子像是傻了一样，仍在地上跪着。好久好久之后，刘全才喃喃地说："这是不让人活了，这是不让人活了……"而后，刘全就木呆呆地站起身来，慢慢地往家走，亲戚们、徒弟们也都跟着他走。

刘全走进院子，又走进灶屋，从屋里拿出一把菜刀来。于是，亲戚们"轰"的一下，乱了。有的说，干啥呢？别出人命啊？！有的说，跟他拼了，跟他拼了算了！……

可刘全却蹲在院子里磨起刀来，他"哧啦，哧啦"磨着那把菜刀，一边磨一边掉眼泪，嘴里喃喃地说："娥呀，娥呀，你命老苦呀……"磨完了刀，刘全站起身来，又迷迷怔怔地在院子里走了一圈，不知道他要干什么。有人叫他：全哥，全哥，你干啥呢？他这才迷过来，就又掂着刀往外走……来到村街上，他看见呼天成的时候，就又立住了……

呼天成就在村街中间的那棵老槐树下站着，那树上挂着一口钟。在他的身后还立着一排民兵。呼天成站在钟下，冷冷地看了他一眼，厉声说："刘全，尿样！你干啥呢？！"

不料，手掂菜刀的刘全愣了愣，却"扑通"一声，又跪下了。他跪在当街里，哭着说："娥呀，娥呀，你命老苦呀……"

呼天成又说："尿样！"

看刘全这样窝囊，跟在后边的亲戚们实在是看不下去了，刘全的老叔在他身后暗暗地踢了他一脚，小声说："起来！"可这一脚也没能让刘全站起来。刘全只说："支书，你真是不让人活了呀。"

呼天成说："刘全，你起来。我跟你无冤无仇，我怎么不让你活了？你要想跟我拼命也行，可有一样，你先等等，等三天，让小鬼小判们先找我拼命吧！三天后，你再来找我，我候着你！"

在此后的三天时间里，每天放工的时候，呼天成都象征性地在河边上站一会儿，并且当着众人大声说："神们，鬼们，我呼天成来了！"

村人们也跟着哑了很长时间，在这段时间里，人们仿佛在静候着什么……可是，什么也没有出现。后来，人们私下说，呼天成连鬼神都镇住了。也有人说，他听见鬼哭了，鬼天天半夜里哭……

还有人说，他见呼天成曾到小娥的坟上去过，还喃喃地说了些什么。可究竟说了什么，却没人知道。

到此，刘全不光死了女儿，在村人们眼里，那匠人的威风也"死"了，他昔日里曾有过的威信，一下子全失去了。他在家里整整躺了半个多月，当他走出来的时候，人整个木了，腰也驼了，脸上灰蒙蒙的，一点神也没有。

然而，就从这年夏天之后，不知怎的，村人们再见呼天成的时候，脸上就多了些敬畏。人人都对他恭恭敬敬的。连那些上了辈分的老人，见了呼天成，也远远就跟他打招呼，笑着称他"呼支书"，头点点地说："呼支书，你吃了？"再也没有人喊他天成了。

到了这年冬天，借着治理岗地的机会，呼天成去县上借了两台推土机，一个冬春，就带人把哑巴河填平了……

四、拾来的女人

呼天成说话是算数的。

呼天成说给孙布袋找房媳妇，就给他找了一房媳妇。

那女人是捡来的。在一个大雪纷飞的早晨，呼天成在村头白菜地边的草庵里发现了一个外乡女人。那女人躺在庵里，已经昏迷过去了。

呼天成一向有早起的习惯。从年轻的时候起，他每天都准时在鸡叫时起床。那时他精力充沛，总是天不亮就醒了，醒来后他会在床上稍稍思摸一会儿，就着油灯卷上一袋烟，想想一天的事体。等天麻麻亮时，他已经站在村头的那棵老槐树下了。

而后，钟声就响了。他到的时间就是上工的时间。

那天，他本可以不起那么早的，窗纸白的时候，他就知道下雪了。冬天里活计不多，雪天是可以不出工的。可他早起惯了，不起来身上难受，于是就披衣下床，在屋里走了一圈，仍有些心神不宁，就说，去看看白菜吧。

"白菜"像是一句谶语。

这也许是上苍的安排，如果那天早上他不出来的话，那个女人就冻死在草庵里了。

他出门的时候，雪仍然下着，天地间茫汪汪的，整个村庄都被那耀眼的白色覆盖了。清晨，那静中的白色是很镇人的。雪在地上、房上、树上呈现出不同的形状，白得天然，原始。人在这静中走着，只有"咯吱、咯吱"的踏雪声，那声音很脆乎，地上的脚印是一窝儿一窝儿的，回头看的时候，叫人不由得生出些高远的念头。好雪呀！

呼天成先是来到村口的大槐树下，他在树下站了一会儿，有一刻，他甚至从树上取下了敲钟的绳子，可准备敲的时候，他又犹豫了，他心说，天还下着，算啦。而后他挂上了绳子，朝村头的白菜地走去。当他来到村头时，突然发现地上撒有零乱的麦草，顺着麦草的痕迹往前走，就来到了那个草庵旁，他有点疑惑地探头往里一看，就看见了那个女人……

那是个很柴很瘦的女人，脸色黄蜡蜡的，身上罩的是一件半旧的枣花布衫。她蜷身躺卧在草庵里，滚在一片零乱的麦草中，像羊儿一样团缩在地上，昏迷中还不时地抽搐着。她看上去是那样的单薄、那样的可怜，就像是一只哀哀待毙的小羊羔。那时候，她给人惟一的印象是睫毛上夹着一滴泪珠。她的睫毛很长，那滴泪珠就在她的睫毛处含着，细细的睫毛夹一滴儿圆圆的泪，看似要掉下来了，却没有掉，就那么默默地让人心疼地含着。

这女人是用一蓬秆草火和六碗小米汤救活的。呼天成把她背到队里，让人烘上火，又吩咐人给她熬汤。米汤熬好时，她仍然昏迷着，就在半昏迷中，有人喂着，她一勺一勺地竟然喝了六碗！七婶说："天成，她是饿坏了呀！"

她醒来后说的第一句话是："大娘，大爷，能给俺找个吃饭的地方吗？"

她说这话的时候，呼天成正在门外蹲着吸烟呢。听了这话，呼天成把烟拧了，站起身来，就找孙布袋去了。

他怎么也想不到，这件事会给他带来终生的悔恨。

那时天已是半晌了，孙布袋才刚刚起来，他披着一件老袄，鞋都没顾上穿，光着两只大片子脚，正袖手缩脖地"谷堆"在床前的地上。这真是个懒人哪！他竟然在床前头挖了一个有两砖宽的小火窑儿，他正蹲在火窑儿旁烧红薯吃呢。他烧的是烟秆，只见屋里边狼烟滚滚，呛得他大声咳嗽着……

呼天成进门就把那火窑给踢了，说："狗日的，你看看你这个家，狗窝都不如！"

孙布袋一看是呼天成，就说："我又没个媳妇，你给我找的媳妇哪？"

呼天成笑了，说："媳妇给你找着了。"

孙布袋说："真的？不是诓我吧？"

呼天成脸一沉，说："我说一句算一句。"

孙布袋"噌"一下蹿起来，说："找着了？！"

呼天成说："去吧，把人弄回来，好好待人家。"

孙布袋激动地在屋子里蹿来走去，不停地搓着两只手说："哪村的，在哪儿，人在哪儿哩？！"

呼天成说："外乡的，我给你拾了个女人。去把她背回来吧。"

孙布袋抬腿就往门外走，走得急了些，"咚"一下撞在了门框上，头上撞了个大包！他揉了揉脑门子，窸窸窣窣地蹿出去了。不久，却又折了回来，说："弄了半天是个瘫子？我可不要瘫子。"

呼天成脸一紧，说："你真不要？"

孙布袋张了张嘴，不再说什么了。他想媳妇想得太久了，人都快要疯了，就是瘫子他也想要……他嘟嘟嚷嚷地说："让我看看，我看看再说。"

呼天成接着说："谁说是瘫子了？你狗日的还不要，人家愿不愿跟你还难说呢。"

孙布袋小声说："不是瘫子，咋还让我背……"

呼天成说："那是饿的。有三天饱饭就养过来了。"

这么一说，孙布袋就半信半疑地去了。

谁知，第二天，孙布袋又袖着手找呼天成来了。他说："不中哇。人太瘦了，瘦得只剩一把骨头了。还发着烧呢，烧得跟火炭儿样，怕是养不活。"

呼天成看着他，一句话也不说。

孙布袋嘟哝着说："我就那点口粮……你看，我也没动她，真没动她，骗你是孙子。一动她就……人咋跟琉璃格巴儿似的，摸都不敢摸？夜里还一惊一乍地叫，吓人着呢。"

呼天成说："你要不要？你要是不要说句话。"

孙布袋连声说："要，要。我要。"

呼天成"哼"了一声，说："要就好好待人家。她是冻的，让她好好养养，养过来我给你开个信，正正当当把事办了。"

孙布袋小声说："我那点口粮……她要是死了呢？死了，不能算吧？"

呼天成说："滚！滚出去吧。"

孙布袋"出溜"一下蹿到院里去了，说："你看，我把脸都卖了，我把脸都卖了呀……"往下，他看了看呼天成的脸色，不敢再往下说了。

后来，天半晌的时候，呼天成突然到孙布袋家去了。他去的时候，身后跟着老保管玉坤和村里的赤脚医生凤姑。老保管拉着一辆架子车，车上装着半车红薯，那红薯是刚从窖里起出来的，红薯上还放着半布袋小米。呼天成并没有进屋，他就站在院子里，对孙布袋说："你听好，这是三百斤红薯，五十斤小米子，算是你借的。给她好好补补。病哪，让凤姑给她看看，打打针……对了，队里再给你置一床被褥，好好过光景吧。"

孙布袋眨了眨眼，竟"扑通"一声跪下了。他转着圈四下作揖说："天成哇，我服你了。我真服了！"

几天后，当孙布袋走出来的时候，有人问："布袋，你那媳妇咋样？"

孙布袋笑嘻嘻地说："没法说，没法说。原先黄蜡蜡的，不成个样儿，谁知粮食一喂，喂出个画儿！"

村人们说："看你美的。咋就没法说呢？"

孙布袋咂着舌说："咂咂，白呀，老白呀！"

有人好奇地问："咋白？"

孙布袋说："你不知道有多白，跟细粉样！"

有人逗他说："啥细粉，红薯粉吧？"

孙布袋比划着说："真的。真的！诓你是孙子，比细粉还白。"

有人说："比细粉还白？那是啥？"

孙布袋得意洋洋地说："啥？——多遍面！"

人们哄地笑了。孙布袋红着脸说："不信吧？说起来叫人没法信……"说着，嘿嘿笑着走去了。

又过了几天，孙布袋再出门时，就见他身上穿的衣服周正些了，那些烂的地方，该补的补了，该缝的缝了；脸显然是用水洗过，像换了个人似的，看上去精神多了。一个多年不洗脸的人，竟然洗脸了？！村里人诧异地望着他，吃惊地说："布袋，脸也洗了？！"

孙布袋乐呵呵地吹嘘说："嗯，嗯。洗个脸算啥。不光洗脸，还天天洗屁股哪！"

有人说："吹吧。东拐的牛都叫你吹死了。"

他说："真的。真的。人家南边讲究，天天洗屁股，不洗不让上床。"

有人就说："是你给她洗呢，还是她给你洗？"

人们又笑了。

孙布袋红着脸说："没法说。真的，没法说……"

此后，在一段时间里，村里人都想看看那"多遍面"到底长得啥样？于是，村人们开始寻找各种借口，或是借簸箕了，或是找套绳啦……纷纷跑到孙布袋家去瞧那女子。凡是见过那"信阳女子"的（这时，村人们已知道南方信阳那边闹了饥荒，饿死了很多人！她就是从南边跑过来的，于是都叫她"信阳女子"），都说可惜，太可惜了，这简直是一朵鲜花插在了牛粪上啊！

尤其是那些汉子们，开初怎么也不信。说长得好也就罢了。要说白，都是个人，能会有多白哪？！胖妞不白吗？凤姑不白吗？还能咋个白呢？然而，当他们瞧过之后，却一个个被那鲜艳镇住了！那是怎样的白呀。那白，生生是水磨磨出来的，是细细发发的白，嫩嫩乎乎的白，那白能生出瓷花花的光来！在平原上，人们从未见过这么细发的女人，那是水土的劲呀！这白，是南方的水润出来的，怕只有在南方才能漂出这样的白来。这真叫白里透红哇！那红呢，又是一丝一丝地沤出来的血色，血色天然地沤在那嫩白上，绷出一脉一脉的鲜活，就像是绽放的花一样！那眉儿眼儿就更不用说了，全是好水滋养出来的，真湿润哪！哎哟哟，简直不敢看，看了叫人想疯！

真是个"多遍面"哪！

过后，人们又说：孙布袋算个什么东西呢？竟然有如此的艳福？！

于是，村里人又都愤愤不平，说是人家天成把人救了，天成是大恩人！倒让孙布袋这赖孙捡了个便宜？！

这话传着、传着，就传到那"信阳女子"耳朵里去了……

然而，却独有呼天成没有去看那女子。当传说纷纷扬扬的时候，他只是笑笑而已。

春上，那女子从家里走出来时，就吸了一村人的目光。汉子们特别爱听她说话，她的南方口音就像是棉花糖捏的、糯米面泡的，甜甜的、软软的、呢呢的。和村里的妇女们一块儿上地干活时，也常有汉子想点子跑到女人群里借什么，目的也就是为了看她。可呼天成却从未和她照过面。也不知为什么，越是有人说她，呼天成越是不见她。

他是支书，要见她的机会很多，可他就是不见。

有一次，村里开会时，那女子也去了。就见大槐树下的石碾上高高地站着一个人。那人身材不高，却有一股子英气。她有点好奇地问："这是谁呀？"就有女人喊喊喳喳地说："呀呀，你不知道？你还不知道呢？！他就是咱的支书哇，就是他把你救了。他可是你的恩人哪！"她喃喃地说："他……这么年轻？"女人们说："别看他年轻，本事大着哪，一村人都服他。"她听了，又偷眼往上看了看，再不吭了。

就在那天夜里，这女子找他去了。

那时候，他常常是不回家的，就一个人住在大队部里。那时的大队部设在村外的场院里，只是三两间破草房，后边是一片林子。她去时，他正趴在灯下写着什么，面前是一张土垒的泥桌，桌上摊着一张报纸，纸上放着一盏带玻璃罩的马灯……

她站在门口处，默默地看了他一会儿，说："你就是支书？"

他知道有人来了，却没有回头，只说："是。"

她说："是你救了我？"

他说："就算是吧。"

她说："是你给我上的户口？"

他没有吭声。

她说："是你给我找的婆家？"

突然，她有点怨怨地说："你咋给我找这么一个主儿呢？"

他仍然没有吭声。

她又说："一村人都去看过我了，你咋不去呢？"

他还是一声不吭。

她说："恩人，你是我的恩人哪。"说着，她就那么双膝一屈，在他身后跪下了。

那时候，他毕竟年轻气盛，是架不住人跪的。于是，他慌忙转过身来，站起去扶她，他说："干啥，这是干啥？起来……"可当他看到她的时候，眼前猛地一亮，跟着心里不由得"咯噔"了一下，竟然呆住了。他心里说，看起来，人是粮食喂的呀！只要吃上几顿饱饭……

片刻，他才想起伸出两手去扶她，在扶她起来的时候，却又像是被烙铁烫了似的！透过衣服，他明显地感觉到了那柔软的颤动……

他甚至有些慌乱地说："你坐你坐。"而后，他转过身去，为了掩饰他内心的不平静，就故意笑着说："都说你白，还真是个白妞哇！"

她说："我叫秀丫。"

他身不由己地跟着叫道："秀……噢。"

她说："秀丫。"

他说："秀。"

她说："是秀丫。"

他怔怔地立在那里，大口大口地喘着粗气……

而后，他猛地转过身来，说："我是去地里看白菜的。"

她说："白菜？"

他说："白菜。"

她说："我……咋谢你呢？"

他转过身去，墙上立时晃出了一个巨大的黑影。突然，他咬着牙说："我看看白菜！"

她默默地看了他一眼，接着就顺从地坐在了那张绳床上，把身上穿的衣裳一件件脱下来……倏尔，那白色的胴体完整地显现了。那白在暗影里竟然发出了青湛湛的亮光，就像月光下的水一样，那是一泓弹弹动动的白水呀！

呼天成的呼吸更粗了。

他急步上前，突然，他站住了，又急急地回过身去，把那盏带玻璃罩的马灯提在了手里，走到床前时，他把那盏马灯拨得更亮些。

刹那间，那胴体就化成了一团粉白色的火焰！

他就那么一手提着那盏灯，一手向下探去……当他的手刚要触到那胴体时，蓦地就有了触电的感觉，那麻就一下子到了胳膊上！那是凉吗，那是滑吗，那是热吗，那是软吗，那是……呀！指头挨到肉时，那颤动的感应就麻到心里去了。那粉白的肉哇，不是一处在颤，那简直就是"叫叫肉"！你动到哪里，它颤到哪里；你摸到哪里，哪里就会出现一片惊悸的麻跳。那麻，那凉，那抖，那冷然的抽搐，那闪电般的痉挛，就像是游刀山爬火海一般！你觉得它凉，它却是热的；你觉得它软，它却有钢的跳动；你觉得它湿，它却有烙铁般的烧灼；你觉得它烫，它却有蛇一样的寒气。那真是一片浪海呀！它会说，会叫，会跳，会咬；它一会儿"嗞嗞"，一会儿"沙沙"，一会儿"呀呀"，一会儿"呢呢"……

终于，当他抓住那两座耸动的雪峰时，那万般战栗化成了一句话："恩人哪，要了我吧！"

呼天成炸了，他简直炸成一片疯狂的火海！

那马灯"扑哪"一声碎在了地上，灯灭时，他猛地扑在了那"叫叫肉"上……

就在这时，村里的狗突然叫起来了，那群狗的叫声在静夜里显得格外刺耳，倏然就响到了村口，仿佛就对着场院！紧接着，狗一群一群地窜进了场里，场院里到处都是"汪汪、汪汪汪！"的狂叫声……

片刻之后，又有脚步声响过来了。场院里响起了"沙啦、沙啦"的脚步声，那脚步声分明是朝着队部来的！

秀丫浑身抖着，"呢呢"地颤声说："有人来了……"

呼天成直起身来，他还没来得及脱衣，就那么直直地在黑暗中站着，好半天不说一句话。过了一会儿，他说："你走吧。"

那是多么难熬的一个夜晚哪！

秀丫走后，呼天成像疯了一样在屋子里走来走去，他一生一世都没见过这样的女人哪！他虽说有媳妇，可他的媳妇是个童养媳，六岁就进门了，干巴巴的，他从没把她当过妻子看待。特别是生过孩子以后，就成了一面挂在墙上的箩，让你几乎想不起筛面的日子。直到今夜，他才算知道什么是女人。她不光是白，那简直是一棵叫人发疯的"白菜"呀！……

不料，第二天夜里，狗又叫起来了。

五、杀狗的日子

就在这年春上，劁猪的老曹被人从公社押回来了。

老曹是呼家堡的女婿。小个子、短脖、白骨眼儿，看上去矬矬的，就像是个长不大的老倭瓜。早些年，他家曾是黑集镇上有名的屠户。那时候，人们总爱说，"走，上黑集吃狗肉去！"那名扬四方的狗肉铺子就是他家开的。后来，等他长大时，铺子早已关门了。因出身是富农，他人又长得丑，在黑集一直找不下媳妇。再后，经他三姑介绍，就"倒插门"到呼家堡来了。那时，汉子"倒插门"是被人瞧不起的，也就没人叫他的名字，都称他老曹。他找的呼姓女人呢，是个半瘫，光会吃不会做，还滚蛋子生娃，日子自然过得紧巴。于是，他就偷偷摸摸地干起了劁猪的行当。

说起来，老曹也算是个能人。那年月，一辆新自行车是很贵的，一个村也难有一辆，那简直是富贵的象征。可他不知怎么就自己动手装了一辆破自行车，村里一不注意他就溜出去了，骑着那辆"叮当"乱响的破车子，在车的前把上挂上两绺红布条（那就是劁猪的标志），腰里拴一个油腻腻的小皮囊子，到四乡里给人劁猪去了。劁一头猪能挣五毛钱。那时私自出去干活是不允许的，那叫"投机倒把"。所以，他又常常被人捉住，捆上绳子送回来。

老曹回来被直接送到了大队部里。进了院子，有人说："蹲下！"他就老老实实地蹲下了。押送他的人进了队部，交代了一些话就走了。此后，支书呼天成进进出出地在他跟前走了好几趟，却就像没看见他似的，一直不理他。村里有人隔三差五地到队部来，有的就装作没看见；有些好事的，看看他，就说这不是老曹吗？回来了？他就龇龇牙，嘿嘿一笑，说回来了。有人说，咋，上绳啦？他说捆捆皮实。也就这么说说，就过去了。老曹呢，就一直绳捆索绑地在那儿蹲着。眼看天过午了，村里人都回家吃饭去了，却仍然没人理他。

最后，呼天成从队部里出来了，他锁上门，大步朝外走去。这时，老曹就一直眼巴巴地看着他，希望他能说句话，可呼天成像是把他忘了，直走，脸都不扭。当他快要走出院子的时候，老曹慌了，忙小嗓叫道："天成，天成哇。"呼天成仍往外走着，就像是根本没听见。老曹又喊："支书，支书哇！……"

这时，呼天成应声转过脸来，瞅了他一眼，迟疑了片刻，突然用手拍了拍头，说："嗨，老曹，你怎么还在这儿哪？"

老曹哭丧着脸说："支书，我想、尿。我尿。"说着，竟呜呜咽咽地哭起来了。

呼天成快步走了回来，说："你怎么不吭呢？"说着，就上前给他解开了捆在身上的绳子。

绳儿一解，老曹夹着两条腿，抖抖索索地说："支书，我有罪。我知道我有罪。"

呼天成拍拍他说："回去吧老曹，回去吧。"

老曹一怔，说："那我……"

呼天成说："去吧。回头我找你。"

老曹没想到呼天成会立马放他，可呼天成什么也没说就把他给放了。他心里惶惶的，走两步又回头看了看呼天成的脸色，惴惴不安地说："那我回了？"

呼天成摆摆手说："走吧。"

次日，呼天成到老曹家去了。进门之后，一家人都十分紧张。瘫子女人说："天成啊，你看，我这个样，家里就指望他哪，就别让你姑父去游街了。"呼天成说："谁说游街了？游啥？不游。"接着，他四处看了看，见屋子里弥漫着一股腥叽叽的气味。靠里，只有一张床，一床破被褥，到处都是骨骨碌碌的小眼睛，就说："老姑，你家里嘴多，也确实有困难。这样吧，让娃儿去队里借些粮食，就说我说了。"瘫子女人一听，流着泪说："天成哇，咋谢你呢？"

这时，老曹忙上前递烟，说："吸着，吸着。"呼天成把烟接了过来，却没有吸，就在耳朵上夹着，他在屋子里走了两步，忽然问道："听说你会杀狗？"

老曹愣了一下，两眼一扑啷，说："会。"

接着，老曹又说："狗这东西，有七十二条命。不是手儿，还杀不死哪。我小的时候……"

呼天成说："跟人学过？"

老曹说："祖传。这可是祖传。不瞒你说，我这儿放的还有'药狗蛋'哪。我是没办法才去给人劁猪的，猪算什么，那不叫活儿。杀狗才算是我的正宗……"正说着，见呼天成不吭了，老曹又赶忙小心翼翼地说，"我回头给你弄个狗皮褥子吧？"

呼天成默默地看着老曹，把老曹看得怔怔的。而后，他说："到时候，活儿要做得净些。"撂下这话，他扭头走出去了。

当天晚上，呼天成召开了全村社员大会。

在会上，呼天成沉着脸说："最近，不断有人给我反映，说有些户，竟然纵狗咬人！三天前，咬了过路的一个挑担的；昨个儿，又咬了广德家的孙子，咬得腿上血糊糊的！还有人说，这呼家堡简直成了狗的天下了！（社员们大笑）啊？说天一塌黑，狗们汪汪汪乱叫，吓得妇女们夜里门儿都不敢出！这像话吗？！旧社会谁放狗咬人哪？地主老财才放狗咬人！那是啥年月？现在是新社会了，还想当地主老财哩？嗯？！啥叫新农村？！一天到晚汪汪汪，这能叫新农村吗？！喂那么多狗干什么？！"讲到这里，呼天成伸手一指，说："广德家，把孩子抱上来，让大家看看！"

立时，会场上乱纷纷地议论起来。尤其是那些年轻媳妇们，一个个说：就是，就是。天一黑，那狗出溜儿出溜儿乱窜，怪吓人的！

广德家女人因为孙子被墩子家的狗咬了，头天刚和墩子家媳妇吵了一架。这会儿一听叫她呢，就气昂昂地抱着孙子走上前去，把孙子的腿高高地举起来："看看，都看看！狗嘴有毒呀！硬撕掉俺孙子一块肉！就那还说怨俺……"孩子才五岁，腿是用纱布包着的，上边抹了红汞，看上去红乎乎一片！说这话时，广德家女人还借机瞪了墩子媳妇一眼。

借此机会，呼天成高声宣布说："现在，我宣布，从明天起，谁打狗，谁吃！……可有一条，狗皮得给人家主家。"

轰一下，会场立时乱了。

呼天成一拍桌子，说："嚷啥？乱喳喳个啥？！不就是狗吗，还有啥舍不得的？谁舍不得给我站出来！"

听呼天成这么一说，会场上没人敢吭声了。这时，呼天成又缓声说："狗是畜生嘛，再咬伤了外人，那事就大了。话说回来，有些户，喂的时间长了，一时舍不得，也是人之常情。那就这样吧，要是真有舍不得、下不了手的，统统交给老曹，让老曹去做。老曹就是干这的，活儿做得好！"

老曹是极想立功的。一听支书点到了他的名，马上跳了出来，看样子十分激动。他个小，就一蹿一蹿地说："我弄我弄，我会弄。保证一家一张筒儿皮！"

老曹一说，会场上倒静了，人们都默默地看着他……

让人感到奇怪的是，就在这天夜里，狗一声也不叫了。整个呼家堡再也听不到一声狗叫，夜很静，静得有些出奇……

后来有人说，狗是真通人性啊！

四更天的时候，老曹就从床上爬起来了。他是太兴奋了，兴奋得一夜都没睡着觉。多年来，他一直是偷偷摸摸地在外边给人家劁猪。说起来羞于启齿，就给公猪割上那么一个小口，然后把蛋子挤出来，再缝上……那活太小，也太无趣，这活根本不配他动手！可他没有办法。他是杀狗的世家呀！这些年来，他几乎快要把祖传的手艺丢了。可没想到，这一下子又有了施展本领的机会。他悄悄地下了床，先是从墙洞里取出他藏了多年的"药狗蛋"，那些"药狗蛋"是用一块狗皮子包着的，里边还垫了两层防潮的油纸。他先把"药狗蛋"一个个拿起来，放到鼻子前闻了闻，还有香味呢，心里说：能用。而后又在暗中扒拉着数了一遍，说，够了。接着，他跳上桌子，把一只小木凳放在桌子上，又借着那小凳一蹿蹿到房梁上去了。在房梁上，他取下了一个大一些的破包。在那个破包里，放着他的刀具。刀一共十二把，有长的、短的，宽的、窄的，弯的、直的，还有弧形和带挑钩的。他把刀一把把地拿出来，又放在鼻子前闻了一遍，心说，锈了，刀都锈了。片刻，他说，用六把吧，六把就够了。说着，他从那些刀具中挑出了六把，把其余的刀具重新包上安放好，这才穿上了那件皮围裙。

当他把那件皮围裙罩在身上的时候，整个人就像是被一股血腥气裹了，那人立时就不一样了。小矬个子仿佛气吹了似的，陡地就长了精神，人显得硬硬的，特别是那眼，光一下子就毒出来了！他来到院子里，开始磨刀。刀是好刀，只是放久了，有些锈气。他蹲下来，一气把六把刀重新磨出光来，等刀锋有了寒气的时候，他心说，刀是用血气喂的，好多年不喂，刀就失了灵气。于是，他捋了裤子，露出大腿来，拿起刀在大腿上划了一下，就有一条血线跳了出来，六把刀，他一把把地在冒血的大腿上"匕"了一遍，用血珠儿喂了。最后，他站起身来，默默地吸了口凉气，就静立在那里不动了。

黎明时分，钟声响了。接着村街里就响起了扑扑嗒嗒的脚步声，那是村人们下地干活去了。又过了一会儿，有人叫门了。有两个民兵拍着门叫道："老曹，老曹。"

老曹隔着院门应道："来了。头前走。"

说着，只听"咣"一声，门就开了。两个立在门前的民兵一愣，心说，这是老曹吗？怎么话音都变了？！然而，当他们看见老曹的时候，就觉得一股血腥气扑面而来，往下，就谁也不吭了。只听老曹说："走！"

三人来到村街上，个大些的民兵蛮牛说："老曹，你说，先弄谁家的？"

老曹说："一家一家走。"

民兵春堂子说："就咱仨？墩子家那大黄，个儿老大呀，虎犊子样！还好偷咬人。咋弄它哩？再喊些人吧？"

老曹说："不用。"

说话间，他们就来到了靠村子东头的墩子家，三人在离门口有几步远的地方站下了。两个民兵都看着老曹，可老曹一句话也不说，就直直地走进去了……

101

两个民兵就在院外站着，蛮牛不服气地说："这个鸟货，口气也太大了。咱不管，让他逞能去吧！"

春堂子也说："碰蛋高一个小人，看他咋弄？等他弄不住再说。"

两人心想，狗咋也会叫两声吧？可他们却一直没有听见狗叫声。也就是一会儿的工夫，就见老曹走出来了。两人先是一愣，蛮牛失声叫道："不好，老曹让狗咬住脖子了！"可是，待他的话刚落音，就发现老曹没被咬住，老曹只是把那足足有一人多高的大黄背出来了。那只大黄的两条腿分明在老曹的肩上搭着，狗的头就一耷一耷地贴在老曹的脖梗处……

出了门，老曹说："还听话。"

老曹背着那只大黄在前边走，两人在后边相跟着。春堂子小声对蛮牛说："老天，他是咋、咋日弄的？"蛮牛咬着牙说："鳖货！"三人走着走着就来到了那片杨树林里，进了林子，老曹把狗从背上放下来，说一声："绳。"春堂子一怔，赶忙把准备好的绳子递上去，只见他三下两下就缩出一个活扣来，往狗腿上那么一撩、一甩，一头套在了狗腿上，另一头就甩在了杨树上，紧接着是出溜一下，那只大黄就活活地倒挂在树上了！

而后他们又去了全林家。全林家喂的是一只四眼的黑狗，竖耳，眉毛上有两块白，狗不大，蹿。临进门的时候，老曹突然说："站住。"蛮牛气横横地说："咋？"老曹回过身来，耷蒙着眼皮说："你俩就别进去了。"听了这话，蛮牛更气了，说："咋？！"老曹说："这是一只不吃屎的狗。村里只有这只狗不吃屎，所以它最厉害，咬一口入骨三分。这样的狗从来不吐齿，你见它吐过齿吗？"蛮牛仍气不忿地说："屎！你说的是屎！"可他还是站住了，就看着老曹一个人走了进去。

片刻，狗"汪"地叫了一声，叫得人心寒。可就这一声，再也听不见动静了。又过了一会儿，老曹出来了。那只四眼狗仍在他背上挂着，只是脖子里多了一个套儿。近了才看清，那狗脖子是用铁丝勒着的！所以，狗的两只眼瞪得很大，舌头长长地伸着，呼呼地吐着热气，那白沫就吐在老曹的脖子上，看上去十分吓人！……

到了去第三家的时候，天已是大亮了。在路上，春堂子紧走了两步，赶上老曹，小声说："老曹，老曹。这回，让咱也开开眼？"老曹不语，只顾头前走着。春堂子又用讨好的语气说，"看看，看看呗。"老曹沉声说："想看？"春堂子赶忙说："想，想。"老曹就吩咐说："别吭。光看别说话。"春堂子说："行。你让咋样就咋样。"

可是，当他们进了槐家门时，却见槐家的小儿子二兔竟然在屋门口的小石墩上坐着，那只灰狗就在他的怀里抱着呢。三个人依次站下了。老曹看着二兔，说："孩子，进屋去吧。"二兔说："不！狗是我喂的，谁也别想逮走。"老曹吐了一口气，又说："听话，进屋吧。"二兔十分警觉地看着他，说："不！"老曹说："我不逮它，我让它自己跟我走。"二兔说："骗人！"老曹又看了看二兔，却一声不吭地蹲下来了。他蹲在院子里，就地伸出手来，就见从他的袖筒里滚出一个黑乎乎的东西来，那东西看上去就像是一个大药丸。接下去，老曹轻声说："灰灰，过来，过来吧。"紧接着，只听二兔命令道："灰子，别过去！"

然而，那只灰狗先是往下缩着身子，浑身的毛不停地抖着，嘴里发出"呜呜嘶嘶"的声音，慢慢、慢慢，身子就匍匐在地上了，它的肚皮紧贴着地皮，就那么一点一点地向前爬去……二兔急了，用力地往后拽它，却怎么也拽不住。

老曹蹲在那里，一只手贴在地上，手上放着那丸黑乎乎的东西。仍是轻声说："灰灰，来吧，来。"

当那只灰狗爬到他面前时，却不动了，两只狗眼紧盯着那丸黑乎乎的东西。

这时，老曹伸出另一只手，轻轻地拂着狗脖子上的毛，一边拂一边说："听话，灰灰，吃吧，吃吧。"那狗勾下头去，闻了一下，又闻了一下，也就一眨眼的工夫，当那只灰狗张开嘴来，去吃那东西时，就见老曹的手闪电般地往前一送，一抓，一翻，只听"噔嘣"一声，像是什么东西碎了似的。接下去，老曹的手像钳子一样紧紧地钳住了那只灰狗的嘴，只见狗的两只后腿扒拉着扑腾了两下，就再也不动了。

这时，二兔就像傻了似的立在那里，呆呆地望着那条翻倒了的灰

103

狗……过了好一会儿，他才蹿起来哭喊着骂道："我日你娘哇！老曹。"

老曹不动，老曹就立在那里……

半晌的时候，呼天成来到了那片杨树林里。一踏进林子，他就怔住了。他看见，整片林子成了一条狗的长廊！树上倒挂着一条一条的狗，有黑的，有白的，有黄的，有灰的……狗们或大或小、或长或短，一只只吊在树上，暴着一双双瘆人的白眼！当小风吹过时，阳光下，有一旋儿一旋儿的狗毛在空中飞舞。倏尔，他看到，在离他七步远的一棵树上，吊着的是一只小花狗，那狗不大，毛茸茸的，脖里还挂着一串铃铛。只见那小花狗的前腿一弹一弹地牵动着，那脖里的铃铛就跟着那扯动"当啷、当啷"地响，让人看了揪心！望着眼前这一切，他默然了。有片刻的光景，他眼里出现了一丝游移，他甚至有些后悔。狗们也可怜哪！为什么要杀它们呢？就为了那一件事……他不由得想起了那些外出开会的日子，每到赶夜路回村的时候，狗远远就迎上来，在腿前腿后跳着、叫着，很温馨啊！

狗们！对不住了。

就在这时，蛮牛跑过来了。蛮牛说："都弄来了。三十八只！"

"操，那家伙手段真高。全是用水呛的，'叽'一声死一只，'叽'一声死一只……"

呼天成听了，默默地转过身去，一句话也不说。片刻，他轻声说："弄吧。"说完，他扭头走了。

三十八条狗，三十八条冤魂，就在树上挂着，任凭老曹一个一个、一刀一刀地宰割。这应该是老曹一生当中最为辉煌的一天了。动手的时候，他总是先要默立一分钟，而后两眼暴出一束亮点，身量也陡地就长了一寸，那架势硬硬的，手那么一甩、一拽，接下去就是一片"噌噌……"的声响，那声音在老曹心里就是最动听的音乐！那音乐就在林子的上空环绕、盘旋，随着那有节奏的"噌噌、噌噌噌……"的声音，狗在他的手里成了一片片、一块块的布，当乐声停止的时候，一块完整的狗皮就掉在他的手上了！

……也有死不瞑目的。那两只狗眼就暴暴地、死死地盯着老曹，把老曹印在它的眸子上！老曹临动手之前，就说："朋友，犯到我手里，你值了。"可那狗任死不闭眼。老曹就用手轻轻地去揉它的眼皮，一边抚摸一边说："闭眼吧，闭眼吧。早死早托生……"那狗果然就把眼闭了。

夕阳西下，呼天成又走进了那片林子。这时候，浓烈的血腥气已经把林子染了。夕阳的余晖从外边射进来，林子像是被血洗了一样，一片红色！狗们已成了肉们，一片片地挂在那里……就在林子的中央，兀立着一个小人，那人就是老曹。他仿佛已经不是人了，那简直就是一挂淌血的皮围裙！人没有了，人已陷在血糊糊的皮围裙里了。那"皮围裙"就像是成了精一样，一股凶光邪邪地架在那里，挓挲着两只血淋淋的手，嘴里噙着一把牛耳尖刀，血正一滴一滴地从那把尖刀上滴下来……

呼天成走上前去，叫了一声："老曹。"只见他微微动了一下，抬了抬眼皮，嘴里吐出一口气来，那目光很瘆人地望着呼天成，先是从上到下，而后是从下到上，那分明是在寻找下刀的部位！

呼天成立时恼了。他大喝一声："疯了你？！"说着，扬起手来，兜头给了他一耳光！

随着那一记响亮的耳光，那把牛耳尖刀飞出去了，老曹的身子晃了几晃，勉强才立住。他眨了眨眼皮，像是刚醒过来似的，喃喃地说："是支书，是支书哇。"说着，那身架倏尔就小下去了，小成了一个可怜巴巴的矮人。他瘫坐在地上，在身上擦了一下血手，长长地吁了口气，用讨好的语气说："我一天都没吃东西了。整整一天，我就生吃了一个狗蛋。"

夜里，没有了狗叫，村子里一片静黑。那黑也像是没了生气似的，死哑哑的。

后来倒风了，风把那浓烈的血腥气灌进了村子。那风带哨儿，呜呜的，仿佛也带来了狗的魂灵，狗的魂灵在村街里旋来旋去，一家一家地拍打着人们的窗棂，就像是在哭着叫门……

后半夜的时候，老曹家的院门上被人摔了屎，还有人往院子里扔砖头！咕咕咚咚地响了一夜……

早上，只见一院子都是狗皮！

鸡叫时分，呼天成一开门，见老曹在他门外的地上蹲着。见了呼天成，他呜呜地哭起来了。呼天成说："老曹，你这是干啥？"

老曹蹲在那儿，一把鼻涕一把泪地说："支书，支书哇，这、这能怨我吗？"

呼天成默默地看着老曹，看得老曹勾下头去，像孙子似的。可他一句话都没说，就走回屋去了。片刻，他披着衣裳走出来，看了老曹一眼，说："老曹，走吧。"

老曹一怔，说："走？"

呼天成说："过上一段，你再回来嘛……"往下，就不再说了。

老曹明白了。

第五章

一、死棋活走

只剩两个泥蛋了。

呼天成眯着眼，一直在看那两个泥蛋。一个泥蛋是方的，一个泥蛋是圆的，这就是棋盘上最后剩下的敌对双方……

这是平原乡间的一种棋类游戏，叫"扎方"。过去，这种游戏一般是农人在田间地头上玩的。歇晌的时候，两个人，随随便便地在地上画上一些歪歪斜斜的格子，而后再找上一些小土蛋和树棍棍（假如一方用的是土蛋，那另一方就是树棍），就那么往地头上一蹲，就开始对垒了。玩法很简易。呼天成一直很喜欢"扎方"，他年轻时就是一个"扎方"的高手。可以说，在呼家堡，从没有一个人胜过他。后来他就不常跟人对垒了，可他仍然喜欢"扎方"。于是就叫人专门做了一个简单的木制棋盘，找本地上好的黏土晒了两种泥蛋，偶尔也跟人玩玩。有时候就自己一个人玩，自己跟自己扎。于是，在呼家堡，也就有了一种呼天成发明的棋，叫做"泥蛋棋"。

县长呼国庆在一旁站着。他早就进来了，可他一直没敢惊动呼伯，就悄悄地立在那儿，看他一个人"扎方"。看着，看着，当棋盘上只剩下两个泥蛋的时候，呼国庆终于开口说："呼伯，咋还摆泥蛋呢？"

呼天成头都没抬，说："我就是玩泥蛋的，不玩泥蛋玩什么？"

呼国庆赶忙说："呼伯，我给您弄了副好子。玉石的。"

呼天成眼在棋盘上，默默地摇了摇头说："咱是个土人，玩了一辈子泥蛋。别的，玩不了哇。"

呼国庆说："看样子，这棋是和了。"

呼天成仍没有抬头，只喃喃地说："和了？"

呼国庆轻声说："就俩蛋……"他的意思很明白，棋盘上只剩两个蛋了，双方各剩一子，这棋就没法走了，只有"和"。

呼天成的眉头皱了一下，慢慢地说："和了就好，就怕和不了。"

呼国庆又瞅了一下棋盘，说："我看和了。"

呼天成抬起头来，斜了他一眼，说："你走走试试，我看你怎么和？"

呼国庆心里有事，可以说是心急如火燎！但在老头面前，他又不能表现出来。于是，他就随随便便地拿起那个圆泥蛋走了一步。

当呼国庆走了一步后，呼天成没有马上走，他只是凝视着棋盘，看了一阵之后，他才也跟着走了一步。他没有进，反而往后退了。

走了几步之后，两个子一直是进进退退的。呼国庆心不在棋上，觉得再走下去实在是没意思，这棋显然是和了。他心里有事，急煎煎的，就叫了一声："呼伯。"

呼天成一心在棋上，连他的叫声都似乎没听到……就这么一快一慢，两人又走了几步，到了这时，呼国庆才发现，他已走到绝路上了，他被挤在了死角里，只能退不能进，眼看无棋可走了。

呼国庆一拍脑壳，笑了。苦笑。

呼天成沉声说："当县长了，说话不要那么武断。"

呼国庆感叹道："姜还是老的辣呀。"

到了这时，呼天成才直起身来，淡淡一笑说："你也别燥我的气。三番五次打电话来，有话就说吧。"

在呼伯面前，呼国庆从不敢隐瞒什么。他是呼伯一手培养出来的，他知道，在老头面前，是不能说半句假话的。假如有一天他知道你骗了他，你将永远得不到他的谅解！何况，事已到了这一步，再瞒也无用哇。于是，他一咬牙，干脆来了个竹筒倒豆子，把目前的处境，甚至包括他有了一个情人的秘密，全都一五一十地给呼伯讲了……他心里说，假如呼伯要骂，就让他骂吧。

呼国庆讲的时候，呼天成一只手轻轻地拍打着脑门，两眼眯缝着，像是在闭目养神。他既不插话，也不提问，只是默默地听。一直到呼国庆说完了，他仍然是一声不吭地靠在沙发上，双目紧闭，像是睡着了。

沉默，很长时间的沉默……

呼国庆心里如烧如烤，十万火急！可他站在那里，就像个小学生似的，大气都不敢出，只有静等。

过了一会儿，呼天成坐起身来，说："给我支烟。"

这时，呼国庆赶忙从兜里掏出一盒"红塔山"来，匆忙扯开，给呼伯递上一支，而后又点上了火。

呼伯吸了几口烟，淡淡地说："也没什么大事嘛。"

呼国庆心里说，老头哇，这事比天都大！要是你呼伯不帮忙的话，我这县长也就当到头了。

不料，呼伯只说了三句话。那话断断续续的，让人几乎摸不着头脑。

呼伯说："我也有过年轻的时候……"

呼伯说："……有些事，要看值不值。"

最后，呼伯又说："回去吧，好好工作。"

呼国庆在心里细细地揣摸着呼伯的意思。呼伯没有骂他，这是破天荒的。在他最困难的时候，呼伯伸出了一只援手。他明白，最最关紧的也是最重要的，是呼伯说的第三句话。这句话对他来说，是千金难买呀！呼伯能这样说，他能说出这样的话来，那就等于说，他有救了。那么，只要呼伯出面……想到这里，呼国庆心里一热，眼里竟涌出了泪花。他含着泪说："呼伯，是我不争气，让您老人家操心了。"

呼伯站起身来，亲切地拍了拍他的肩膀，安慰说："不要怕出问题，人活着，就是解决问题的。"

就在这时，只见杨根宝急匆匆地走了进来。他进门先看了呼天成一眼。呼天成说："说吧。"

杨根宝低声说："县里王书记来了，说要见您。"

呼国庆心里"轰"的一下，可他咬着牙，什么也没有说。

呼天成一怔，说："这么晚了，他来干什么？"

杨根宝说："王书记说，他早就想来看看老前辈，一直抽不出时间……呼伯，见不见？"

呼天成沉吟了片刻，说："人都来了。见见吧。"

根宝又问："安排在第三贵宾室了。您看？"

呼天成默默地点了一下头。而后，他对呼国庆说："你等我一下。"说着，就快步走出去了。

如今的呼家堡，可以说是今非昔比了。它建有各种不同层次、不同风格的接待室。以至于来过呼家堡多次的人，也始终闹不清呼家堡到底有多少个接待客人的地方。此刻，县委书记王华欣就在其中的一个贵宾接待室里坐着。

这是一个十分豪华的客厅。客厅的空间很大，地上铺的是猩红色地毯；在靠墙的地方，摆着一圈宽大的皮制沙发，沙发是棕红色的，上面罩着带有图案的手工钩制品，那钩制品是白色的，看上去简单大方；沙发前摆放的是四个长条形的红檀木茶几，茶几上放有一盘一盘的水果和精致的茶具，茶几旁还搁着几盆兰草，看上去规格还是蛮高的。更让人不可小觑的是，就在这个客厅的主墙上，还挂着一排放大了的巨幅照片，在那些镶有玻璃的镜框里，挂的是各个不同时期中央及省里领导来视察时与呼天成的一张张合影……仅那些人的照片，就足以让来客生出万分敬意！

县委书记王华欣在沙发上稳稳地坐着。他当然知道这个老头的分量，不然，他是不会到这里来的。这次看望，对他来说，虽说是礼节性的，可也包含着一种较量的意味。他知道，老头干的年数太久了，上上下下都有很深的背景，他更清楚老头与县长呼国庆之间的关系。可老头毕竟年岁大了，人一老，很多事情就大不如前了。他之所以来，主要还是从策略上考虑的。当然，这里边也有市委李书记的意思。进门的时候，他自然是看到了那些挂在墙上的照片，那些照片让他盯着看了足足有三分钟之久，而后，他笑了。正是那些挂在墙上的照片让他感觉到，老头的确是老了，老得只剩下摆"架势"了。于是，他坐下的时候，嘴角上带出了一丝让人不易察觉的轻蔑。他心里说，那是唬人的。

这时，呼天成从外边进来了，他一进门就笑着说："王书记来了？稀客，稀客呀。"说着，就主动上前与王华欣握手。

县委书记王华欣也赶忙站起身来，一边握手一边说："我来看看老前辈。早就该来呀！抱歉，抱歉……"说着，哈哈大笑。

呼天成一边让座，一边说："可不敢这么说。你是县太爷，忙哇，我知道你忙。"接着，他看了看茶几，又说："烟呢？怎么不给王书记拿烟？"

一语未了，就见根宝把烟已摆在了王华欣面前的茶几上。呼天成却批评说："根宝啊，县太爷来几回呢，不要那么小气嘛。"

王华欣又哈哈大笑说："老前辈的烟我当然要吸了，在您这里，我不怕有人说我腐败……"

呼天成也跟着笑了。

王华欣说："老前辈，身体还硬朗？"

呼天成摆了摆手："老了老了。"

王华欣说："都说您有一双好眼哪！"

呼天成说："都是瞎说，也是布袋买猫。"

寒暄之后，王华欣迟疑了片刻，说："老前辈，我这次来，一是看望您。二呢，有点事，还想给您老人家汇报一下。"

呼天成说："这说到哪里去了？你是上级……要是有什么吩咐，你尽管说就是了。"

王华欣坐直身子，笑着说："老前辈，我真是诚心诚意的……"接着，他话锋一转，看似轻描淡写地说，"最近呢，不知您听说了没有？国庆出了点事。"

呼天成诧异地问："噢，这孩子，出什么事了？"

王华欣把烟头往烟缸里一按，说："要说，也没什么大不了的。不过呢，他老婆出面把他告了……她这一告，弄得上上下下……不太好看。县里马上就要改选了。我是怕万一……老前辈，您看咋办呢？"

111

呼天成听了，用力地拍了一下沙发，说："这个国庆，怎么搞的？不像话，太不像话了！"

说着说着，王华欣的语气变了，他说："老呼哇，你也别生气。国庆虽然年轻些，也毕竟是跟我搭班的。这些事哪，可大可小。我的意思呢，让他动动吧，换个地方，也好工作。"

呼天成自然听出了称谓上的变化，可他脸上却仍看不出什么。他只是淡淡地说："王书记，你是县里的一把手，可不能迁就他呀。呼家堡出去的干部，更要严格对待，该怎么处理就怎么处理！"

王华欣摆了摆手，说："老呼哇，我知道你要求严，你是恨铁不成钢哇。国庆呢，人很聪明。工作嘛，也是有魄力的。再说呢，也不是什么了不得的大事……今天上午，市里李书记给我挂了个电话，那意思，也是想让他动动。"

呼天成的语气加重了，他说："我看，还是不要迁就他。"

王华欣却说："动动吧，动动好。你说呢？"

呼天成身子往后一仰，说："这是组织上的事。我一个玩泥蛋的，就不便多说什么了。"

听了这话，王华欣沉吟了一会儿，进一步暗示说："老呼哇，我犯一点纪律吧，这个事，市委常委……已经开过会了。"

话说到这里时，呼天成突然笑了。他笑着说："王书记，我谢谢你了。这孩子自己不争气，谁也没有办法。古人说过，天要下雨，娘要嫁人，随他去吧。"

最后，王华欣站起来说："老前辈，您千万不要误解我的一片心哪！"

呼天成也站起身来，说："心领了。心领了。"

当两人第二次握手时，那感觉就大不一样了。王华欣的手很软、很飘，还有一点湿；呼天成的手却很硬、很干，还有一点僵。两只手就那么碰了一下，又很快分开了。

送走了王华欣，当呼天成回到茅屋里的时候，他的脸黑成了一团紫铁！他站在那里，久久地沉思着，一句话也不说。

呼国庆什么都明白了。看样子，王华欣把他最后一条路也堵死了。他说："呼伯，我来晚了。"

呼天成仍然没有开口。

呼国庆默默地说："呼伯，您也不要生气。既然市委已经定了，我就听天由命吧。"

片刻，呼国庆又喃喃地说："我来得太晚了。看来，是死棋了。"

不料，呼天成突然开口了。他微微一笑，说："死棋可以活走嘛。"

二、狂欢之夜

离开呼家堡的时候，呼国庆心情十分沮丧。

他并不是怀疑呼伯的办事能力，他只是觉得他晚了一步。既然市里已经定了，那就是说，王华欣已走在了他的前边。到了这时候，只怕连呼伯也没有回天之力了。假如他早来一天，也许还可以挽救，现在会已开过，决议一旦形成，再说什么也没有用了。事已至此，他想，也就破罐破摔吧。

于是，他干脆也不回县里了，就独自一个人开着车，到市里找谢丽娟去了。

夜半时分，他敲开了谢丽娟的门。当小谢穿着一身睡衣出现在门口的时候，他仅说了一句话。他说："有酒吗？"

谢丽娟一句话也没说，只默默地把他让到屋里，让他在沙发上坐下来。而后，她把一双拖鞋放到了他的脚前，跟着就蹲下身来，伸出那双嫩葱一样的手亲自给他解鞋带……待他换上了舒适的拖鞋，身子靠坐在沙发上时，小谢已把酒端上了，那是一瓶红酒和两个精致的小菜。而后，她才抬起头来，望着他那一腔悲愤的神色，轻声说："告诉我，发生了什么事？"

呼国庆沉默了一会儿，又一连喝了三杯酒，还是说了……

小谢深情地望着他，一直在默默地听着。等呼国庆把该说的都说了，她才偎过去，亲昵地抚摸着他的头发，说："咱不做这个官了，好吗？"

呼国庆也赌气说："这个鸟官不做了。"

小谢又说："那么，现在你完全属于我了。"

呼国庆就跟着说："属于你了。"

小谢说："在我这里，你该高兴的。我要让你高兴起来……"说着，她站起身，先是拉上了客厅里的窗帘，接着，她把屋子里的各种灯全都打开了。霎时，房间里一片明亮！

呼国庆一惊，忙说："你这是干什么？"

小谢对他莞尔一笑，说："你等着，我要让你过一个狂欢之夜！"说着，她推开卧室的门，扭身走进去了。

片刻，卧室的门一点一点地开了。接着，有低低的音乐声从房间里流出来，在那轻曼舒缓的音乐声中，走出来的是一个俏丽的模特儿。只见谢丽娟新换了一身粉紫色的一步裙，裙衫的开口很低，上边若隐若现地露着一片乳白，颈上是一串闪闪发光的水晶项链，头上呢，还斜斜戴着一顶粉紫色的夏式女帽。她迈着妙曼的猫步，款款地向客厅走来。当她走到客厅中央的时候，身子微微地转动起来，在呼国庆面前做了一个三百六十度的旋转舞姿，而后定格片刻，她又款款地走回去了……当她第二次走出来时，穿的是一件月白色的真丝长裙。就在很短的时间里，她连发式都换了，她把那头黑发绾出了一个高高的发髻，那发髻衬着一袭曳地长裙，使她显得分外的高雅飘逸，她看上去不像是在走，那分明是在水面上飘，像莲花一样地飘然而至，在呼国庆眼里简直就像是仙女下凡一般！她飘然而来，又飘然而去，迈着轻盈的舞步……再往下，就分明是一团火了。那是一身红帽、红衫、红摆裙。人像是在火里裹着，那火跳着、荡着、旋转着，燃烧着的是西班牙舞姿；那脖颈也像是弹簧做的，一弹一弹一耸一耸地动着，显得十二分的妖冶、放荡！

此时此刻，呼国庆可以说是百感交集！他实在是没有想到，在他最痛苦的时候，小谢会对他这么好。他觉得他得到的不是一个女人，是美的和，是美的积！三十多年来，他好像第一次知道什么叫女人，什么叫爱情，什么叫"女为悦己者容"！女儿真是水做的吗？那骨那肉也都是水做的？不然，怎会有如此的浪漫、如此的风流？那鲜艳在一次次的展览、一次次的舞蹈中，变幻着不同风格、不同形式的妖美，那一行一动、一颦一笑、一嗔一嘻，真是千娇百媚呀！

已是深秋了，夜寒寒的，可谢丽娟却一次次地从她的闺房里走出来，一次一次地更换裙装，一次次地展览自己，那奉献饱蘸着女性特有的爱意……当她换到第八次时，小谢两手提着裙边，躬身施了一礼，含情脉脉地说："国庆啊，我最喜欢的八套衣服全都给你看过了。你喜欢吗？"

呼国庆默默地点了点头，说："喜欢。"

小谢说："高兴吗？"

呼国庆说："高兴。"呼国庆说着，不知怎的，眼里竟有了泪水。

小谢说："这一生一世，我从没这样儿让人看过，包括我的父母。我只给你一个人看。我只是希望我爱的人高兴。那么，你告诉我，你还想要什么？"

呼国庆一时泪流满面，他双手捧着脸，哽咽着说："我是个农民的儿子，这辈子能遇上你，值了。"

最后，谢丽娟站在那里，闭上双眼，顷刻间化成了一条白亮亮的美人鱼……当两人相拥在一起时，谢丽娟柔声说："主人哪，我的主儿。你只看了形式，还没有品尝内容呢。我是你的魔盒呀！我就是你的小魔盒。打开吧，你快快把她打开……"

那是怎样的"魔盒"呢？有风吗，有雨吗，有惊雷吗，有闪电吗……当然是有的。那分明是一个忘忧谷，在那里可以让你忘却一切烦恼。你觉得你时而像是在驾着彩虹飞翔，时而是在鸟语花香中踱步，时而又在飞流直下的瀑布里放舟；那云儿就在你的手上，风儿就在你的脚下；天是什么，那是你的腰带；地是什么，那是你随手丢弃的土块；你是什么，你是一片羽毛，你是一支响箭，你是一条快枪！疯吧，你自由了。你是上苍，你是主宰，你是万物的神，你是放荡的魂，让世界颠覆，让时光倒流，让万物都来倾听这肉在肉中的歌唱！

多么好哇。"魔盒"放出的是人世间最优美的旋律。那旋律一遍一遍地诉说："好吗？我好吗？想再好吗？"

他说：好。再好。再好。

这真是一个狂欢之夜呀！

第二天，当呼国庆醒来的时候，已是上午十点钟了。他懒懒地躺在小谢的床上，体会着从未有过的松弛和乏累。一夜的翻江倒海，使他仍沉醉在那无比的甜蜜之中。那美妙，那温馨，那无比的好，实在是让人陶醉呀！此时此刻，他甚至忘了自己是身在何处。他只是觉得乏，太乏了，那乏像是在美酒里浸过、泡过，带着让人惬意的慵倦。

他睁开眼来，点上一支烟，默默地吸着，望着烟雾一圈一圈地在他的眼前散去。而后，他扭过身来，看见床头的小柜上摆着一个精致的小托盘，托盘上放的是一杯牛奶、一个煎蛋、两片面包，还有一张纸。他伸手把那纸拿了起来，只见上边写着："我的人，早餐已备好。我上班去了。等我回来。"后边是一个花形的"吻你"。

当他放下那张纸时，手不由自主地碰到了他的手机。到了这时，他才想起来，他的手机已经关了一天一夜了。他下意识地拿起手机，刚要开，迟疑了一下，却又随手把关着的手机撂在了床头上。

蓦的，他心里就像被虫咬了一样，突然就忆起了他目前的处境。他还是县长吗？一县之长。也许，停不了多久，三天？五天？七天？等那个会一开，他就不再是县长了。多少年的心血、奋斗，也就付之东流了！一个农民的儿子，能有今天，容易吗？他曾是怎样的努力呀！本来，他认为他是熟悉这块土地的，他知道这块土地上生长着什么。在理论上，他甚至可以给他们开一门有关这块土壤的"政治课"。可是，他却败了，败在了那个王华欣的手下，他真是不甘心哪！那么，问题究竟出在哪里呢？于是，那一团乱麻又重新出现在他的脑海里……接着，他的大脑像接通了信号一般，立时就化成了一部高速运转的机器，在机器里，市、县两级的干部们全都成了一个个符号，那些符号在不断地进行排列组合，不断地变幻着组织方式，$X+Y+Z=$……可是，不管怎样的变化，其结果最终仍是：此题无解。

呼伯说，有些事，要看值不值……值不值呢？

门响了一下，轻轻的。片刻，谢丽娟突然推开卧室的门，"喵"的一声，跳到了呼国庆的怀里，说："我的人，你醒了？"接着，她又亲了他一下，轻声说："我是偷偷溜回来的，还不到下班时间呢。我想看看你。"

呼国庆笑了笑，什么也没有说。

谢丽娟贴在他的耳边说："怎么，你后悔了？"

呼国庆说："后悔什么？不后悔。"

谢丽娟说："真不后悔？"

呼国庆有点机械地说："真不后悔。"

谢丽娟说："那好，告诉我，中午你想吃什么？"

呼国庆笑着说："吃你。"

谢丽娟"呢"了一声，在他身边撒娇说："你吃，你吃。"

呼国庆刚搂住她，谢丽娟却出溜一下，从他怀里滑出去了，说："别，你太累了。"

过了一会儿，谢丽娟靠坐在他的身旁，忽闪着两只大眼睛，说："国庆，你的县长情结太重了。我知道，在这块土地上，人是活脸面的，脸面就是人的命。如果仍待在这里，你会很痛苦的……"呼国庆刚要说什么，小谢却把他的嘴捂上了，说，"你听我说完好吗？我昨天晚上就想过了，今天早上又认真考虑了一下。我决定辞职。"

呼国庆一愣，说："辞职？"

谢丽娟点了点头。

呼国庆诧异地说："你辞职干什么？"

谢丽娟说："咱们一块儿走，离开这里。"

呼国庆有点茫然地说："上哪儿？"

谢丽娟有点兴奋地说："去深圳，我那里有好多同学呢。论你的才干，绝不比他们差。"

呼国庆沉默了。

谢丽娟偎在他的肩头上，轻声说："好男儿志在四方嘛。你愿不愿去？"

　　呼国庆沉吟了一会儿，说："愿。"

　　小谢说："有点勉强，是吧？"

　　呼国庆说："我是心不甘哪……"

　　小谢说："国庆，我都是为你考虑的。我是怕你一旦……"

　　呼国庆拍了拍她，说："我知道。"

　　小谢说："天下很大，不是吗？"

　　呼国庆说："天下很大。"

　　小谢说："这么说，你同意了？"

　　呼国庆一时冲动，悲愤地说："走！此处不养爷，自有养爷处！"

　　小谢一听，"咯咯"地笑起来，于是，两人又滚在一起了……

　　午后，呼国庆一觉醒来，突然觉得心里很空，很烦躁。他竟然有了一丝犯罪的感觉，他甚至觉得他是在走向堕落。一时，就觉得卧室里那带有淡淡香味的静谧像无形的锯一样，在一下一下地锯他的心。到了这时，他才意识到，那没有电话、也没人请示工作的日子，竟是这样的难熬！他犹豫了一会儿，终于忍不住把手机打开了……

　　片刻，电话铃响了，响得很骤！呼国庆心里一个冷惊，立马对着话机说："哪里？"

　　只听电话里急切地说："呼县长吗？喂，是呼县长吗？！"

　　他听出来了，立即回道："……根宝吗？是我，我是国庆。"

　　杨根宝在电话里说："你在哪里？我都快急死了！怎么也打不通你的电话。这会儿，你在哪里？！"

　　呼国庆怔了一下，迟疑说："我、在……市里。"

　　杨根宝在电话里说："呼伯让我转告你，要你立即回到县里去。回去以后，不要向任何人打听消息。原则是，不问不说，照常工作……你听清楚了吗？"

　　呼国庆听了，心里怦怦跳着，从床上一跃而起，说："明白了。"

　　挂了电话，呼国庆快速穿好衣服。当他要离开时，才"呀"了一声，猛地一拍脑壳，在慌乱之中找到了一片纸，给谢丽娟匆匆留了一个条——

　　小谢：情况有变化。来不及等你了。回头再给你联系。

国庆匆匆

紧接着，门"啪"的一声关上了。

三、链上的一个环

　　呼天成只打了一个电话。

　　这个电话是直通北京的。

　　在北京时间的早晨六点四十分，呼天成往北京拨了一个电话。挂这样的电话不能太早，早了，人还没有起床，就是勉强接了，也是迷迷糊糊的；可也不能晚，晚了，就是听新闻的时间了，到了那时候，人已经晨练去了（一边锻炼身体一边听新闻），这是一些上层人物的生活规律。所以，六点四十分，是打电话的最佳时间。

　　铃声响了两遍，电话挂通了……

　　两个小时之后，又一个电话挂到了地处中原的许田市。

　　这个电话是从省城打来的。

　　电话直接挂到了市委，并且指名要市委书记李相义亲自去接。电话里的声音听起来既浑厚又富有磁性，中气很足，那语气仿佛是很随意，但却又带着不容置疑的威严。电话里说，相义吗？市委书记李相义赶忙回道：是，是我……电话里不紧不慢地说：有件事，请你办一下。李相义站得更直了一些，说：老书记，您请讲……电话里说：最近，关于颍平县，我听到了一些反映，很不好嘛。竟然有人干出卖官鬻爵的事情？听说，坚持原则的同志反而受到了打击？不好嘛。这件事，你要过问……市委书记李相义心里"咯噔"一下，赶快汇报说：老首长，

119

这件事比较复杂，事情是这样的……可他的话很快就被打断了，电话里说：……你不要再说了，详细情况我已经知道了。该纠正的要纠正嘛。李相义有些为难地说：……这，市委常委已经研究过了呀。电话里说：可以复议嘛。你们再重新议一议。李相义对着电话叫苦说：……老领导，班子里九个常委，不好操作呀！立时，电话里沉默了，片刻，那讲话的语气加重了：要坚持原则！……接着，"啪"的一声，电话放下了。

李相义手拿着电话沉默了很久，虽然已是深秋，他头上还是冒汗了。作为许田市的一把手，省里交代的事情，他不能不办。可是，市委已经做出了决定，只怕是文件都打好了。在这个时候，作为一个地级市的领导，如果随随便便就改变决定，一级组织的严肃性何在？！况且，九个常委，一个人一条心，他用什么办法来对付那八张嘴呢？！再说，他已经让分管组织的书记跟王华欣本人谈过了，那就是说，已正式地以组织形式定下来了。改选在即，一个县的安排牵涉方方面面，临时改变决定，说不定会闹出乱子。当然，这还不算是最棘手的。最最难办的，是他将无法面对王华欣。

说起来，李相义在许田算是比较清廉的干部，口碑也不错。但是，他这个人不吸烟不喝酒，却有一个很独特的、也是让人觉得不可想象的嗜好。这个隐秘的嗜好，虽然外人不知，但在县市级的领导圈里，可以说是半公开的秘密。多年来，他最喜欢吃一样东西：婴儿胎盘。这东西对一个市级医院的妇产科来说，并不稀罕。关键在于获取和炮制的方法。首先，它必须是"头胎胞衣"；第二，必须是年轻健康的育龄夫妇生的，没有什么传染疾病；第三，它必须是 A 型血；第四，它要九蒸九晒，去秽去腥；第五，也就是最后一道工序，它还要放在用生铁做成的鏊子上用温火焙干，焙干后再用枣木做的小擀面杖研成碎面，而后再一点点、一点点地像药一样地装到那种很小的可以随身携带的胶囊里去。要达到这五条要求，那就太难了，必须有一个懂行的人在医院里专门盯着才行。而这种东西就是王华欣的妻子给他提供的。

王华欣的妻子是市医院的妇产科医生，有这方面的便利条件。当王华欣得知他好吃这一口时，就给他老婆下了一道命令，让她按时给李相义送去。这种东西，取之不易，做起来更麻烦。开初的时候，她给李相义送去的是鲜的。那是现取现做，炮制得也比较简易，也就是用碱水洗上三五遍，加上各种作料，用铁锅炒出来，同时再烙一些薄薄的小烙馍，趁热把炒出来的东西一卷一卷地裹在小烙馍里，用保温的饭盒装上给李相义送去。这种"小烙馍卷式"的做法，吃起来味好，也鲜。但也有缺点，不易存放。送去就必须赶快吃，如果一下子吃不完，放上一天两天，就坏掉了。后来，王华欣的老婆经过一次次的改进，终于发明了"胶囊式"吃法，这种吃法不但可以常吃常鲜，而且携带方便。按说，做这样的事情，虽然太费工夫，但假如只是做那么一次两次，也算不上是多大的恩惠。可王华欣的夫人是月月、年年，多少年一贯如此哇……这么一来，这个人情就欠得大了！于是，两家的关系就越来越亲密。所以，当王华欣要求动班子时，他就一口答应了。

现在，如果让他改变决定，他还有何面目见王华欣吗？！

在平原上，有一句最厉害的骂人话，叫做"红口白牙"！你"红口白牙"说出来了，却又说了不算。那么，你就别想在这里做人了。

怎么办呢？

人是感情动物啊。李相义能多年不生病，身体一直很好，那是多亏了王华欣的夫人。在二十世纪的今天，能有什么比健康更重要哪？所以，李相义想来想去，还是决定拖一拖。拖一拖好哇，这样对上对下，都会有交代。省里老领导来了电话，他不能、也不敢不办。但在内心深处，他还是向着王华欣的。假如公文已经发出去了，那就不是他的事情了……他在办公室里踱了几步，这时秘书走进来，提醒他该吃"胶囊"了。他端起倒好的水，吃了两粒，突然想起，是否给王华欣拨个电话，通通气？于是，他轻轻地摆了一下手，秘书会意，悄没声地走出去了。关上门后，李相义又沉吟了片刻，他觉得应当慎重地考虑考虑，这个话该怎么讲才好。于是，这中间就错过了六秒钟的时间，就是这短短的六秒钟，使事情发生了变化。就在他刚要拨电话时，另一部电话响了……

电话仍是从省城打来的。接了这个电话之后，李相义像挨了一闷棍似的，头一下蒙了。打电话的是他大学的一位老同学，这位老同学现在是省城一所大学的副校长。老同学在电话里说："学兄，那件事，我已经给你办了！"当时，他怔了一下，说："什么事？"老同学笑着说："你真是贵人多忘事呀。你的宝贝女儿公派出国的事，定了！"李相义立时就想起来了，于是连声说："哟哟，多亏老同学。谢谢，谢谢！"这位副校长说："你也不用谢我。原来呢，只有两个名额，在省城这个地方，你也是知道的，我实在是无能为力呀。现在哪，又多一个名额，是直接从北京要的。另外，人家还给学校捐了五十万助学基金，这就没话说了！学兄啊，人家说，三年清知府，十万雪花银，你老兄真是财大气粗啊！哈哈……"

李相义越听越糊涂了，就说："喂，喂喂，怎么回事？我不知道哇，谁给你们学校捐了五十万？"电话里说："呼家堡嘛。你们市里那个赫赫有名的呼家堡呀！钱是他们捐的，指标也是他们搞的，你怎么会不知道呢？好啦，好啦，不管他谁捐，问题解决就是了……"

这个电话可以说来得非常及时。正是这个电话使李相义改变了主意，下了最后的决心。李相义膝下有两个儿子，一个女儿。两个儿子都已早早成家在外了，身边只有这么一个宝贝女儿。女儿从小就很娇，考大学时就是托了关系的。上了大学后，不知怎的，又闹着非要出国。为这事，李相义曾经托过那位在省城大学任副校长的老同学，可事情却没办成。因为省城有来头的关系太多了，指标又很少，李相义根本排不上号。为这件事，女儿整整哭了两天，闹得家里鸡犬不宁……人心都是肉长的呀！

当李相义听到"呼家堡"这三个字的时候，就什么都清楚了。

作为当地的一把手，他非常清楚呼天成的背景和他身后那巨大的关系网络。他深知，在这块土地上，几乎没有老头办不成的事情。呼家堡是全省乃至全国都有名气的老典型，几十年来，老头接触的上层人士太多太多了！这里边包括很多省、部级以上的干部……有的是他在"文革"中救过命的，有的曾在暗中受到过他的恩惠，有的甚至是几十年来从未断过来往的老朋友、老关系，千丝万缕呀。他要说句话，分量是很重的。况且，老头卖了一个这么大的人情，五十万哪！这五十万名义上是捐给省城大学的"助学基金"，而实质上，却是为李相义的女儿铺路的。人家特意从北京要来了指标，人家出了五十万"助学基金"，真是"谈笑间，灰飞烟灭"！而且，这事做得天衣无缝，叫任何人任何时候都说不出什么来。他在暗中帮了你，事先又不让你知道，甚至你知道了也无法拒绝。老头是真高明啊！而且是深不可测……

膝下有一女，这当爸爸的，就很难做人了。悲哀，悲哀呀！

那么，孰重孰轻，又当何去何从呢？费思量哇。

若论感情，李相义还是离王华欣近一些。他觉得，应该是可以找到一个借口的。他只要有一个"借口"，事情就有了回旋的余地。于是，他把秘书叫过来，吩咐道："你给我查一下，颍平县的批文发下去没有？"

秘书应一声，快步走出去了。片刻，秘书又匆匆走回来，汇报说："组织部说，还没发呢。"

李相义很严肃地质问道："为什么到现在还没发下去？"

秘书说："他们说，打印机坏了，送去……"

一语未了，李相义大怒，他一拍桌子，说："胡闹！"

接着，李相义转过脸去，背着手站在那里，沉默了一会儿之后，突然低声吩咐说："文件立即收回。另外，马上通知开常委会。"

四、没有画成的句号

呼国庆回到县城后才知道，有关他下台的消息已经在县城里传开了。

颍平县城并不大。解放前，这里曾是豫中平原上有名的烟叶集散地，说起来是比较繁华的。那时候，最热闹的地方，也就是老人们常

123

挂在嘴上的"九大街"！提起那九条麻石大街，在老人们眼里是很引以为自豪的。其实呢，说白了，也就是横竖只有九条大街外加一个烟花巷罢了。后来，老县城经过历年的多次改造、扩展，近些年又新修了环城路和贯通南北东西的大道，这才有了现在的规模，方圆三四平方公里的样子。在颍平，过去有句俗话叫做：城东放个响屁，城西的人都会听到。这其实是说颍平是个消息传播很快的地方。因为城圈小，人口相对集中，出门抬头不见低头见，再加上颍平人本质上就喜好传播闲话，这样一来，有点什么事是瞒不了人的。

所以，呼国庆一回到县政府大院，干部们立时就表现出了一种有距离的亲切。这种亲切是挂在嘴上的，是面实心猴的具体体现。你想，这家伙已经完蛋了，完全没有必要再去巴结他了，可当他向你走来的时候，你该怎么办呢？在平原，这又是一种土生土长的厚道，一种经过包装的荒诞，也可以说是一种"虚伪"和久远的算计。万一他有一天东山再起呢，到了那时候，你也仍然可以走过去，拍拍他说，老伙计，你真中啊！呼国庆非常清楚这一点，当他跨步登上办公楼的台阶时，每一个碰上他的干部都作出十分谦恭的样子，微笑着对他说：呼县长回来了？……呼县长你好！……呼县长……甚至有人跑上前来，握住他的手说："呼县长，真想你呀！"然而，每一个跟他打招呼的人，如果细心观察的话，就可以发现，那嘴是向前的，心却是向后的，那"贼"就在眼里闪着，叫人看了心寒！

然而，呼国庆却仍像往常一样，很平静地走着，该怎么着还怎么着。有人打招呼了，他就很随意地点点头，有时也"嗯"上一声两声，跟人握握手，却并不停下来。等他进了办公室之后，那分明是有意拉开的距离一下子就显现出来了。首先是没有人主动来向他请示工作了。原来，他每次从外边回来的时候，办公室外边的过道里总有一群一群的人在等着他，秘书们也都忙得不亦乐乎。现在呢，说门可罗雀有些夸张了，没人来找却是实实在在的。就是那些必须由县长亲自点头的急事，各局委的干部们也只是打个电话说一说，不再登门了。有的干脆就直接上东院去了。

电话仍然很忙……那是一些平时跟呼国庆关系比较密切的人打来的。这些人已经知道呼县长要下了,就生怕得罪了县委书记王华欣,对呼国庆自然是避之不及,该躲就躲,怕将来受什么牵连。可他们良心上又有些稍稍的不安,在传统上受着"人一走,茶就凉"的折磨,于是就借用电话传递一些让他们不至于那么尴尬的意思:他们有的是想表示一下适度的慰问;有的是叙说些带有几分探询意味的关切;也有的是想作一些表白,以示他们还是有感情的。所以,在电话里,那话语就显得更热切、更仗义!

这些,呼国庆都一一笑纳了……

只有一个人例外,那就是范骡子。

范骡子应该是最早得到消息的。当他知道呼国庆要下台时,一下子高兴坏了!就猛喝了些酒。要搁平时,酒也就是喝到了七八分的样子,可他因为郁积太久、仇恨太多,心里突然这么一畅快,就喝得有些猛,喝着喝着,那酒劲自然就上头了。酒壮人胆哪,于是,借着几分酒力,他就大白天挎着一支大号手电筒,摇摇晃晃、大大咧咧地到县政府大院里来了。

进了院子,他马上就捏亮手电,对着办公大楼,四下里乱照了一气!有人围上来,好奇地问:"骡子,你这是干啥呢?"范骡子吐着满嘴酒气说:"停、停、停电了不是?听说停电了?我来给你们照、照个亮!"有人说:"骡子,你是喝醉了吧?谁说停电了?"骡子就一边四下里打着手电,一边挤挤眼说:"这、这事谁不知道?满大街都知道!你还不知道哩?我来给你们照、照照……"有人就逗他说:"骡子,你是来要钱的吧?"范骡子就嘟囔着说:"黑、黑呀,太黑了!太黑了!"

就这样,范骡子在大天白日里打着手电筒,在县政府的办公大楼上一层一层地走,一边走一边嚷嚷着……他先是到各局委走了一遍,进这个门出那个门,后边跟着一群看热闹的。有人好心好意地劝他说:"骡子,算了,回去吧,回去吧。"他就咧着大嘴高喊:"停电了?停电了!县政府也有停电的时候?!"见有人在他身后指指点点地笑他,他就

125

突然转过身来，用手电照着人家的脸，高声说："我就是范骡子！范骡子就是我！谁不要脸？我不要脸！……"有人实在看不下去，就拽住他说："骡子，你是喝高了，走吧，走吧。"他就猛地一甩胳膊，高声喝道："我走？叫我走？还不定谁走哩！"

最后，范骡子竟然打着那支手电闯进了呼国庆的办公室。本来，当他一跨进楼道这头的时候，政府办公室的几个人已经把他给拦住了，可范骡子一边挣扎一边不停地大声吆喝……于是，呼国庆就沉着脸说："让他进来吧。"

几个人手一松，范骡子就跟跟跄跄地闯进来了。进门的时候，他迟疑了一下，似乎也不敢太张狂，可他还是把手电捏亮了，他拿着手电四下里照了照，故作惊讶地说："这屋怎么这么黑呀？停电了？"

呼国庆坐在那里，看了他一眼，冷冷地说："是啊，停电了。"

范骡子喷着满嘴酒气说："县长……也有停电的时候？"

呼国庆很平静地说："电这东西，可不管你是骡子是马，它该停就停。"

范骡子晃着手电说："操，它也是六亲不认哪？！"

呼国庆说："人有人的规则，电有电的规则。电是按线路走的，它一短路，亲爹亲娘也没办法。"

范骡子说："那是。我手电都拿来了，就是给你照路的，前头的路老黑呀！"

呼国庆说："路是人走的，有人怕黑，有人不怕黑。朗朗乾坤，怕什么？！"

说着，说着，范骡子的酒劲又上来了，他晃着手里的电筒，径直照到了呼国庆的脸上！说："姓呼的，你，你行，行啊。你是蚂蚁尻象——大玩家！油锅里滚叽吧——钢鸟一个！飞机上放腰水——尿哩高！蝎子贴膏药——又黑又毒！……"范骡子到底是干过乡党委书记的，连醉话也是一套一套的。

手电的强光一晃一晃地照在呼国庆的脸上，可他仍是纹丝不动地坐在那里。

面对醉醺醺的范骡子，他觉得他是到了一个关口了，当人格和尊严受到侵害的时候，也可以说是到了检验他是否具有静气和定力的时候了。在经过了一些事情之后，他觉得他的定力太有限了，在这块土地上做事，没有足够的磨力和耐性是不行的。而且，他也想给人们造成一种误解，这误解就是一把丈量人心的尺子，他要好好测一测……

　　范骡子见呼国庆一声不吭，就更猖狂了。他逼到跟前来，喷着满嘴唾沫星子，用手电筒直直地照着呼国庆的两只眼睛，说："姓呼的，老天有眼哪！毛主席有个'七律'你知道不知道？那题目叫个啥子、啥子《送瘟神》，我今天是特地送你来了。"

　　呼国庆微微一笑，说："骡子也蛮有人情味嘛。"

　　范骡子乜斜着眼说："人都有画句号的时候。你也该画句号了吧？我给你画一个？"

　　呼国庆平静地说："好哇，画吧。"

　　范骡子把手电筒"咚"地往桌上一放，竟然把腰上的皮带扣解了，他一边解裤子一边放肆地说："我这鸟笔可不好使哇，我用尿给你画个句号吧！我、我给你、你画得圆、圆一点……"

　　呼国庆心里的怒火"噌"一下蹿起来了，身上的肉直颤，他觉得他的忍耐已经超过极限了！他真恨不得扬起手，扇他一耳光！可他突然忆起了官场上的一句老话，叫做"宠辱不惊"。什么是"宠辱不惊"？又有谁能做到"宠辱不惊"呢？于是，他紧咬着牙关，仍是一动不动地坐着。心说，尿吧，我要看看你是怎样尿在县长办公室的！

　　就在范骡子甩出"家伙"，准备用尿给呼国庆画上一个大"句号"时，秘书小赵和办公室的人都跑了进来，小赵一把抓住范骡子，说："老范，你这不是胡闹吗？快，快把'家伙'装起来吧！有你的电话。"

　　范骡子挣着身子说："啥、啥电话，不接！……"

　　小赵把手机递到他的面前，说："县委王华欣书记的电话，你也不接？！"

　　听到"王华欣"三个字，范骡子怔了一下，讪讪的，还是接了。然而，

127

电话里只传出了一个字。那个字似乎是从牙缝里迸出来的："滚！！"

就是这一个字，范骡子一屁股出溜在地上，又成了一摊烂泥了……最后，还是小赵给他系上裤子的扣，把他像拉死猪一样地拖出去了。

呼国庆仍是一动不动地在那儿坐着……

当天晚上，"句号事件"很快就在全县传开了。正是范骡子的过激行为使呼国庆扳回了难得的一分。在这种时候，范骡子本不该出现的，俗话说，杀人不过头点地。况且，范骡子又是给人家行过贿的，现在，人家要走了，你跑去大闹，这就让人不得不怀疑……是不是有人指使？而呼国庆的沉默，却使他表现出了一种让人不得不佩服的大气！

据说，县委书记王华欣知道以后，把范骡子叫去，破口大骂，把他骂得狗血淋头！说他是成事不足，败事有余！

五、釜底抽薪

风向说变就变。

谁能想到呢？头天还是东南风，花花眼儿就成了西北风了。

二十四小时之后，市委组织部长坐着一辆"奥迪"匆匆赶到了县城。部长并没在县城过多地停留，他只是把县委常委召集在一起，当众宣布了市委的决定：任命呼国庆为颍平县县委书记。同时，免去原县委书记王华欣的职务，另行分配工作……

这个决定就像是晴天霹雳，一下子把王华欣打蒙了！他目瞪口呆地坐在那里，好半天说不出话来。他的手一直抖着，几次想端茶杯都没端起来……最后，他终于端起了茶杯，"啪"一下摔在了地上，说："这是干什么？突然袭击吗？！我不走！"

这个决定确实太突然了。组织部长料定王华欣会有意见，就很严肃地说："老王哇，有意见可以提嘛，还是要服从组织决定。你跟我走吧，李书记要找你谈话。"

王华欣气呼呼地说："我不去。"

于是，部长站起身来，走到王华欣的跟前，拍了拍他，缓声说："老王，走吧，走吧，跟我走。"就这样，在组织部长的一再劝说下，王华欣才勉强跟他同车走了。

散会以后，王华欣前脚刚走，县委办公室主任就把那辆"一号车"派出来了。他小心翼翼地对呼国庆说："呼书记，你坐这辆车吧？"

呼国庆微微笑了笑，说："噢，一号车？"

办公室主任连连点头说："一号车，一号车。"

呼国庆说："这样不好吧？"

办公室主任忙说："这也是为了工作……"

呼国庆淡淡地说："开回去吧，我不坐。"说完，径直朝他那辆车走去了。

办公室主任愣在那里，好半天没回过味来……

任命下达之后，在颍平县引起了不小的震动。人们普遍认为，是范骡子把事搞糟了。他做得太过火，以至于招致了上级的不满。也有的说，是王华欣指使范骡子告呼国庆的，让上边查出来了……知道一些内情的，反而十分迷茫。

呼国庆当上县委书记后，做的头一件事，就是开车到呼家堡去了一趟。他觉得应该再去见见呼伯，他知道，如果不是呼伯插手，事情是不会发生逆转的。可是，等他到了呼家堡，却没有见到呼伯。

是呼伯不见他。

村秘书杨根宝对他说："呼伯说了，他不再见你了，让你好好工作。"

呼国庆知道老头的脾气，他是说不见就不见。于是，他问杨根宝说："根宝啊，你给我透点信儿行不行？"

根宝嘴很严，他摇了摇头，说："我不能说。"

呼国庆说："你多少透一点，也让我心里有个数。"

根宝想了想说："按说，我是一个字都不能说的。这么说吧，从北京到省里再到市里，一直到办公室的打字员，九个环节全拿下来了。这其中还不包括给省城大学捐助那五十万。那五十万你不用操心，因为其中有一个条款，是省城大学每年要为呼家堡培养五名大学生。呼伯说，光一年保送五个学生，十年就是五十个，这就值了……你想吧。"

呼国庆心里一沉，又问："呼伯留下什么话没有？"

根宝说："有。两个字：复婚。呼伯说，还是复婚吧。"

这两个字，几乎把他给打垮了！呼国庆沉默了很久，终于说，"根宝哇，好兄弟，无论如何，你让我再见见呼伯，让我直接给他老人家说……"

根宝很无奈地说："你是县太爷，你想，我能拦你吗？是呼伯再三叮嘱，他不见你了。无论你说什么，他都不会再见你。呼伯还特意说，让你自己拿主意！这话，够重了吧？"

呼国庆不清楚他最后是怎么离开呼家堡的，也不清楚他是怎么开着车上了环城公路的，他把车开到了一百二十迈！只听风在耳边呼呼地响着……他觉得他整个人好像是劈成了两半，一半在说：我不能复婚，就是天塌地陷，我也绝不复婚！小谢是我最爱的女人，她给了我一切，我绝不做对不起她的事情！上天有眼，给我送来了一个好女人，一个精灵般的女人，我怎么能抛弃她呢？拍拍你的良心吧……另一半却说：你是谁？你以为你是谁？如果不做这个官，你又算个什么东西？是权力让你结识了她，如果你仅是一个农民的儿子，你会认识她吗？你要想清楚，丢掉了权力，你也就丢掉了她。在权力的磁场里，你充其量只是一个环节呀，假如脱离了权力机器，你就成了一个没人要的废物！爱情？爱情又是什么？那是需要强大的物质基础做铺垫的，你懂吗？！……

公路两旁，是大片大片的庄稼地。秋已谢了，大地舒伸着漫向久远的沉默。经过了一年的供奉，土地显得很乏、很无力，那漫无边际的灰色就是大地的语言。它说，我累了，人会累，我也会累呀。一季一季，我已承受了这么多，我还将一年一年地承受下去。在这块土地上，活就是一种承受。

呼国庆几乎要崩溃了。他开着车在公路上跑了一夜！他一次次把车开到了市里，而后又倒回来；有一次竟开到了小谢的宿舍楼门外，如是者三……

三天后，王华欣悄悄地回到了颖平。走已是板上钉钉了，虽然市委书记李相义再三安抚他，甚至默许他担任下一任的副市长，可他对此事仍耿耿于怀。当他前去办公室收拾东西的时候，由于心中那口恶气实在是难以下咽，他就挺着那微微凸起的大肚子去找了呼国庆。见到呼国庆的时候，呼国庆表现得非常热情，一边让座、一边吩咐秘书倒茶，还一口一个老书记地叫他。王华欣看了看站在一旁的秘书，说："你出去一下。"秘书走出去后，他看了呼国庆一眼，说："呼县长，噢，呼书记，有句话我想问问你。"呼国庆说："老领导，你说吧。有哪些不周的地方，我一定改进。"王华欣说："我只问你一句话，你是怎样让市委改变决定的？我始终不明白，你究竟使了什么手段，能使堂堂的一级组织为你出尔反尔？！"呼国庆笑了。呼国庆说："老班长，你究竟是想听真话，还是想听假话？"王华欣说："真话。"呼国庆说："好，那我告诉你：不知道。"王华欣说："真不知道？"呼国庆说："我真不知道。"王华欣说："好，到底是年轻有为，干得漂亮！"接着，王华欣又说："那么，我告诉你，作为刚刚到任的市信访局局长，假如颖平有人来投诉，我还是会受理的。"呼国庆笑着说："那好哇，有老领导坐镇信访，那对我们就是最大的支持！"

王华欣走后，呼国庆站在那里，沉默了很久很久，他觉得心里有一块地方很疼，像针扎一样……

傍晚时分，呼国庆独自一人开着车，突然到吴广文的娘家去了。

进门时，他见屋子里几乎站满了人，那些人都是吴家的亲戚，有的还是县里的干部，显然，他们是正在商量着什么……见进来的竟然是他，人们一时全都愣了，都用十分诧异的目光望着他，谁也不说话。

呼国庆打了声招呼说："都在呢……"说着，径直走进了堂屋，当他看见吴广文时，就吸了一口气，慢慢说："广文，跟我回去吧。"

当呼国庆说了这句话后，屋子里一下子静了，人们就像是傻了一样！

吴广文的爹咳嗽了一声，可往下，却不知该说什么……其实，他

131

们正在教吴广文如何写告状信呢。

呼国庆当着众人的面，又说："唉，我想过了，不管谁对谁错，孩子没有错。为孩子考虑，回去吧。"

这时，丹丹突然扑到了呼国庆的怀里，"哇"的一声，哭起来了……

呼国庆叹了口气，拍拍她说："别哭了。不要哭了。拉上你妈，咱走吧。"

就这么一句话，就像是鬼使神差一样，吴广文慢慢地站起身来，没有再吐一个字，竟然跟着他走了……

一屋人就那么傻傻地站着，眼睁睁地看着呼国庆把人领走了。广文娘追到门口，张口结舌地叫道："他、他、他……"一直到他们走后，广文娘才一屁股蹾坐在地上，流着满脸喜泪说："老天哪，他姑爷到底是回心转意了！"

又过了两天，范骡子被人秘密地叫到了县城的一家宾馆里。去叫他的人告诉他说，是上边有人要见他。然而，当他跨进218豪华套间房门时，却见一个人背对着房门在窗前站着。那人听到动静，仍未转过身来，只说："是汉章同志吗，坐吧。"

范骡子没有坐，他听出来了，那人是呼国庆。竟是呼国庆把他叫到这里来的……

这时，呼国庆转过身来，看了他一眼，说："我没有别的意思。你坐下，咱俩交交心。"

范骡子不坐，范骡子就在那儿站着，此时此刻，他心里的滋味是很难形容的。他就像斗败的公鸡一样，满脸都是遭过羞辱的血红！

呼国庆缓声说："老范，平心而论，那件事，我处理得不够妥当。我知道，这十年来，你也不容易。有些想法，也是可以理解的。可是，你到我那去，给我塞一万块钱，我真是不敢收哇。掏心窝子说，我假如说收了你的钱，又给你办不成，那我成了什么了？就是办成了，我又成了什么了？人们会怎么说我？噢，给你送钱就办，不送钱就不办？当时，我是有点蒙啊。我也不说我多高尚，我主要是怕，是心里害怕。客观上说，当时呢，我认为你是王的人。假如王真心想给你办，就不会让你去找我，他是一把手啊。你也知道，那时候，无论什么事，都得他点头才行。这件事，在处理的时候，坦白地说，我是有私心的，我担心这是王耍的手腕。王要办，是一句话的事情；他让你找我，我不能不防哇。当然，我当时脑子里乱，也没想那么多，就觉得你既然是王的人，就让王把事处理掉算了。我也想得简单了，我以为，王会在私下里把钱退给你，顶多骂你两句，也就算了。没想到，他转手就交给了纪委的'二炮'……"

范骡子不吭，他一声也不吭。他心里在流泪、淌血，可他一句话也不说！

呼国庆沉默了一会儿，又说："这件事，要论得失，你失的最多，脸丢尽了，成了一个卖官鬻爵者。其次是我，我落了个里外不是人，成了个阴谋者、小人。这就是咱俩人的下场。而人家，脱得很净啊！事出来之后，当我听说，你还借了债时，我心里很难过……人，都有个三昏三迷的时候哇！"

范骡子满脸都是泪水，泣不成声……他心里说，人咋走到这一步呢！

呼国庆又说："老范，今天我把你请来，就是要跟你打开窗户说亮话的。我知道你心里有恨，恨不能掐死我。你要骂，就骂吧。可有一条，我得告诉你，你的的确确是给人家当枪使了……你要有脑子的话，不用我多说。"

范骡子脑子里乱哄哄的，想哭、想骂、想喊，可他的头却慢慢勾下了……

最后，呼国庆脸色一变，严肃起来了。他说："关于个人恩怨，今天就说到这里。下边，我是以县委书记的身份，正式地跟你谈工作。你坐下吧……"

范骡子仍在那儿立着……

呼国庆沉声说："坐下！"

范骡子一屁股蹾在沙发上了……

呼国庆说："关于你的工作问题，我反复考虑了。你也知道，咱县是烟叶财政,基本上是靠烟叶吃饭的。烟叶收不上来,工资都成问题。所以,我决定让你到烟草公司去,统管全县的烟叶收购,你要把全县三十八个乡的烟站给我管好……"

久久,范骡子终于抬头,喃喃地叫道:"呼书记……"

第六章

一、月光下的白菜

那个夜晚是叫人终生难忘的。

那时，平原的夜很虚，平原的夜是由狗的叫声来支撑的。

每当夜幕降临时，那氤氲的黑气就把平原罩了，荡荡的平原，到处都是一团一团的黑气，那黑气是没有魂的，黑气在平原的上空无根无基地飘浮着，把夜织得很密，以至于三步以外就什么也瞧不见了。于是，生活在平原上的人就学会了咳嗽。凡是行夜路的，总是一边走一边咳嗽。那咳嗽声就是平原人在夜里问路的"竹竿"，那是用声音来打一个"问讯"。夜墨，让人总觉得鬼影绰绰，每当走夜路的人心惊肉跳时，倏尔，就有了狗咬，那狗咬声就是夜的通天一柱！它一下子就把夜撑起来了。那叫声唤回了行人的魂，也仿佛驱散了那沉沉的黑气，有了狗叫声，人心就定了。

然而，那个夜晚没有狗叫，只有月亮。

月亮才是夜的灵魂呀！

月光像水一样在夜空里流着，洗出了一树一树的小白钱儿，洗出了一坡一坡的蓝色雾气，洗出了一墨一墨的虫鸣，洗出了一荧一荧的鬼火，洗出了一缕一缕的带草腥味的风，也洗出了夜的温馨和柔媚。

踏着月色，呼天成来到了村东的大场里。这个场是新糙出来的，

135

场还有一点软，带着石磙刚刚碾轧过的温热。场边上有一个新搭成的草庵，草庵里铺着厚厚的一层麦秸。光光的场，兀立着两个圆圆的石磙，边上呢，还竖着那么一个草庵子，这一切都是他在白日里安排好的。呼天成坐在其中的一个石磙上，拧了一支烟，慢慢地吸着。月色很淡，像纱一样的夜气一层一层地筛着月色，四周显得很朦胧。呼天成脱了鞋，两只脚平放在糙过的场地上，此刻，他就像接了地气一样，感觉非常舒服。地糙得很平，软软的、光光的，就像是在梦里坐着，很好哇。

片刻，有声音传过来了。那声音在夜气里一碎一碎地响着，很轻，也仿佛很远。倏尔，就近了，走来的是一个水墨样的人儿。那人还未踏进场里，墨色的影儿就先到了，那影儿在地上一印一印地动着，就像是一幅泼出来的水墨画。人低低地说："吃了？"

呼天成咳嗽了一声，说："吃了。"

她又说："狗也不叫了。"

呼天成笑了，说："你也怕狗？"

她说："怕。"

呼天成说："那该给你留一只。"

她低低地说："你不让它叫，它就不叫了。"

呼天成转了话题，说："秀丫，听说你认得字？"

她说："认一点点。"

呼天成说："认多少？"

她说："一箩筐。"

呼天成又笑了，说："一箩筐是多少呢？"

她说："我也不知道是多少，我只上过四年学，老师是这么说的，说识一箩筐，出门就摸不丢了。"

呼天成说："我写个字，看你认不认识。"

她说："你写，你写吧。"

呼天成说："你不躺下，让我怎么写？"

她低低地说："你……就这样……写？"

呼天成说："我就这样写。"

于是，她顺从地脱了衣裳，在光光的场地上躺下来了。

月光很凉，月光在她身上洗出了一片一片的晕白，那白是有层次的，该凸的地方它凸了，该凹的地方它凹，那月洗得轮廓虚虚幻幻的，在地上剪出曲曲环环的弧线。那白分明是被月光釉了，月光在那乳白上洒下了一层亮亮的银粉，那银光稍稍泛一点点蓝，蓝是很出味的，蓝虚在白上，虚了一层瓷花花的光，虚出了柔软的硬度，虚出了女人特有的神秘……真好哇，白菜！

呼天成仍坐在石碾上，一口一口地吸着烟，那烟雾把他的脸罩了，只有小火珠一明一明地闪着……他故意作出很沉稳的样子。

她低声说："你怎么不写呢？"

呼天成说："我已经等了很久了，我等了很多日子。我得慢慢写。我想慢慢写。你就让我慢慢写吧。"

这个"写"字在平原的乡村是一种诗意的表达，也是一种文化的表达。它有着极其丰富的内涵。"写"在乡村里是一种形式的升格，是平凡事物的高级说法，是带有图腾意味的。它有"做"的含意，也有"请"的含意，还有"用"和"拿"的意味，它通常表达的是一种"严肃"和"郑重"，是大节大庆大婚大典上才用的词语，这是民间的一种大雅啊。

终于，呼天成把烟掐灭了。他弯下腰去，默默地伸出一只手，抓住了她的一只脚，他把那只脚放在他的膝盖上，用心地看了一会儿。那五个脚趾白粉粉的，一嘟一嘟地肉着，小小的脚指甲像是一个个染了色的杏蕊，钢蓝里透着一抹晕红。

他看着，默默地说："我写了。"

她轻轻地呻吟了一声。

呼天成是个硬性人。他是能忍的，他等了一个多月了，狗不再叫了，可他还是耐着性子等了一个多月的时间，等人们不再起疑心的时候，他才定下了这么一个日子。是呀，已经有了那么长久的等待，他只想把活儿做得细一些，他一生一世都没这么细致过。他是真喜欢她呀！面是揉出来的，他要好好地揉，才对得起这个等待已久的时刻。

于是，他伸出小指来，用指甲在她大脚趾的指肚儿上轻轻地划了一下。只听她"呀"了一声，那一声犹如撕锦裂玉！紧接着，那只脚抖抖地缩了一寸，待呼天成划第二下时，她又"呢"了一声，划第三下时，她"唑"了……而后，她哭了，她流着泪说："你怎么能这样呢？"

呼天成说："我一向做活儿细。我不做是不做，做就做细。在大田里干活，你都看见了，我最看不上的就是那种粗而糙的人。"

她喃喃地说："你要了我吧。你快点要了我吧。"

呼天成说："我写的字你猜出来了吗？我划了三下，那是一个字呀。"

她流着泪说："你叫我怎么猜呢……"

他说："你没猜出来，我再写一个。"说着，他又用那个小指的指甲在她的第二个脚趾上划了三下。

他划的是个"丫"字。他识字也不多，这个字是他从村里的花名册上查到的，他觉得这个"丫"很有趣，就记住了。他在她余下的四个脚趾上，一次次地划那个"丫"字……划一下，她就"唑"一声，划一下她就"唑"一声，那"唑"伴着闪电般的抽搐，她就像吃了迷幻药一样身子来来回回地扭动着……嘴里迷迷糊糊地说："天哪，天哪，天哪，这是个什么字哪？"

呼天成就在她的十个脚趾肚儿上来来回回地划着，划了一个又一个"丫"字……他划得很专注，很精心，就像是一个很有造诣的匠人在做什么大活，先是从边缘处下手，慢慢地、一点一点地做。就这样划着，有一下突然拉长了，直划到了她的脚心，这一笔才是经典之作，他一下子就把她划疯了！就脚心那一处，他把她的魂都划出来了，他把她划成了一个在地上荡来荡去的"秋千"，她的身子一次又一次地从地上荡起来，像浪一样地波动，有几次，她差点就跃起来了，这时候她只剩下了一个念头，跃起来，疯狂地跃起来，抱住他，紧紧地抱住他！

然而，就在这时，有"沙、沙……"的脚步声响过来了。是风送来了脚步声。那脚步声来得很急，那脚步仿佛有猫样的敏捷，倏尔就到了场边上！

呼天成的手停住了。

此时此刻，呼天成的身子一下子僵在那里，他心中的愤怒是无法用语言来表达的！他并不是害怕，他什么也不怕。他只是觉得有点突然，他觉得做这样细腻的活儿是不该受到干扰的，这样就把那美好破了。他觉得这是跟他较劲来了，这个人不管是谁，都是他的头号敌人！在一刹那间，他心里说，我这个支书不做了，我就拼着这个支书不做，也要干一回男人干的事情！他要让这个王八蛋看一看，支书也是人！……

然而，他仍然一动不动地坐着。

月儿隐到了云层的后边，场里的黑气越来越浓了。呼天成隐隐约约地感觉到场边上似乎有一个模模糊糊的影儿。他等待着这人走过来，假如他走到跟前来，那么，一切就明朗化了……

可是，那人没有走过来。那人也像是极有耐心，他仿佛是在等待着一个时刻，不到那个时刻，他是不会现身的！

那一刻几乎有一生那么长久！呼天成觉得他已经坐成石磙了，他跟那个石磙已经快要融为一体了。

这时，躺在地上的女人，已默默地穿上了衣裳，默默地坐起身来，说：“我走了。”

很久之后，呼天成才站起来，对着无边的夜色，像狼一样地吼道：“有种你给我站出来！”

二、锅盖丢了

秀丫是迷上呼天成了。

女人一旦疯起来，是九头牛也拉不回的。

在经过了那么一个夜晚之后，秀丫一下子醒了，是她的身体醒了，作为一个女人，她发现她已经被男人点燃了。到了这时候，她才明白，一个女人是需要好男人来点化的。女人是一股烟哪！火烧起来的时候，是无法挽救的。那么，没有被火点过的女人就几乎不能算是女人了。应该说，女人的态儿、女人的姿儿、女人的韵儿，都是男人"写"出来的。在此后的许多个夜晚，她一直等待着那个来"写"她的人。

人是走一步说一步的。在她饥饿的时候，在她刚刚被人救回去的时候，她还没想那么多，她只是期望着能有个"吃饭的地方"，有一个主儿。当她迷迷糊糊地成了孙布袋的媳妇之后，她也并没有觉得有多委屈。他是比她大一些，可他对她好哇。应该说，孙布袋对她极好，孙布袋几乎是把她当作神来敬的。孙布袋想女人想的时间太长了，他做梦也没想到会娶上这么好的一个女人。他几乎不知道该怎么来对待她。在她昏迷不醒的那些日子里，他就像喂养一只受伤的小鸟一样，小心翼翼地呵护着她。待她醒来之后，他仍然有好长一段不敢碰她。直到有一天晚上，她发现了他的秘密。

那个秘密让她不由得可怜他。可现在想来又让她觉得恶心。她没有想到他会是那样一个人，他会那样……下作。

那天半夜里，她突然被一阵窸窸窣窣的声音惊醒了。开初，她以为是老鼠，她害怕老鼠。可当她抬起头来，却看见了一个黑乎乎的影，那竟是孙布袋！他在靠床里的地方跪着，面对着一面土墙。她有点疑惑地问："你、这是干啥呢？"孙布袋有点惊慌失措，忙说："不、不不干啥。"可他仍在那里一动不动地跪着。于是，她伸手摸到了火柴，"嚓"的一下，点燃了挂在墙头上的油灯。借着油灯的光亮，她凑到孙布袋跟前看了，不料，孙布袋竟然咧着大嘴哭起来了。就在那一刻，她后悔了，她觉得她不应该嫁给这样一个男人。她发现，就在靠床里的那面土墙上，一拉溜钻了五个像老鼠窟窿一样的洞，这个男人的下身，就插在其中的一个洞里！她怔住了，她就那么默默地看着他，过了很久之后，她重新躺下来，默默地说："你，去洗一洗。"

那天晚上，就像是恩赐一般，孙布袋得到了她。那也只是短短几秒钟的时间，严格来说，孙布袋并没有完完全全得到她，孙布袋疯狂地扑到了她的身上，看上去很粗野。可也仅仅是弄湿了她的下身。纵是这样，孙布袋又哭了，他是激动得哭了。孙布袋呜咽着说："妈，你是俺的妈，你就是俺的妈耶！"她没有吭声，她一声也不吭，只是默默地淌眼泪。她一闭眼，就仿佛看见了那一溜墙洞！一直到了早上的时候，她仍觉得她的下身土尘尘、涩辣辣的……第二天，她悄悄地把那一溜墙洞堵上了。

秀丫是个柔顺的女子，她的确是给孙布袋的生活带来了一片光明。在最初的那些日子里，她由南方水乡带来的生活习性给了孙布袋很大的影响。她爱干净，地总是扫了又扫，饭也做得有滋有味的，使孙布袋一下子有了天堂一般的感觉。有了她，孙布袋最喜欢干的活儿就是去挑水，他家是最费水的。每当他担上水桶出门时，总不由得要给村人谝一谝女人，引一村人羡慕。那会儿，孙布袋最乐意听的一句话就是："你洗一洗，你去洗一洗呀。"

后来，她才知道是呼天成救了她。第一次去见呼天成的时候，她是想报恩的。那时，她还没有被他迷上。他说要看"白菜"，她就让他看了。她心里很明白，那是为了报他的恩。可这一次就不同了，她是真真白白地迷上他了。在经历过那么一个夜晚之后，她几乎时时刻刻都在等待着他的召唤。白天里，在她下地干活儿的时候，她总是悄悄地用目光去寻找他的身影，她喜欢他站在大石磙上讲话的姿势，她喜欢他在地里干活儿时的狠劲，她甚至喜欢他走路时那一踮一踮的动作。要是有一天没见到他，她就会非常失落。有一次，为了绕去队部看他一眼，她竟然在村街里一连走了三个来回。夜里，她眼前也总是出现他的身影，听到门外有什么动静的时候，她总以为是他来了……

她相信他会来的。

村子里再没有狗叫声了。

然而，在没有狗叫的夜晚，呼家堡又开始丢东西了。

这次丢东西跟往年不同，往年是地里丢庄稼，丢的是集体的财产，而这次是一家一户的失盗。说起来也没什么大不了的，槐家丢了一双袜子，墩子家丢了一根套绳，二春家丢了一串辣椒，绒线家丢的是一把短把镰，呼平均他娘丢的最稀奇，头天在沿街叫卖的"货郎担儿"那儿用头发换了两包针，那是她攒了一年的头发换的，她随手塞在了墙窟窿里，第二天早上伸手一摸，不见了……东西虽然丢得不多，但失盗的户却不少。这样一来，闹得村子里人心惶惶的。

呼天成火了，就说："民兵是干什么吃的？夜里派民兵巡逻！"

然而，就在民兵开始巡逻的那天晚上，村里又失盗了。丢东西的偏偏是巡逻的五个民兵家！带队的民兵营长呼保山家丢了块新染的蓝布，其余几家丢的是晾晒在院里的小孩儿衣裳……这么一来，呼天成更是怒不可遏！他把民兵全都集合在一块儿，狠狠地日骂了一顿，民兵营长后来就吞吞吐吐地承认说，半夜的时候，他们曾在队部里打了一会儿扑克牌。于是，呼天成当场就撤了民兵营长的职。

后来，村人们先是怀疑到了"货郎担儿"头上……

可是，就在那一天，在村人们议论纷纷时，孙布袋端着饭碗，突然在饭场里宣布说，他家也丢东西了！有人问他丢了什么。他高声说："锅盖。俺家的锅盖丢了！"

于是，自然而然地，人们又怀疑到了孙布袋头上……孙布袋有前科呀！

这些天来，呼天成的脸一直沉着，谁也不知道究竟是为了什么，都以为是村里连续丢东西才让呼天成生气的。所以，人们异口同声地说，这贼必须得捉住！呼天成也觉得这事蹊跷，太蹊跷了！他躺在那张草床上想了一会儿，就对人说："去，把孙布袋给我叫来。"

这一次，孙布袋竟气气派派地来了，来了就往地上一蹲，说："捆我吧。"

呼天成沉着脸看了他一会儿，笑了，说："捆你干啥。"

孙布袋说："上一回是叫我卖脸哩，这一回又找到我头上了，我想也不会有啥好事。"

呼天成说："布袋，你长见识了。"

孙布袋说："支书，你想干啥你赌说了，也不用绕弯子。"

呼天成看着他，好半天不说话……孙布袋就勾头蹲在那里，也是一声不吭。

过了一会儿，呼天成说："布袋，你给我说实话，是不是手又痒了？"

142

孙布袋伸出两只手，说："你看吧。"

呼天成说："我问你呢。"

孙布袋说："你要是看着像我，那就是我。"

呼天成说："我看像你。"

孙布袋说："要是我，你把我的手剁了。要不是我呢？这总得有个凭据吧？你不能说是我，就是我，虽说哪座坟里都有屈死鬼，可你死也得叫我死个明白。支书，说句不中听的话，我说是你，有人信吗？"

呼天成说："布袋，还是说了吧，这回不比往常，要是让人抓住，那事就大了！"

孙布袋抬起头，说："俗话说，捉贼拿赃，捉奸拿双！你要是能抓住我，我也认了。"

呼天成的脸色也陡地变了，说："布袋，你以为我抓不住你？！"

孙布袋说："我还是那句话，捉贼拿赃，捉奸拿双。"

呼天成沉默了一会儿，说："布袋，既然不是你，就算了。这贼早晚是会捉住的。你信不信？！"

孙布袋说："我信，早早晚晚有这一天。"

往下，一连几天，村子里风平浪静，再没丢过什么。事一过，人心就淡了。再加上天天晚上有民兵巡逻，村里丢东西的事，也就没人再议论了。

只有孙布袋还是不依不饶，他总是给人说："我看那贼能捉住，不信走着瞧！"

三天后，孙布袋出河工去了。

临走的时候，他对他的新媳妇秀丫说："你怕老鼠不怕？"秀丫说："老鼠？"他说："老鼠。你怕不怕？"秀丫说："怕。咱这儿老鼠多吗？"他说："夜里乱出溜儿。过去有狗，狗拿耗子，现在也没有狗了。"秀丫说："那我不出去就是了。"孙布袋又说："你要见了老鼠就跺跺脚，你一跺脚我就回来了。"秀丫说："瞎掰。那么远你能听见吗？"他说："我能听见。"而后，他就背上铺盖卷扛着一张破钢锨出门了。

就在那天晚上，秀丫也出门了。

143

那是一个残酷的时刻，也是让呼天成一生一世都感到不安的时刻。又有谁的灵魂能放在油锅里炸呢？！然而，呼天成做到了。

就在那天夜里，当秀丫在村里寻了半夜，最后终于在队部里找到呼天成的时候，呼天成只说了一个字。他说："脱！"没有二话，秀丫就又把身上的衣服脱了……

可是，呼天成并没有走过来。呼天成在土垒的泥桌前坐着，手里拿的是一张报纸，那时候，呼家堡就有了一份报纸，那是一张《人民日报》。呼天成拿着这张报纸，背对着秀丫，默默地坐着，他在看报。油灯下，报纸上的黑字一片一片的，一会儿像蚂蚁，一会儿像蝌蚪，一会儿又像是在油锅里乱蹦的黑豆……

呼天成一直在等着那个人。

他知道那个人是谁，也知道他想干什么。

几个月来，呼天成给自己树立了一个敌人。他发现，像他这样的人，是需要敌人的。这个敌人不是别人，就是他自己。他不怕那个人，他甚至可以把那个人的灵魂捏碎！可他却没有这样做，他把那个人当成了一口钟，时时在自己耳畔敲响的警钟。那人是在给他尽义务呢，那人就是他的义务监督，有了这样一个人，他就可以时时地提防另一个自己了。

于是，他把自己锯了，他把自己的心一锯两半，用这一半来打倒另一半。在经历了那个夜晚之后，他曾多次问过自己，你到底要什么？

仅仅是要一个女人吗？你要想成为这片土地的主宰，你就必须是一个神。在这个时候，你就不是人了，你是他们眼中的神。神是不能被捉住的。哪怕被他们捉住一次，你就不再是神了。

很久之后，门外才有了"沙、沙……"的脚步声。

听到脚步声的时候，呼天成咬着牙，笑了。

秀丫哭了……

后来，村里就出现了一张"大字报"和一张"小字报"。那张"小字报"上画了一口锅，上边写着这样一句话：俺家的锅盖丢了！

三、八圈

那张"大字报"是八圈写的。

八圈原是唱戏的。早年跟过旧戏班子，是走村串巷的那种草台班，学的是旦角。八圈在班里练过软功，走路一柔一柔的，扭得很好；腔儿倒一般，沙口，小哑喉咙，唱起来咿咿呀呀，味足，很受民间的欢迎。解放前的时候，他曾有过一个艺名，叫"浪八圈"。后来唱戏的统归了县里的越调剧团，他也就成了县剧团的一名演员。演员是演员，却没有再唱过戏。那时候，旧词不让唱了，男扮女也不时兴了，他几乎成了一个废人。在剧团里也就是跑跑"龙套"、拿拿衣服什么的。人们喊顺了嘴，八圈还是八圈，只是不再浪了。

当城里的文化大革命如火如荼时，呼家堡还是很平静的。那时，乡下人还不晓得城里到底发生了什么事情，依旧是日出而作，日落而息。而呼家堡又是省里定下的棉花试验基地，人们在呼天成的带领下，只是一个心眼种棉花。那会儿，呼天成还提了一个口号：种好棉花，支援世界革命！世界很遥远，革命也很模糊，只有棉花了。于是，人们就日日夜夜泡在棉花地里。

然而，八圈回来了。八圈回来那天，胳膊上戴了一个"红袖标"，那个袖标是红布做的，上边印着"红卫兵"三个字。八圈戴着这样一个袖标先是到村里走了一圈，习惯了，走路还是一柔一柔的。有老人问：八圈回来了？再唱唱那"十八摸"呗。他鼻子哼一声，理都不理。这时候，他是最怕有人说这话的。而后，他又来到了棉花地边上，见村里的女人都在打花杈，就从地的这头走到那头，再重新走回来，胳膊抬得很高。当终于有人注意到他的时候，说：八圈回来了。你那胳膊上戴的是啥？八圈文化不高，就说：革命哪！城里早就革命了！于是，就有女人围了上来，听八圈说"革命"。八圈非常激动，他又有了登台表演的感觉，说了一嘴的黏沫！

他给人们说："这叫红卫兵，懂吗？戴上这个，就是毛主席的红卫兵！红卫兵可以造反！红卫兵上街吃饭不要钱，想吃什么就吃什么。红卫兵可以破四旧，想砸什么就砸什么。红卫兵可以抄家，想抄谁家就抄谁的家！你们知道我回来是干什么吗？我回来是串联的，串联！懂吗？是毛主席派我回来串联的！只要戴上这个，就是毛主席的人了……"人们听得一愣一愣的，再仔细看一看他戴的"红袖标"，一个个平添了许多敬畏。八圈在人们眼里，立时变得高大了！

那会儿，秀丫也在地里打花杈呢。当她从地的那头一路掐过来时，就见一群女人围着一个眼生的人。那眼生的人正手舞足蹈地给人说着什么。于是，她也走过来了，还没待她来到跟前，只听那眼生的人说："这是谁呀？多年在外，都不认识了。"立时，那些女人们七嘴八舌地介绍说："布袋家，这是布袋家的。"八圈的眼直直地看着她，说："哎呀，'牌子'这么好，怎么不学唱戏哪？可惜了，可惜了！"这么一说，把秀丫的脸说红了。她羞羞地说："俺不会。这是……"人们又说："这是八圈叔呀，咱这儿有名的八圈！县剧团的。现今人家是红卫兵了！"八圈又说："刚才，你走过来的时候，我就看见了。那掐花头的动作，真是美呀……"说着，八圈就伸出手来，学了学秀丫掐花的样子，还是"兰花指"，一柔一柔、一翘一翘的，逗得女人们都笑了！一个个羡慕地说，八圈叔真是唱戏的，学啥像啥！八圈很认真地说："这个、这个侄媳妇还真是块料子，要是不学戏，真就可惜了。"说着，又啧了啧舌儿。他这一弹舌儿，把秀丫的脸都弹红了。有人就说，"圈叔，你教教她，秀丫要是会唱戏，那才引人哪。"八圈一看再看，说："回头吧，回头我教教你，说不定就挑到县上去了。"接着，又说"革命"，说得女人们一个个都动了心。

那天中午，回到村里，八圈又是一趟一趟地在村街里走，让人看他戴的"红袖标"。碰上呼天成时，八圈指了指他的胳膊，说："天成，我回来了。"

呼天成笑着说："回来好，回来好哇。"

八圈说："天成，我回来可是要'革命'哩，你支持不支持？"

呼天成点了点头说："支持，支持。"

八圈说："这形势变化快着呢，我回头去给你讲讲形势，你得好好听啊。"

呼天成说："好哇，好。"

当天夜里，八圈就写了一张"大字报"。八圈写"大字报"用的纸和笔，墨都是在代销点赊的。管代销点的洪宽问他要钱。他说："钱？这时候了你还敢提钱？！这是革命！"于是，洪宽也不敢提钱了。

夜墨下来的时候，八圈到大队部里去了。大队部的门是开着的，只是屋子里有点黑。八圈走到门口，嘴里自言自语地说："怎么连灯也不点呢？"说着，他摸进屋去，一摸就摸到了床边上，刚要坐，又一摸，床上竟摆着一具白亮亮的肉体。那肉体"呀"了一声……他先是怔了，而后就听出声音了。他知道是谁了，心说，你也知道"要想人前显贵，先和师傅睡"的道理呀！一时心里火起，就也跟着脱了，小声说："是你？那，我就先教你一出'十八摸'吧。"可接下去，他听到的竟然是一声尖叫！……

正在这时，只听门外一声吆喝："抓赤肚贼呀！都来抓赤肚贼呀！"

紧接着，只见民兵连长呼墩子手里提着一盏马灯，带着一帮人冲了进来！八圈慌了，一只手捂头，一只手又忙着提裤子……一边还喊道："我是回来革命的！我是回来革命的！"

呼墩子一脚就把他提了半截的裤子踢掉了！骂道："革你娘那脚！革命革到女人的肚子上来了？！"

一时，村里人全涌出来了，一个个兴奋地高声叫道："把那赤肚贼拽出来！"于是，光着身子的八圈就被人拽出来了，女人们可谓"万箭齐发"，有掐的、有拧的、有踢的、有咬的……八圈哭着说："你们不能打我，我是红卫兵，我可是红卫兵啊！"

女人们乱哄哄地叫道："红你娘那脚！呸他！……"立时，那唾沫星子像雨点似的朝着八圈喷来，几乎把他给淹了！

在平原的乡村，"偷女人"就是偷人家的"屋"呀！这是最让人愤恨的偷窃行为。你都偷到床上来了，还有什么不能偷的呢？！按乡俗，是可以将他乱棍打死的。可是，当孙布袋手里攥着一把五齿粪叉冲上来的时候，一声断喝把他拦住了："住手！"

说话的是呼天成。呼天成匆匆地走上前来，说："大家气也出了。这事，我看就算了。要是出了人命，就不好交代了。不管怎么说，八圈叔回来是革命的，咱总不能不让人家革命吧？"

人们乱嚷嚷地说："啥革命？上人家床上革命哩？！"

呼天成说："好了，好了，回吧，大家都回去吧，这事我来处理。民兵留下，民兵要照常巡逻。"就这么好说歹说，把人们都劝走了。

夜半时分，秀丫哭哭泣泣地被人送回去了，队部里只剩下八圈和呼天成了。八圈一身血糊糊的，身上的衣服全让人撕烂了，那个"红袖标"也不知被人搜到哪里去了，就那么抖抖索索地在地上蹲着。

呼天成把那盏马灯拨得更亮些，说："八圈叔，你这是？"

八圈呜咽着说："我，我是来给你讲形势的，我真是来给你讲形势的。"

呼天成说："我知道。我要是早点回来就好了。这会儿没人了，你讲吧。"

八圈叹了一声，语无伦次地说："算了，讲也白讲。这地方太落后了。我，我冤枉啊，我真是太冤了。我真是鬼迷心窍了！出了这么一档子事，我还怎么做人呢？"

呼天成说："八圈叔，你要不想讲，就算了。听我说两句，行吗？"

八圈说："天成，你说吧。"

呼天成说："叔，我也只是进城走了一趟，顺便把你的档案提回来了。"

八圈傻了，他愣了好一会儿，才吞吞吐吐地说："天成，我说实话，我给你实话，我不是红卫兵，那袖标是我自己做的。你，千万别说出去呀！"

呼天成说："我不说，你放心吧，我不会再跟人说。可圈叔哇，上头说，叫你回来是接受管制的，我也不知道该咋'管制'。你看哪？"

八圈脸色都变了，喃喃地说："他们说我是、是……牛鬼蛇神。

天成哇，我虽是旧艺人，唱过那、那个酸、酸曲，不能就算是牛鬼蛇神吧？"

呼天成说："别的也没啥。我看见县剧团大门口贴有你的啥子、那打了黑叉的啥子呀？……要不，还把你送回去？"

八圈求告说："天成，你千万别让我回去。你只要不让我回去，叫我干啥我干啥。我一辈子忘不了你的大恩！"

呼天成也叹了口气，说："圈叔哇，既然回来了，就在村里挑粪吧。"

就这样，八圈也只是"革命"了一天。第三天，他就老老实实地挑粪去了，而且，再也不提"革命"的事了。

那张大字报也仅在墙上贴了一天，后来被风刮掉了。八圈戴过的那个"红袖标"，后来有人见过，被人扯烂后挂在了一家猪圈的墙头上。

呼家堡的"革命"就这样结束了。

四、纸糊桥

呼家堡的"革命"虽然结束了，但外边的"革命"却愈演愈烈，不断地烧到呼家堡来……

那时候，常有一车一车的"红卫兵"扯着造反的大旗呼啸而来。他们有的在车头上高架着机关枪，一个个荷枪实弹，杀气腾腾；有的是在车角上架着两个锅样的大喇叭，一路上大喇叭"哇哇"乱叫着，车上的广播员声嘶力竭地喊着一个又一个血淋淋的口号！他们一进呼家堡，就开始演讲他们的"革命宣言"，那喧闹的口号声震得房瓦乱颤！那时，城里的"革命"已开始分派了，这一派来过了，那一派又来，来的人都各自要"誓死捍卫"的东西，都有各自不同的观点和理由。因此，当他们来到呼家堡时，提出的几乎是同一个要求：支持不支持他们的"革命"？！那会儿城里的"革命"已经到了你死我活的地步，几乎每天都有死人的消息。他们到呼家堡来，就是来寻找农民"革命同志"的，如果不是"同志"，那就是敌人了！当时，呼家堡没有一个人敢回答这个问题。他们说，老天爷呀，谁知道来人是哪一派的？万一说错了话，小命也许就保不住了。每到这种紧急关头，站出来回答问题的总是呼天成。

每当呼天成被围在村口时，他总是笑眯眯地说："革命小将大老远来了，喝口水，喝口水。"小将们不喝水，小将们来这里也不是喝水的。小将们厉声质问说："说，你支持不支持'八二一'？！"呼天成就说："支持。支持。坚决支持。"人家又问："你支持不支持我们的革命行动？"他说："支持！"而后就赶忙吩咐人烧水。等水烧好了，这一拨人已经走了。而另一拨人又来了，人们围着他说："支持不支持'二七公社'？！"他又是连连点头说："支持，支持。"人家说："是真支持还是假支持？"他就说："真支持，真支持。"人家说："真支持得明确表态！"而后掏出手枪在他眼前一晃一晃的。他就立马吩咐人刷大字报，斗大的字贴了一村街，上写着：坚决支持"二七公社"！等人前脚一走，他又赶快让人把那大字报揭了。大字报是新糊的，还湿着呢，也好揭，一张张贴上去，又一张张揭下来，就那么一团，拿去烧火。后来也玩熟了，人一来就贴，人一走就揭，不管是哪一派的，就两个字：支持。

那时候，村里人都说，天成是长了天胆了！你想啊，那些人可都是顶着"火"呢，一句话说不好，那枪就掏出来了。再说，那么多的组织，你知道谁是谁呀？万一说错了话，不就砸锅了吗！可村人们谁也不知道，就在那时，呼天成心里还藏着一个大秘密哪！那是一个吓死人的秘密：他把一个被人打折了腰的省委副书记藏在了果园后边的茅屋里。这件事要是让人知道了，后果是不堪设想的。

那时，有很多个夜晚，呼天成是跟这位落难的省委副书记一块度过的。那副书记姓秋，才五十来岁，可他的腰被人打断了，就在那茅屋里躺着，他默默地躺在那里，常常是一句话也不说。偶尔，在一片黑暗中，他也会睁开眼睛，默默地望着屋顶，叹上一口气，而更多的时候还是沉默。渐渐地，呼天成从他的眼睛里也读出了一点东西。他知道他是很痛苦的，他的腰已经不能动了，可那痛苦不在腰上，他最痛的地方不是他的腰，而是心灵。那是一种失去权力的痛苦，那是一种对未来迷茫的痛苦。窝在这里，对他来说，已是很无奈了。可他最关注的，仍是来自上边的声音。那个小收音机几乎是他的宝贝，广播里哪怕有一丝细微的变化，他都能听出来，他的叹气声总是随着广播里声音的变化而变化。有时，一个词汇的不同，也会使他变得心神不宁。有时，他又会突然笑出声来。这是一位经历过战争又经历过"运动"的人，他有一个最显著的特点，就是会麻醉自己。在他最最痛苦的时候，他会说："说说女人。"

他一直把这个话题当作麻醉剂来使用。当他说到女人时，他的语气很淡，说得也很家常，很随意。他说："我一生曾遭遇过六个女人，这六个女人是各有千秋哇。头一个女人，让我懂得了眉毛。从她那里，我才知道人的眉毛是干什么用的。眉毛这东西，可不光是眼的帘子，它的妙用主要是在性上，眉毛其实是一种性器官，它就跟花的蕊一样，是性欲的外在反应。你如果稍加注意的话，你就会发现，人的眉毛是千姿百态的。眉毛的形态跟人的性形态是一致的，尤其是女人。女人的外'好'看脸蛋，女人内'好'看眉毛。别笑。女人媚在眉上，柔也在眉上，荡在眉上，寡也在眉上。床上功夫好不好，一看眉毛就知道了。你注意过女孩子的眉毛没有？你看那刚长起来的小姑娘，眉毛是绞在一起的，绞得很密。那眉毛一层一层地绞着，是交叉着织辫在一起的。这就像是没有开过苞的花。女人一旦开过苞，那眉毛立时就不一样了。凡是结过婚的女人，有过第一夜之后，她的变化首先反映在眉毛上。她的眉毛一下子就弹开了，所谓弹开，也就是说它蓬松了，不像以前那样是死绞在一起了，就像是花被雨露滋润过一样，它的变化是由密到疏的过程，是由合到放的过程。女人一旦摊开，她的眉毛也就跟着开了，它疏朗了。女人就像书一样，翻没翻过是不一样的，那是会留下痕迹的，从眉毛上就可以看出男人留下的痕迹。如果你想了解一个女人是否本分，看她的眉毛就知道了。看一个一个准，看十个十个准……"

老秋，那时候他只能叫他老秋，当他讲述这些的时候，他是把这个话题当作杜冷丁来用的，心太疼的时候，他就给自己打上一"针"，他一直在使用这样一种麻醉品。他的眼睛告诉呼天成，压在他心头的并不是这些，这只不过是一种精神转移的方法而已，是一种摆脱沉重的调剂。如果不是落到了这般境地，老秋是不可能说这些的。可呼天成却是另一种感受。

老秋说："我接触的第二个女人，我们只共同生活了三天，那三天，可以说胜似我以后过的十年。那时我还在湖北，那是个湖北女子。这个女人只能用一个字来形容：妖。以我个人的理解，'妖'这个字主在腰上。腰才是女人的魂。有一种说法叫：水蛇腰。那其实说的是女人走路的姿态。一个'走'字，可以走出风情万种，也会走成柴火一捆，这个走的核心，就在腰上。腰这个东西，在人身上，看起来是最不重要的部位，它既不管吃喝，也不主生死，可它对女人来说，却是贵之又贵的。腰既是人的轴心，也是人的弹簧，对女人，它表现在一个'弹'字，也表现在一个'绵'字。弹时如弓，绵时无骨，摇若细柳，摆如麦头。这女儿态，有七分体现在腰上。你见过走路没有声音的女人吗？我所说的这个女人，她走路的时候，就听不到一点声音。有一个好腰的女人，走路是无声的。那像是漂，也像是飘，依依的，就到你跟前了。你望见她的时候，会突然觉得眼前一亮，那一亮并不是光彩照人，而是被一种无声的韵致所打动，有句话叫做'脉脉含情'，那是最准确了，那就是说，她走动的姿态无一处不让你感动，那就是一个活活的'弹'字。那时候，我总是偷偷地看她走路，看她走路实在是一种享受。当她躺下来的时候，那就是一摊泥了，一摊任你揉搓的泥，就像是和面一样，你想把她'和'成啥样都成。那腰，生生就是一个'绵'字了……"

那时，茅屋里只点着一盏很小的油灯，昏昏的，四周的果园里是一片漆黑。在黑暗中，老秋说话的声音就像是氤氲的夜气一样，缓缓地从墨黑中流过。他不时地还停顿一下，因为他的一颗牙齿也被人打断了，说话的时候，那断了的牙根总是剐舌头，所以他老是一磨一磨地咂嘴，啷啷地抽冷气，还不停地运唾液润舌，听上去又仿佛是一头老牛在时光中倒沫。

老秋说："对女人一定要说假话，不要说真话，尤其是在小事上。女人一般是活在幻想之中的，女人最看重小事。女人不醒的时候，比醒着的时候要可爱。痴迷中的女人是最勇敢的女人，苦难中的女人是最坚定的女人。在这个世界上，女人惟一的锁链是孩子。五十年代初，我在你们这里的夏村搞土改的时候，就遇到过这样一个女人。她姓乔，绰号叫'纸糊桥'。你听听这个绰号，就知道了，这女人是个陷阱。'纸糊桥'是个年轻的寡妇，那时也就是二十来岁吧，她有一个非常显著的特征：眉心稍偏左一点有颗黑痣，按城市里的说法，那大约就是'美人痣'了。可在当时，按当地人的说法，那叫'穿心箭'，是专门妨男人的，男人只要沾过她的身，必死无疑！据说，她已先后妨死过两个男人了。一个仅是跟她见过一面，回去就害病死了。另一个跟她过了一年零四个月，好好的，突然在煤窑上砸死了。你知道，我这个人不迷信，听人这么一说，倒是有点好奇。心说，这个'纸糊桥'到底是个啥样的女人？她就那么厉害吗？我得见识见识。记得有一天晚上，为着一块地的事，这女人闹到队部来了。当时，我是土改工作团的团长，听到外边吵吵嚷嚷的，我就出来了。月光下，只见一个素素的女子，甩着两条大辫，风风火火地往前闯，那个村的村长连连往后退着，那神情就像是见了麻风病人一样，一边退一边还絮絮叨叨地说着什么。我咳嗽了一声，那村长赶忙转过身，小声对我说，秋团长，你别理她。你听我说……说着，他把我往一边拽拽，贴着我的耳朵边，嚷嚷地耳语说，她就是'纸糊桥'，她就是那个'纸糊桥'呀！这时，没容我开口，那女子就过来了，大声说，也不用贼头贼脑的，我就是'纸糊桥'，妨男人！当时我愣了，说实话，我还没见过这么直爽的女子。于是，我说，你不要吵，有什么话，你说吧。这时，那站在一旁的村长说，这是上头下来的秋团长，是大干部呢。那女子就说，看俺孤儿寡母的，他一村人都欺负俺，到现在地也不给俺分，一会儿说是这一块，一会儿又说是那一块……那村长忙解释说，不是不分，是没人愿意跟她搭帮。邻着谁家谁家有意见……那女子抢过话头说，秋团长，你也听见了，他们是想把俺撵走呢，我就是不走，死也死在你们夏村！我就问那村长，她家什么成分？那村长嚷嚷地说，要说也是贫农。我就说，既然是贫农，该照顾还是要照顾的。没人跟她搭帮，你跟她搭帮嘛。那村长很不情愿，嘴里嘟嘟嚷嚷的……我说，这事就这样定了，明天我去看你们量地。说过之后，我觉得这件事已经解决了，只是心里还有一点纳闷，就这么一个年轻素女子，怎么就叫她'纸糊桥'呢？就在我扭身回屋时，不料，那女子又说话了。她说，秋团长，你们工作队不是轮着到各家吃派饭吗，你敢不敢到俺家吃顿饭？！我一听笑了，说这有什么敢不敢的，明天中午就去你家吃饭！等这女子走后，那村长对我说，秋团长，你可别听她的，你千万别去。我笑了笑，心里说，吃顿饭能吃到哪里去？第二天，我还是去了，就这么一顿饭，到底是吃出问题来了。这个叫'纸糊桥'的女人，那晚在月明下，看得不太清，在大天白日里见到她时，那感觉就不一样了。她仍然是一身素，但素跟素是不同的。她穿着一件月白布衫，那布衫是浆洗过的，括括地绷着她的身子，就绷出了体态的洁净和妙曼。两条大辫是在头上盘着的，黑发上束着一条白绒绳，脚下呢，穿的是一双手工做的白孝鞋。你想啊，人干干净净的，一身素白，会照出什么样的效果？我进门之后，她就说了一句话，她说秋团长你坐，而后就再没话了，就一直端这端那地忙活着……说实话，往下就看不见别的了，往下，在眼前晃来晃去的就剩那颗黑痣了。那一颗黑痣就像是一团黑色的火苗，在眼前飘来飘去，倏尔近在眼前，倏尔又远在天边。就是那颗痣，使这顿饭吃得很有些特别。她家的饭跟一般人家一样，也是烙馍、面条，就多了一碟韭菜炒鸡蛋。看得出，她已尽了最大的努力了。吃饭的时候，她话也不多，就在小桌旁坐着，勾着头'嗞啦，嗞啦'地纳鞋底子。她偶尔抬头，那颗黑痣就跳出来了，就像是打信号似的，再一勾头，那痣就又不见了，晃得我心里热乎乎的。她的孩子，大约有三四岁的样子，却一直在院门口坐着，手里拿着一根小棍玩，我几次让那孩子过来，她都说她和孩子吃过了。饭毕，这女子突然说，秋团长，你轻易不到俺家，也没什么改样的招待你。我炒了一把'满口香'，你尝尝吧？当时我迷迷糊糊的，也不知道什么是'满口香'，就说，啥东西？她说，芝麻，不多，就一小把儿。还是黑芝麻，吃了养人、明目，你想不想尝尝？我一听是芝麻，也不是啥主贵东西，就说尝尝就尝尝吧。不料，她又说，我们这儿的吃法跟别处不同，有一种很特别的吃法，能叫吃过的人十年不忘，所以它才叫'满口香'，这吃法是有来历的。我这人好奇，听她这么一说，就想领教领教。于是，我说，咋个吃法，你教教我。她说，那你跟我来吧。当时，我就像中了魔似的，她说什么，我就听什么。只见她掀开了耳房的布帘，一扭身走进去了。当我跟着走到耳房门口的时候，我猛地站住了，到了这会儿，我才品出了一点'纸糊桥'的意味。我就傻傻地立在那里，进也不是，退也不是。那女子进了耳房后，三下两下就把衣服脱了，脱得很净，她就光光地躺在席上，随手从床上拿过一个小白布袋，从布袋里倒出了一小把儿芝麻，也的确是黑芝麻，她把芝麻倒在了肚脐处，围着她的肚脐眼儿倒了一个圆圆的黑圈……接着，她汪着两只大眼睛说，你还站着干什么，你不是说要吃芝麻吗？是你说要吃芝麻。你要是不吃，我可就喊了……她活鲜鲜地躺在那里，可我就看见那颗痣了，那颗黑痣真就像是一支'穿心箭'，它一下子就把我射中了，打倒了。我一步一步地走到床前，弯下身去，刚伸出手来，要去捏那芝麻，可就在这时，她却说，不是这样吃的，这样吃吃不出好来，要这样……说着，她伸出舌头来，做了一个舔的动作……"

老秋接着说："我这一生一世，如此奇特的艳遇还是第一次碰上。吃'肚脐芝麻'也就这么一回。那真是'满口香'啊！不瞒你说，就在这天中午，就是这个女子，一下就教了我六种方法：一曰'龙翻'，二曰'虎步'，三曰'猿搏'，四曰'蝉附'，五曰'龟腾'，六曰'凤翔'……到了这一步，我就问这女子，你年轻轻的，怎么懂得这么多？这女子快人快语，也不避讳什么，说都是她那死鬼男人教的。男人是煤矿工人，原先也不懂这些，纯是那些老矿工传授的。那些矿工在窑下挖煤，煤窑在几十丈深的地底下，是三块石头夹块肉，说完就完了。人下去之后，地底下黑咕咚咚的，随时都有生命危险。他们说什么？就一个话题，说女人。尤其是那些老煤黑子，酸故事特别多，说人在窑上，命是黑

155

的，路也是黑的，天天死人，说不定就轮到谁头上了。活一天就要好一天，多活一天都是赚的。男人信了这些，就学着做，回回都有新花样……后来那女子说，秋团长，我妨不妨男人我自己知道。他们这样对我，我没有走，主要是为了孩子，我咬着牙也得挺下来，把孩子养大。我这孩子你也见了，不满四岁，他叫个夏狗剩。我也不为别的，要是有一天，我不在了，要是有一天，我孩子遇上了难处，你要帮他。当时，我说，我帮，我一定帮……"

老秋说："我现在就告诉你'肚脐芝麻'的吃法，这是人间绝技，对男人是大补哇！……"

就这么，一夜一夜的，"说说女人"成了老秋定时定点的话题。这对他来说，是一种解脱。可对呼天成来说，却是苦不堪言！每次听老秋说这个，他的下身就会腾起一股烈焰，那心中的焦渴是不言而喻的。跟着，他眼前就出现了那个白色的幻影，那幻影在一日日地折磨着他。他想啊，他是真想啊！可是，在那种时候，他能吗？！这个挑战太痛苦了，这等于说是在欲火中自焚，是阉割自己。所以，每当老秋的"说说女人"告一段落的时候，呼天成就快步走出去了。他总是独自一人在果园里转了一圈又一圈，果园一墨一墨的，烟火头一明一明的，四周散发着青果的涩香，天上汪着满天星斗，天河里有牛郎星和织女星遥遥相望……他心里说，天上有憾事，人间也有憾事，这就是缺呀！可他也是个人，也有七情六欲，也有一条枪啊！

后来，呼天成得到了一本书，可以说，是那本书把他救了。

五、易筋经

那是一本奇书。

那本书是八圈偷偷地送给他的。

有一段时间，当城里的"红卫兵"在村街里串来串去的时候，八圈吓坏了。他在城里待过，自然见识过那些人的厉害。说起来，他又是旧艺人，还曾有过一个叫做"浪八圈"的艺名，是"残渣余孽"呀！况且，他还冒充过"红卫兵"，这些事若是让外边的人知道了，一根绳子就把他捆走。于是，他整天惴惴不安的，生怕呼天成把他交出去。

一天傍晚，八圈担着一对空粪桶，在果园的木栅栏外边扭扭一趟，扭扭一趟，像小偷似的，窥探了四五个来回。后来，当呼天成走出来的时候，他刚好一探头，呼天成厉声说："八圈，你干啥呢？！"

八圈灰着脸，一扭一扭地贴上来，小嗓说："天成啊，我犯罪了呀！"

呼天成以为出了别的什么事情，心里一紧，头上的冷汗下来了。他上上下下打量着八圈，那目光很毒。片刻，他缓声说："八圈叔，你犯啥罪了？"

八圈四下里看了看，拧着腰，又磨得近了些，仍小嗓嘟囔说："在、城里，我、偷了一本'四旧'。"

呼天成暗暗地松了一口气，说："啥'四旧'？"

八圈很神秘地说："书，是一本书。红卫兵抄来的……"

呼天成问："啥书？别磨磨叨叨的。"

八圈再次压低声音说："是古本，是个古本。带图。本来，我也不敢拿。收上来的书都一堆一堆地堆在仓库里。那一天，叫我干活的时候，有人踢了我一脚，一下子把我踢倒在书堆上，就那么一撞，把书堆撞乱了，露出这么一个珍本，书是用旧黄缎子包着的。你想，若是不珍贵，会用黄缎子包吗？我是唱戏的，我知道，用黄缎子包的东西，那可不是一般的东西。开初，我也没想偷，可这心里，不知咋的就动了邪念了，等人转身时，我就把它揣在怀里了……"

呼天成听他把话说完，也不吭声，就那么看着他。看着，看着，八圈把手伸进怀里去了。八圈从怀里掏出那本用旧黄缎子包着的书，可怜巴巴地说："天成啊，书是我无意偷的。拿回来以后，我这心里一直不安。这……放在我这里，早晚也是个祸害。我交给大队算了。"

呼天成接过来看了一眼，说："八圈叔，这件事，就到我这里，不要再说了，传出去，对你不好。"

八圈连声说："不说。我不说。"

八圈担着那一对空粪桶走了几步，又折回头来，依依不舍地说："天成，那可是一本神书哇！"说着，看呼天成拿眼瞟他，就赶忙说，"不说了，我不说了。"

那本书呼天成带回去之后，就一直放在茅屋的土桌上。最初，他也翻开看过两眼，书纸的年数久了，黄黄的，很薄。看了，也没多当回事，只是把那黄缎子收起来了，那黄缎子太惹眼。后来，他曾把书拿给老秋看过，老秋看了，淡淡地说："倒是个珍本。叫《达摩易筋经》。练功用的。"说着，摇了摇头。

呼天成见老秋并不怎么看重，就随手放在了枕头下边。过了几天，他心里烦躁的时候，又把书拿了出来，这时，风把那书页吹开了，露出了一幅图，图上画着一个露着肚脐的和尚。他看了看，觉得很有些意思，就对着那图比画了几下……再细看，竟还有口诀，就跟着口诀练了。

呼天成初练时，觉得也没有什么出奇的地方，就是那么一些很简单的动作。人站在那里，看上去也不怎么用劲，却很吃重，做着做着汗就出来了。待一趟下来，就好似全身的气力全都运在了那十个指头尖上，叫你觉得无论身上有多大的力气，也不够使似的。一踶一按，展也无形，力也不知道用在了哪里，只觉得是了无穷尽，不管你心中怎么展怎么伸，总也伸不到位。但练过之后，却又觉得通体舒泰。那种舒服是说不出来的，就好像是人身上的所有部位都用犁头耕了一遍，很乏很乏。

再练时，呼天成又发现，他伸展的，其实是一种"气息"。他用全身的力气在运作的是一股内气，是那三寸不烂之气在筋脉里走。明白了这一点，呼天成豁然开朗，心里特别高兴。他觉得，在平原上，人就是活气的。这很对他的脾胃。说起来，他并不知道这个叫"达摩"的是什么地方的人，但他觉得这套功法实在是太适合平原人练了。这简直就是给平原上的人创的。这套功法里活活地写着一个"忍"字，一个"韧"字。在平原，就是活这两个字的。你想，活在这块土地上的人，靠的是什么哪？天是靠不住的，土地呢，又是那样贫瘠，人活

158

第一套第一式：

　　面向东立首微上仰目微上视两足与肩宽窄相齐脚站平不可前后参差两肩垂下肘微曲两掌朝上十指尖朝前点数七七四十九字十指尖想往上跷两掌想往下按数四十九字即四十九跷按也

第二式：

　　接前式数四十九字毕即将八指叠为拳拳背朝前两大指伸开不叠拳上两大指跷起朝身不贴身肘微曲每数一字拳加一紧大指跷一跷数四十九字即四十九紧四十九跷也

什么，不就是那一口气嘛。在这里，人们忍的是一口气，顶的也是一口气，气就是命的柱子呀！有这一口气，人就立住了，没这一口气，人就完了。人活着，劳作是没有穷尽的，气也是没有穷尽的。大气叫大活，小气也有个小活。这口气，实在是太要紧太要紧了。他想，他一定要练活这口气。于是，他决定每天早、午、晚练三次，倒也不影响什么。

　　过了一段时间之后，呼天成突然牙疼起来了。那种疼并不剧烈，却是锥心的。那是一种"封痛"，就好像满口牙床被什么塞住了似的，余一嘴烈火！疼得他一张嘴就"咝咝"地吸气，饭都吃不下去了。甚至连路都走不成，走路也得托住下巴，不然，那疼能一直邪到眼上！他想，这是怎么了？是练功练走火了？！这么一想，他害怕了，也不敢再练了，就停了一天。可那疼仍然持续着，疼得让人坐立不安。呼

第三式：

　　接前式数四十九字毕将大指叠在中指中节上为掌趁势往下一拧肘之微曲者至此伸矣虎口朝前数四十九字每数一字拳加一紧即四十九紧也

第四式：

　　接前式四十九字毕将两臂平抬起伸向前拳掌相离尺许虎口朝上拳与肩平肘微曲数四十九字拳加四十九紧

天成是个硬性人，他干什么事是从来不服输的。他心里说，你既然疼，我就叫你疼吧，我豁出来了，看你能有多厉害？！于是，他又开始接着练了，越疼他越练。可奇怪的是，练着练着，他就把那疼劲忘了，开始还是有点疼，练的时候忘了，不练的时候还是疼，只是疼得轻了些。就这么咬着牙练下去，过了几天，嗨，那疼劲倒消了，一点也不疼了。嘴里利利索索的，又什么都能吃了……经过了这一次，呼天成才明白，那是气在牙床上堵住了。后来是他接着又练，倒把堵住的地方冲开了。到了这时候，呼天成又想，看起来，这人真是气撑的，该豁出来的时候，你还真得豁出来，只要你泼上这一罐子热血，就没有干不成的事情。

　　又过了一段，呼天成的腰又疼起来了。这一次来势更加凶猛，先是蹲不下去。就是勉强蹲下去了，却又站不起来。那腰里就像是塞进了一块坯似的，坠着疼，坠得人歪歪斜斜的。你想直腰的时候，根本直不起来；往下再弯，却又弯不下去，腰就那么老是弓着。弓着不说，它还疼，疼得让你想打滚。这一次，呼天成想，这到底算是啥功？简直是活折磨人，是让人活受罪！它一次一次地折磨你，叫你死不了活不成的，练它干什么？！他说，不练了，再也不练了。可是，他一旦翻开那图，总觉得那敞着肚脐的和尚在暗暗地笑他。看一次如此，再看还是那样。他心里说，你笑个鸟啊，我不受这罪了。人活着都是享福的，我遭这罪干啥？和尚不语，和尚还是笑。

　　老秋见他进门出门的时候，腰老是弓着，就问："你腰是怎么了？"他说："疼。"老秋说："是练那功练的吧？"呼天成笑笑。老秋躺在草床上，说："练那干啥？没有一点意思。最近你听广播了吗？"呼天成是很服气老秋的，老秋是上边的大干部，中央都挂了号的。呼家堡这个典型，也是人家老秋树的。可在这件事上，老秋的话却起了相反的作用。老秋认为没有意思，呼天成倒别上了。他心里说，我倒要

第五式：

　　接前式毕将两臂直竖起两拳相对虎口朝后头微仰两拳不可贴身亦不可离远数四十九字每数一字拳加一紧

第六式：

　　接前式毕两拳下对两耳离耳寸许肘与肩平虎口朝肩掌朝前数四十九字每数一字肘尖想往后用力拳加一紧

看看究竟有没有意思。那好歹是一本书,写书总不至于是为了坑人吧?
就又接着往下练,练的时候,腰疼仍然不止,他就强撑着,看到底会
有个什么结果。谁知这腰疼一直持续了有半个多月的时间,在这半个
多月里,每练一天,他就在土墙上画一道,一直到他画到十六道的时候,
突然有一天,他的腰直起来了,竟一点也不疼了。到了这时候,他才
猛然想起,他的腰原是受过伤的。早年,他小的时候,曾跟着父亲到
外边推车运煤。推的是那种木制的独轮车,一去三天,还在野地里过
了一夜,中了寒气,就是那个时候,他把腰扭伤了,后来还找接骨的
先生治过……一想到这里,他顿时悟出来了,气是顺着脉络走的,凡
是走到有伤症的地方,它就不通了。哪里不通哪里就会疼。这其实是
自己在给自己治病呢,用内气把自己身上的病逼出来,再用自己的气
冲它。这其实就是一种导气强体的循环方法。于是,他又想到了前番
的牙疼,那也是因为他有一颗坏牙根所引起的,他的那颗牙早年就坏

第七式:
　　接前式毕全身往后一仰以脚
尖离地之意趁势一仰将两臂横伸
直与肩平虎口朝上数四十九字每
数一字想两拳往上往后用力胸向
前合拳加一紧

第八式:
　　接前式毕将两臂平转向前
与第四式同但此两拳各近些数
四十九字每数一字拳加一紧

成了一个寨臼，吃饭的时候总是塞东西，这几日，那坏牙竟然被新长出的牙芽顶出来了……呼天成大喜。

　　有了经验，呼天成就不怕了。再遇上什么的时候，他也不慌了。这时候，那痛苦就成了一种历练，成了一种检验毅力和承受极限的工具。每一次疼痛都成了他新的体验，成了他可以傲视痛苦的资本，他能感觉到气息一次次冲击病痛的过程，也能体察到某个部位的病痛在身上所发生的每一个细微变化。人是一个隐患哪！人活着，处处都有隐患，连自身也是一个隐患，只是你没有觉察罢了。人往往就是这样，等你真正觉察的时候，就晚了。他依旧每天练三次，每次练过之后，他都会体验到一些新的感悟。这些细小的体感也总是给他带来喜悦。过去，他一直有胃寒的毛病，这病已有很多年了，是六一年吃凉红薯吃坏的。所以，他一口凉饭也不能吃，只要吃了凉的东西，胃就会疼痛难忍。可这几日，无意间，他发现他竟然可以吃凉东西了。有一天，

第九式：
　　接前式将两拳掌收回向胸前两乳之上些一抬即翻拳掌向前上起对鼻尖拳背食指节尖即离鼻尖一二分头微仰数四十九字每数一字拳加一紧

第十式：
　　接前式将两拳离开肘与肩平两小臂直竖起拳掌向前虎口遥对两耳数四十九字每数一字拳加一紧想往上举肘尖想往后用力

第十一套一式：

接前式毕将两拳翻转向下至脐将两食指之大节与脐相离一二分数四十九字每数一字拳加一紧数毕吞气一口随津以意送至丹田如此吞送气三口

第十二套式：

吞气三口毕不用数字将两拳松开两手垂下直与身齐手心向前往上端与肩平脚跟微起以助手上端之力如此三端俱与平端垂物之用力相同再将两手叠作拳举起过头同用力掷下三举三摔再将左右足一蹬先左后右各三蹬毕仍东向静坐片时以养气如接前第二套者于吞气后接下来不须平端摔手蹬足也如欲接行第二套即不用行此前套第十二套二式头从前套十一套一式吞气三口送丹田之后接行第二套第一式便合

他不经意地喝了一碗凉稀饭，要搁往常胃是肯定受不住的，结果也没有什么不好的感觉。早些时候，他开会熬夜多了一点，眼里曾出现了一个小黑点，那黑点像蠓虫一样，总在他眼前飞来飞去，可这一段，那黑点竟然自动地消失了。再一个体会是，他的胃口在不知不觉中淡了，不太爱吃那些荤腥的东西了。他过去常常失眠，现在夜里也睡得好了。老秋说，你的呼噜打得很有特点哪。他也就笑笑，不解释。后来，他怕影响老秋休息，就搬到隔壁去住了。

再后来，每当老秋"说说女人"时，呼天成的感受就不再那么强烈了。感觉还是有的，冲动也有，但那烈焰一样的灼烧感没有了。也没有了那种要发疯一样的狂躁。听了一些很刺激人的酸故事之后，呼天成竟然想，说来说去不就是那么点事吗？一旦说多了、说腻了，他的感触反而不那么深了。那时候他也才三十来岁，正是人生的旺季，心依然很大。可他居然能够挺住，这连他自己都觉得有些吃惊。不就是一股气吗，怎么就有这么大的作用呢？

正是这本书成全了呼天成。慢慢地，呼天成感悟到，这是一本诞生于苦海的书。这样的书肯定是来自无依无靠、无遮无拦、无凭无据的去处，肯定来自于一曝十寒、千灾百病之后，他也必是经历了万般的劫难，在苦苦修行之后，才凭着那么一口气，省出来的。此人是一个有大举的人。他就用这么一股气，锻出了一个金钢不坏之身？！

人还是活气的。

六、老鼠捉猫

有很多事情，女人是不能理解的。

在很长一段时间里，秀丫每每见到呼天成时，都用一种幽怨的目光望着他。那幽怨里埋藏着一个女人的全部爱意，也埋藏着女人的仇恨。只不过怨倒是真的，那恨有点假。自她来到呼家堡，他已成了她心里惟一牵挂的人。他的霸气，他的强悍，他那一张黑黑的国字脸，都是她所喜欢的。她从不敢看他的眼睛，她总觉得他的目光里爬满了蚂蚁，是很蜇人的。她也知道他是喜欢她的。可她不明白的是，他为什么一次又一次地把她晾在那里？是他不想吗？她知道他想。那么，又是为着什么呢？她是什么都不怕的，她已经豁出来了，她不怕人们说什么，她甚至渴望被什么人捉住，如果捉住了，那就明朗化了，她就可以光明正大地跟他在一起了。不管事情到了哪一步，她都会心甘

第二套第一式：

接头套吞气三口毕将两拳伸开手心翻向上端至乳上寸许十指尖相离二三寸数四十九字每数一字想手心翻平想气贯十指尖若行第二套第一式须接前套第十一尾式吞气三口不用接十二尾式

第二式：

接前式数四十九字毕将两手为拳撤回拳掌朝上拳背朝下两肘夹过身后数四十九字每数一字拳加一紧两肘不可贴身亦不可远离

情愿地跟着他。

可是，呼天成却一直不给她这样的机会。

等待是很焦人的。那时候，她似乎每时每刻都在等待着他的召唤，就像是麦场里那次一样。可他从不在大庭广众之下跟她说话。就是偶尔碰上了，说一句什么，也像是路人一样。这又叫她恨他。包括她为他受的屈辱，每每想起时，她就恨得直咬牙。可恨又恨不起来，她心里说，他是大队主事的，他不是一般人，他有他的难处，他得时时刻刻为人们做出表率，不然，谁还听他的呢？可是，说是说，想是想，心里还是很委屈的。女人的火焰是最不容易熄灭的，一旦燃起来的时候，就成了烧不尽的野火。有时，你看着火已灭了，可不知什么时候，风一吹，它就又燃起来了。女人不怕追，最怕晾。你一旦晾了她，她就像疯了一样死死地缠住你，她必要达到那个结果。你是鬼也罢，你是怪也罢，她就是你的了！

平原的风土是很染人的。你看着也没什么出奇的地方，地很平，黄牛在路上慢慢走，风也不烈，草长，庄稼也长，一年一年，春种秋收，有四季管着。可时间一长，你就不知不觉地变了。开初，她只是觉得这里的人不太讲卫生，身上有一股说不出来的气味，孙布袋身上就有这股味，她总是催他去洗一洗。后来，她在田野里也会闻到这种味，风里也有，就是那种说不出来的、让人晕晕乎乎的味。再后，慢慢地，她就闻不到了。按秀丫的本性，她应是个爱说爱笑的人，可到了呼家堡之后，不知怎的，她很快地就学会了沉默。她也开始像呼家堡人一样，把什么都闷在心里，什么都在心里沤着，火在心里烧，烟在心里炕，让外人什么也看不出来。她甚至学会了说那些毫无意义的假话。她发现，平原上的人其实都是爱说假话的，说的都是些小假话。这里人不说大假话，是不敢说。说大了一是怕人不信，二是说得太大连自己也承受不了。他们把说假话叫做随口编"筐"。

第三式：

接前式毕两手平分开横如一字与肩平手掌朝上胸微向前数四十九字每数一字手掌手指想往上往后用力

第四式：

接前式毕两臂平转向前数四十九字每数一字想气往十指尖上贯平掌朝上微端

有一阵子，连秀丫也会随口编"筐"了。夜里，她常常魂不守舍地跑出去"串门"。一旦孙布袋问她，她就随口编"筐"，不是说去三婶家了，就是说去二婶家了，再不就是去牵牛姐家了。可她谁家也没去，她只是朝着一个方向走。有几次，她曾大着胆子跑到果园里去找他。她没从有木栅栏的地方过，她怕人看见，她总是从另外的地方跳进去，那些地方扎满了荆棘，有一回，她把裤子都剐烂了。她就是在那里无意间窥探到了呼天成隐藏着的秘密。在果园深处的茅屋里，竟还躺着一个人呢。在村里，除了呼天成外，她是惟一撞见那个外人的。一看

第五式：

接前式毕将两拳伸开指头朝上掌往前如推物之状以臂伸将直为度每数一字掌想往前推指头想往后用力数四十九字毕如前尾式数字吞气之法行之此第二套五式毕照前套十一套式吞气三口送入丹田后即接行第三套仍减行前套第十二尾式可也若功行之此第二套意欲歇息养神必将前套第十一式吞气之法及第十二式诸法补行于此第二套代之后方能歇息

第三套第一式：

接前吞气后将两手心朝下手背朝上两手起至胸前乳上趁势往下一蹲脚尖各分开些脚跟离地二五分两手尖两离二三寸数四十九字每数一字两臂尖想往后用力想气贯至十指头上

168

见那个躺在草床上的人，她的脸一下子就红了。在慌忙中，她不得不编"筐"说："呼支书，我找你有点事。俺家的猪……"呼天成见她一头撞进来了，猛地愣了一下，而后立马说："好，好。到外边去说吧。"说着，就把她领出来了。出了门，走到一棵树下，呼天成淡淡地问："有事吗？"秀丫诺诺地说："也、没啥事。"呼天成立时很严肃地说："这里的事，你不要对任何人说。"她赶忙说："我不说。你放心吧，我不会说出去。"呼天成看了她一眼，知道她绝不会说出去。到了这会儿，他才松了语气，说："你回去吧。"就这样，三言两语，她被打发走了，她走一路哭一路。

后来，那个"外人"走了。那人是走了很久之后，秀丫才知道的。他来的时候是秘密来的，走时也是秘密走的。这人究竟是谁，也只有呼天成一个人知道。其实，老秋走不走，跟广播里的声音有极大的关系。有一天，老秋突然从广播里听到了六个字，他对女播音员嘴里吐出的这六个字非常敏感。听到这六个字后，他不顾身上的腰伤，竟然坐起来了！而后，为了证明那六个字确实是从播音员嘴里吐出来的，他又让呼天成找来了当天的报纸，反反复复地看了几遍后，他一天都很兴奋。当天晚上，当那六个字再次出现在广播里的时候，他微微一笑，对呼天成说："天成，看样子，我该回去了。你送我回去吧。"呼天成立时就明白了。老秋要出山了。到了这时，呼天成才发现，那广播里的声音，也不是随便说说的。老秋临走时，给呼天成留下了一句话，他说："农民嘛，还是种庄稼。"这话从字面上看，等于什么也没有说，可话外的意思却是很费人猜测的。呼天成是何等人，就这么一句话，在那种时候，一下子就把他点亮了。后来，呼家堡能够成为平原第一村，跟老秋的那句话是很有关系的。

老秋走后，当果园的茅屋里只剩下呼天成一个人的时候，秀丫就来得更勤了。可她一直不知道，她身后还跟着一个"声音"呢。每当她踏进果园时，那"沙沙……"的声音就跟着响起来了。她以为是风扫树叶的声音，也没在意。可呼天成心里是清楚的，他能听出那声音的用意，他知道那是什么。

第二式：
　　接前式毕将身一起趁势右手
在内左手在外右手掌向左推左手
掌向右推数四十九字每数一字右
手掌向左用力指尖往右用力左手
掌向右用力指尖向左用力

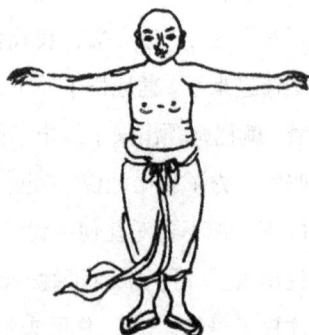

第三式：
　　接前式毕将两手分开如一字
两臂与肩平手心朝下胸微往前数
四十九字每数一字两手想往上往
后用力

　　所以，每当秀丫走进那所茅屋的时候，呼天成总是用一个字来打
发她，呼天成只说一个字，他说："脱。"
　　秀丫很听话，她几乎每次都脱得光光的，躺在里边的那张草床上
等着他。可是，一到这样的时刻，呼天成就开始练功了。他屏神静气
地立在那里，就对着秀丫，对着那雪白的胴体练起功来了。一次又一
次，秀丫哭了，秀丫哭着说："你为什么要这样？你为啥要对我这样？"
要是练完功的时候，呼天成就对她说："秀丫，你信我吗？"秀丫含
着泪说："我信。"呼天成就说："那好，那你就等着我，总有一天，
我会要你的。你要相信我。"秀丫总是哭着说："你要我等到什么时候
呢？"呼天成就说："等到那种声音消失的时候，我会叫你的。"秀丫说：
"我等不及了，我不想再等了。你现在就要我吧。我不怕丢人，我也
不怕死，我什么都不怕。"呼天成说："你要相信我。我不是怕别的，

170

我是怕我自己。你一定要等我。"

就这样，一次一次的，秀丫一直在等……

呼天成也在等着。这仿佛是一场比意志、比耐力、比韧性的战斗，就像是猫捉老鼠；老鼠呢，也在捉猫。诱饵就在那里摊着……

再后来，秀丫开始恨他了。她再也不到那茅屋里去了。这时，呼天成就让秀丫当了"赤脚医生"，当上村里的赤脚医生后，她就不用再下地干活了。而呼天成却常常把她召到茅屋里去，让她去给他看"病"。只要她去了，仍然是让她脱得光光净净的，躺在床上……秀丫睁着两只幽怨的大眼，说："你有病吗？"呼天成就说："有。你就是

第四式：

接前式毕左手及臂在上右手及臂在下左手臂朝下右手臂朝左两臂皆曲向数四十九字每数一字想气贯十指尖为度两臂不可贴身

第五式：

接前式毕将两臂垂下手心翻转向后肘曲十指尖亦曲每数一字想气贯十指尖为度俱照前式数四十九字毕每照前尾式照字吞气平端摔手蹬足毕向东静坐片时不可说话用力如要上顶为者于五十日后行到第三套一蹲之式眼往上瞪牙咬紧将左右各三扭以意贯气至顶上则为贯顶上矣六十日后以意贯至下部则为达下部矣

171

我的'病'。"

秀丫说："那你为什么还要见我？"呼天成就说："是为了治'病'。"

而后，他就又对着那雪白的胴体开始练功了。这时候，躺在床上的秀丫，对于他来说，就变成了真正的"牺牲"。"牺牲"二字，似乎只适用于女人，也只有女人才配用这"牺牲"二字！面对秀丫的时候，不能说呼天成没有痛苦，痛苦是有的。那痛苦就像是一条蛇，一直缠着他。他就一直用练功来把持自己，那一式一式的功法练起来时，叫人根本无法分心，一旦进入功法的境界，面前的景象就成了一具白色的幻影，成了一种幻觉，只要屏息凝神，那幻觉就会慢慢地消失。这场精神战持续了很久很久，越练心中的渴念越小，越练身上的气感就越明显。后来，呼天成觉得，他确实是战胜自己了，同时也战胜了外边的那个"声音"。作为呼家堡的当家人，在这一点上，他是挺过来了。那么，在以后的日子里，就再也没有过不去的桥了。在这个阶段里，呼天成练的功已经进入了一个新的境界了。气在他的脉络里是越走越顺，而那白色的胴体对他的诱惑却越来越微弱。不能说一点也不想，但至少他是能扛住的……

可是，一直过了好多年之后，他才发现，这套功对他来说，也是有害的。可当他认识到这一点的时候，已经是太晚了。

第七章

一、骡子不是咸的

呼国庆决定去市里一趟。

他觉得，无论如何，他是对不住小谢的。

自从呼国庆任县委书记以来，他心头上压的坯是抽了，却又扎上了一根刺。那就是，他不知道该如何面对谢丽娟。在很多个夜晚，他都在反反复复地思考着这个"如何面对"的问题。人家是个姑娘啊，人家把一颗心都给了你了，你他妈的还是人不是了？！就说你不是人，可你总得给人家一个说法吧。然而，怎么跟她说呢？张不开嘴呀！

可没法说，也得说。他必须见她一面。

于是，在一个星期六的早上，呼国庆独自一人把车开出了县委大院。然而，不巧的是，车刚出大门不远，就被另一辆车堵上了。

那是一辆桑塔纳。车门一开，从桑塔纳里钻出来的竟然是范骡子。范骡子快步走到他的车前，说："呼书记，我来领圣旨来了。"

呼国庆把车窗摇下来，看了他一眼，冷冷地说："今儿我有事，有话改天再说。"

不料，骡子跟他犟上了。范骡子说："呼书记，我知道你有事。可我这事比你那事大。这事能给财政上弄一个亿！你要不想要就算了。"

呼国庆车上的自动玻璃只关上了一半，又停住了。呼国庆沉着脸说："骡子，你诈我呢？"

范骡子说："你是县太爷，我敢诈你？你给我个脸，我这是往死里给你干呢。刚才我不是说了，我是领旨来了。"

呼国庆沉默了一会儿，说："上来吧。"

待范骡子上了车，呼国庆说："说说吧，咋给我弄一个亿？"

范骡子从随身带的包里掏出了一盒烟来。他三下两下揭了封口，从里面掏出一支，递给呼国庆，接着又从兜里掏出打火机，"啪"地给呼国庆点上，说："尝尝，味怎么样？"

呼国庆吸了一口，含沙射影地说："嘿，吸上'大中华'了。"

范骡子没接这个话茬，接着问："品出来没有？"

呼国庆"哼"了一声，说："还行，味挺正。"

范骡子把烟盒递过来，又让呼国庆看了看，那烟的包装十分精美，也看不出什么。可范骡子却说："我实话告诉你，这是假的。"

呼国庆又吸了一口，说："假的？假也可以乱真哪。"

范骡子说："就是以假乱真。"

呼国庆并不喜欢范骡子这个人，策略是策略，他觉得对这个人是应该防范的，就说："说说那一个亿。"

范骡子说："呼书记，咱县东拐乡有个亿元村，你知道不知道？"

呼国庆说："知道。"

范骡子说："他们是干什么的，你知道不知道？"

呼国庆沉吟了一会儿，说："知道。"

范骡子说："那是一个造假村。在那里，造假已经达到国际水平了。我让你吸的'大中华'就是那个地方造的假烟。那个地方是造假'一条龙'，啥烟都造，全是最先进的机器包装出来的，你根本看不出真假。他们那里年年先进，是造假造出来的先进。这个造假村的村长姓蔡，叫个蔡五。他是个精明人。据说，这家伙为了对付突击检查，还专门设计了一套暗号。啥人啥打发，要是烟草局的来查，那暗号是'鬼子进村了！'；要是工商来查，他们的暗号是'二号包间有饭局'；要是公安来查，他们的暗号是'洗头的'来了；要是税务部门来人，他们的暗号是'洗脚的'来了……我们准备把这个造假的窝点端了！"

听了这番话，呼国庆心里生出了无限的感慨。他心说，人真是可怕呀！关于东拐乡的那个亿元村，他是知道的。过去，那个村一直是王华欣书记抓的点，那个叫蔡五的村长，跟王华欣几乎好到了称兄道弟的程度。王华欣曾经有个理论，叫做商品经济的初期，农民要学会钻空子。两手空空，你让农民怎么去致富？惟一的办法就是钻空子。就看你会钻不会钻，钻得巧不巧。到了一定的时候，有了资本积累，他们会慢慢走上正路的。当时，这套"华欣理论"在县里还是有一定市场的。于是，这么一个造假村就保下来了，而且年年先进。那个村可以说是王华欣的根据地，王华欣有很多上不得台面的"条子"，大多都是在那村报销的。现在，范骡子提出要端掉这个亿元村，就等于说是断王华欣的"后路"！这对全县震动将是非常大的。问题不在于这个村是不是造假村，它造假也不是一天两天了，这谁都知道。可这件事由范骡子提出来，就不得不让人吃惊！范骡子是谁？他曾是王华欣的铁杆呀！他恨呼国庆恨成那样，他为此曾经大闹过县政府……这真是一个出"叛徒"的地方哇。骡子本就是王华欣的人，可王华欣前脚走，他后脚就"反水"了。人是活脸的，你只要给他一个脸，他就能跟着你干。看来，他用范骡子是用对了。

呼国庆心里已经非常清楚了，可他仍然说："我还是有点不明白，毁了一个亿元村，怎么就能给财政上弄一个亿？"

范骡子说："它不光是造假的窝点，还是一个非法的烟叶集散地。为啥咱们的烟站收不上烟叶？管理只是一个方面，主要原因是烟叶都流到他们那里去了。他们出的价高，有一多半烟叶都从他们那里流走的。他们那里是亿元村不假，可钱都窝在私人手里，是个别人得到。把那个窝端掉，烟叶进了烟站，是国家和县上得利。两个都是亿元，一个是村里的，一个是县里的。你要哪一个？"

真是一个绝妙的讽刺！谁都知道烟叶是人类的天敌，可他们这个县却是靠烟叶吃饭的。若是烟叶收不上来，那么，县财政就必然吃紧。可一个亿元村，与方方面面都是有联系的，事关重大呀！最后，呼国庆一咬牙，终于说："干它！"

范骡子说："我就是来取'尚方宝剑'的。只要你一句话，我们就干了。"

呼国庆很干脆地说："干吧。"

范骡子说："呼书记，你光说句话不行。你想，这么一个亿元村，那蔡五是何许人，我说干就干了？"

呼国庆脸一沉，说："怎么，想动用公安？你跟他们联系就是了。还吞吞吐吐的，哪那么多毛病？"

范骡子说："咱县的人，不是用不用的问题，是一个也不敢用。你只要一集中，风就给你透出去了，到时候，叫你啥也查不出来。这一次，我是借人家武警支队的人，我跟支队长沾点亲戚，让武警出面。再加上咱们的稽查，联合起来搞个突击行动……"

呼国庆想了想，说："也可以吧。注意，不要出什么问题。"

范骡子说："光这还不行，还要借你县太爷的大驾。你必须坐镇。也不要你出来，你在车里坐着就行，我只要你露露面。万一县里有人出面干涉，有你在场，就不会半途而废了。要不然，就是查出来也白搭。"

话说到这里，呼国庆明白了，看起来，这个范骡子并不是个简单的人物。他是粗中有细呀。

呼国庆问："你什么时候行动？"

范骡子说："就等你一句话了。不过，今天是星期六，是他们那儿的交易日，正好打他个措手不及。"

呼国庆立时火了，说："好哇，老范，你敢搞我的侦查？！"

范骡子苦笑说："我哪敢呢？我只是每隔十分钟，给看大门的老头打个电话，看你出去了没有。"

呼国庆沉着脸说："老范，下不为例。"

范骡子连连点头说："好，好。不过，我还有个要求，进入之后，你得把你的手机关了。这个蔡五神通广大，说不定省里都会有人替他说话。"

呼国庆皱了一下眉头，说："行，我关了就是了。"

就这样，呼国庆只得临时改变决定，跟范骡子到东拐乡去了。

二、蔡先生

在县城的西南方，有一个叫弯店的自然村。

这里就是人们说的那个造假亿元村。

弯店弯在一个河套边上，这里说是河套，却常年没有水，是个干河套。路沿上长有一趟一趟的柳树，是垂柳。因为没有水，那柳叶是半卷的，像是一个个小卷筒似的，倒也显得有些特别。如今，这个河套就成了天然的交易场所。每逢到了星期六，这里可以说是盛况空前，据说，这里的交易范围可以直达中南五省！当然，是非法的。

而这么一个造假贩假的"大本营"，就是蔡五蔡先生搞起来的。

说起来，蔡五还算是个残疾人，他的右腿有点瘸，是小时候爬树跌坏的。据说，儿时，他娘曾给他算过一卦，卦象很不好，说他命里有大灾，怕不成人。于是，就照卦人的吩咐，给他起了一个姑娘的名字，叫蔡花枝。蔡花枝六岁时上树掏喜鹊，一不小心，从树上摔了下来，把右腿摔坏了。家里人得信儿，可以说是欣喜若狂！一个个说："破了，灾破了。这下娃有救了！"也不给他治，就这么落下"戴破儿"了。在平原，"戴破儿"是人受伤后落下的痕迹或毛病，是略有残疾的意思。命里有灾的人，身上有"戴破儿"，命相就破了，那是好事。从此，蔡花枝就走路一摇一摇的，常走"划船步"了。蔡花枝上边有四个姐姐，他在家里排行老五，一般都叫他"蔡五"。可他最乐意听的，还是人们称他为"蔡先生"。

蔡五年轻的时候，曾在村里当过几年民办教师。他爱好非常广泛，教过小学的图画和体育，是画猫像猫，画狗像狗。偶尔呢，也代过几节语文、几节算术，是通些文墨的。人就那么瘸着，还特别喜欢打篮球，也是满场飞，跑起来一炕一炕的，冷不丁就投进去一个！瘸是瘸，人很蹿哪。这样的人能不精明吗？他的发展自然是从卷烟开始的。最初的时候，他是自卷自吸。那会儿，乡下人是吸不起卷烟的。村里人吸烟都是"一头拧"，揉上一把烟叶，随便用废纸一卷，就那么裹巴裹巴吸了。蔡五不同，他吸得讲究，一吸就是"两头平"的。他先是用烟斗卷，烟斗是自己用几块木板做的，纸也是事先裁成一条一条，那样压出来瓷实，卷出来也好看些。后来就越来越讲究了，烟丝切得细细的，用酒喷过，再放上香料，卷出来比卖的还好吸，就又自做了烟盒，白包，出门去就在兜里揣着，谁见了就讨一支吸吸，很美。日子久了，周围人有了婚丧嫁娶，买不起正牌香烟的，为了体面些，就来他这里订上个十条八条白包烟，给客人们吸了，都说好。钱是随便给的，有就多给，没有就少给。因为是当过民办教师的，有人求到门上，客气些的，就尊他一声"蔡先生"，他非常高兴！说一声："拿去吧！"就不说钱了。以后，就这么做着、做着，越做越高级，越做市场越大了。先是他一家做，后来就家家做，做着做着，就走向"世界"了，做成了这么一个造假村。

蔡五点子多，村里很快就富起来了。村人们自然都念他的好，在一次选举会上，全村人都庄严地投下了神圣的一票，选他做了村长。自他当了村长后，全村人就统一改了口，都叫他"蔡先生"。

蔡先生的生意怎么能不红火呢？看吧，就在那个长不过一里的河套里，每逢星期六，那里就成了一个巨大的蜂房，在上午十点以前，先是有外路的客商坐着各种车辆从四面八方往河套里涌来，很快就把整个河套堵满了。而这时的河套里则已摆满了各种各样的烟摊，每个烟摊的后边都会站着一个弯店的女人，弯店的女人个个都是卖烟的好手，她们从八岁到六十岁不等，那一双双懵懂善良的眼睛，全都笑盈盈地望着你。你说你想要什么吧，凡是世界上出售的名牌香烟，这里几乎全都出售！啊，这里可以说是一条烟的河流，假如你顺着河套向前望去，就会被那花花绿绿的香烟牌子所吸引，被那各种各样的精美包装所震撼，甚至会被那三三两两的窃窃私语所迷惑，在人头攒动的河套里，那嗡嗡嘤嘤的交易声直冲九霄，传得很远很远！那么，你能说这里在贩假吗？她们说，这是生意。看，那戴红袖标的老头，不是在收看车费吗；镇上的工商管理员不也在一个一个收摊位费吗？井井有条哇。听，那讨价还价的语气是多么亲切，又是多么的大度，你让一分，我也让一分，你让一步，我也让一步，都有碗饭吃，不就行了，说得多么好哇。在这里，人们都忙碌得像工蜂一样，一窝一窝地在头碰头地进行交易。他（她）们有蹲着的，有坐着的，有手袖手的。特别是袖着手的这种交易，是极富有诗意和想象力的，她（他）们的两只手在袖里藏着，就像是两个初恋的情人一样，悄悄地用手说话，你勾一下，我勾一下，你比一下，我再比一下，这时候手就成了他（她）们的"嘴"，那"嘴"极缠绵地勾扯在一起，有亲有疏，有分有合，一时是那样的决绝，一时又是那样的不舍……在那些袖子里又藏有多少秘密呢？当然，也有四乡里来的一些小贩和闲人，他们带着万分羡慕的目光，在熙熙攘攘的人群里串来串去，这里看看，那里摸摸，一直到交易市场快要散的时候，他们才会上前讨价还价，捡一些便宜的，弄上一箱两箱，或一条两条，都是小打小闹罢了。这种喧闹会一直持续到下午四五点的时候，到了那时，人才会慢慢地流走。

如今的蔡先生已经不做这些事情了。蔡先生只是在管理。蔡先生自己有一栋四层的别墅楼、三辆轿车，还有一辆是凯迪拉克，这辆车是村里给他配的。村里人也不知道这车到底好在哪里，村里人只说，蔡先生无论坐什么都是该的。蔡先生太忙了，蔡先生的接待任务也太重了，千万别让蔡先生累着。有时候，连蔡先生自己都有些恍然，嘿，人怎么说富就富了呢？

可是，蔡先生做梦也想不到，他的死期已经临近了。

人富了，是不是该有一点嗜好呢。蔡先生当然是有嗜好的，他的嗜好也很特别，谁能想得到呢，蔡先生居然喜欢养虱子。蔡先生的这个嗜好来源于童年，那可以说是蔡先生童年记忆的回潮。小时候，他家里穷，平原上有句俗话叫：穷生虱子富生疥。那时候他身上总是生满了虱子，而每到晚上，待他脱光衣服时，娘总是坐在油灯下给他捉虱子，这是十分生动的一幕，娘的两只手在他的裤缝里扣来扣去，两个大拇指甲盖总是很快地就扣住一只，"叭"的一声，有血光溅出来，

179

很动听。在很多个夜晚，娘的指甲盖总是被虱血染得红霞霞的。要知道，蔡先生是很孝顺的。娘老了，娘后来得了瘫痪病，一直在床上躺着。蔡先生不愁吃穿，蔡先生的老娘也有人侍候，蔡先生只是想在老娘身边尽尽孝道。所以每隔几天，上午的时候,蔡先生是不见任何人的，那是蔡先生亲自为老娘梳头、擦身、捉虱的时间。蔡先生是个很讲究的人，每当他给老娘捉虱的时候，他都要事先准备好一根细白线，每捉一只，他总要把虱子绑在那根细白线上，虱小线细，这活儿是要巧的，只有手巧的人才能做，可蔡先生就能做成。待蔡先生给老娘捉完虱子时，那根细白线上也就拴满了。蔡先生就把那拴满虱子的细白线绑起来，吊在让娘能看到的地方，那拴满虱子的白线滴溜溜转着，有一点点一点点的小虱头在动……娘一看就笑了。他也笑了。很愉快呀！不是吗？不过，这根拴满虱子的白线一般要挂上几天，待它再也不动的时候，蔡先生就把那根白线取下来，留下一只公的、一只母的，悄悄地再放回到娘身上去，他发现虱子的生命竟是如此的顽强，吊过几天后，它仍能活过来，仍能继续繁衍，这里边是不是也有一点精神哪？太有趣了！也只有这样才能博娘一笑。于是就周而复始，这样的事情做得多了，蔡先生也就上瘾了。蔡先生是个大孝子哇！

　　这一天，正当蔡先生坐在他的别墅楼上，给他的母亲捉虱子的时候，弯店村出了大事情了。

　　十点半的时候，只听得一片嗡嗡声，河套里像炸了窝似的，人们像是乱头蜂一样，四下逃窜！他们先是嚷着："鬼子来了！"后来又说是："二包来了！"还有人说是："洗头的来了！"可他们到底也没弄清是哪方面的人，只见河套里乱哄哄的，到处都是人声和纷乱的脚步声……弯店的女人们是舍不得那些香烟的，在人们来回逃窜的时候，她们却在用身体紧紧地护住各自的摊位。她们似乎也不怕查，她们有蔡先生呢。然而，当她们彻底醒悟的时候，已经被武警和稽查大队的人包抄了！

　　等蔡先生得到消息的时候，连村子都被围住了。蔡先生起初还是很坦然的。当有人飞蜂一样跑来给他报信儿时，他也仅是问了问是谁带人来的，有人就说："是范骡子！"他听了之后，"噢"了一声，说："是骡子呀。骡子不是犯错误了吗？"说着，他打开手机，"叽、叽、叽……"接连打了几个电话，接着说："不要慌，不就是一个范骡子吗？我下去看看。"说着，蔡先生就拄着拐杖，一尥一尥地下楼去了。

蔡先生来到村街上，看见武警和稽查大队的人正分成一组一组，在查他的"地下工厂"呢。而那个范骡子就站在村街的中央，叉着腰，俨然一副大领导的派头，显然是他在指挥这次行动。于是，蔡先生走上前去，绵绵地说："老范，王书记没来吗？"

范骡子听他提到了王华欣，脸微微红了一下，说："老蔡，我可是奉命行事哇。"

蔡先生站在那里，笑了笑说："老范，是不是缺钱花了？"

范骡子愣了，接着，他哈哈一笑，说："老蔡，我劝你一句，还是老老实实地配合检查吧。今儿，就是天王老子也救不了你！"

蔡先生绵绵地说："真的吗？那我倒要看看。我也实话告诉你，用不了半个小时，县上就有人来！"

范骡子说："好，好。我也不跟你争。我知道你手眼通天，我现在就领你去见一个人。"

这时，蔡先生才稍稍有些吃惊了。不过，他还是跟着范骡子去了。当他们来到村口时，只见村口处停着的是一辆奥迪。这辆奥迪对蔡先生并没有产生什么威力，蔡先生什么样的车没见过？可他却不知道车上坐的是谁。但有一点他清楚，看来，坐镇指挥的并不是范骡子。

范骡子走在前边，他加快步子，走到那辆车前，对着摇下的车窗说了几句话，接着，车门就开了，呼国庆挺身从车上走下来。

范骡子就给蔡先生介绍说："这是县里的呼书记。"接着又对呼国庆说："这一位就是大名鼎鼎的蔡村长。"

呼国庆看了他一眼，说："你就是村长？"

蔡先生是知道呼国庆的，他在会上见过他，忙说："是，我是村长。"

呼国庆说："造假村的村长？"

蔡先生觉得很委屈，他是很想讲讲道理的。他说："呼书记，你过去没来过咱这里,说起来,还是咱这儿穷哇。上头不是说,为官一任,造福一方嘛。我呢说起来只是个芝麻绿豆,在你们眼里,狗屎不是……"

呼国庆不容他再说下去,他脸一沉说:"你就是这样造福一方的吗?!"

范骡子说:"操,他标标准准是造假发的横财!你一人造假不说,还带动一村人造假!"

蔡先生不服,蔡先生说:"这我倒要问一问,何为真?何为假呢?"

呼国庆带着一种探究的目光望着这个瘸子。他甚至对他有了一点点欣赏。就是这么一个人,竟然搞出了一个造假村。村里的确是富了。初进村时,他就看到了,村里铺的是水泥路,村街的两旁也都安上了路灯,村子中央矗立着一个大水塔,房子几乎全都是新盖的,墙上都贴着一色的"马赛克",看上去十分漂亮。而一家一家的门楣上,也都贴着特别烧制出来的瓷片,那些瓷片上的字也都是很有些寓意的,像什么"福如东海"、"吉祥如意"、"和气生财"之类。这真是个能人哪!呼国庆望着他,冷冷一笑,说:"你说呢?"

蔡先生绵绵地说:"我这个人好说实话。要叫我说,烟这个东西,本来就是毒害人的。那么,真的,就是真毒。假的,就是假毒。相比起来,是假毒好呢,还是真毒好呢?再说了,烟总归是一股烟,冒冒气而已。我这里真也罢假也罢,养了多少人呢。别的不说,光镇上的干部养多少?工商、税务又从我这儿拿走多少?王华欣书记讲过……"

一听到"王华欣"三个字,呼国庆气得脸都白了,厉声说:"胡闹!你这叫理吗?歪理!"

就在这时,只见村外的柏油路上,先后开来了三四辆车,有两辆竟然还鸣着警笛,呜呜地朝村里开来了!

蔡先生觉得是"救星"来了。不管是县里来的,还是乡里来的,总可以替他说说话的。于是,他抬起头,往村外望去。

呼国庆也跟着扭头看了一眼,他也仅仅是看了一眼,重又把身子扭过来了,他挺身站在那里,背对着"呜呜"驶来的警车,心里说,我倒要看看,来的到底是谁?!

不料，那些车辆却在离他们有十几米远的地方停住了，先还有警笛呜呜响着，后来连警笛也不响了……最先从车上下来的那个人，一只脚里一只脚外的，还大喉咙吆喝了一声："老蔡，咋回事？！"可紧接着，又"猴"一下钻回去了！

就这样，那些匆匆赶来的人，连车都没下，就前车变后车，后车变前车，一辆一辆地顺原路退回去了。不用说，他们的眼还是很尖的，他们都看见了县委书记呼国庆，有他在那儿站着，谁还敢上前呢？！

呼国庆冷冷一笑，说："老蔡，你不简单哪，把政府的人都调来了。我看他谁敢干扰打假，为虎作伥！"

蔡先生勾下头去，脸上露出了很沉痛的样子。片刻，他又抬起头来，很温和地说："呼书记，我看这样吧。我知道县上也有难处。这样好不好，县委、县政府的工资，我们包了……"

这一次，倒使呼国庆大大地惊讶了，他没料到他会说出这样的话来。他也敢这样说？！他心里说，疯了，这人八成是疯了！没等他把话说完，呼国庆气不打一处来，指着他说："你、你……简直是狂妄至极！县里的工资让你来发？国家公务人员的工资都让你来发？！笑话！"呼国庆不想再跟他啰嗦了，他对范骡子指示说："严肃处理！"说完，就扭头朝他的车前走去。

蔡先生也有些讶然。他想这个人怎么这样呢？他怎么一点道理都不讲呢？我已经让到这一步了，难道他还不满足？蔡先生是做过几年民办教师的，说起来也算是乡村里的"知识分子"，他觉得他应该做到仁至义尽。于是，他又一戗一戗地追上呼国庆，说："呼书记，不要这样。我劝你还是不要这样。何必呢，如果闹下去，大家脸上都不好看……"

呼国庆站住了，他回过身来，尽量平静地说："你威胁我？"

蔡先生绵绵地说："我哪敢呢？我只不过是……"

呼国庆深深地吸了一口气，严肃地对范骡子说："假烟、假商标，包括机器设备，统统给我收缴，一根线都不能留。另外，你给我狠狠地罚他，罚得他倾家荡产！"接着，呼国庆径直上车去了。

蔡先生愣愣地站在那里，他心里说：这人疯了，他一定是疯了！

三、猴脑宴

呼家堡来了一位重要的客人。

早上，当得知客人要来的准确消息时，呼伯沉吟了一会儿，吩咐说："让国庆来一趟，替我陪陪客人，这对他有好处。"

可是，根宝打了很长时间的电话，却一直没有跟呼国庆联系上。呼国庆的手机关了。

呼伯听了杨根宝的汇报后，摇了摇头，什么也没有说。显然，老头心里不大高兴。于是，根宝忙说："我再跟他联系。"

然而，一直等到中午，客人都到了，还是没有跟呼国庆联系上。

呼伯摆了摆手，淡淡地说："算了，呼县长忙，就让他忙去吧。"

听了这话，杨根宝暗暗地吐了一下舌头，以前，呼国庆不管是当县长还是县委书记，呼伯从未称过他的官职，现在居然称起他过去的官职来，这说明，老头确实生气了。

不过，这次来呼家堡的客人也的确是不一般。客人是直接从北京来的，在省里都没多停，就到呼家堡来了。据说，在省城的时候，省委书记要请他吃饭，被他婉言谢绝了。

这位客人的年龄并不大，有四十来岁的样子，中等个，剃一寸头，很随便地穿着一件T恤衫，看上去散散淡淡的，也没什么出奇的地方。不过，他身边跟着的那个女子却显得靓丽无比，人看上去只有二十来岁的样子，高挑个，长披发，袅袅婷婷的，身上挎一造型奇特的小坤包，下了车，那高贵一步就走出来了。

表面看来，下车的只有两位，可他们却带来了两部车。一部是他们两人乘坐的"奔驰"，另一部"丰田"面包，是跟在后边的。要从这个角度说，那排场就大了。

客人姓秋，名叫秋援朝，是一位京城元老的儿子。他的父亲早些年曾做过平原省的省委副书记，后又做过一阵封疆大吏，"文革"时被人打折了腰，曾秘密地在呼家堡养过伤，受到过呼天成的保护，那有关"呼家堡绳床"的神话，就是他传扬出去的。这位元老如今虽已退居二线了，但在京城，仍然是举足轻重的人物。秋老膝下有两个儿子，一个叫秋建国，现在是南方一个城市的市长；这次来的秋家老二，早就下海经商了，如今是一家跨国公司的总经理。此人在社会上是很有些名头的，在商界，只要一提"秋公子"，可以说无人不知。

"秋公子"这次来呼家堡，当他见到呼天成的时候，所做的第一个动作就是立马跪下身来，实实在在地给呼天成磕了一个头！呼天成赶忙上前把他扶起来，连声说："使不得，使不得，可不能这样！"

"秋公子"说："老爷子说了，当年要不是呼伯伯，就没有我们一家人的今天。老爷子还说，见了您，当行大礼。父命不敢违呀。"

呼天成说："可不敢这么说。这么说就过了。你爸是老领导了。那是何等人物？枪林弹雨都走过来了，'文革'那点事不值一提，吉人自有天相嘛。你爸他身体好吧？"

"秋公子"笑着说："老爷子目前身体无大碍，就是血脂稠一点、血压高一点，老毛病了。说起身体，老爷子还有个笑话，他特好砸核桃，我专门给他买了一个砸核桃用的小锤，他竟然不用，说是太专业就没有味了……"说着，"秋公子"奉上了秋老给呼天成写的亲笔信和他带来的礼物，礼物由那位靓丽的女子拿进来的：两瓶洋酒和两支上好的西洋参。

呼天成看了信，说："你爸爸睡的还是那张绳床吧？"

"秋公子"说："可不，反正每天总要在上边躺一躺的，说是可以包治百病，有那么神吗？"

呼天成说："时代不同了，一代人有一代人的生活习惯。也就是个念想罢了，也没有报上吹乎得那么神。"接着又说，"你爸怎么不出来走走哪？让他多出来走走嘛，走走好哇。"

"秋公子"说："老爷子也总想出来走走，可他毕竟年纪大了，坐飞机不行，坐车又太慢，万一有个三长两短，谁担得起呢？所以，也就是说说。不过，他倒是每天坚持锻炼。"

入席之后，"秋公子"有点惊讶地望着满桌佳肴，说："没想到啊，在中原的乡村，也能吃到这么好的大龙虾呀！"

呼伯笑了笑，淡淡地说："到乡下来了，也的确没什么好招待的，吃个便饭吧。"

"秋公子"说："太丰盛了。说实话，我在广州五星级宾馆里吃的活龙虾，也只是这个水平了。小朱，你说呢？"说着，他站起身来，双手捧着一杯酒："呼伯伯，首先，我代表老爷子，敬您老一杯。这里，我还要说句话。老爷子的脾气您是知道的，他这一辈子，佩服的人不多，可他服您……真的。您听我说，老爷子说，六十年代初，他曾经有过一个动议，把您调上来，担任一个县的县委书记，却被您婉言谢绝了。所以，老爷子说，你呼伯伯是一个有远见的人。这可是老爷子亲口说的。"

呼天成也端起酒来，笑着说："远见倒说不上。不过，他们确实跟我谈过，谈了三次，还说要采取组织措施，非让我走马上任。我呢，是能力有限哪，一个呼家堡，就够我忙活了……"

"秋公子"说："不，不。这是一种大气。这说明您有战略眼光。"呼天成道："援朝哇，你说这话就过了。我是一个玩泥蛋的，怎能跟你爸他们相比呢？他们到底是打江山的呀。"

"秋公子"说："老爷子有句话，说能治理好一个村庄，就能治理好一个县、一个省乃至一个国家。道理是一样的。他还说，您老是四十年不倒翁，几乎是无人可比呀！"

呼天成皱了皱眉头，说："不敢，可不敢这么说。吃菜，吃菜。"

接着，"秋公子"又用开玩笑的语气说："呼伯伯，您那做人的绝招，也该给我们这些后生晚辈传授传授才是呀。"

呼天成哈哈一笑，说："我一个玩泥蛋的，哪会有什么绝招？世间的事情，说起来，是人算不如天算，天算不如不算。"

"秋公子"连连点头说："有道理，有道理。"接着，他又示意跟他一块儿来的那个靓丽女子："小朱，你也敬呼伯伯一杯，这可是中原第一人物哇！"

于是，那女子赶忙站起身来，说："呼伯伯，我敬您一杯，祝您寿比南山，福如东海……"

呼天成笑着说："丫头，人只能活一天说一天，从来就没有寿比南山的。不过借你的吉言吧。我是个土人，有个毛病，叫做酒不喝烟不戒，今天是你们来了，我破例的，只能略略表示一下……"说着，呼天成端起酒杯，微微地沾了沾唇。

等饭吃到了一定的时候，"秋公子"再次站起身来，说："呼伯伯，我今天是专程代表老爷子来看望您的。为了表达我的敬意，我特意带了一道菜，我想这道菜是您绝对没有吃过的……"说着，他拍了拍手："把菜推上来！"

一听说秋援朝还带来了一道菜，呼天成有点不大高兴，可他却没有表示出来，只叹了口气，说："援朝哇，你这是折我的寿呢。"

片刻，只见一位穿白衣戴白帽的厨师推着一辆小推车走了进来。那辆小推车有半人高，上边蒙着一个雪白的罩单，罩单的四周放着一些很精致的餐具。待车推到跟前后，从罩单的下摆处可以隐隐看到，车上放着一个木笼子，从木笼子里边传出的是"哗啦、哗啦"的锁链声。那个厨师介绍说："这道菜叫'活猴脑'，也叫'灵魂出窍'。猴是采自峨眉山的灵猴，猴是活的，猴脑也是活吃，这道菜对老年人特别好，可以说是补品中的最上乘……"说着，厨师把调好的作料一一摆在人们的桌前，而后他又把罩单上的一个早已弄好的四方口子掀开，露出了已经割去了天灵盖的活猴的脑浆，那猴自然是活的，脑浆白花花的，还一脉一脉地跳动着！……那厨师很平静地说："现在请各位品尝。"

呼天成默默地看了一眼，什么也没有说。这道菜叫人心里很不舒服。可不管怎么说，这也是人家的一片"雅意"。

"秋公子"马上说："呼伯伯，这道菜，您是不是觉得残酷了？那您听我说，这里边还有个故事呢。听人说，早些年，峨眉山有家酒店专卖这道菜。在那家酒店里，总是关着十几只猴子，每次都让客人亲自去挑。每当客人去笼子前挑猴子时，所有的猴子都抖成一团，尽量地往后缩，生怕被挑中了。然而，一旦有人挑中了哪只猴子，你猜怎么着，那笼子里就会发出一阵欢呼声！所有没被选中的猴子都欢呼雀跃，争先恐后地往外推那只被人挑中的猴子……呼伯伯，听了这个故事您感受如何？"

呼天成微微地笑了笑，说："跟人一样，也是个性命儿罢了。"

"秋公子"接着说："所以，世间的事情，没有什么残酷不残酷，只有适者生存。当然，这跟老爷子的看法是大相径庭……"说着，他拿起一个匙子，抢先给呼天成布了一勺猴脑……

可是，呼天成却站起来了。呼天成招呼说："根宝，你替我好好陪陪客人，让客人吃好。我头有点晕，对不住各位了。"当呼天成走出去的时候，他心里说，这事太过了，一旦传扬出去，影响太坏。过头的事，他是从来不做的。

"秋公子"见呼天成没有吃活猴脑，心里不免有些失望……

饭后，安排客人休息的时候，呼天成把"秋公子"一人叫到了他的茅屋里，当两人坐下来后，呼天成说："援朝，有什么需要我办的，你说吧。"

"秋公子"淡淡地说："也没什么事，主要来看看您老人家。"

呼天成看了他一眼，说："贤侄，那猴脑，不是我不想吃，是实在吃不下，我在那儿没当场吐出来，就是好的了。不过，你的心意我收下了。"

"秋公子"十分遗憾地说："那可是稀世珍品，大补啊！"

呼天成笑着说："东西是好东西。可我人老，口味也老，拿不下了。"接着，他话锋一转，又问："你那个公司，据说经营得很红火？"

"秋公子"随口说："还可以吧。我们是跨国公司，在全世界十七个国家建有分支机构，包括美国、日本、加拿大……"接着，他用试探的口气说："呼伯伯，您呼家堡如果想入股的话，我可以优先考虑。"

两个人就这么漫无边际地谈着，那话看似很家常、很随意，可句句都是事先考虑再三才说出来的。"秋公子"脸上先是还带着那种貌似恬淡的傲气，那傲气是在京城的小圈子里滋润出来的，有一种无所谓的散漫和君临天下的味道。可谈着谈着，那傲气就渐渐从他脸上消失了。那傲气是被一种声音磨去了。呼天成说话的声音并不大，可那声音是带有方向性的，很磨人哪。

最后，呼天成的两眼一眯，说："贤侄哇，你公司那么大。我一个村办企业，股就不入了。这样吧，我呼家堡送你二百万，也算是我的一份心意。"

"秋公子"听了，紧吸一口气，慢慢地说："那就……不必了吧？"

呼天成轻轻地拍了拍沙发靠背，说："你也别嫌少，再多，我就做不了主了。"

"秋公子"终于说："我谢谢呼伯伯了。我们最近正好要上一个新项目。那……就算我借的吧。"

呼天成突然说："写个借条也好。"

"秋公子"一愣。

呼天成又慢慢地说："你别误会。这二百万，你可以还，也可以不还。但钱出去了，最好有个凭据。呼家堡还是集体嘛。贤侄哇，借钱不犯法呀。只要借据在，你见过谁借钱借出事来了？"

"秋公子"立时顿开茅塞，说："明白了。呼伯伯，谢谢您了。"

呼天成说："谢什么。代我向你爸爸问好。过些日子，我会去看他的。"

"秋公子"走的时候，是杨根宝送他上车的，他带走的是一张二百万元的支票。关上车门后，"秋公子"用略带遗憾的语气对坐在他身边的那位靓丽女子说："这老头是活成精了！"

然而，当杨根宝办完这一切，来见呼伯的时候，只见呼伯满脸沮丧地在那儿坐着。杨根宝轻声说："呼伯，人走了。"

呼天成却像没听见似的，很突兀地说："根宝哇，我告诉你一个经验，当有人把你夸成一朵花时，那就是说，他必然有求于你。"

杨根宝愣了愣，一时不明白呼伯的意思。

片刻，呼伯长长地叹了口气，用忧伤的口气说："二百万哪，就这么打水漂了。"

杨根宝惊讶地说："呼伯，不是您同意的吗？"

呼天成摇了摇头说："我是不能不办呢。他带这么重的礼，又带来了秋老的亲笔信，你以为他是干什么来了？"

杨根宝说："听说，他公司不是办得很大吗？说是光流动资金就有多少个亿……"

呼天成缓缓地说："多少个亿也不够他折腾。你没看，这是一个'散财童子'呀！他这一趟不是白来的，以他的胃口，绝不只是这区区二百万。他分明是要拉呼家堡入股的。要是入了他的股，那呼家堡可就毁了。我说给他二百万，是堵他的嘴呢。这秋家老二，不如老大呀……"

杨根宝怔了怔说："那……"

呼天成默默地说："本来，我让国庆来，也是想让他给我挡一阵，挡得住就挡……这个国庆哇。"

片刻，呼天成又说："这钱，既不能多给，又不能不给。要知道，多少年来，秋书记……就说去年，咱们上药厂，也是秋老说了话的，不然，是批不下来的。他就是随便说句话，也不止值二百万。"说到这里，呼天成不说了。接着，他闭上眼睛，拍了拍头说："条子留下了？"

杨根宝说："留下了，是他亲笔写下的借据。"

呼天成说："有了这张借条，他就不会再来了。"

过了一会儿，呼天成问："你跟国庆联系上了吗？"

杨根宝说："还没有。"

四、煤是白的吗

呼国庆站在谢丽娟的门前。

有一刻，他甚至失去了敲门的勇气，可他还是敲了。

门开了，小谢立在门口……

仅仅过了不到两个月的时间，谢丽娟一下子憔悴了。他甚至都认不出她来了。她整个就像是变了个人似的，那满月一样的面孔瘦成了刀条形，颧骨都突出来了，在那张脸上，惟一醒目的就是她那双凄然的大眼睛。

呼国庆心里一紧，脑海里顿时一片空白！

谢丽娟淡淡地说了句："进来吧。"说完，她扭头走回去了。

呼国庆木然地跟着她进了屋，进屋之后，他发现屋子里十分零乱，东西堆得到处都是，书已捆成了一摞一摞……呼国庆心里很疼，他站在那里，说："小谢，我对不起你。在你面前，我是个罪人。"

谢丽娟的嘴角露出了一丝讥讽的笑意，她冷冷地说："说这些干什么？在我临走之前，你能来看看我，我已经很知足了。坐吧。"

呼国庆没有敢坐，他仍在那儿站着……

谢丽娟双手抱膀，说："坐吧，呼书记，您坐。这里是乱一些，但不至于脏了您的屁股吧？"

呼国庆一屁股蹾坐在沙发上，垂着头，长长地叹了口气。

看呼国庆坐下了，谢丽娟说："呼书记，你喝点什么？你看我这里，乱糟糟的，连茶壶都送人了。你要不介意，喝罐饮料吧。"说着，她走到一个纸箱前，掏了两下，从里边拿出了一罐雪碧，"叭"一下放在了茶几上。

这时候，呼国庆抬起头来，只见他满脸都是泪水……

顿时，屋子里沉默了，那沉默就像是一道闸门，启开了旧日的那些美好记忆，是呀，就在这个房间里，他们是那样地爱过。谁也没想到那欢乐转眼即逝，留下的只是一些记忆的碎片。

谢丽娟默默地点上了一支烟，说："呼书记，你到我这里来，是想让我原谅你，对吧？那么，我明确地告诉你，我是不会原谅你的，我永远都不会原谅你。"

呼国庆说："我知道你不会原谅我。我也不期望得到你的谅解。我只是、只是……想来看看你。我伤你伤得太重了。"

谢丽娟的声音突然变得尖厉起来，她冲动地说："杀了人还要验明正身吗？还要检验一下刀口的图案美不美吗？够了！"说到这里，她接连吸了两口烟，等情绪稍缓下来的时候，她又漠然地说："对不起，我不该对你这样。呼书记。"

呼国庆凄然地说："小谢，你不要再伤害自己了。像我这样的人，不值得你……这样。"

谢丽娟说："当领导的，话说得很得体呀……"接着，她喃喃地说，"你知道我这段时间是怎样过的吗？我是在刀尖上熬过来的。我等啊等啊等啊……等到的却是这样一个结果。你知道我心里的感受吗？第一个星期，我想自杀，我想一死了之。后来想想，不值。第二个星期，我想杀人，我想把你们全都杀了，而后再……也不值。坦白地说，那个吴广文，我是偷偷见过的，那简直就是一个家庭妇女。第三个星期，我想，我究竟是败在了谁的手里？我一定要弄清楚我究竟败在了谁的手里。那时候，当我走出去，走上大街的时候，看着那一张张的人脸，我豁然明白了……"说到这里，小谢冷冷地笑了。

呼国庆说："小谢，千错万错都是我的错。可你为什么要辞职呢？你一个单身女子……"

谢丽娟说："我要离开这里。我必须离开这里，我一分钟也不想待下去了。这是一个麻醉人的地方。它不一下子把人杀死，它是用钝刀割你，一点一点地割、一点一点地旋，它让你像傻子一样活着……"

呼国庆说："小谢……"

谢丽娟冷笑一声，又说："我终究还是明白了，明白了你们这里的人，明白了你们这块地方。你们这里不是有个地儿叫'无梁'吗？过去，我一直不明白'无梁'是什么意思，为什么要起这样一个名字？现在我明白了，那就是没有脊梁的意思。你们这里的人个个都没有脊梁！所以，你们这里的人就老说，人活一口气。人活一口气。哼，那是一口什么样的气？窝囊气！"

呼国庆说："小谢，我一人不好，不要怪罪到我们这块土地。地好地赖，也是养育过我们的。况且，自古就有'子不嫌母丑，狗不嫌家贫'的说法。至于说人活一口气，我看也没什么不好。这也是这块土地上流传了几千年的生存法则。气虽是软的，可它一旦聚集起来，也是了不得的。"

谢丽娟两眼一瞪，说："什么气？这算是什么气？这股气养的是什么？你以为我不知道吗，它滋养的正是那种玩弄权术的小男人。它是专门养小的，它把人养得越来越小。它吞噬的是人格，滋养的是狗苟蝇营。在这块土地上，到处都生长着这样的男人。为了权力你们什么都可以牺牲。难道我说的不对吗？"

呼国庆说："既然你说到了男人，我就给你说一说我们这里的男人。在我们这里，男人是什么？男人就是一股气。女人是什么？女人是水。我们这里最缺的就是水。因此，在我们这里，是把女人当水来养的，女人金贵就金贵在这里。而水呢，又是用来养气的。因此，不客气地说，在中原，每一家每一户，都是活男人的。在这里，你是不可能理解'男人'二字的真实含意的。那其实就意味着一种承受，意味着一种奉献。他们举着一张脸的时候，是为了另一张脸。我从来没有给你说过我的家庭，我不愿说这些。我的祖辈，我的父辈，他们从来就没有过爱，他们也不知道什么叫爱。他们只知道一个字：活。我的爷爷，我的奶奶，我的父亲，我的母亲，他们几乎都是打打闹闹的一生，他们从来就没有自己选择过什么，因为他们没有选择的权利。他们是在'将就'中活的。你知道'将就'的含意吗？在这里，'将就'不是一般字面意义上的将就，那是一种长久的人生。是磨出来的人生。儿子是要生的，没有爱也要生。一个儿子是一个希望，两个儿子就是两个希望，有一个夭折了，就再生一个，他们生的是一种未来的希望。他们是在种植未来。在这块土地上，男人们背负着的是一条生命的长链，每一个扣都是一个大的'活'字。这个'活'是由无数个你所说的'小'聚集起来的。你可以轻看我，但绝不要轻看这里的男人。至于权力，那是每一个地方的男人都向往的。权力是一种成功的体现。不错，在这里，生命辐射力的大小是靠权力来界定的。这对于男人来说，尤其如此。这里人不活钱，或者说不仅仅是活钱，这里生长着的是一种念想，或者说是精神。这是一棵精神之树。气顶出去的就是这样一种东西。渴望权力是一种反奴役的状态。在平原，有句话叫做'好死不如赖活着'，这里边体现的自然是一种奴性，是近乎无赖般的韧性和耐力。同时还有句话叫做'杀人不过头点地'，这就是一种切齿的反奴役的心态。你说，这里的人怎么能不渴望权力呢……"

谢丽娟一时呆在那里了。很久很久，她一句话也不说，就那么看着他……接着，她眼里流出了大颗大颗的泪珠。她抖抖地伸出一只手来，指着呼国庆说："你、你、你……你告诉我，我只要你说一句话：在你们这里，煤是白的吗？！你说呀！"

呼国庆站起身来，默默地走到了谢丽娟身前，默默地拍了拍她，而后，他犹豫了片刻，又轻轻地把她揽在怀里，小声说："丽娟，是我不对，你能再给我点时间吗？"

开初，谢丽娟的身体是僵硬的、麻木的。可渐渐地，那身子就软下来了，软成了一摊泥。她附在他的身上，最先时，她还咬牙切齿地说："我恨你！我恨你！我恨不得杀了你……"可她吊在他身上时，两只手却越搂越紧，越搂越紧，紧得他几乎喘不过气来。她哭了，她流着泪说："我恨，我该恨的，我怎么……这么不要脸哪！"

于是，两个人就又"好"成了一团。这时候，两个人的脑子仿佛都不听指挥了，脑海里的命令与肢体语言是相违背的。谢丽娟的脑海里说：这个人没有一点人格，你不要理他！你不要理他……可是，她的舌头已跟他的舌头紧紧地搅在了一起，这一次仿佛比任何一次都来得猛烈，来得酣畅！两个人就像蛇一样地缠在一起，在疯狂的亲吻和触摸中，一点一点向床上挪去……

等两个人都清醒之后，床上又出现了片刻的尴尬。谢丽娟泪流满面，一下一下地捶打着自己说："我这是干什么？我真无耻啊！这算什么呢？我是你的情人吗？"

呼国庆也觉得不应该再伤害她了，是你对不起人家。你已经欠人家够多了，欠账总是要还的。再这样纠缠下去，是很危险的……可他又一时找不到合适的话来安慰她。

谢丽娟扭过身去，呜咽着说："你走，你走吧！"

到了这时，呼国庆觉得无论如何也该给她一些补偿，不然的话，他会良心不安的。于是，呼国庆脑子一热，就说了这么一句话。他说："丽娟，你如果执意要辞职下海，我也拦不住你。可你两手空空，是很难干成事的。这样吧，我给你弄一百万，作为你的启动资金。等将来……"

不料，谢丽娟忽一下坐起身来，横眉立目地说："你把我当成什么了？妓女吗？！"

呼国庆忙说："不，我不是这个意思……"

可是，呼国庆说了这么一句话后，也暗暗地有点后悔。一百万，不是个小数目啊。可话已经说出去了，覆水难收。好在谢丽娟没有接受。

可是，他绝不会想到，就是这么一句话，也会给他种下祸根。

五、挖到身上的都是"布鳞"

晚上，一直到呼伯练过功之后，呼国庆才从树后的黑影里走出来。他轻轻地叫了一声："呼伯。"

呼天成扭头看了他一眼，一句话都没说，径直进屋去了。

呼国庆跟了两步，没敢进屋，就一直在门口站着。他是在回县城的路上才接到电话的。根宝在电话里说："呼书记，怎么一直跟你联系不上呢？"呼国庆一边开车，一边对着手机说："根宝，有事吗？"根宝说："呼家堡来了一位客人，呼伯想让你陪一陪，可就是跟你联系不上。我都快急死了。"呼国庆知道，一般的客人呼伯是不会让人叫他的。他马上问："那客人是谁呀？"杨根宝说："北京来的，秋老的儿子，秋援朝。"呼国庆接着就问："提什么要求了吗？"根宝沉吟了片刻，说："给了他二百万。"呼国庆听了之后，沉默了一会儿，说："我现在就过去。"根宝在电话里说："人已经走了。"呼国庆说："我知道，我得去给呼伯解释一下。"说完，不等根宝回话，他就收线了。这时候，他心里清楚，老头肯定生气了。

他是了解呼伯的，老头是轻易不找人的，他一旦找到了你的头上，那等于说是给了你一个回报他的机会。可这样一个机会，却让他错过了。呼国庆心里很不是滋味。老头对他太好了，如果连这样一点事情你都不能做，那么……这时候，他深刻地体会到，人情是欠不得的，无论跟你是多么亲近的人，只要你欠了，活一天你就得背一天，这个账是刻在灵魂上的。平原上有句俗话叫做"挖到身上都是布鳞"哪！这"布鳞"二字，其实就是布料衣服印在身上的痕迹，这痕迹是肉眼看不到的，可你得永远背着。由此可以想见，在中原，给予和索取是不在一个层面上的。给予永远高高在上。那里边包含着一种施舍的意味，包含着一种居高临下的姿态。而索取永远都是卑下的，是低人一等的，当你伸手的时候，那就意味着你已经没有什么尊严了……

在小谢那里，呼国庆已经领受过了"欠"的滋味。到了呼伯这里，他就更深切地感受到了那无形的压力。小谢还好说，那总还有两情相悦的成分。虽然人家付出的更多一些，但那到底是以爱作基础的，爱可以不讲任何道理。而呼伯就不同了，呼伯对他的关照和培养是以"赏识"为基点的。"赏识"说白了只是一种看法，就像是赏花一样，要你长得好才行，假如你枯了、萎了，那看法也是会变化的。在这块土地上，最牢固的是"习惯"，最靠不住的就是"看法"了。老头虽然眼光锐利、心胸博大，可他毕竟年岁大了，人一老就显得固执和多疑，保不定哪一天，他就不喜欢你了。有一堵墙是好事。墙是可以为你挡风遮雨的，可墙一坍，就难说了。国庆啊，从今往后，你必须把基点放在自己身上，你再不要期望呼伯的帮助了。任何帮助都是有代价的。不过，呼伯是有恩于他的，这一点，他必须牢牢记住。

正当呼国庆站在那里胡思乱想的时候，只听呼伯重重地咳嗽了一声，说："国庆，进来吧。"

呼国庆走进屋去，看见呼伯在那张草床上半躺半靠地坐着。呼国庆叫道："呼伯，我来晚了。"说着，就默默地站在了老头的面前。

呼伯笑眯眯地望着他，说："国庆哇，你最喜欢吃啥？"

呼国庆回道："手擀面。"

呼伯笑着说："要吃还是家常饭哪。我让他们给下了两碗手擀面，待会儿，你也吃一碗吧。"

呼国庆说:"行。我也是好久没吃了,解解馋吧。"

呼伯说:"国庆,你知道我最喜欢你的是什么,最担心的又是什么?"

呼国庆说:"知道。我这人好耍点小聪明。没有大聪明。"

呼伯摇了摇头,说:"错了。你不是好耍小聪明,你是太聪明哇。你是一点就过,从不让人费二回事。要知道,人太灵性了,就显得过于敏锐。敏锐是好事,过于敏锐就不好了。这世上的事,从来就没有十全十美的,一旦十全十美就要出事情了。上次的事,我没有跟你敞开说,就是怕你一点就过,过得太快了,反而不好。人呢,要有余数。能挑一百斤的,你挑了八十斤,悠悠达达,还可以哼个小曲儿。挑了一百二,就喘了……"

呼国庆静心听着,心里暗暗说,老头不糊涂啊。到了这把年纪,思路还是这么清晰,不简单哪。

最后,呼伯说:"国庆哇,我送你一条经验。在这世上,什么都可以卖,就是不能卖大。你切记这一点。"

话说到这里,呼国庆明白了,这是呼伯对他最严厉的一次批评,也可以说是一次警告!呼国庆暗暗地吸了一口气,恭恭敬敬地说:"呼伯,我记住了。"可他心里想,他也到了脱离老头的时候了,他不能总是在人的羽翼下生活。

当呼国庆开车回到县城的时候,已是夜半时分了。这一天,他的确是太累了,他想的是赶紧泡个澡,好好地睡一觉。可是,当车开到县委门前时,却又被人拦住了。拦住他的竟还是范骡子。

范骡子惊慌失措地说:"呼书记,出大事了!"

呼国庆不高兴地说:"出什么大事了?"

范骡子说:"有人扔我院里一个皮箱子……"

呼国庆说:"这不是好事吗?"

范骡子说:"你猜那箱子里是啥?钱!一箱子钱。这不是毁我吗?!"

呼国庆淡淡地说:"那你慌什么?收起来不就是了。"

范骡子说:"我敢收吗?挖到身上都是布鳞哪!我提上箱子就上你这儿来了。这他妈肯定是那个蔡五干的,这是想往我身上泼脏水哪!"

呼国庆说："多少钱哪，把你吓成这样？"

范骡子说："十万。"

呼国庆笑了笑说："既然送来了，你就收下嘛。"

范骡子灰着脸说："呼书记，这个事你可得做主啊！要不，到时候，我又成了……嗨呀，一晚上我接了多少电话，都是给那个蔡五说情的。还有，王书记也来了电话，他在电话里说：骡子，干得好哇，干得不赖。学会抄后路了。好好干吧……你听听，这话啥味吧。"

呼国庆一怔，说："王华欣也来电话了？"

范骡子叹口气说："这一回我是里外不是人了。连王书记都得罪了。"

呼国庆看了范骡子一眼，说："那你的意思呢？"

范骡子说："那个蔡五，是个磨动天。这还只是个开始，往下，动静会更大。我听他村里人说，那蔡五说了，无论花多少钱，都要把机器弄回去！还说……"

呼国庆说："我是问你的态度。"

范骡子说："已经走到这一步了，退是退不回去了，只有顶住。"

呼国庆说："对，你给我坚决顶住。"

范骡子说："呼书记，我要你一句话，到时候，万一上边有人说话，你得支持我，你得做主。不然，我可顶不住，我头皮薄呀！"

呼国庆说："怕什么？有什么事往我身上推。这行了吧？"

范骡子说："那，这钱咋办呢？"

呼国庆说："钱照收。他送多少，你收多少。"

范骡子惊道："那、那、那……"

呼国庆说："你不是怕担责任吗？跟我来吧。"说着，呼国庆把范骡子领到了办公室，当即叫来了县委办公室的值班秘书，让他又把钱箱打开，当众数了一遍，而后指示说："你记一下，这笔钱，以县委的名义，奖励武警支队五万，另外那五万奖励给稽查大队……"

到了这时，范骡子头上的汗才下了。他松了口气，说："呼书记，那个蔡五，听说他到省里活动去了，我还是有些担心……"

呼国庆说："让他跑吧，先观察他一段再说。我看他到底有多大

198

能量。"

范骡子说："那好，我回了。你也回吧，广文还在家等着你呢。"说了这句话之后，范骡子马上就意识到这句话是说多了。

一时，两人都有些不大自在。

呼国庆心里涩涩的。眼里有了一丝警觉。

范骡子心里也涩涩的。他心里说，你个狗日的，怎么哪壶不开提哪壶？

这么一来，那旧有的芥蒂又悄悄地萌芽了。

第八章

一、"窄过道儿"

那是一个干涩的冬天。

在那年冬天里，呼家堡先是有人掉了耳朵，后又有人丢了性命。

起因是因为德顺的耳朵。

德顺的耳朵是被"窄过道儿"咬掉的。

"窄过道儿"名叫于凤琴，是村西头王麦升家的女人。

这女人没有别的毛病，就一样，人太精明，干啥事都算计，不吃亏。在平原，这叫做"强粮"。"强粮"这个词在字典里是没有的。这个词所表述的仅仅是一种感觉，是一种人们看在眼里的日常行为方式，也可以说是一种生活作风，有着事事占先的意味，这里边还含着叫人看不惯的霸道和蛮横。平原上还有这么个歇后语，叫做"心重的人个矮——坠的了"。这两项加在一起，基本上就把她给框定了，于凤琴就属于这种心思重的"强粮"女人。说起来，她的个儿也不算太矮，小精神人，干活儿很麻利的。早些年，她刚嫁过来的时候，就曾为分地大闹过一场。地分得好好的，到了埋界石的时候，她偏说，牲口犁的沟偏了一麦叶儿，向了邻近的槐家。一麦叶儿是多少呢？人家不再犁了，她不依，非要人家重犁一道沟，把那一麦叶儿犁回来。她堵着槐家的门，一骂就是三天，骂得槐家女人说，就让她犁吧，到底又重

200

犁了一回，让她多占了一麦叶儿。

都说她"强粮"，却没有人注意到她的"后河意识"。于凤琴是从后河嫁过来的。历史上，后河人多地少，地是庄稼人的命，没有"命"的人最要"命"，所以后河人血脉里就馋地。一般的地方人都"惜"地，到了后河，这个字就换了，换成了一个"馋"！可没人知道她是馋地，人们看在眼里的是她"强粮"。这就牵涉到后河人的又一个特点。

后河人还有一个显著的特点是做小买卖的多。由于地少，后河人出来做小生意的就格外多。那时候，只要是从后河出来的，不管男女老幼，一个个都是掂秤杆的。那时，串村收破烂的是后河人，卖针头线脑的也多是后河人，你想，做的是小买卖，本太小、利太薄，自然是"两两计较"了。所以，她的"强粮"、她的"猴"，都是有历史根源的。到了吃大食堂的时候，粮食紧缺，这女人又有了算计，她每天去食堂打饭时，总是少拿一两饭票，到了打饭的窗口，她总是扭过头临时去借，口很甜的，她只借一两饭票，谁也不好不借。她是精到家了，一人只借一次，从不重复。她借你一两饭票，你怎么要呢？自然是没法要。这么一来，村里两千多口人，她一人一两，竟然借出了二百多斤！这是一个很伟大很刁钻的算计，在那样的困难时期，她的三个儿子，大孬二孬三孬，一个也没饿着。平时就更不用说了，她借这家一棵葱那家一把盐，从不还的。你要是借了她家什么，她是不会忘的，一天至少到你家扭三遍，一直到你想起来的时候。于是，村里人送她一个绰号，叫"窄过道儿"。那就是说，无论多宽的路，到她跟前，你就过不去了。

德顺跟"窄过道儿"的矛盾，是由于盖房引起的。

德顺家有个儿子，叫运来，人很老实。运来早些年说下了一房媳妇，是个娃娃亲。可是，到了娶的时候，人家却死活不过门。原因是他家的房子，他家只有三间破草房。那媳妇说，房子不盖，她就不进门。这么一来，可就苦了德顺了。为了把媳妇娶进门，德顺决定翻盖他家那三间房子，把土坯换成砖墙，麦草换成小瓦。那时候，这是一个很艰巨的工程。德顺家为实现这个计划已经准备了五年了。在这五年里，

201

德顺家没吃过一顿肉、没吃过一个麦粒，那日子是一片瓦一片瓦数着过的。到了料备齐的那一天，德顺的背已经驼了。如果德顺的背不驼，"窄过道儿"是不会咬住他的耳朵。德顺个大，"窄过道儿"是小个子，她蹿一蹿也够不到他的。

临到盖的时候，"窄过道儿"并没有说什么。两家临着一道院墙，那院墙一扒，"窄过道儿"并没吭声。打地基时，"窄过道儿"还是没有吭声。一直等到地基打好了，要垒墙时，"窄过道儿"站出来了。"窄过道儿"说："老德，你先别盖哩，你那墙垒得不对！"德顺说："咋不对了？我这是老基老宅，咋就不对了？""窄过道儿"说："你多垒了一尺五。我一直看着呢，就看你咋垒。"德顺气了，说："我这是老宅，我想咋垒咋垒，你管不着。""窄过道儿"说："我咋管不着？！我咋管不着？！你没留滴水，你得给我留下滴水！"德顺也不会说话，他只会说："我这是老宅！我这是老宅！！"不料，说着说着，"窄过道儿"就冲上来了，她跑上去，"咕咕咚咚"的，三下五除二，就把刚垒了三尺高的墙扒了一个大豁口！人往那豁口上一坐，说："你垒，我就叫你垒不成！"德顺简直气晕了，他骂道："我操！这是明欺磨人呢！"说着，就像蛋儿一样滚上前去拽人。他不防，手里还拿着一把瓦刀呢。这时，只听"窄过道儿"高声叫道："杀人啦！杀人啦！"接着又喊："大孬二孬三孬，都给我出来，今儿个，他只要敢动我一指头，恁给我捋他！"说话间，"窄过道儿"的三个儿子，虎汹汹的，全都跑出来了。德顺一看，气傻眼了，嘴里说："我操啊，我操！"大孬就说："你骂谁哪？！"德顺说："我骂我哪，我操！"事情就这样僵住了。

后来，村里有人给德顺出主意说，白天她不让盖，你就夜里盖。趁她不防的时候，你只管垒，只要垒起来，她就扒不了了。德顺就趁晚上偷偷地垒。谁知，"窄过道儿"一直注意着呢，只要一垒到三尺高的时候，她就跑出来了，又是"咕咕咚咚"给他扒了！垒了三次，扒了三次！最后一次，德顺气疯了，扑上去拽她，不料，刚到跟前，"窄过道儿"人利索，趴上去就咬！她这么一咬，德顺急了，伸手就去推她，一把推到了胸脯上。"窄过道儿"一下子觉得她被"流氓"了，顿时恼羞成怒，就那么死咬着他不松口，生生咬掉了德顺半个耳朵！

这么一来，事闹大了。德顺的半个脸都血糊糊的……呼姓人不愿意了。德顺的本家纷纷站出来指责"窄过道儿"。"窄过道儿"也不是善茬儿。于是，她跳起来哭喊着说："不要脸哪，他抓我的'蜜蜜'（奶子）！他抓我的'蜜蜜'！"听她这样一喊，事情复杂了。王家的人也不愿意了。王家是本村的三大姓之一，本家人口众多。往上说，麦升爷弟兄三个，麦升爹兄弟四个，麦升又是弟兄四个。下边，于凤琴这一茬儿的妯娌们，生的娃子就更多了，枝枝杈杈的这么一分，势就重了。事情一闹起来，村街里就站了很多人，一半是王家的人，一半是呼家的人，各自手里都掂着家伙，虽然人们的看法各不相同，但立场是很鲜明的。就听两家人在对骂：

"狗！狗咬耳朵！！"

"驴！驴抓'蜜蜜'！！！"

这本来是邻里纠纷，如果呼天成在家的话，是不会闹到这一步的。可呼天成刚好去大寨参观去了，一去七天，等他回来的时候，德顺那半个耳朵已经成了风干的腊肉了。

呼天成一回到村里，先是有呼姓人推举出来的长辈万发爷出面找了呼天成。万发爷的胡子都白了，他拄着拐杖颤巍巍地来到呼天成家，说："天成，这事，你得管哪。你要不管，我就用拐棍敲你！"呼天成很和气地说："万发爷，你放心吧。我管，我管。"接着，王家辈分最高的三奶奶也找上门了。三奶奶不但辈分长，还一手托两门，她既是王家的祖宗，又是呼家的姑奶奶呢。她是被人用架子车拉到呼天成家的。三奶奶一进门就说："天成，王家的事，你要是不管，我可不依你！"呼天成就笑着说："三奶奶，你这么大岁数了，来一趟不容易。你放心，我会处理好的。"

为这件事，呼天成一连在草床上躺了三天。三天后，当他走出茅屋的时候，他仅说了一句话。他说："看来，地是该锄了。"

于是，呼天成召开了全村的社员大会。他在会上说："首先，我要声明一点，我是为全村人当家的，不是光为呼姓人当家的。所以，我绝不会偏这个向那个,这一点,请老少爷们儿放心。"接着,他又说:"村里出了这样的事情,是全村人的耻辱!为啥会出这样的事?叫我看,就是一个字:'私'字。就是这个'私'字作怪!今天,咱们先不断是非,先清清仓,斗斗这个'私'字,而后再讲如何处理的问题。最后,究竟如何处理,由大家讨论,大家拿意见。"

就从这天起,一场邻里的纠纷变成了呼家堡的"斗私批修"运动。这场运动的口号是:"狠斗'私'字一闪念,开展思想大扫除!"这个口号还不是呼天成想出来的,是呼天成召开了那样一个会议之后,由村里一个青皮后生想出来的。当呼天成召开了那次会议之后,不知为什么,村里人竟然都很激动!他们夜里甚至都睡不着觉了,不断有一些新的想法涌现出来,有了想法就去找呼天成汇报。呼天成当然很支持,也不断地鼓励他们几句。实际上,呼天成非常清楚,在乡村里,斗"私"是最容易的。说起来,谁没有私心呢?人人都有私心,可都认为别人有私心,却从没有一个人认为自己的私心最大。这是一种新的演出,是一种晾晒灵魂的方法。呼天成心里说,晒一晒好哇,就让他们晒一晒吧。

在那些日子里,全村一个个喜气洋洋,人们就像是过大年一样。最初还是全村人聚在一起开大会。很快就有人提出来,说这样开不"科学"。说应该是"男劳力"在一块儿开,"女劳力"在一块儿开,因为"男劳力"跟"女劳力"干活不在一块儿,不了解情况。另外,男女在一块儿,七叔八姨的,都碍着辈分、面子,不好说。于是,呼天成就很痛快地接受了建议,让男女分开,"男劳力"一个会场,"女劳力"一个会场。

"男劳力"的会场设在麦场里。开初,自然是先让德顺"斗私"。男人们心大些,德顺又是个绵善人,平时,大伙对他意见也不大。所以,说的时候,还让他坐着说。他也就是讲讲盖房的经过……后来,有些青皮后生说,"斗私"哩,应该站起来!他就站起来说,他的背驼了,是个罗锅,站起来也没多高,腰弯在头上,就像开斗争会一样了。这样,讲着讲着,就说到他摸人家"蜜蜜"的事了。一说到这里,大伙才激动起来，就让他交代"活思想"。德顺交代说："我没想摸她的'蜜蜜'，老天在上，我真没想摸她的'蜜蜜'。她一窝子孩子了，我会想她的'蜜蜜'吗？盖房老不容易呀，她不让盖，我去拽她，她咬我。她一咬我，我急了，就去推她，一把推到那儿了。我也不是有心推到那儿的，我是急了，才推到那儿的……"有人说，说说你当时是咋想的？你咋一推就推到那儿了？！德顺就交代说："我当时啥也没想，就想着盖房，一门心思都是房。推到那儿我也没想，推到那儿一软，我就知道一软，我的手就缩回来了。哪丈人说一句瞎话！……"有人说，说说那"一闪念"，你那"一闪念"是啥？德顺说："那'一闪念'就是个软，没别的，就觉得软乎乎的，怪热、热、热一点。心里头也顾不上想别的。人马三集的，我都愁死了，你说我会想别的吗？""蜜蜜"也就说了三天，往下也就不好再说了。男人到底大气些，也就是说说罢了。接下去，就把那些懒人，那些出工不出力的，一个个掂了出来，每掂出一个，就让他也站起来，跟德顺站在一起，听大伙数叨他。其中自然跑不了孙布袋。

会开到第七天的时候，德顺受不了了。夜里，他偷偷地找到呼天成，蹲在他的门口哭起来了。他说："天成哇，我就盖个房，能犯多大错哪？"呼天成把他叫到屋里，小声安慰他说："德顺叔，你可别想不开。开会是'斗私'哪，也不光是你一个人，人人都有份。你放宽心，你啥错也没有。不过，我交代你这话，你千万不能说出去。"德顺听了这话，心才放到肚里了。他连连点头说："不说，我不说。"

"女劳力"的会场设在果园里。这是最活跃的一个会场了。在乡村，女人几乎是由男人管着的，女人一直受着男人的压抑。女人一旦跟男人分开后，那本性就彻底地显现出来了。平原上有句俗话叫"三个妇女一台戏"，就是讲女人一旦聚在一块儿的时候，那"疯"劲是刹不住的。人们是多么喜欢斗争啊！尤其是女人。在平原，女人的斗争性是最强的，也是最彻底的。是啊，日子是那样的琐碎，那样的漫长，那辛劳一天天、一年年地重复着，重复得叫人麻木。那从做姑娘开始就在梦中一次次出现的遐想，眼看着一日日地破灭了，剩下的还有什么呢？

现在，她们也终于有了一个机会。在这里，斗争变成了一种对平庸的宣泄，变成了对别人进行窥视的正当行为，变成了公开攀比的一个场所。这是一个多么好的戏台呀，那演出又是多么贴近生活、贴近于眼前的实际。那贴近让人不由得兴奋！张三就是张三，李四就是李四，当她们站出来亮相时，那许许多多个围着锅台转的日子在这里一并得到了化解。

"女会场"一开始就异常激烈，当最先"斗私"的"窄过道儿"立在会场前边的时候，会场后边居然传来了一阵妇女们的喧闹声！她们用纳了一半的鞋底子掩住脸，高声嚷嚷道："看不见！看不见！""窄过道儿"的个子的确是矮了一点，但这嚷嚷也纯是为了取乐，是一种说不出口的"幸灾乐祸"。于是，就有那些较泼辣的女人走上前去，把一个小板凳放在了她的面前，说："站上去！""窄过道儿"也就只好站上去了。她就站在那么一个窄窄的小板凳上，开始"狠斗'私'字一闪念"了。

她说："他是个男子大汉，俺是个娘们儿家。他摸俺的'蜜蜜'。他要不摸俺的'蜜蜜'，俺也不会咬他。他一摸俺的'蜜蜜'，俺才敢咬他哩。"没等"窄过道儿"把话说完，就有妇女高声说："不要光说人家。检查自己！亮私不怕羞，斗私不怕疼！斗私就是要检查自己。人家的事让人家说！""窄过道儿"只得重新又说："主要是他摸俺的'蜜蜜'。俺咬他是不对。可他不摸俺的'蜜蜜'，俺也不敢咬他。他硬往俺怀里掏，摸俺的'蜜蜜'，俺才下了狠手……"接着，会场上又传来一片纷乱的嚷嚷声："说说你自己！你就没一点私心？！你的私字还小吗？！"

揭发的时候到了。当站在小凳上的"窄过道儿"再次抬起头时，她才发现，村里的女人们是多么恨她！她的人缘是多么的坏呀！尤其是女人们的记恨，全是由一件件小事引起的。乡村生活是由一件件小事来体现的，女人生活的中心就是一件一件的小事。她们的目光自然也全都注视在小事上。似乎人人心里都有一本账，现在账本彻底地摊出来了！每一个上来揭发她的女人都义愤填膺地指着她的鼻子说：某年某月某日，你偷摘了俺一兜麦黄杏！晌午头，你摘俩还不中？硬是摘了一兜！而后就问她有没有？"窄过道儿"只好说，有。某年某月某日，分菜的时候，你看那一堆大，硬是抢到俺的前头，把那一堆抢走了！而后问她有没有？"窄过道儿"勾着头说，有。某年某月某日，你锄地的时候，你说你心口痛，赖在地上不起来，那地叫我给你锄了。后来分菜瓜的时候，你头前跑，生怕分不上。你说，你是不是出工不出力？！"窄过道儿"流着汗说，是。某年某月某日，你家的三孬跟俺的小保闹气，恁三孬还比俺的孩子大，可你跑出来就给俺小保一耳光！打得俺孩儿哇哇直哭，你咋恁铁哩？！某年某月某日，队里分红薯的时候，你用一只脚偷偷地顶住地磅板，三百斤红薯，你弄走的不止四百斤吧？这事有没有？！……

接下去，上来揭发她的妇女就越来越多了。开初还是一些旁姓的妇女上来揭发，到后来的时候，她的同宗的婶子、大娘，她那些近门的妯娌们，还有她的二嫂、三嫂，她的婆家妹子，也都一个个上来了。她的"强粮"，也不止一次伤害过她的亲戚们，日常生活中的那些细屑，那些琐碎，都成了恨的因子，仇恨就这么一步步地勾出来了。最后一发"炮弹"是她的大嫂射出来的。

在会议上，她大嫂一直没有吭声。在妯娌之间，她们两人是比较近的，也经常在一起说些闲话。可在这样的会场上，她大嫂也终于忍不住了。平日里，这是一个很老实的女人，从没跟人计较过什么。可她坐着坐着，突然把手里的麻线一收，歪着大脚片子跑上去说："麦升家，论说咱是妯娌，我不该说你。可你干那事，老短！那一年，你说怀庆那话是啥？你自己说吧……"就是这一句没头没尾的话，于凤琴身子晃了一下，差一点从小凳上栽下来！只见她两眼一闭，满脸都是泪水！她没想到，跟她最要好的大嫂，也会上来揭发她。就在这时，下边的女人们齐声嗷嗷道："说！叫她说！"于是，她的丑事一件件地晾在了光天化日之下，她的最隐秘处也被人一桩桩地拽了出来。那个被人叫做"窄过道儿"的绰号一次又一次地被人提起。女人们似乎是越说越气，越想越恼。说着说着，就有人往她面前吐唾沫了！人们上来后，"呸"一口、"呸"一口地吐她。先是往地上吐，接着就往她脸上吐！妇女们异口同声地说："吐她！吐她！"

世界无小事。小事是经不住琢磨的，恨也是不敢多想的。每隔一夜，就有新的材料被揭发出来。会开到第八天时，"女会场"就开始"箩面"了。"箩面"可以说是呼家堡女人的独特发明。也只有女人们才能想出这样的主意来，先过"粗箩"，而后再过"细箩"。"粗箩"是八个女人箩，前边站上四个，后边站上四个，前边站的人把她推过去，后边的人再把她推过来，就这么像箩面一样推来推去地箩她；过"细箩"就不一样了。"细箩"是周围站上一圈女人，大家齐上手，转着圈箩她，你把她推过来，我把她推过去，人就像是麻袋一样，在人群里搡来搡去……这是一个多么激动人心的时刻呀！女人们脸上红扑扑的，一个个"呀呀"地叫着，齐声发力，一次次奋力地把"窄过道儿"推出去！还有的女人在袖筒里藏着纳鞋底的大针，箩的时候，冷不防偷扎她一下，扎得她嗷嗷直叫！没过多久，她就被"箩"成了一个披头散发的女鬼了……

会开到第九天，突然有一个女人站出来说："这是啥会？这是'斗私'会。开着会纳鞋底子，算不算有私心？！"人们再一次兴奋起来，立时，一个个高声嚷道："算！算！！"

于是，那些一边开会一边纳鞋底子的女人们，个个都慌得像兔子一样，赶忙往腰里藏鞋底子。塞得慢些就被拽出来了。这样子被拽出来的女人，一上来就先让她过"箩"！过了"粗箩"过"细箩"，过完"箩"再让她"亮私斗私"……这样一来，会就开乱了。不断有人被拽上来，拽上来一个，众人七嘴八舌地揭发之后，就又连带住了什么人，于是下一个又被拽出来了……结果，"斗私批修"会成了一条锁链，它几乎给全村人都套上了绳索！它先是消解了人们的亲情，分化了族人之间的血脉关系，让彼此之间产生了嫌隙和仇恨。而后又让人在激动中发疯！就像是戏台上的演出一样，到了一定的时候，你就会发现，已经没有一个好人了。

腊月二十四那天，秀丫跑去找了呼天成。像这样的"斗私批修"会，一开始的时候，她是很激动的。斗"私"嘛，就是要让那些私心大的人受受教育。所以，头两天，她也跟着那些妇女们一块儿吆喝。可开着开着，她就有点受不了了。说起来，她是村里的赤脚医生，一天到晚给人看病扎针，说话又好听，所以，她没有得罪过什么人，到目前为止，也没有被人拽出来过。可她一看是这样的阵势，也不得不一次次地暗自检查自己，她发现，一旦让她站出来亮私的时候，她会比狗屎堆还臭！那些事情，若是有人点出来，她还怎么活人呢？况且，还要过"箩"，她实在是无法忍受……就这样，她成了呼家堡惟一对"斗私"提出疑问的女人。她找到呼天成的时候，脸都白了。

她说："我是不是也要把心里想的说出来？"呼天成看了她一眼，说："不用。"秀丫一下子哭起来了。她哭着说："天成，谁没有私心？你没有私心吗？"呼天成又看了她一眼，说："有。"秀丫就说："要这样坦白下去，有一天，也会弄到你的头上！"呼天成定定地说："我知道。"秀丫流着泪说："我求求你，不要这样了，再不要这样了。会再开下去，我只有上去坦白了！"呼天成默默地看了她一会儿，说："这样的会，主要是树正气。会上说什么，你也不要太当真。会嘛，也得有始有终，再开两天吧。"秀丫说："那，开会就开会，怎么还'箩'人呢？！"呼天成说："我已经批评她们了。报上不是说了，要触及灵魂，不要触及皮肉。"

这一次，"窄过道儿"于凤琴真正是触及到灵魂了。她本是有名的"窄过道儿"，可她却自己走到"窄过道儿"里去了。腊月二十七那天早上，她把自己挂在了果园的树上。

一个人认识自己是不容易的，这一回，她是认识自己了。她曾是一个多么"强粮"的女人哪！可到现在她才发现，她所争的、占的那一点点、一点点的便宜，其实是极其有限的。可她竟然得罪了那么多、那么多的人！换来了那么多、那么多的唾沫！人是不是很悲哀呢？！她是反省过自己的，她曾一次次地反省自己，可越反省，越觉得没脸活。旁姓女人吐她、箩她，她认了，可亲一窝的妯娌们也吐她、箩她？！她的嫂子们、她的婆家妹子也都一个个上来吐她箩她……错也罢，罪也罢，她实在是受够了；回到家里，男人也给她白眼。男人麦升说："你咋弄到这一步呢？一家都跟着你丢人！"她的大孬、二孬、三孬，大约也从会上听到了什么，一个个都用陌生的眼光看她……

于凤琴有很多个晚上没有合眼了，她眼里的泪也已经流干了，想来想去只觉得路已走到了尽头，咋也没脸再见人了。于是，在黎明时分，她独自一人提前来到了会场上，又默默地、习惯性地站在了那个小板凳上。一冬无雪，天是那样的蓝。当她蹬掉脚下那只站了很多天的小板凳时，她的灵魂已飞上了蓝天，就在这一刹那间，她突然发现：天地是那样的宽广啊！

当妇女们最后一天来到会场上的时候，却惊讶地发现，于凤琴挂在了树上！

一个"强粮"的小女人，她上吊死了！

死时，身上穿的是一件毛蓝布衫，那布衫很勉强地罩在棉袄上，肩头上打着一个新缝的补丁。这大约是她惟一一件干净些的衣裳了。

二、八棵树

于凤琴的死，给呼家堡的思想大扫除运动带来了一抹阴影。

那年冬天，虽然没有雪，风却是很烈的。寒风呜呜地哨着，在平原上刮起了一个又一个烟柱。寒风一阵一阵地刮，先是刮裂了树皮，刮粉了地上的土，继而又刮皱了人们的脸，刮肿了人们袖在袄筒里的手指。在这里，风是会咬人的。风刮在脸上的时候，不疼，是木的。尤其是那种旋风，在地里一旦哨上你，躲是躲不掉的，你只有就地蹲下，让它从你身上骑过去。不然的话，万一中了那邪风，轻了，半边脸都会是黑的；重了，必是瘫痪无疑！再就是刮黄风，风起来的时候，半个天都是黄腾腾的，你看着离你还远，可它瞬间就过来了，那就像一口大锅，忽一下就把你吞进去了！前走是黄的，后退还是黄的，到处都是黄腾腾、灰蒙蒙的，耳边一片呼呼隆隆、喊哩喀喳的声音！你就像是被埋在了千年的黄土里，无论怎么走也是走不出的。你要是敢跑，那你就跑吧，跑是跑不出的，一旦跑出汗来，那就中风了，说不定一条命白白地就搭上了！可这里的风又特别适合于疲性人。假如说，你是一个不急不躁的疲性子，你是一个三脚也踹不出屁来的货，你根本就不着急。那么，你就熬着、忍着、受着，勾下头、闭上眼、窝着脖，管他云里雾里，管他是坑是井，你就慢慢地挪吧，知道想也无用，也就不用想，慢慢，风总会过去的。因此，平原上的人，不怕雨，不怕雪，怕风。平原上的风造人。平原上的风咬人不吐骨头。也有些大气的人，说起什么难事，说起什么过不去的坎，就说是"一阵风"！

"斗私批修"，对于呼家堡的人来说，也是"一阵风"。风已刮到了这般时候，按说也该过去了。可呼天成硬是坚持多开了一天！

客观地说，连呼天成也没有想到，这个小女人会去上吊。从内心说，他是讨厌这个女人的，看不惯她那种贪一点、占一点的"强粮"。治治她的心是有的，可没有想到她会死。

可她死了。

村里死了一个人，这应该说是大事了。呼天成立时面临着一个两难的境地，要么，他就得承认，这会开错了，就此罢手，像这样的会再也不开了；要么，他就得说，会是没有错的，会还要开下去。那么，一个死人在那儿躺着，往下，又怎么开呢？

呼天成心里清楚，他又是到了一个坎上了。如果他不能坚持，如果他有一丝一毫的退缩，那么，不光王家会借着死人闹事。从此，他要再想推行什么，可就难了。于是，他摊牌了。

他咬着牙又开了一天会。他把全村人全都集中在麦场上，而后，他站在麦场中间的石碨上，黑着脸说："面对全村的老少爷们儿，今天，我先斗斗我的'私'字。我这个人，大家都知道，脾气赖，有时说话不讲方式，说过错话、办过错事，这我都承认。有时候，也不是事事都能坚持原则，村里头七叔八妗子的，也有磨不开脸、碍面子的时候，这是我的错，我改！"说着，他的声音突然高了，"但是，我要说一点：这个斗'私'会，没有错。一万年都不会错！这样的会，以后还要年

211

年开下去。"说到这里时，他的头抬起来了，目光在会场上很快地扫了一圈。

于是，他发现，人们已有了负罪感了。特别是那些女人，她们一个个都勾着头，大约心里都在默算着自己前些日子的行为。女人的心毕竟软些，到了静下来的时候，她们就开始忏悔了。

正是这种绵羊般的神色，给了呼天成一个灵感，给了他一个解决危机的思路。接着，呼天成大声说："斗'私'会，按国胜的说法，国胜是咱村的高中生，有思想。是那个啥？那个、那个开展思想大扫除嘛。是自己教育自己嘛。我也在会上讲了，毛主席说，是触及灵魂，不触及皮肉嘛。叫我说，'箩'人是不对的。是谁让你们'箩'人哩？！净胡屎闹！今天，我要批评你们！"说到这里时，呼天成的目光像子弹一样射了出去，排点在那些女人们的脸上。继而，他喝道："凡是'箩'过人的，给我举起手！"

会场上，妇女们先是一怔，接着，你看我，我看你，一个个都像傻了似的！那老实些的，就乖乖地把手举起来了。可大多数妇女还都不敢举手，还在迟疑着。于是，呼天成走下石磙，缓声说："害怕了？有啥怕的？大胆开展批评还是对的，还应该表扬嘛！就是'箩'过人，也是人民内部矛盾嘛，有错改了就是了。再举举！"这一次，呼啦啦，又有一群妇女把手举起来了。

可是，呼天成仍然没有停下来。他心里清楚，乡村里的是非，大多是女人们在枕头边上挑唆起来的。那是一股"枕头风"啊！于是，呼天成的目光像筛子一样，在人群里滤来滤去。他的眼神总是有意无意地瞥向王家的妯娌们站的那一块，先是看着于凤琴的二嫂，直看得她把头勾下去，脸慢慢地红了；而后又看于凤琴的三嫂，这女人没主见，一看就把她看慌了，看得她手脚都没地方放似的；接下去，他盯住了于凤琴的婆家妹子，她还是个没出门的姑娘呢，人是很泼辣的。他的视线在她们的脸上来来去去地一连滤了三遍！往下，他叹了口气，温和地说："'箩'了就是'箩'了，这也不是一个人，大家都看着的嘛。承认了，还是好社员。要是不举，查出来了，那就不好了……"

突然，他用全身的气力炸声喝道："再举一回！"

就这一声吆喝，会场上的妇女们大多都把手举起来了。特别是王家的妯娌们，一个个也都把手举起来了。虽然很勉强，可到底是举了手了。于凤琴的大嫂，在举手的时候，竟吓得"哇"的一声哭了！她这一哭，就把全村人的目光吸过去了，人们都看着王家妯娌们站的那一块，看到了王家那些举着手的女人们……

到了这时候，呼天成才暗暗地松了一口气。呼天成说："运动嘛，大家都看见了，也不是哪个人的事。唉，都把手放下吧。这事就到此为止了。凤琴还是社员，就由队里出钱埋殡吧。有啥责任，我担着。"说到这里，呼天成话锋一转，说："现在，大伙都跟我走！"

就这样，一村人，一村人哪！在都还没回过神的时候，就都乖乖地跟着他走了。这就是魔力，呼天成就有这样的魔力！呼天成把全村人带到了他的家门口，紧接着，就有民兵们从他家的院子里抬出了八棵大榆树！这八棵大榆树是他连夜叫人伐倒的。当村人们看见这些榆树一棵棵从院里抬出来的时候，一下子就围上去了，一个个咋着舌说："乖乖，都是当梁的材料哇！"

到了这时，呼天成才说："我现在告诉大家，连续这半个多月，开会是干啥哩？是聚人心哩！聚人心为啥？一句话：建新村！"底牌摊出来之后，呼天成又说："咱呼家堡祖祖辈辈为建宅子发愁，为宅基地闹纠纷，再不能让子孙们愁房子的事了！从今天起，咱呼家堡由村里集体建房，建排房！以后再有人来咱呼家堡参观，咱就是真真白白的'楼上楼下，电灯电话'了！我，作为呼家堡的当家人，今天就带个头，把俺家这八棵大榆树贡献出来，给村里建新村用！"

人心不是秤吗？人心又是多么容易称啊。八棵树，就把人心称出来了。八棵树，就买下了全村人的心。心当然不是豆腐做的，心是由血脉聚的，可血脉又是什么呢？血脉是五谷杂粮喂养的，可喂来喂去，喂的不就是一个"活"字吗？！此时此刻，人们就觉得，那八棵树已是一个巨大的数字了。那八棵树，就足以让人们信服他们的当家人了。于是，人们又一次感动了，村民们纷纷说：建！天成，只要你当支书的撑住头，砸锅卖铁咱也建！

这时，天成娘从院里走出来了。她出了门，就那么默默地站在门口，一句话也不说。呼天成看了娘一眼，就大声说："娘啊，您也别怨我。谁叫恁孩是呼家堡的当家人哪！只要新村建成，我死也瞑目了！"

就是这么一句话，就更让村人们激动了。德顺一跺脚说："既然要建排房，我那建房的砖瓦，也都献出来吧！"

于是，呼天成带头鼓掌！

一时，村街里又是掌声雷动！！

可是，谁也没有想到，这一切，在呼天成从大寨回来的路上就已经想好了。呼天成在大寨参观的时候，感触很多呀！他很喜欢大寨的窑洞，那一排排新圈的窑洞，曾给了他很深刻的印象。尤其是晚上，那一排排、一层层的灯光，就像是一列列行进中的火车一样，很镇人哪！于是，在回来的路上，他就想好了，他要扒掉一家一户的旧宅，建新村。

他一定要建新村。他是一个做大事的人，他要建的不仅仅是整齐划一的房舍，他要建造的，是一座有凝聚力的"新村"！那在全国，也将是独一无二的。这个念头在他心里已经埋了很久了。现在，它越来越明晰了。他心里非常清楚，建排房并不是他的目的。首先，他要推掉呼、王、刘三姓赖以生存的基础，推掉那一直妨碍着他的"辈分"。宅子是人的基础啊，那一代一代传下来的宅基，贯穿了多少人的血脉故事？又联络了多少亲情和纠葛？在平原的乡村，盖房是联络情感的最好时机，那时候，不管谁家盖房，凡是沾亲带故的，都是要去帮忙的。你搭把手，我帮个忙，这么丝丝连连的，就一代代永远扯不清了。那墙头上垒的并不只是黄土，那是时光、那是"辈分"、那是一姓一姓的粘连！在乡村里，那"辈分"，那扯不尽的粘连，足可以消解任何权威！那么，要真正树立起一种权威，就必须拆掉这些东西。宅基是藏人的，推掉一家一户的宅基，人就无处可藏了。到了那时候，房子是村里的，人赖以生活的基础就彻底发生变化了。

这些，呼天成是不会轻易跟人说的。

他要在呼家堡建一座理想的"新村"！

就在那天晚上，秀丫又到果园的茅屋里来了。

进了门，秀丫说："要建新村了。"

呼天成说："是。"

秀丫说："凤琴死了……"

呼天成突然说："像这种人，死了也好。"

秀丫身上一寒，喃喃地说："你太狠了。"

呼天成淡淡地说："羊有时候就得赶一赶，你不赶，它就不走。"

秀丫说："都是个人哪……"

呼天成朝门外看了一眼，说："你听一听外边，那声音就要来了。那是人的声音吗？人到了一定的时候，也就不是人了。"

秀丫心里说，我怎么就喜欢他呢？我为什么喜欢他？不管他干什么，我怎么就单单喜欢他呢？！

呼天成冷冷地说："脱！"

三、展览台

这年春上，呼天成在呼家堡组织了一个别开生面的展览台。

在这个展览台上，最先展出的是王麦升的指头。

麦升的指头是在扒旧屋时用瓦刀砸掉的。在那段时间里，麦升精神上一直恍恍惚惚的。老婆死了，还是上吊死的。这件事，对他来说，是有切肤之痛的。最重要的是，他没有女人了。女人在的时候，也不显什么，就觉得她厉害，"强粮"。可女人一死，家就不像个家了。于是，女人的种种好处也就显出来了。女人个虽小，麻利呀！在家里总是丢耙拿扫帚的，喂猪、喂鸡、做饭、刷锅，每到夜里，那被窝里总是热乎乎的，你碰她一下，她还抖呢。三个孩子，大孬、二孬、三孬，麦升从来没管过，都是女人管的。夜里，女人总是从这个床上爬到那个床上，给这个盖盖那个掖掖，或是打一巴掌，孩子们就老实睡了。一到早上，女人的骂声就响起来了，那简直就是他王麦升家的起床号……女人不能算是个好女人，可好歹也是他的女人哪。走了，没人说理，也没法说理。他心疼，心里藏着恨呢。可恨谁呢，又说不清。所以，每天走出来的时候，就木木的，两眼放出怔怔的邪光。干活时，恶恶的，下手很重。有一天，他扬起手里的瓦刀时，却清清白白地看见女人向他走来了，女人利利亮亮的……就这么一不留神，他把指头砍掉了！

指头砍掉那一刻，他心里刺了一下，而后就不知道疼了，只觉得指头木了，有什么湿湿地流出来，心里却很畅快。立时，就有众人围上来说："指头！麦升的指头！"

于是，人们忙乱着，就四下里去找那掉在砖缝里的半截指头，扒来扒去，终于找到了。就有人举着说："看，找着了，麦升的指头！麦升的指头！"麦升却愣愣地站在那儿，举着他的一只手。

有人问他："疼吗？"

他皱了皱眉说："不疼。"他是真不疼，手是木的。断的地方白森森地露着骨头碴子，却没有血。

这时，呼天成走上前来，从人们手里接过了那半截沾了很多土的中指，看了一眼，而后对麦升说："去包包吧。"

麦升冷冷地说："算了。"

呼天成又重复说："包包吧。让凤姑给你包包。"

这会儿，麦升手上的血才涌出来了，就有人拽着把他拖到卫生室去了。

第二天早上，人们上工的时候，呼天成把全村人领到了大队部的门前，那里已经又垒好了一个红颜色的"展览台"。展览台上有三个金黄色的大字：英雄榜。在"英雄榜"下边，钉着一排钉子……呼天成高高地举起手，只见他手里提着一个红鲜鲜的布条，布条上拴的正是麦升的那半截指头！

呼天成高声说："大家看看，这是什么？这是指头，麦升的指头。这仅仅是指头吗？不对。这是一种精神！是'一不怕苦、二不怕死'的精神！咱们建新村，要的就是这种精神！人是活啥的？活精神的！

十指连心哪，人家麦升的指头砸掉了，连眉头都没皱一下，这才是呼家堡人的作派！从今天起，号召全体社员都向王麦升学习！扒房这边，也由麦升负全责……"说着，呼天成十分郑重地把那个拴有红布条的半截指头挂在了"英雄榜"下边的第一个钉子上！

就从这天起，每到上工的时候，呼天成就把全村人带到"展览台"的前边，让人们看一看挂在那里的"断指"，而后对着那"断指"三鞠躬！以后，在建"新村"的过程中，这就成了呼家堡的一种仪式。

当王麦升的指头挂在那里之后，麦升就觉得自己也被挂起来了。这像是一种精神的提升，麦升一下子就觉得他已经不是过去的他了。这显然是一种"抬举"。在平原，"抬举"这个词是人们口头上经常使用的，乡人们最看重的就是是否受到了"抬举"。在这里，"抬举"已不仅仅是看重，它是"脸面"的先导，是一种公认的"份儿"，是带有某种身份意义的崇高，也可以说是活人的最大愉悦。"抬举"不"抬举"，几乎成了乡人在精神上的最大追求。

麦升自然没想到他会受到如此的"抬举"，开初他有点受宠若惊，甚至有点不知所措。然而，很快，他就像变了一个人似的。他本来是个闷葫芦，突然就变得爱说话了，也爱串门走动了。在拆房的工地上，每当他出现在人们面前时，他总是举着那只缠了白纱布的手。他举着那只手，说："才，你去东边吧。"万才就去东边了。他又吩咐说："油家，你去顺椽子！"油家女人就去接椽子了，很神气的。他举着那只缠了纱布的手，每每小心翼翼的，就像是举着自己的生命一样。一直到后来，当他的指头彻底好了时，他还仍然坚持包着那么一块白纱布。

在很长一段时间里，那只挂在展览台上的"断指"倒成了王麦升的"女人"了。那爱是他一生一世从未有过的，是贴心贴肉的。在每天的仪式之外，他总是一有空就偷偷地跑到那个"展览台"的前边，去看那个拴了红布条的断指，看了一次又一次。那截断指挂在那里，就像是吊住了他的心一样。有天睡到半夜里，他竟然举着半截蜡头又去看了一遍，却刚好被巡逻的民兵撞上，人们问他，深更半夜里，你起来干啥？他支支吾吾地说："我、看看椽子。起风了，我看看椽子。"

话既然这样说了，他也只好蹲在那里看了一夜从老屋上拆下来的旧椽子……是呀，人们是这样"抬举"他，他能不好好干吗，他死干！

四月里，第二个被挂上"展览台"的，是徐三妮的指头。

徐家是单户。在呼家堡，姓徐的就她一家。徐家没有儿，只有闺女，三妮是徐家最丑的一个姑娘，人长得粗不墩，像个萝卜，嘴上还有一个小豁儿，说话漏气，嚷嚷的。所以，人们都叫她"豁儿"。"豁儿"在家里是个"垫头"。"垫头"这个词在平原上是有特定意义的，那是个最受欺辱的角色（也就是说，所有的好事都轮不上你；所有的脏活、累活你都得干；而最终所有的倒霉又都会落到你的头上）。"豁儿"就是在这样的环境中长大的，她从来没有得过家人的一个好脸色，她娘手里的笤帚疙瘩几乎天天都落在她的头上！她娘有个绰号叫"老鸹四婶"。"老鸹四婶"的骂声在村里也是有些名气的，可她的骂声只追着一个人，那就是她家的"豁儿"。"豁儿"长到十八岁的时候，她的两个姐姐都相继出嫁了。一年后，有一天，"老鸹四婶"站在村街里对人说闲话："谁要是娶俺哩'豁儿'，我送他一车大粪！"话一说完，人家哄地就笑了。当她说了这话后，扭过头来，就见她家的"豁儿"从邻近的代销点里慢慢走了出来，手里提着打来的一瓶醋。那话，她显然是听见了，可她没有回头。

在很长时间里，一直没人能理解"豁儿"为什么要这样？她的指头是在摞砖、接砖时被砸断的。那是一摞砖斜茬儿砸在了她的两个指头上，当时就砸断了，可那筋还连着呢，筋一跳一跳地蹦着！谁也想不到，就在这时，"豁儿"伸手抓起一把斧子，就在眨眼之间，竟把那连着筋、挂着肉的两个断指头齐刷刷地剁掉了！砍掉的断指还在砖上一蹦一蹦地脉跳着，她却像没事人一样，随手抓把土按在了淌血的手指上。这一幕，让所有看到的人都目瞪口呆！人们纷纷跑上来说："'豁儿'，你傻呀？！那不疼吗？"

"豁儿"嚷嚷地说："木（不）疼。"

人们心里寒寒的，再问："那会不疼？"

她硬硬地说："木（不）疼！"

218

第二天，不用说，徐三妮的断指又光荣地挂在了"展览台"上。在断指被挂上去的那一刻，"豁儿"竟无声地哭了，只见她满脸都是泪水！就在这时，呼天成回过头来，看了她一眼，就这一眼，使他发现了一个勇敢的死士！呼天成是绝不会看错人的。于是，他招了招手说："三妮，你出来。""豁儿"愣了一下，慢慢从人群里走出来了。呼天成对众人说："大家都看清楚，这是三妮！三妮是我们学习的榜样。从今天起，再不要叫人家'豁儿'了。我说了，由队里出钱，把三妮送到市里的大医院去，把这个豁儿给她补上！我看怹谁还敢再'豁儿、豁儿'地叫人家……"

　　呼天成说到做到，就在当天下午，三妮就由秀丫陪着到市里的大医院去了。半个月以后，当三妮从医院回来时，她就再也没有回过家了。她嘴上的豁儿已经让医生给补上了，说话再也不漏风了。自然也没人再敢叫她"豁儿"了。更重要的是，在以后长达八年的时间里，就是这个又黑又丑的姑娘，在呼家堡刮起了一阵女人的旋风！没有人再比她更勇敢了，在呼家堡，她成了第一个掂瓦刀上房的女人。在房上，她的狠劲曾使许多男人汗颜，她垒出来的墙也曾让那些干了多年泥瓦匠的汉子们暗暗咋舌！也正是由于她的带动，使呼家堡的女人们后来一个个都上了房，在此后的很长一个时期里，呼家堡的排房，有一半的墙都是由女人们垒起来的。徐三妮甚至打败了她的娘——"老鸹四婶"。自从她不回家，"老鸹四婶"先后到工地上骂了她三回。第一回，她一声不吭，只是瞪了她娘一眼！过了两天，"老鸹四婶"又去骂了一回，徐三妮只是恨恨地瞪着她，什么也没有说。第三回，"老鸹四婶"整整骂了一条街！"老鸹四婶"自然是骂得很难听，骂着骂着，只见房墙上"出溜"一下，跳下来一个浑身都是灰土的人，那人看上去已经不像个人了，那就像是一堆"土驴"！"土驴"一手掂着瓦刀，一手掂着"老鸹四婶"的脖领子，恶狠狠地说："你要再骂一句，我就剁了你！"顿时，"老鸹四婶"哑了，她的骂语生生被噎回去了。她看到的是一双爬满了毒蚂蚁的眼睛，在那双神采飞扬的毒光里，她看到了一种蜇人的东西，那里边真白白地写着一个"杀"字！于是，有很多精彩的骂人字眼"老鸹四婶"不得不硬着脖子咽回去。她瞪着两只充满了恐怖的老眼,怔怔地望着站在眼前的人,心里说,老天爷呀,这就是俺家的"豁儿"吗?!

应该说,徐三妮这个名字,是呼天成重新叫起来的。是他让这个名字又重新回到了人们的嘴上。自然,从此之后,再没人敢在徐三妮面前说呼天成一个"不"字,只要有人说一句呼天成不好的话,哪怕是有这个意思也不行,徐三妮准会看他一眼,那一眼是很毒的!!

"展览台"可以说是呼天成的又一大发明。谁也没有料到,一个"展览台"的作用竟会如此之大!那些系了红布条、挂在"光荣榜"上的断指,在风刮日晒中不断地变黑变小,有的看上去就像是一小块黑了的姜疙瘩儿,有的甚至趴满了苍蝇,可它的"伟大"意义却是不容忽视的。这些"光荣"的指头在长达数年的时间里成了呼家堡的一道风景,成了人人敬仰的东西。在这里,"精神"已被彻底地具象了,它就等于那些个"指头"。就是这些"指头"给人们指出了一个不容怀疑的方向。那时候,呼家堡每天都有很多举着手走路的人,这些人的指头都缠着白纱布(当然有很多是砸伤的"冒牌货"),举着一只缠了白纱布的手,在呼家堡成了一种时尚和荣耀。

只有八圈是个好事的"多嘴驴"。每天在村里挑粪的八圈,有次竟挑着粪桶偷偷地对人说,那些挂在"展览台"上的断指,他一一都看过了,没有"斗",只有"簸箕"。于是,他理所当然地被人们检举出来,在"展览台"前低着头立了三天,算是请罪。有人点着八圈的头问他:"八圈,那上边挂的是啥?"八圈勾着头说:"光荣,那是光荣。"

到了第二年的时候,先后又有八截断指挂在了"展览台"上。王马虎的指头是电锯锯掉的,他说他仅只是花了花眼儿,"嚓啦"一声,指头就不见了,狗日的还笑;绳家的指头是在木头堆里挤掉的,为的是去拔一颗钉子;刘长有的指头是在电刨上刨掉的,他说就像切萝卜似的,还是斜茬儿;王国胜的指头掉得还有些疑问,有的说他是在麦地里使镰割伤的,有的说是在工地上砸伤的,有的还说是"那小舅子"故意弄伤的。于是,呼天成说,"求大同存小疑"吧。最后还是挂上去了。

以至于到了后来，当缺指头的人越来越多时，连呼天成也不得不重新解释说，还是要注意安全。

四、一个汉字的注释

那是一个十分悲凉的日子。

在那个日子里，呼家堡出大事故了。

那是建"新村"的第四个年头。早晨，孙小有和刘清河是一块儿出门的。两人说说笑笑地上工去了。到了中午，却是一个死，一个傻。

那年，孙小有才十六岁，刘清河也才十七多一点，孙小有是个白孩，刘清河是个黑孩，两人从小就在一块玩。大些了，又在一个班里上过学，一直是很要好的。早上，临出门时，刘清河还对孙小有说："有，果园西头有个马蜂窝，盆样，咱去给它捅了吧？"孙小有说："我可不敢。它能蜇死人。"刘清河说："看你那胆。晌午头咱去给它捅了。"孙小有说："它要蜇住人咋办？"刘清河说："你在一旁看着，我去捅，死也是我死。这行了吧？"

谁知道，这句话竟成了谶语！

刘清河没有去捅马蜂窝。刘清河那天上午和孙小有一块儿在工地上的锯木场干活。锯木场上有一盘十几米长的大机器，那叫带子锯，这盘带子锯还是呼天成托了上边的人才批给的。刘清河和孙小有就跟着匠人刘全在锯木场上帮着抬木头。事后，有人说，那会儿，刘全不该去尿的，他要不去尿就好了。刘全说，他俩一直在这儿干，我也是天天去尿，又不是单那会儿去尿了。我要是早知道，憋死我也不尿。就在刘全去撒尿的时候，出了事故了。

那会儿，锯的刚好是一块老杂木，木头上有很多"五花"，锯着锯着走不动了，那是锯齿被木头上的"五花"夹住了。过去，每到这时，都是要清一清锯的；或是这边推一推，那边拉一拉，木头就过去了。于是，刘清河和孙小有就像往常一样，一个在这边推，一个在那边拉。

可刘清河显然是用力猛了一些（据他娘后来说，那天早上，他多吃了一个黄面饼子）。他在这边推的时候，就觉得那木头上仿佛有磁力似的，他就推了一下，只听"嗞——吱！"的一声，天空中陡然飞起了一阵狂暴的血雨，那血雨卷带着肉末一下子全飞到了对面的孙小有身上！就在孙小有一怔神的刹那间，他看见刘清河已站到了他的面前，这时候刘清河还是完完整整的一个人，刘清河身上只是多了一条笔直的红线，那红线打在刘清河的正中心！孙小有大张着嘴，迷迷糊糊地望着刘清河，疑疑惑惑地想，哎，他咋就过来了呢？！他好像记得刘清河的嘴还微微地张了一下。这时，孙小有说了一句很傻很傻的话，他说："咦，你跑过来干啥？"而后，他的话刚落音，那身子就慢慢地分开了，那身子一劈两半，倒在了孙小有的面前！！

天是很晴朗的。蓝蓝的天上，有白色的瓦块云在飘，瓦块云排得很齐，仿佛是一队一队的在走正步。有声音从远处传过来，那是有人在地里"喔喔——吁吁"地吆喝牲口，鞭儿甩出一阵阵脆生生的韵儿。

在蓝天白云的下边，一身血雨的孙小有傻傻地直在那里，就像是个木头人一样！

等到匠人刘全系着裤带从厕所里走出来时，他一下就慌了。他看见孙小有成了一个红人！他一边走一边说："咋啦？咋啦？！"当他走到带锯棚的时候，腿一下子就软了，他简直是软成了一摊泥！他干张嘴说不出话来，浑身抖得像筛糠一样，当他出溜到地上的时候，就听见孙小有喃喃地说了一句："马蜂。"

而后，就听见村街里像过马队似的，人们乱纷纷地跑着……有人喊道：老天爷呀，出事了！

匠人刘全是被村干部们抬到呼天成面前的，他已经走不成路了。当呼天成听到这个惊人的消息时，他背过身去，说："先让民兵把现场看起来，不要让任何人进去。"说了这句话之后，只见他往床前走了两步，一拧身，在床上躺下了。村干部们一个个慌得就像热锅上的蚂蚁一样，乱纷纷地嚷嚷着说："老天爷呀！这咋办哪？这可咋办呢？！"说着，有人竟咧着大嘴哭起来了。这时，只听呼天成厉声说："出去！都给我出去！"听了这话，干部们一个个都退出去了。退出门的干部谁也没敢走，都在门外边站着，单等着呼天成拿主意。

可是，一个时辰过去了，两个时辰过去了，呼天成仍在床上躺着，他就像是睡着了一样。有人趴在窗户上偷偷地看了看，竟听到了他的呼噜声！

就在这时，村里的副支书刘书志跳出来了。刘书志是刘清河的亲叔。亲侄子出了事，他当然急了。他站在院子里，不停地走来走去，一边走，一边跺着脚高声说："这不行，这可不行。人命关天的大事！怎么能这样哪？！"

有的人说："出了这么大的事，也得让天成想想吧。"

刘书志犟着脖筋，心急火燎地吆喝说："他要不管就别管，有人管！"

这句话说得太重了，干部们没有一个人敢接他的话茬……

一直到了日夕的时候，呼天成才慢慢地从床上坐起来。干部们立马从外边涌了进来，呼天成看了刘书志一眼，淡淡地说："你看你们，都是当干部的，出了点事，就慌成这样？慌慌就解决问题了？沉住气嘛。"到了这时，呼天成似乎是把一切都想清楚了。可他并没有说出什么办法来。他只是对众人说："大家说说，这里边有没有问题？"

听呼天成这么一说，众人也都七嘴八舌地议论起来了。

有人马上说："对，有问题。我看有问题！我想起来了，刘清河是烈士的后代呀。他大伯就死在抗美援朝的战场上。这怕是报复。这是报复！"

呼天成缓缓地说："如果有问题，那就是政治事件了。"

刘书志急火火地说："政治事件。捆人吧！"

一说到这里，干部们的脸色都变了。他们也都一个个随声附和说："对，对，我看是报复。那布袋不是坏分子吗……"

有的还说："是呀，要不然，人咋会一劈成两半呢？！"

有人小声嘟囔说："这、这也、不能算是'事件'吧？"

有人马上说："咋不算'事件'？人都一劈两半了，这要不算'事件'啥算'事件'？"

这时，呼天成看了众人一眼，淡淡地说："通知公安局吧，让他们派人来勘查现场。"

有人问："那，小有咋办？"

呼天成说："先让民兵看起来吧，等公安局来了人再说。"

当民兵们拿绳子去捆孙小有的时候，小有仍在一劈两半的刘清河跟前坐着，他嘴里仍在反反复复地说："马蜂。马蜂。"

就在当天夜里，一个村子都在传着这样一个声音，那是从刘书志嘴里说出去的：呼家堡出大事了！这是有人蓄意报复。你想啊，一个是坏分子的孩子，一个是烈士的后代，把人都劈成两半了呀！看吧，肯定不会轻饶他……当一个悬念被提出来的时候，平原人的本性就显现出来了。在这里，疑问一旦确立，人们就把原有的悬念扔掉了。人们紧紧地抓住疑问，去"顺藤摸瓜"。顺藤摸瓜已成了平原人的思维方式。在平原，劳作是单一的、重复的，人们的思维方式也一日日单一化、线性化了。在这里，人们的思想被劳作磨成了一条绳子。所以，"因"是很少有人说的，人们一再叙说的，都是"果"。比如说，一个汉子娶了一个女人，人们从来不问这个女人是怎么娶来的，人们只说，他娶了一个女人。这就是"果"了。再往下，人们又会说，这女人生了一个孩子，这还是"果"。在这里，"因"是无关紧要的，"因"反倒成了人们口头上的一种玩笑和幽默。在生育方面，人们的口头语言就成了"干"、"弄"、"日"，这就是平原人的生活语汇。当然，遇上了人命关天的大事，人们是看重的，但人们看重的，仍然是"果"。人们最吃惊的，是"一劈两半"。于是，疑问也就跟着出现了，这难道不是报复吗？！

夜深的时候，秀丫跑来找呼天成了。她走进茅屋，一句话也不说，就默默地在地上跪下了。

呼天成看了她一眼，呼天成说："你起来吧。"

秀丫没有起来，仍在地上跪着，说："你救救我的孩子吧，只有你能救他。"

呼天成说："这事太大，我说了不算。"

秀丫流着泪说："你救救他。"

呼天成说："那是一条命。"

秀丫说："你救救他。他不是故意的。"

呼天成说："是布袋让你来的？"

秀丫说："不是。这是我的儿子。"

呼天成说："也是布袋的儿子。"

秀丫恨恨地说："这怨你。不怨孩子。"

往下，呼天成沉默了。他沉默了很久，才喃喃地说："呼家堡本该出一个烈士的……"

秀丫再一次重复说："天成，看在多年的分上，你救救我的孩子。"

呼天成把脸扭过去了。这时，墙上映出了一个巨大的黑影，那个黑影在墙上默立着，很久之后，那黑影才动了一下，说："看来，我是欠你。"

秀丫就一直在那儿跪着，她什么也不说了，就死死地跪着……

呼天成扭过身来，说："你回去吧。"

秀丫仍不动。

呼天成终于说："我答应你。"

秀丫默默地站了起来，望着呼天成，似乎还想说一点什么。可呼天成摆了摆手，说："回去给布袋说，他欠我……一条命。"

秀丫木然地往外走了两步，却突然扭过身来，一只手搭在了衣襟处，说："还脱吗？"

此时此刻，呼天成突然怔住了。过了许久，他似乎才明白了她话里的意思。就在这一刹那间，他心里一凉！他发现，他身上什么感觉也没有了，他整个人就像是空了一样。他，他在什么时候变成了一支空枪？！他已等了那么多年，坚忍地等待了那么久，他一直期望着那一天的到来。可是，他身上积存已久的神力，那火焰般的感觉，却突然不明不白地消失了……呼天成一动不动地站在那里，有很长时间，他一句话也不说，他甚至不知道自己该说什么。这时候，他的脸凝成了一块黑铁！

225

又过了很久很久，呼天成叹了口气，摆摆手说："你去吧。"

第二天，当公安局的人勘查了现场之后，主管刑侦的县公安局副局长老秦对呼天成说："老呼哇，这事，在目前的形势下，有两种处理方法。一种，定性为'事件'，要是这样，我就把人带走了。要判就是死刑。另一种，定性为'事故'，那样的话，我们就不管了……"

这虽然只是一个字的区别。可这个字却是千钧重啊！老秦跟呼天成是老熟人了，那话里是有话的。在那样的情况下，老秦把话已经说得很明白了。

于是，呼天成说："老秦哪，出了这样的事，谁都痛心。要叫我说，孩子们从小就在一块儿玩，也没啥仇气，就'事故'吧。"

老秦重复说："事故？"

呼天成说："事故。"

事后，当人们终于醒过神来的时候，这件事的处理曾给呼天成赢来了极大的声誉。村人们一次次地说，到底是人家天成有主意呀！人家听说后，在床上躺了半晌，人家一点也不慌。要是有的人，只怕都吓死了！可人家，不慌不忙的，就把事处理了。还有的说，老天爷，一个字，就是一个字的差别呀！天成生生救下了一个年轻人的命……

然而，却没有一个人知道，就在那天夜里，秀丫曾求过呼天成。

十天之后，刘书志的副支书被撤掉了。起因是一垄玉米……

五、十法则

"十法则"又叫做"呼家堡法则"。

"呼家堡法则"是呼天成有关新村建设的一个重要的组成部分。它是在长达十年的时间里一步步完善的，可以说是呼天成领导艺术的具体体现。当它落实到人们头上的时候，就成了一种必须遵守的制度。

一、村歌。

晨曲（一）：《东方红》。

晚曲（二）：《大海航行靠舵手》。

注释（一）：《东方红》乐曲是呼家堡的晨曲，也叫"醒曲"。每天早上五点半，呼家堡广播站准时播送这首乐曲。而每一个呼家堡人一听到这首乐曲，就必须准时起床，快步来到呼家堡的广场上。迟到者将扣掉半个"政治分"。

注释（二）：《大海航行靠舵手》乐曲是呼家堡的晚曲，也叫"思考曲"。又是人们劳作一天之后的"总结曲"。呼天成说，干了一天了，要想一想。

奇迹：一九七五年夏天，呼家堡村曾出现过这样的"先进事例"。村民刘二孬的儿媳妇生下了一个七斤半的女儿，这妞妞生下十天后，在一天早上五点半时，小嘴一动一动的，嘴里突然蹦出了"咚儿咚"的声音，此后每日如此。刘二孬的儿媳妇经过多次倾听，终于发现她嘴里吐出的是"咚儿、咚咚、咚——咚儿，咚咚、咚——咚咚，咚咚，咚咚咚——咚咚，咚咚，咚咚，咚，咚咚，咚儿，咚咚，咚咚，咚咚咚咚咚"。经过反复论证，人们终于证实，这竟是《东方红》乐曲的节奏！呼天成听到这个消息后，高兴地说，这就叫"深入人心"嘛。于是，这个妞妞就被命名为"歌童"。

二、村操。

村操又叫做"呼家堡健身操"。这套操有八节，是呼天成发明的。

第一节：扁担运动。又名为"挑粪运动"。注释：两只胳膊平伸与肩齐，前四拍为前后伸，后四拍为左右伸，先伸后甩，两只脚踏步配合。

第二节：锄地运动。注释：模仿锄地的姿态，前四节为左腿弓右腿蹬，后四节为右腿弓左腿蹬，手脚并用，上下结合。

第三节：摘棉花运动。又名叫"扭麻花运动"。注释：模仿打花杈的姿态，两只手前伸，一上一下，身子跟着扭动，先左扭而后右扭。

第四节：扬场运动。注释：模仿扬场的姿态，两只手用力甩出，而后上扬，先为左扬，后为右扬。

第五节：打畦运动。又名叫"老头踩埂"。注释：双手背在身后，两只脚先后高抬低落，落地前暗自用力一踩。先为左行，后为右行。

第六节：砍黍秫运动。又名叫"老婆看瓜"。注释：模仿杀黍秫的姿态，腰尽量往下弯，两只手配合弯腰，左抓右捞；而后右抓左捞。

第七节：挂秆运动。又名叫"挂烟秆"。注释：模仿在烟炕房里挂烟秆的姿态，先蹲下，而后上跳，上跳时一只手半握拳上举；先左后右。

第八节：擦汗运动。也为收式。注释：两只手在胸前左右前后擦拭，两只脚小步上下踏动。

规定：本村全体老少，除有病请假外，每天必须上早操。如不按时上操者，扣一个工分。

奇迹：村里年已八十六岁的万发爷，每天早上拄着拐杖按时起来上操。总是第一个到，最后一个走。一天操后，当人们已做到"擦汗运动"时，却发现他仍然举着胳膊，勉强做到了"挂秆运动"，就上去帮他拽胳膊，结果却发现人已经硬成棍了。他在操场上溘然长逝，第一个做到了"活到老做到老"，受到了村里的表扬。

三、村规。

村规（一）：钟声就是命令。

注释：单声是上工，音为"当、当、当——"；双声是下工，音为"当当、当当、当当——"；三声是开会或紧急集合，音为"当当当、当当当——"。后来村里装上了电铃，上工的铃声为"长短长"；下工的铃声为"短长短"。开会或紧急集合改为广播通知。

奇迹：有一天早上，住在村子另一头的呼墩子正在家中茅房（厕所）里撒尿，听到钟声后，提上裤子就跑。等他跑到时，裤子还湿着，正往下滴水呢。呼天成问他是咋回事。他红着脸说："尿了半截。"于是，呼墩子当即受到了表扬，并被任命为民兵连长。从此，村里平添了一句歇后语："墩子当连长——尿了半截"。

村规（二）：安装在各家各户屋门上方的"广播匣子"不能关，更不能私自拆除。呼天成说，要注意听"精神"。

注释：绰号为"牛屎饼花"的村广播员姜红豆，每天早、午、晚

228

播音三次。姜红豆说，她用的是"很普通的话"。村里人说，她是"普通话煮红薯——半生不熟"。

奇迹：长期以来，呼家堡的"广播匣子"几乎成了呼家堡人的"精神钟表"。早晨，只要"广播匣子"一响，全村人没有一个不醒的。有一天晚上，村里六十七岁的顺发老头和他的老伴三奶奶听见"广播匣子"突然响了，由于两人都耳背，一个说："根他娘，播了，西头开会呢。"一个说："噢，听见了。东头。"他大声说："西头！"她回道："先去吧。我知道，东头。"就这么，一个拄着拐棍去了西头，一个去了东头，站到半夜，仍不见人来，才知道是弄错了。两人回去后，又打了一架！说是耽误开会了。一个说是在东头开，一个硬说是在西头开……说着说着就打起来了。老了，实在是打不动了，就互相"呸"，第二天，才弄明白，那是姜红豆用"很普通的话"播了一条"最高指示"。

村规（三）："不须放屁"。这是语录。呼天成说，尤其是八圈。

注释：凡是外人来参观的时候，该说的说，不该说的不说。有利于"建设"的话多说，不利于"建设"的话不说。比如，可以说说棉花。

奇迹：八圈是个"多嘴驴"，老是管不住嘴。他说他是唱戏的，不说心里难受。有一次，上边来了一个参观团，在村里住了三天。那时八圈还在村里挑粪，参观的人一见他，就喊他大爷。八圈是"四类分子"，自然不敢随便就当人家的大爷。于是人家一叫他大爷，他就指指嘴，他嘴上捂着一个破口罩。一连三天，竟一句话也没说！倒是挣了很多个"哑巴大爷"。后来，人走了，他才说，他舌头上长了个疗。

村规（四）：不准打架斗殴、玩纸牌。

注释：抓住一次，不管在本村或是到外村，凡参与者在全村社员大会上作检查，全家停电一月。

村规（五）：不准养狗。

注释（一）：呼天成说：咱有民兵。

注释（二）：民兵连长呼墩子说：谁家媳妇几点钟起来尿，谁家的床几点钟响，他都一清二楚。

四、评议法。又叫"月月红"。

注释（一）：长期以来，呼家堡一直采用"评工记分、按劳取酬"的分配方法。最高分为：十分。最低分：五分。年终决算，按分值分红。

注释（二）：也有例外。村中大头，曾是十分劳力，因为大脚踩倒了两棵玉米苗，呼天成说，大头连女人都不如！经群众认真评议为四分半，意为不如女人也。后来，呼天成说，大头还是不错的。历时半年才又重新评议为十分。

细则（一）："背靠背"。

注释："背靠背"是呼天成的又一创造。这也是一次制度化的"思想大扫除"。村中实行评工记分，每月一次。评议方法为"背靠背"，即评议到哪个，哪个就离开会场，去地里转一圈。等评议完后再把他叫回来，当面公布评议结果。呼天成说，"背靠背"就是七喳喳、八嚓嚓，可以评议人，也可以评议事，公公婆子二大爷，一锅连皮，六亲不认。

细则（二）："脸对脸"。

注释：评议完一个人时，要把他叫回来，当面指出他的缺点与不足。指出不足时，人人都要发言。呼天成说，不要"老好好"。谁当"老好好"，就给他最低分！彻底杜绝"当面不说，背后乱说"的坏习气。

细则（三）："脱裤子"。

注释："脱裤子"即为一种自我检查的方法。如果在当月评议中，分被降下来了，那就要当众"脱裤子"，面对众人深挖自己的思想根源。如刘铁锤的儿媳妇，有一段时间出工不出力，"深挖"三次都没过关。后来，她把自己的裤子脱掉，当众让人看她确实是"来了红"，众人这才背过脸去，说：过了，过了。

五、干部法。亦为"亮相法"，也叫"墙上挂"。

长期以来，呼家堡也一直采用的是"临时干部制"。"临时干部制"是一种激励机制。凡是在工作中表现突出者，不分老幼，均可成为呼家堡的干部。干部要接受群众的监督和检验，要像画一样挂在墙上，让群众评议。

典型（一）：比如，呼国庆在年仅九岁时，就曾当过三天的"临时记工员"。十二岁时，当过第三小队的"临时小队长"。十五岁时，当过"大队过磅员"，主管全村分红薯。

典型（二）：比如，徐三妮，也就是"豁儿"。十八岁就当过建新村的"临时负责人"，曾带领全村妇女掂瓦刀上去垒墙。工作极负责，后又选拔为村里的支部委员。徐三妮后来表示宁当一辈子老闺女，也永不外嫁（有人说她是嫁不出去），于是被呼天成命名为"永久支委"。所以，徐三妮成了呼家堡惟一的终身干部。

典型（三）：连"四类分子"八圈也当过干部。有一段，因八圈表现较好，曾当过三天的"厕所所长"，主管全村的八个"茅房"。后因他的嘴不把门，胡说八道，又被免职。这充分体现了"不拘一格选人才"。

干部细则（一）："小孩尿尿"（呼天成语）。

注释："小孩尿尿"即为一事一长，专职负责。如倒粪时，就任命一位粪长，粪倒完，粪长也就自动解职。打场时，就任命一位场长，场收完，场长也就自动下台了。

干部细则（二）："换衣裳"（呼天成语）。

注释："换衣裳"是干部轮换的一种比喻。呼家堡的干部从不固定。全村十个小队，干部多采用轮换的办法。比如，在第一小队干一年后，调往第三小队当队长，或是调往第五小队当会计等。主要是为了锻炼干部。

干部细则（三）："拔青苗"。

注释："拔青苗"意为注意培养青年干部。注意培养那些敢于跟坏人坏事作斗争的"二杆子"。比如，金换她娘在分菜时偷摘了一个番茄。金换看见了，就推了她一下说："你这是干啥呢？"闹了她娘一个大红脸！于是，金换因"心红眼亮"，就被提拔成了分菜组的组长。

六、学习法。又叫"老三篇"制。

注释：除了上头布置的学习内容外，呼家堡的主要学习内容就是

"老三篇"，可以说是人手一册。在这里，学习分重于劳动分，政治表现分也重于劳动分，所以，每到学习时间，人到得最齐。如秋红娘，小脚，竟主动在会场上扭了一回"老三篇"秧歌，即得到表彰，奖励二十个"政治分"。

七、奖惩法。又叫"刺刀见红"。

注释（一）：呼家堡的奖励制度种类繁多，多为荣誉性质。如"五好社员"、"先进个人"、"割麦能手"、"种棉标兵"等等，甚至开会时发言积极，也被表彰为"会议积极分子"。如前任妇女主任麦花、村广播员姜红豆等，均是由于发言积极被选拔为干部的。

注释（二）：呼家堡的惩罚制度名目繁多，亦多为"触及灵魂"性质。如"洗心"，就是在群众大会上作检查；如"醒脑"，就是站在"请示台"前请罪；如"过思想筹"，就是让群众一个个指出他的灵魂缺陷；如"开帮助会"，就是让老太太在晚上讲旧社会的苦，帮助他或她提高。如错误特别严重者，则停电、停水一月，以观后效。

八、民兵巡逻制度。

口号：夜不闭户，路不拾遗！

注释：因为不准养狗，长期以来，呼家堡一直采用民兵巡逻制度。白天为"老年班"，夜晚为"青壮班"。白天巡逻者佩戴"红袖章"，夜晚佩戴"白袖章"，每人配一四节的大手电筒。二十四小时，从不间断。所以，呼家堡基本上没有失过盗。曾抓到几个谈恋爱的"流氓"，也是邻村人所为。所以，呼家堡人天一塌黑就睡，睡得很好。

九、婚姻法。又叫"传统法"。

注释：呼家堡人的婚嫁，除了遵守国家法律外，还要遵守呼家堡的一个特殊规定。不管是谁家娶亲还是嫁女，都要接受一次"班子"的传统教育。待娶的媳妇要先与"班子"的人见面，接受传统教育后，方可入户；嫁姑娘也一样，接受教育后，送一套"老三篇"，方可上路。

十、请假制度。又叫"歇法儿"。

注释：呼家堡的请假制度，为三审制。请假半天者，由组长批准；请假一天者，由队长批准；请假三天者，由呼天成亲自批准……

奇迹:在"比、学、赶、帮、超"的竞赛中,妇女们表现尤其突出。万家媳妇生孩三天下床,下床就上工了,受到表扬。接着,王麦花生女儿时,一生下来,剪断脐带,站起来就走,上工地干活去了,受到大会表彰。特别是民兵连长呼墩子,十年间竟没请过一天假!且拿双工分(他夜里带班巡逻),号称"呼铁人"。只因有一次巡逻时"上错了床",被人发现,才被开除了"民兵籍",永不录用。

第九章

一、"十二点"

近来，县委书记呼国庆特别烦。

自从抄了弯店那个"造假村"之后，就不断地有电话打过来。这些电话大多是从省里、市里打来的，打电话的人也自然都是有来头的，是呼国庆不能也不敢慢待的。那些询问者在电话里用的语气都是很得体的，似乎也没有说什么，也就问一问，表示一下关切，但倾向是很明显的，那是要他放一马的意思。呼国庆自然是反复给人家解释，说那是一个造假的窝点，是在"北京挂了号的"（在县里当一把手，有时也不得不"拉大旗作虎皮"，说点糊弄人的话）等等，说得他口干舌燥的。有一天，他一连接了四十七个电话，每一次都得好言好语地给人解释，后来气得他就把电话摔了，对秘书说，再来电话就说我下去了！

紧接着，县教育局的白局长带着一帮校长找他来了。说是教育上的"人头费"欠了四个月了，一直没有发下来，一些教师闹着要来县委静坐呢。呼国庆听了，一怔，说钱呢？不是专款专用吗？！白局长就说，专款专用不假。可钱是上一任的周局长借出去的，说是暂借两个月，可一用用了两年，教育上的工资就接不上气了。加上最近县财政吃紧，一拖竟拖了小半年！这么一来，教师们就受不了了。呼国庆就问，那钱干什么用了？白局长说，局里办了一个粉笔厂，生产一种叫做"十二点"的药。呼国庆皱了一下眉头说，什么乱七八糟的？粉笔厂咋会去生产药呢？这不是胡闹吗。白局长哭笑不得地说，一开始我也不明白，后来才弄清楚了。这个厂开初确实是生产粉笔的。后来呢，这个，这个，这"粉笔"就不是那粉笔了，这是带引号的……"粉笔"。在咱这儿，不是有一句俗语，"小头"朝下叫做"老六点"，那个，那个那，硬起来不就是"十二点"了嘛。对外说是"粉笔"厂，那是为了免税，其实生产的是一种春药。这个春药的牌子就叫"十二点"。呼国庆听了七窍生烟，什么、什么？教育部门搞春药？你们是疯了？！去，赶紧把钱给我要回来！白局长苦苦一笑，说要是能要回来，就不来找你。不是要不回来嘛。呼国庆说，说清楚，到底是咋回事？！白局长说，"粉笔"厂垮了，厂长跑了。就这么简单。呼国庆一拍桌子说，胡闹！钱还能追回来吗？白局长说，追不回来了。剩下的是一堆（几万斤呢！）发了霉的枸杞，白送都没人要。呼国庆说，人呢？白局长说，厂长跑了，抓住他一个当会计的妞头。那妞头还在号子里关着呢，说是钱都花了，从她身上是一分钱也榨不出来了。呼国庆气愤地说，谁让借的找谁去！白局长说，上一任的局长说了，那人是王华欣书记介绍的，办厂也是王书记点了头的。我上哪儿找他去？呼国庆一听，咬着牙骂道：王八蛋！可骂归骂，办法还得想，不然，一旦教师们闹起来，影响就大了。于是，呼国庆就说，你们先回去，做好教师们的工作，不要激化矛盾。"人头费"的事，让我考虑一下，三天以后给你们答复。就这么，好说歹说把他们打发走了。

待人走后，呼国庆"砰"地把门一关，心里骂道：王华欣这个王八蛋，一天到晚让我给他擦屁股！

这边刚把人打发走。不一会儿，范骡子又急煎煎地找来了。

范骡子一进门就说："呼书记，那电话一个接一个，都是给那姓蔡的说情的，我是顶不住了。你看咋办吧？"

呼国庆正在气头上，白了他一眼，什么也没有说。过了一会儿，他突然问："你吃过'十二点'吗？"

范骡子一怔，说："啥，啥东西？"

呼国庆也不解释，只说："十二点。"

"十二点？"

范骡子愣了愣，跟着就笑了，说："噢，噢噢。操，听人说，那狗日的提着在县委院里到处给人送，也给王书记送过，说是啥子'十二点'，日货。吃了金枪不倒，直撅撅的，路都走不成……"

呼国庆骂道："王八蛋！把全县教师的工资都给唵咚了，教师们闹着要来县委静坐呢。这都是王华欣干的好事！"

一提到王华欣，范骡子觉得不便多说什么，也就不吭了。呼国庆仍是气呼呼地在屋子里走来走去。突然，呼国庆说："老范，你说你顶不住了？"

范骡子嘟囔说："说情的老多呀！一会儿一个电话，都是有来头的……"

呼国庆回过身来，望着他说："你是不是也该买点'十二点'吃吃了？你也别给我'老六点'，你要是顶不住，就趁早说话！"

范骡子说："只要你这里'直撅撅'。 放心了，我没吃'十二点'也一样是十二点！"

过了一会儿，范骡子又小心翼翼地问："呼书记，那烟咋处理呢？"

呼国庆说："啥？"

范骡子说："那没收的假烟咋处理？你得说个话呀。"

呼国庆没好气地说："这事还用问吗？按规定，该咋处理咋处理。"

范骡子说："要按规定，得全部销毁。可这……"

呼国庆说："怎么了？怕那姓蔡的雇人打你的黑枪？！"

范骡子说："那倒不是。有县委作后盾，我怕什么？就是觉得烧了可惜了，那可是一千大箱哇！"

呼国庆说："多少？"

范骡子说："光整的就有一千大箱，还不算那散的。有'中华'，有"555"、'红塔山'……都是好牌子。"

呼国庆说："那不是假烟嘛。"

范骡子说："假是假，可一般人也吸不出来。这姓蔡的有些门道，这假烟也是有配方的，包装就更不用说了，比真的还真，烧了实在是太可惜了。咋说也是烟，也都是冒股气。"接着，范骡子又说："呼书记，你不是正愁教师们的工资吗？我倒有个主意。把这些烟便宜些处理掉，教师们的工资不是就有着落了。"

呼国庆迟疑了片刻，说："净出馊主意。打假的再去贩假？"

范骡子说："不是贩假，是处理假货，在烟箱上打上两个红字，就声明是假烟。比如那'中华'，真的四五十一盒，咱处理成五块、八块的，就这样算下来，也至少弄他个五六百万。要是烧了，一分钱不值！"

呼国庆挠了挠头说："不会出什么事情吧？"

范骡子说："处理假货是为了给教师补发工资，又不是咱私下分了，会出啥事情？"

呼国庆想了想说："你去办吧。不过，一定要注明，是处理假货。千万别留后遗症。"

范骡子说："那就这样办了？"

呼国庆也没再多想，就挥了挥手说："办吧。"

可呼国庆万万没有想到，一旦处理假烟的风放出去，整个县城就像是炸窝了似的，买假烟的竟然如此之多！连县委、县政府的干部们也都是一箱两箱、三箱五箱地争着要。说起来，也都明明知道是假烟，可这假烟的赚头太大了，只要弄出去，换一个地方，出手都是钱哪！谁还管它是真是假？县里的干部，沾亲带故的谁没有一两个做生意的亲戚？于是就人托人、脸托脸地找来了……开始的时候，是谁要都给，后来一看不行，就由范骡子批条，让人去稽查大队买。后来批着、批着，范骡子也顶不住了。找来的领导、熟人太多，有的甚至连钱都不给，就成箱成箱地把烟弄走了。于是，范骡子心思一动，就弄了两个内部价格，一个价是由他批的，这个价略高一些；另一个更为便宜的价格得让县委书记呼国庆亲自批。一出现两种价格，县里的干部们都把买假烟当成了一种"福利"，你给亲戚帮忙，我也给亲戚帮忙；你能找书记，我也能找。一时，人们蜂拥而至，都来找呼国庆批条子。连市里的一些干部也不断地写条子来，条子都是写给呼国庆的。这么一来，找呼国庆批条的人就越来越多了。

在这段时间里，连县里的一般干部的吸烟档次都普遍提高了。干部们无论大小，只要见了面，你掏出的是"红塔山"，我掏出的就是"555"，他一掏又是"大中华"……谁也分不清是真还是假了。气得一个很有实权的银行行长直骂大街："我操！我一盒几十块，他一盒才几块钱，掏出来还叽吧一个样！跟谁说理呢？！"

当这个"内部价格"的批条权力移到呼国庆手里的时候，他就知道坏事了。在那些日子里，他简直就成了一个"烟书记"。无论他走到哪里，无论是上班还是下班，都有人找他批条。有人甚至在大街上就拦住他说，呼书记，给批两箱吧。于是，呼国庆抓起电话，发脾气说："骡子，咋搞的？我撤了你！"范骡子就在电话里诉苦说："呼书记，我也是没有办法，才拉大旗作虎皮的。要不这样，一分钱也收不回来。你也知道，我头皮老薄呀，来的都是领导，也都知道这烟是打假打来的，他们硬不给钱，我能挡住谁呢？"呼国庆说："你拿我当枪使呢？！"范骡子说："我哪敢呢？这不是为了教师们的工资吗？"呼国庆"啪"一下把电话挂了。

过了一会儿，范骡子又把电话挂了过来，小心翼翼地说："呼书记，你放心，我保证'十二点'！"

事后，呼国庆回想起来，就觉得他还是轻看范骡子了。

二、"跑一跑"

当弯店村遭受到灭顶之灾的打击之后，面对众多的父老乡亲，作为村长的蔡先生只说了一句话，他长叹一声，说："跑一跑吧。"

在平原，有些话语是很专业的。

比如，这个"跑一跑"，就是一种具有特指意义的专业术语。它的核心仍然是一个"活"字，这个"活"的前沿是动化的，是在运动之中求"活"，所以它才叫"跑一跑"。"跑一跑"是一种普遍性的社会行为，是具有积极意义的生存动词，也可以说是失去希望之后的再努力，它泛指遇到了什么难事和关卡，就去找熟人、拉关系、走门路，而后打通一道道关节。这里边当然还包含请客、送礼、行贿等内容，所以这个"跑"字是一个"足"字带上一个鼓鼓囊囊的"包"。人是要带着"包"跑的呀！

造字的人莫非也生在平原吗？

怎么跑呢？看来县里的关系是不行了，有一个呼国庆在那儿戳着，谁还敢替他们说话呢。要跑也只有往上边跑了。跑，当然是先找一些熟地方，找一些早年"喂"出来的"窝"。人情是什么？人情就是存款。你得不断地把钱存进去，而后到了万一需要的时候，才可以取。这就跟钓鱼一样，先得用饵喂，喂熟了，才能下竿。人当然比鱼更难"喂"，但蔡先生毕竟是蔡先生，这几年，他已经有了一个小本本了，那个小本本上记的名字就是他的联络图。于是他就带着这么一个联络图上路了。

蔡先生"跑"的第一站，是找了原县委书记王华欣。王华欣跟他的关系自然是非比一般，两人已好到了称兄道弟的程度。弯店这个"亿元村"，可以说是王华欣一手扶持起来的。然而，当蔡先生去见王华欣时，还是带了重礼的。

蔡先生给王华欣带去的是一味"药引子"。那药引子名叫八哥。蔡先生是一个厚道人，临上路前，他又一次问了八哥，说："闺女，你要是觉得屈，就别去了。"八哥说："叔，我去吧。我去。"蔡先生勾下头去，沉默良久，说："唉，八哥呀，你叔连累你了。"八哥说："叔，这是一村人的事。我也豁出去了。是好是歹我都不埋怨你。"蔡先生说："家里还缺些啥？你说。"八哥说："家里也就这样了，啥也不缺。这还多亏了叔。要不是叔领着干事，我爹的病也不会好，房也盖不起来，我俩哥也不会娶上媳妇。叔啊，啥也别说了，走吧。"听了这话，瘸着一条腿的蔡先生摇摇地站起身来，对着八哥深深地施了一礼！八哥慌忙把他扶起，说："叔，咱走吧。"

　　其实，蔡先生要送的不是八哥这个人，是八哥的舌头。八哥长得秀是不消说的，八哥还有一个常人所不具备的特长，那就是她舌头上的功夫。八哥的舌头比一般人的长，且灵巧如手，翻卷似蛇。这功夫是八哥在无意之中练出来的。八哥从小就喜欢嗑瓜子，嗑瓜子一般都是用手捏着，放到嘴边上嗑，可惟独八哥嗑瓜子是不用手的。那时候八哥家里穷，有一个时期，她爹曾跟人贩过一段瓜子。那时八哥常坐在屋里包瓜子。包瓜子时，手是不能停的，手一停，爹就骂。可八哥馋瓜子，于是她就练成了一种不用手嗑瓜子的绝活。就坐在屋子里，包着包着，只要爹一不注意，八哥头一勾，"哧溜"一下，舌头就伸出去了，一舔就是三个五个，开始时还在嘴里偷偷地涮，涮着涮着，不知怎的就嗑开了。以后，她慢慢就嗑出巧了，只要舌头一涮，瓜子就卷到嘴里去了，这边嗑那边吐，瓜子皮一个个张着嘴儿从她嘴边排着队飞出来，想吐到什么地方就是什么地方。有一段，八哥家的墙角里到处都是一堆一堆的瓜子皮，她爹气得一下子买了十包老鼠药！骂道："这老鼠真成精了，连瓜子也会嗑！"那会儿，她爹贩瓜子赔得一塌糊涂，倒是成就了一个舌头！

　　后来，弯店成了"亿元村"，家里的日子好过了。八哥嗑瓜子的功夫自然又精进了一层。这几乎是一次质的飞跃，那舌头也仿佛有了灵性似的，吐出的瓜子皮不但能排成队，还能组成字和画，这样一来，她嗑瓜子的功夫就成了一个绝技！有一次，在烟摊上，她跟人打赌，不用手，嗑一斤瓜子，也只用了不到五分钟的时间！就是这一次，刚好被蔡先生碰到了。蔡先生慧眼识才，于是他灵机一动，就发明了一道菜，叫做"女儿涎"，称之为药膳，说是大补。这道"女儿涎"自然是不会轻易示人的。一旦弯店来了极其尊贵的客人，那么酒席上的最后一道菜就是"女儿涎"了。在颍平县的干部群里，也只有王华欣有幸吃过这道药膳。这"女儿涎"自然是要八哥来做的，而且是面对着客人当场表演。上菜时，八哥穿一身开衩的中式旗袍（这也是蔡先生所理解的"中国特色"）款款地来到宴席上，先是要当着客人的面纯水净口，三遍后，含盐，含糖，含胡椒粉，含红枣、人参、枸杞等八样，嚼烂后吐出，而后，再由两位姑娘款款而至，一个端着一盘瓜子，另一个捧一垫着白绒的红漆托盘，八哥就双手背后，身子微微前倾，樱口启处，只见舌尖翻飞，"啪、啪、啪……"一阵玉碎声，就有一行白籽徐徐落入一净盘之中！未几，在人们瞪眼、咂舌，连连叫好时，只见另一空托盘之中，早已跳出了一行由瓜子皮组成的黑体字：王书记好！姑娘就托着那有字托盘让王华欣亲自过目。王书记高兴坏了，连声说："绝了，绝了！"蔡先生就亲自布菜，先是给王华欣布上一匙，说："老王，尝尝，这可是一味好药呀！"王华欣在酒酣脸热之机，就不经意地乜斜了八哥一眼，笑着说："药是好啊，要是有'药引子'配着一齐吃，岂不更妙？！哈哈，笑话，笑话。谢谢，谢谢。"

因为事关全村，所以，这一次，蔡先生是带着"药引子"去的。

在市里，因为带着"药引子"，蔡先生自然不便到王华欣家里去。于是，就在"天一阁"订了一个高级雅间，把王华欣请到饭店里来了。王华欣现在是市信访局的局长，虽然仍属于正县级，但信访局是个穷单位，跟他当县委书记那会儿相比，实在是天壤之别，已经没有一点实权了。因此，王华欣一直窝着一肚子的火。待他在"天一阁"坐定，听了蔡先生一番话后，更是气不打一处来！王华欣的脸色先是由红变黄，黄了一阵又灰，而后脸上的肉皮痉挛着动了几下，就黑下来了，一股浓浓的黑气罩在了他的脸上！这时候，就是再好的"药引子"他也无心消受了。他抬起眼皮，脸上勉强挤出了几丝笑容，说："让他们出去吧，咱哥俩说说话。"蔡先生看了他一眼，明白了他的意思，就摆了摆手，对八哥说："你们去吧。"

待人退出去后，蔡先生欠起身，给王华欣斟了一杯酒，说："老王，'药引子'我给你带来了。"

王华欣却一句话也不说，就在那儿干干地坐着。过了一会儿，他说："老蔡，罢手吧。"

蔡先生一怔，失声叫道："王书记……"

王华欣郑重地说："制假贩假，也不是长法，早早晚晚也是会出事的……"

听他这么一说，蔡先生心里凉了半截，心想，人怎么说变就变呢？就急急地说："王书记，弯店是你抓的点，呼国庆这一手，可是对着你来的呀！"

王华欣很冷静地说："我知道。"

蔡先生长叹一声，说："王书记，早些年，弯店的情况，你是知道的。咱那边土地贫瘠，穷哇，是弄啥啥不成。这些年，在你的扶持下，白手起家，成了'亿元村'，也算是让乡亲们过上好日子了。要说假，也不是咱一处假。说句不中听的话，要是真查究起来，我可以说全国没有一处不假！不管哪个地方，它多多少少都是有点假的。既然是处处都有假，为何仅查我一处？这不是报复是啥？话再说回来，那何为真何为假？烟这东西，不就是冒一股气吗，气还有真有假？再说了，咱也不是非要贩假的，咱也想真，可那会儿咱没有本钱，又能干啥呢？到了这会儿，咱想真的时候，他又来打你的假，这不是存心不让人真吗？王书记，你那会儿有句话，我是非常赞成的……"

这时，王华欣突然打断他说："老蔡，这些年，我待你不薄吧？"

蔡先生立时回道："不薄。"

王华欣定定地看着他，说："要是万一出了什么事，你不会把我屙出去吧？"

蔡先生坐直了身子，说："王书记，你要是把我当人看，就把这句话收回去。我是这样的人吗？说起来，我是个半残之躯，要不是王书记，哪有我的今天？！不光是我，弯店的父老乡亲，都不会忘了你。你放心，就是天塌下来，我也绝不会吐一个字！"

王华欣沉默了片刻，重重地拍了他两下，说："老蔡，有你这句话就行了。"过了片刻，他说："要是我还在颍平，就不会出这样的事了。"

蔡先生说："王书记，事到了这一步，你看，有解还是无解？"

王华欣说："你既然来了，我就不能不管。现在，我给你谈三点意见。第一，立即罢手。假烟是不能再做了。往下看事态的发展，假如有了转机，就赶快把设备转手卖掉，利用卖机器的钱，转行干些合理合法的营生，到那时，我保证你还能东山再起……"

蔡先生插言道："不是不想转行。咱那些机器设备，价值上亿元。头前南方有个买主，出价到五千万，觉得太亏，没有谈下来……"

王华欣说："卖。五千万也卖，现在是能收回多少是多少。只要能把扣住的设备要回来，这棋就活了。第二，我给你写一封信，你现在就到省里去，去找省烟草局的梅春海。他是我的一个学生，当年是我一手把他提起来的。他现在是省烟草局的副局长，主抓打假的。让他想法把查办弯店假烟案的权力要回去，由省烟草局直接办。只要他能把查办的权收过去，这事就好办了。另外，我告诉你，这个小梅有个嗜好，特别喜欢收藏名人的字画……"

蔡先生点了点头说："明白了。"

王华欣说："第三，呼国庆既然是不让你活了，你也不能让他安生。不能老是被动挨打，该还手也得还手。你也可以组织群众写状子嘛……"

蔡先生再次点头。出事之后，蔡先生曾往外打了几十个电话，有省里的也有市里的，可是收效甚微。那些人也都是他多次"喂"过的，十万八万，三万五万，都是给过的，可一旦出了事……无奈，他只好亲自出来跑了。这次见了王华欣，倒使他心里好受了许多，王华欣到底还是给他出了主意的。真是患难见人心哪！

话说到这里，蔡先生看了王华欣一眼，试探说："那'药引子'？"

王华欣淡淡地说："先办事。回头再说吧。"

于是，蔡先生领着一干人匆匆赶往省城去了。

在省城，蔡先生兵分三路，一路去烟草局打探情况，一路等在大门口盯人、认门，一路专门去搞字画。蔡先生则留在东亚大饭店坐镇指挥，八方联络。

第二天晚上，蔡先生亲自到梅局长家里去了，去时仅带了八哥一人。梅局长住在烟草局家属院三楼的一个单元里，敲开门的时候，只见一个四十来岁的中年男子正要出门。蔡先生忙说："是梅局长吧？"那人有点诧异地问："你们是……"蔡先生赶忙说："我是从王华欣书记那里来的。带了他给你的一封信。"那人"噢"了一声，说："请进，请进。"待进了客厅，就见墙上挂满了字画。蔡先生随口夸道："看起来，梅局长是个雅士啊。"梅局长一边让人倒水，一边客气地说："哪里，纯粹是个人爱好。"接着，蔡先生就呈上了王华欣写的亲笔信。梅局长看了信，淡淡地说："王书记是我的老领导……"而后就没有话了。

　　这时，蔡先生说："听说梅局长喜欢字画，我们托人弄了几幅，不知是真是假，请梅局长给鉴定一下。"说着，给八哥使了个眼色，八哥就赶忙起身，把带来的字画一一摊开，请梅局长过目。梅局长的眼立时就亮了，这些字画都是省里顶尖人物的作品，当梅局长看到第二幅时，突兀地"咦"了一声，两眼竟放出了异彩！那是一幅字，那幅泼墨之作也仅是四个大字：大象无形。梅局长久久地盯着那四个字，嘴里喃喃地说："不对吧，冉老不是封笔了吗？"听了这话，八哥差一点掉下泪来，她当然清楚，为搞到这幅字，蔡先生曾先后托了八个人！那个什么狗屁冉老，曾三次把他们轰出家门，像赶狗似的……蔡先生在一旁说："冉老是收笔了。这是他最后一幅字，是他破例写的。"梅局长激动地说："珍品，珍品！不瞒你们说，我也曾托人求过冉老的字……"蔡先生见火候已到，就说："这些字画就是送给梅局长的。"梅局长有些扭捏地说："这不好吧？你们有什么事吗？有事说事，不要这样嘛……"蔡先生说："说起来，也没什么事。我们大远来了，也没给你带什么，几幅字画，也不是什么主贵东西，就算是个见面礼吧。"梅局长连声说："这不好，这样不好。"话虽是这样说，可他的两只眼却仍是死死地盯着那些字画。

　　不料，第三天，梅局长竟主动到宾馆里看他们来了。这一次，梅局长客气了许多，一见面就说王书记是他的老领导，是王书记一手提拔了他，老领导专门写了信，有什么忙他是一定要帮的。可蔡先生脸上却一点也不急，蔡先生说，先吃饭吧，咱们边吃边谈。在宴席上，蔡先生说："像梅局长这样的，一定是什么菜都吃过了。不过有一道菜，是我们乡下的土产，我保证梅局长是没有吃过的。"梅局长说："那好，我一定要尝尝。"

最后，自然是让梅局长品尝了"女儿涎"。梅局长也自然是赞不绝口！说是平生未见、平生未尝的一味佳肴，也就不由得多看了八哥两眼。

饭毕，蔡先生又陪梅局长洗了一道桑拿浴。而后，当两人坐进日式茶室的时候，关上门，蔡先生才慢声细语地讲了弯店村发生的故事。梅局长听了，沉思了很久，才说："原来是这种事。你怎么不早说呢？棘手，太棘手了！既然县里已经插手了，怕不好办哪。"蔡先生说："弯店是王华欣书记过去抓的点，呼国庆这一手纯粹是报复。梅局长，你要是能帮这个忙，不但弯店一村的父老乡亲忘不了你的大恩，就是王书记，也会感激你的……"话已说到这一步，梅局长仍没有松口，只说："让我考虑考虑。"

当天夜里，蔡先生就带着人返回了。临行前，他对留下来的八哥说："闺女呀，咱弯店这一次就靠你了。只要你能把这二十万给咱花出去，就有指望了。"

八哥看了看给她撒下的那一箱子钱，流着泪说："叔啊，咱咋有猪头进不了庙门哪？"蔡先生说："闺女，你要是后悔了，就说句话，你叔不难为你。"八哥牙一咬，说："你们走吧，等我的信儿。"

不久，省里果然派出了一个调查组，而且声明要接管弯店村的假烟案。

三、十面埋伏

一个电话打到颖平，说省里要来调查组。范骡子先就慌了，他就赶快给呼国庆拨了个电话。

呼国庆接了电话后，沉吟片刻，说："你马上过来。"

呼国庆是何等人物，放下电话后，他就明白了，这一定是那姓蔡的在外边活动的结果！这个假烟案一旦交上去，那么，过不多久，肯定会是大事化小，小事化了。再加上王华欣在后边给他们出谋划策，任其发展下去，那就不知道还会出什么事情。省里一旦插手，只怕连那些处理假烟的钱也要上交。搞来搞去，七跑八跑的，说不定又会回到姓蔡的手里。县里动了这么大劲儿，其结果是竹篮打水一场空！可这边呢，他已经把话说出去了，到时候，教师的工资怎么办？那不等于他吹牛皮，自己打自己的脸吗？！况且，就在这段时间里，告状信满天飞！县城里已经谣言四起了。有人竟然说他呼国庆曾偷偷地去弯店索要贿赂，因为口张得太大，人家没有答应，所以才去查人家的。有人甚至说，这是狗咬狗一嘴毛！

呼国庆心想，看来，事态很严重啊！

于是，就在范骡子赶到时，县公安局的杨局长也被他召来了。待两人在沙发上坐下后，呼国庆劈头就对范骡子说："你把弯店假烟案的情况给杨局长汇报一下。"范骡子也不知道呼国庆要干什么，就一五一十地把弯店制假、贩假的情况给杨局长讲了一遍。接着，呼国庆很严肃地指示说："杨局长，这是一个上亿元大案。上边非常重视。制假贩假，证据确凿，影响极坏。最近，听说那姓蔡的四下跑，到处活动，你先把那姓蔡的给我扣起来！"

不料，杨局长却说："呼书记，这件事，看来也不是一个人的问题，由公安出面，怕不大合适吧？"

呼国庆沉着脸，久久不说一句话。他心里清楚，这个杨局长也是王华欣提起来的干部，对弯店的情况大概也知道一些，不然，他不会说这样的话。于是，呼国庆背过身去，轻声说："老范，你先出去一下。"范骡子很知趣地退出去了。紧接着，呼国庆背着双手，在屋子里一趟一趟地来回走动。他走到哪里，杨局长的目光就跟到哪里，可呼国庆根本就不看他，只是不停地走……过了一会儿，一直等他把声势造足了，才突然转过身来，单刀直入，对杨局长说："老杨，我只问你一句话，你是听县委的？还是听王华欣的？！"

这句话问得太猛、太直接！顿时，杨局长头上冒汗了。他头上冒出了一豆一豆的汗珠，那汗珠云集在他的脑门上，像豆花一样，一片一片地盛开着……片刻，他终于抬起头来，说："我听县委的。"

呼国庆说："那好。你马上把人给我扣起来。三天换一个地方，不允许任何人接触他！"

杨局长迟疑了一下，说："扣人我执行，可我只有十五天的权限。超过十五天，就得报检察院了……"

呼国庆手一摆，说："技术问题由你处理。今天务必把人给我抓回来！"

杨局长不由得两脚一并，说："是。"

等杨局长一走，呼国庆又把范骡子叫了回来，吩咐说："等省调查组的人到了以后，你的任务就是陪他们吃好、住好、玩好。记住，关键是拖住他们，不能让他们了解任何情况。"

范骡子说："这个你放心。可他们要是死追不放哪？"

呼国庆很干脆地说："你就往我这儿推。"

中午的时候，呼国庆仍不放心，又给县公安局的杨局长挂了一个电话。杨局长在电话里说，他正在调动警力。因为弯店是个大村，怕人手少了会出现意外情况。呼国庆一听，眉头皱起来了。马上对着电话说，立即取消这次行动！杨局长急了，说怎么了？呼书记，你是信不过我？！呼国庆解释说，不是不相信你。你讲的有道理。我也怕出现意外情况，万一被群众围住怎么办？这样吧，你马上带两个人到我这里来，就地待命。

放下电话后，呼国庆沉思片刻，又给范骡子挂了一个电话，叫他立即过来。于是，范骡子撂下饭碗，又"橐橐"赶来了。呼国庆匆匆地对范骡子说："你现在就坐我的车，到弯店去一趟。你一个人去，把那姓蔡的给我请来，就说我要找他谈话。"

范骡子说："他要不来呢？"

呼国庆说："你一定要把他弄来。你就说，请他来，是要跟他谈拍卖机器设备的事。他会来的。"

范骡子走后，呼国庆仍有些心神不宁。他当然知道那姓蔡的不是一个简单人物。他制假贩假这么多年，已成了气候了。那"亿元村"也不是平白喊出来的。他钱来得容易，撒得就开。再说，这姓蔡的又是有名的大方人，既然如此，谁知道他到底贿赂了多少上层人士？！除了王华欣，他背后还有没有更厉害的人物？这是不能不防的。如果他得到消息，人一跑，那事就难说了。他觉得这事既然办了，就必须想得更周全些，得有十二分的把握才行……

呼国庆思前想后，反复掂量，最后，又给省报的副总编冯云山挂了一个电话。电话响了三声之后，话筒里传来了一个懒洋洋的声音："哪一位？"呼国庆赶忙说："是冯老师吗？我是国庆哇。"立时，电话里的声音变了，冯云山十分热情地对着话筒说："噢，是国庆啊。国庆，听说你当'老一'了？祝贺你呀！你这个国庆，也不请我去你们那里玩玩。"呼国庆说："冯老师，我这次就是邀请你的。我正式邀请你到颍平来……不，不是客气，我是诚心诚意的。你听我说，我们这里最近来了一个神人。是，确有其事……我已经试过了，人家是带功按摩。人家给国家领导人都按过。对，对，放音乐。按头时放的是《二泉映月》，按身子时放的是《百鸟朝凤》，绝了！你不是腰不太好吗？来这里住上一段，洗洗桑拿，让他给你好好按按，一切由我安排！……"冯云山高兴地说："此话当真？"呼国庆就说："我马上派车去省里接你。"冯云山对着电话说："那倒不用了，我带车去吧。"呼国庆又一次叮嘱说："那好，你可一定来呀！"

放下电话，呼国庆又叫来了秘书，让他赶快去准备两份材料，一份要详，是准备让省报公开发表的；另一份要简，是要让冯总编带回去，作为"内参"往上边送的。题目一定要打眼，内容就是弯店村假烟案……秘书听了，自然不敢怠慢，就急匆匆地准备材料去了。

一直等到下午四点半钟，那电话才骤然响了！

当电话铃响起来的时候，有一刻，呼国庆怔怔地站在那里，似乎不知道该不该接这个电话。他想，万一人跑了呢？

这时，时间已不允许他多想了。当铃声响到第六遍时，他快步走上前去，抓话筒时，就像攥了个火炭似的！他对着话筒大声说："我是呼国庆。"此刻，只听话筒里说："呼书记，客人请到了。"呼国庆暗暗地骂了一句，而后说："人呢？"范骡子在电话里汇报说："已经到县城了。你不是要跟他谈话吗？"呼国庆说："你马上把他交给杨局长，交给杨局长之后，你就不要管了。"

于是，这位名为蔡花枝的蔡先生，半个小时之后，就糊糊涂涂地被送到邻县一个看守所里去了。他刚刚被带走，不到一刻钟，省调查组一行五人到了颍平县。领头的自然是那位烟草局的梅局长。

当天晚上，呼国庆又亲自摆酒为梅局长一行接风。在县委招待所0号厅里，摆了一桌极为丰盛的酒席：酒上的是"茅台"，烟上的是"大中华"（真的）！主菜是从南方空运来的"大龙虾"……在一旁作陪的范骡子特意给梅局长介绍说："在我们颍平，这是最高规格的接待。这里没有1号厅，1号不好听不是？在咱颍平，0号就是1号，意为圆圆满满，是'老一'亲自出面才用的。除非省里来了贵客，一般进不了0号……"

呼国庆打断他说："你给省里领导讲这些干什么？领导们啥没吃过？主要是要配合好领导的工作。"范骡子忙又说："那是。我啰嗦几句，是想说明县委的重视……"呼国庆端起酒说："省里领导亲临颍平指导工作，县委能不重视吗？不要再说了，梅局长，我敬你三杯！"一时杯来盏去，风卷残云，县烟草局的头头们轮番上来敬酒，他们也都不说什么，只剩下一个字："喝！"待酒过三巡，呼国庆站起来说："梅局长，失陪了。我那边还有个会。"梅局长初来乍到，已喝得迷迷糊糊，就说："你忙，你忙。"呼国庆却转回头又对范骡子指示说："老范，我就要求你一条，对省调查组的工作，要人给人，要车给车，全力配合！"梅局长站起身来，一语双关地说："有你这句话，我就放心了。"

呼国庆出了0号厅，七转八拐又到了楼上的另一个雅间。那雅间的门上标的是2号厅。推开门，只见又是一桌丰盛的酒席：酒上的仍是"茅台"，烟上的也是"大中华"（真的）！主菜自然也是飞机空运来的"大龙虾"……客人是刚到不久的省报副总编冯云山，在一旁作陪的是县委宣传部的徐部长等人。进了门，呼国庆三步两步抢上前去，跟冯云山握手："冯老师，实在对不起。有个会，晚来了一步。"冯云山笑着说："不晚，不晚，我也是刚到。"待呼国庆坐下后，在一旁作陪的徐部长也赶忙介绍说："冯老师，在我们颍平，这算是最高规格的接待了。咱这里没有 1 号厅，1 号不好听不是？在咱颍平，2 号其实就是 1 号，是'老一'亲自出面才用的。除非省里来了贵宾，一般进不了 2 号……"

呼国庆又批评道："你说这些干什么？冯老师是省报总编，啥没见过？啥没吃过？在冯老师眼里，这算什么？咱颍平小地方，要啥没啥。要不是我亲自打电话，你能把冯老师请来吗？"徐部长连连点头说："那是，那是。"冯云山很矜持地笑了笑说："太丰盛了，太丰盛了。像这样有龙虾的酒席，在省城，一桌也是要上千元的。谢谢，谢谢。"呼国庆说："咱闲话少说，倒酒倒酒，冯老师轻易不来，我得跟他好好喝两杯！"冯云山马上说："酒是不行，我高血压，肝儿也不好，医生不让多喝。"接着，他又暗示说，"那'神人'倒是可以见一见。"呼国庆说："那没问题。先吃饭，今晚上我就陪你去！"听了这话，冯云山高兴了，说："国庆，有见报的任务没有？要有，我回去就发！"呼国庆就随口说："回头再说，回头再说。"

第二天，梅局长一觉醒来，头仍是晕晕的，看看表，已近十一点了，却不见县里有人来。梅局长的脸当时就沉下来了。一直等到十一点半，范骡子才匆匆赶来了。他一进门就说："对不起，对不起，来晚了，来晚了。"梅局长黑着脸，一句话也不说。范骡子："梅局长，实在是对不起。昨晚上，局里出了车祸，伤了好几个人……"一听他这么说，梅局长的脸色才慢慢缓过来了，说："我们来这里是工作的。你要有事，可以让别的同志来嘛。"范骡子说："基层这些人，都没见过啥世面，我是怕他们照顾不周……"梅局长说："那好，下午就开始工作！"范骡子抬头看了看表，说："先吃饭，先吃饭。"就这么，三说两说，就又把这一行人领到餐厅里去了。这一次，范骡子还特意叫来了一个"酒篓"。在平原，可以说各县都有这样的"酒篓"。"酒篓"是专门来陪客的，只要"酒篓"一上桌，那是一定要喝倒人的。

不料，等菜上齐之后，梅局长突然一变脸，很严肃地说："从今天起，酒是一滴都不喝了。"范骡子讪讪地站了起来，赔着小心说："梅局长，你是上级领导，到咱颍平，要是酒一滴不喝，我也没法给县委交代。这样吧，入乡随俗，不能多喝，就少喝点。"这时，"酒篓"就站起来了。"酒篓"说："梅局长，你是省里来的大领导，到咱颍平小县，那是上上的贵宾！是八抬大轿都请不到的。酒你可以不喝，我的'段子'你不能不听。我现在给你讲三个'荤段子'，讲了之后，如果有一个人不笑，我把这桌上的酒全部喝光，喝光后我站起就走，绝不再为难领导！这行不行？咋也是到咱颍平来了，礼数还是要讲的。对不对？"范骡子在旁边一唱一和地说："好，好。你说吧。可有一样，要是领导不笑，你咋办吧？！""酒篓"说："我不是说过了吗，要是领导不笑，我头朝下从这间屋子里'骨碌'出去！"于是，"酒篓"就开始讲他的"段子"了。

讲了第一个，梅局长仍是紧绷着脸，没笑；讲第二个的时候，"酒篓"刚说了一半，只听得"噗"的一声，一口茶水从梅局长嘴里斜翘着喷了出来，立时就是前仰后合，满桌大笑！……再往下，就由不得客人了，"酒篓"的才华得到了淋漓尽致的发挥！他先是敬酒，二是劝酒，三是跪酒（那是在客人面前双膝跪倒，双手捧着一杯酒，高高举起，顶在头上，可以说是到了顶礼膜拜的程度，你还能不喝吗？！）……就这样，三瓶酒下来，已是一片狼藉！

等梅局长再次醒来，已是华灯初上了。他看了看带来的四个人，有三个还在床上躺着，吐得是一塌糊涂！梅局长气呼呼地说："这酒是坚决不能再喝了！"谁知，晚饭并没再让他们到餐厅去吃，却让小服务员一一送到房间里来了。想得倒是挺周到：一人一碗醒酒汤，一碗败火的绿豆粥，一碟炸好的小馒头，四样爽口的小菜，还有水果之类，都是他们心里想吃的。于是，也就不好再埋怨什么了。

第二天吃过早饭，范骡子带着一辆面包车赶到了招待所，又把他们一一请上了车。待车子开出县城时，梅局长突然觉得不对劲，就质问范骡子说："停车！这是到哪里去呀？"这时，范骡子赶忙解释说："梅局长，这是先拉你们到弯店去实地考察一下，弯店就是那个有名的造假亿元村……另外，本地也有一些古迹，想你们来一趟不容易，也顺路看一看。"梅局长脸一沉说："老范，你是不是想封锁我们呢？！"范骡子很委屈地说："梅局长，你是省里来的大领导，我就是长一百个脑袋，也不敢封锁你呀？"一时，场面就显得非常尴尬，几个人都望着梅局长，谁也不敢吭了。

这时，同来的一个女士说话了，这女的看上去有三十来岁，她爱人是省委组织部的，大约是有些依仗，她用手绢拍了梅局长一下，娇气气地说："梅局长，你不要动不动就板脸嘛。人家也是一片好意……"经这女的从中一说，气氛才又慢慢地缓过来。梅局长的脸色温和多了，就说："老范，你不要计较，我也是为了工作嘛。"范骡子连连点头说："那是，那是。我是生怕接待不好，完不成县委交给我的任务。"那女的就说："梅局长，就按人家老范的安排，去弯店吧。反正早晚要去的。"梅局长也就不再说什么了。于是，这辆面包车就顺着平原上的大道一路开下去。路上，这里一个景点，那里一个景点，这里一个典故，那里一个典故，车也就开开停停，范骡子还把照相机带来了，就这里照上一张，那里拍上一景……待车到弯店的时候，天已黑下来了。天黑，梅局长的脸更黑！在车上，面对前边的一片灯火，范骡子就那么伸手一指，说："前边就是弯店。你们还看不看了？"到了这会儿，一天玩下来，已是十二分的疲乏了，看梅局长一声不吭，众人都说："不看了，不看了。"

就这样，一拖拖了三天。到第四天头上，呼国庆才亲自出面了。这时，省报已登出了颍平县打假的长篇通讯，题目就叫做《平原第一案》。招待所天天都送报纸，想必梅局长已经看过了。所以，当着梅局长的面，呼国庆就对范骡子说："情况给梅局长汇报了吗？"范骡子说："还没顾上汇报呢。"呼国庆就很严厉地批评说："你是怎么搞的，到现在还没汇报？太不像话了！现在就给我汇报！"范骡子嗫嗫地勾下头去，也不解释。于是，一行人来到会议室，分宾主坐下，在县委书记呼国庆的主持下，范骡子给省调查组念了一沓子准备好的材料……待他念完后，呼国庆郑重其事地问："材料就这些吗？"范骡子说："就这些。"呼国庆就说："那好，现在请梅局长作指示。"说完，他率先从提来的一个小包里拿出了一个小本、一支笔，做好记录的准备，很认真地望着梅局长。

梅局长冷冷一笑，说："报纸都登出来了，我还能指示什么？既然这样，就办移交吧。把查办的一切统统移交给调查组，而后我们再重新复查。"

这时，呼国庆说："按说，上级派来了调查组，作为下一级，是应该无条件执行的。可现在材料可以移交，这是没有问题的。至于扣押的那些东西，就无法移交了。"

梅局长质问说："为什么？"

呼国庆说："梅局长，不是我不想交。主要是这个案子目前已进入了司法程序。对蔡花枝，公安局已经立案侦查，检察院也已正式办了批捕手续。也就是说，行政上已经无权干预了。"

梅局长怔了一下，顿时脸红得像鸡血！而后他一连说了三个"好"字。接着，他站起身来，一声不吭地走了出去。跟他来的一干人也都鱼贯而出……走出门后，梅局长咬着牙暗暗地说：看来，我是败在那一张张笑脸上了！

当天，梅局长就带着人赶回省城去了。

四、一粒花生米

蔡先生上路了。

蔡先生是有文化的人，蔡先生从没上过当，这一次，却是永远。

蔡先生临走前，给娘梳头。蔡先生是个孝子，每次从外边回来，都要给娘梳梳头。可这一次，梳着梳着，那梳子掉在地上了。娘看了看他，娘的眼睛说："你心里有事。"蔡先生把梳子从地上捡起来，吹了吹，说："娘，没事。"此后，蔡先生就被人叫走了。

走时，蔡先生也有些疑惑，问："呼书记找我谈什么？"

范骡子说："那些机器设备，有人要买，出价七千万。给你明说吧，县里想扣下来两千万。所以，呼书记想找你谈谈。"

蔡先生想了想，说："这事，王华欣书记知道吗？"

范骡子看了看蔡先生，只眨了一下眼。

蔡先生领会了他的意思，就说："那我给王书记通个电话。"

这时，范骡子说："老蔡，这样就不好了。你要这样，我就很难做人了……"

这句话说得有些含糊。蔡先生想，范骡子原是王华欣的人，现在又跟了呼国庆，要是当他的面打这个电话，骡子的确是有些难堪。也许，他跟王书记私下里还有接触？人这东西，很难说呀！于是，他决定跟呼国庆谈了之后再说。经过这一次，他也不想再"假"了，他也想"真"哪！要是那些设备能卖七千万，就是县里硬扣下来两千万，他不还落五千万吗？这就够他干些正当生意了。到时候，看你们谁还来查？！这么一想，蔡先生的心就动了，说："那就见见吧。"

上车的时候，蔡先生又留意了那车的牌号，那果然是县委的"一号车"，蔡先生就不再怀疑了。上了车，范骡子笑着说："老蔡，咱们可是老伙计呀！有哪些对不住的地方，你多包涵。"蔡先生冷冷地说："不伙计你还不下手哪。"范骡子说："这个事，一言难尽哪！"往下，蔡先生再不吭了。

车快到县城的时候，蔡先生包里的手机响了。蔡先生把手机从包里掏出来，对着"噢"了一声，听出电话里是八哥的声音。八哥告诉他，省调查组就要到颍平了。他自然不想让范骡子听到些什么，就淡淡地说："知道了。"话刚一说完，就赶紧收线了。不料，十五分钟之后，蔡先生已坐在了另一辆车上，手上戴着一副手铐！

换车时，蔡先生笑了。蔡先生对范骡子说："人家说，平原上的人，说假话不眨眼。可你眨眼了。"

范骡子也笑了，范骡子说："一个鸟样！"

眼前又是茫茫、漫漫的平原。说是秋了，可秋后加一伏，天还是很热的。警车在公路上飞快地行驶着，过了一个镇又一个镇，过了一个乡又一个乡，太阳已经西斜了，这是要把他送到哪里去呢？蔡先生知道他上当了。可蔡先生心里并不是十分焦急。他心里有数，他们不敢"怎么样"他。于是，他的脑海里出现了一组一组的数字。那些数字都是有出处的，那些数字后边都有一串一串的"0"，这就是他多年来喂下的"窝"。一旦他真的出了事，那些人是不会袖手旁观的。假如那些人把他撇下不管，那么，他们的下场也是很惨的！尤其是王华欣，他从他这里拿去了多少带"0"的东西，那账要一笔一笔算起来，就是一个吓人的数字。他能不管吗？他敢不管吗？况且，王又是一个很仗义的人，他与市委书记李相义的关系，蔡先生也是知道一些的，他的能量大着呢，他不会不管。再说了，他还埋有一支"奇兵"，那就是八哥。八哥刚才说是省调查组就要到了。那么，往下的事，只怕省里就要插手了。只要省里一把案子接过去，县里就管不了了，到了那时候，他就是弯店的大功臣！他甚至想到，回村时，只怕会有成百上千的群众到村口去迎他，那将是一个多么激动人心的时刻啊！所以，到目前为止，蔡先生还是很乐观的。

傍晚时分，车速慢下来了。周围开始有了喧闹的人声，那显然是城镇了。而后车七拐八拐的，到了一个地方，只听见铁门"吱"的一声，开了，警车就这样开进了一个院子。接着，人们把他从车上拽了下来，就在一花眼之间，蔡先生明白了，这里是东平县的一个看守所。他们把他弄到东平来了，东平、西平，都是颍平邻近的县份。那么，他们把他弄到东平干什么？蔡先生想了想，突然明白了，这么说，他们主要是想隔绝他与外界的联系，他们也知道他不是一个简单人物哇！于是，蔡先生就很平和跟他们进了一道道铁门，来到了一个小屋子里，先是搜了他的身，而后让他在一把椅子上坐下来。看来对他还是很客气的。过了一会儿，就有两个警察坐在了他前边的桌后，开始讯问了。这两个人都是从颍平来的，蔡先生跟他们是挂面熟悉，但并不认得。其中一个高个，看了他一眼，说："知道这是什么地方吗？"

蔡先生说："不知道。"

那人就说："那我告诉你，这里是监狱。"

蔡先生"噢"了一声，默默地点了一下头。

接着，那人就问："姓名？"

蔡先生说："姓蔡。"

那人说："问你姓名？"

蔡先生很大气地说："行不更名，坐不改姓，蔡花枝。"

那人笑了，说："你怎么起了个女人的名字？"

蔡先生绵绵地说："我是个残疾人……"

那人说："好啦，好啦。年龄？"

蔡先生沉默了一会儿，说："我忘了。"

那人说："好好想想。"

蔡先生说："究竟哪一年生的，我娘也忘了。"

那人用商量的语气说："那就先不填吧？"

蔡先生说："随便。"

那人说："住址？"

蔡先生说："颖平县弯店村人。"

那人说："职务。"

蔡先生咳嗽了一声，正色说："村长。"

那人说："犯罪事实？"

蔡先生说："我不知道我犯了什么罪。你们说书记要找我谈话，我就来了。我也不知道这算不算犯罪？"

那人说："到现在，你还不知道你犯了什么罪？"

蔡先生摇了摇头，说："不知道。"

那人说："你们那个村是干什么的？"

蔡先生想了想，说："种地的。"

那人说："除了种地，还干些啥？"

蔡先生又想了想，说："卖烟。"

那人说："卖的什么烟？真烟假烟？"

蔡先生说："烟都是地里种的，还有真假吗？"

往下，再问，蔡先生就不吭了。那人就说："那你好好想想吧。"

就这样，只简单问了他几句，就把他带下去了。

以后，就再没有人问过他了。蔡先生在东平一关关了三天，在这三天里，蔡先生可以说是度日如年！他想了很多很多。他觉得，要是万一跟外边联系不上，那又该如何呢？于是，他把脑海里存的数字又重新滤了一遍，心里想，他就再等两天，要是再没人跟他联系，那他就不客气了！

然而，到第三天下午，突然有一个看守来到了关他的"号"前，不经意地看了他一眼，说："你姓蔡？"蔡先生赶忙说："是。"那人面无表情地说："有人给你送吃的来了。"说着，就把一包花生米递到了他的手里。接过那袋花生米，蔡先生差一点掉下泪来，心里想，到底还是找到他了！就是这袋花生米给蔡先生点燃了希望。他闲来爱嗑花生米，这个特点，在干部群里只有王华欣一个人知道，也只有他才能把花生米送到他的手里。那就是说，他们还记挂着他呢！

为这包花生米，蔡先生感动得掉泪了。人到难处想亲人哪。在这种时候，有人给他送来了一包花生米，蔡先生能不感动吗？他想起他小的时候，娘时常给他破的一个谜：黄房子，红帐子，里头卧着个白胖子。他就猜呀猜呀，老也猜不着。有一年春节的时候，娘又让他猜，他还是没猜着，娘就偷偷地剥了一个花生米塞到了他的嘴里，真香啊！

不料，没等他把花生米吃完，一辆警车就把他拉走了。此后，每隔三天就换一个地方。这样一来，不停地换来换去的，蔡先生就晕菜了。开始他还知道是从东平把他拉到了西平，而后就弄不清楚是什么地方了。出了车门就进监门，出了监门就进车门，那些看守所的情形也都大差不差，墙上都写着"坦白从宽，抗拒从严"的字样，管教的脸也都是板着的，看来，终究还是没有离开平原哪。不过，有一点，蔡先生还是放心的。就这么频繁地换地方，蔡先生要吃的花生米却从来没有断过，每隔三天，不管到了什么地方，准有人会送来一包花生米！想想，蔡先生不由得就笑了。他心里说，这不是魔高一尺，道高一丈吗？

半月后，蔡先生吃着吃着，竟然在花生米里吃出了一个小纸蛋！他小心翼翼地剥开那个纸蛋一看，只见上边印着两条小字：

坦白从宽，牢底坐穿！

抗拒从严，顶多半年。

看了，蔡先生忍不住又笑了，他哈哈大笑！

可是，蔡先生绝没有想到，他的大限时刻就快要到了。

走时，他吃了最后一粒花生米，不过，那粒"花生米"却是铅制的！

五、八哥

蔡先生被抓的消息，是八哥最先打听到的。

八哥还没经过这样的事。八哥一听就哭了。八哥哭着回到了弯店，给全村人报了信儿。

开初，一听说蔡先生被抓了，村里人群情激愤，一个个说："蔡先生是为了大伙才遭这份罪的。要是没有蔡先生领头，就没有咱弯店的今天！咱们不能看着蔡先生遭罪！"也有人说："这事得商量商量吧？"这时，村中有一个叫"炒豆"的汉子，当时就炸了！"炒豆"一蹦三尺高，喷着唾沫星子说："说那些屁话干啥？也别说那七屎八鸟，说那些都没用！有种的，现在就跟我去要人，咱一村人都去，嗡到县城，把蔡先生要回来！"众人也都跟着说："对！要去，都去。"还有人说："法不治众！他就是再厉害，总不会把一村人都绳起来吧？！""炒豆"脖子一拧，说："小舅，他敢？！"

就这样，一村人嚷嚷着，在"炒豆"的鼓动下，朝村口走去。走在最前边的自然是"炒豆"，到村口时，"炒豆"还顺手抄起了一根扁担！大声嚷道："走！都去哇！谁不去是孙子！"跟在他身后的人说："你拿扁担干啥？咱又不是去跟人打架的。""炒豆"又是脖儿一拧，说："不打也吓吓他！"说着，仍是操着那根扁担，虎汹汹地走在最前边。

出了村就是老东坡了。老东坡漫漫的，一坡八里地。眼前是漫无边际的秋庄稼，秋庄稼的前边，仍是秋庄稼，再往前，是一片迷茫的黛青色的雾气，那雾气淡淡地在天边游荡着，天就显得无比的大。人呢，走在坡里，就显得小，越走越小。八里路的一个大漫坡，无遮无拦的，平日里人一走进去，就有些怵，怵什么呢？那又是说不清的。天高高的，秋阳当顶，入秋的知了一声一声地聒噪，那脚步声闷塌塌的，走着走着，声音就乱了。这时，"炒豆"又大喝一声，说："走哇，谁不去是孙子！"说了这话后，他低头一看，脚上的鞋带开了，就随手把扁担递给了身旁的"买官"，仍气势势地说："'买官'，头前走！我系鞋带。""买官"接了扁担，就硬着头领人往前走，走了几步，他回头一看，发现"炒豆"仍在那儿蹲着系鞋带呢。再硬着心走，一走走了半里地，回头再看时，已不见"炒豆"的身影……"买官"心一动，就甩开大步往前走，竟越走越快了，待走到一块玉米地的时候，"买官"大声说："尿一泡！"说了，就带着那根扁担径直"哨"进了那块玉米地……往下，扑扑嗒嗒的，那脚步声就更乱了。人群三三两两的，就像是溃兵一样。走着走着，就有人说："这秋老虎就是厉害，薅根甜秆吃吃吧。"说着，也都三三两两地散进玉米地里去了……

　　八哥一路想着心思。她觉得是她没把事情办好，要是省里的调查组早一天下来，蔡先生也许就不会被人抓了……可她还是一个姑娘呀！凡是能做的她都做了，那些不能做的她也做了，可她还是晚了一步！这么胡乱想着，八哥眼里的泪又下来了，八哥觉得很委屈，说不清道不明的委屈。省城是那么大，人又是那么多，进了省城，就像是掉进了海里一样！后来蔡先生带人先走了，孤孤地留下她一个人，她就成了一块肉了……这么想着，就听见有人在叫她，那人拽了拽她的裙衫，说："妹子，咱还去吗？"

　　八哥回过身来，一看，眼前只站着秋嫂和顺妹。顺妹紧紧地依着秋嫂，秋嫂却望着她，轻声说："妹子，咱还去吗？"

　　八哥回头再看，已来到公路沿上了。她有点疑惑地扭着身子转了一圈，惊诧地问："人呢？"

　　秋嫂不语。秋嫂回头瞥了一眼，说："妹子，咱还是回去吧。"

　　八哥一下子惊呆了！一村人，一村人哪，上千口人的弯店，有着那么多的能人、那么多的汉子、那么多的"嘴"，遇上事的时候，走出老东坡的，却只有这么三个弱女子？！

八哥不相信，八哥怎么也不会相信，会出现这样的事？！站在公路沿上，八哥抬起头来，望着眼前的老东坡，天静静，地也静静，日影下，坡漫漫，路也蜿蜒，远处是一片一片的庄稼地，近处有一株株的小草在风中摇曳，村路上仍可看到人的脚印。那就是人的脚印吗？可周围却连一个人影都看不到！那么，人呢？人都到哪里去了？！就在刚刚，还是喧嚷嚷的一群……

顿时，八哥心里升起了一片悲凉！那悲凉一层一层地挤压在了她的心头上，变成了一种深深的失望和鄙视！就在这一刹那间，八哥的意识在无形之中升华了，她开始怀疑这块生她养她的土地，怀疑那些曾经大声说话的村人们！那怀疑就像是千疮百孔的大堤一样，一触即溃，一下子就冲向了事物的根本所在。此时，她的灵魂高高在上，用审视的目光看着这块母性的土地，那思想像闪电一般照亮了她眼前的一切，村人的面相像蚂蚁一样，一个个从她的眼前爬过，这其中包括她的父亲母亲、她的哥哥嫂嫂……这就是人吗？！那成熟仿佛是在一瞬间完成的，那告别也是撕心裂肺的！到了这时候，八哥已经没有退路了，她只有往前走，前边无论是坑是井，她都将义无反顾地跳下去！这样做的目的，似乎已经不再为任何人了，而仅仅是为她自己！不然的话，她就跟那些村人一模一样了，一模一样！

于是，八哥说："你们回去吧。我一个人去。"

多么凄凉，上了公路，就只剩她一个人了。

女人一旦拿定了主意，是九头牛也拉不回的。这时候，在她的心里，只有一个"跑"字了。怎么跑，往哪里"跑"，这已经无关紧要，重要的是她要"跑"，她必须"跑"！"跑"在这里已经成了一种区别，成了八哥惟一的念想。不然，她就成了村人的同谋，成了她眼中所鄙视的那一群中的一个！

八哥心想，往哪里去呢？就她一个人，就是去了又有什么用呢？她想来想去，决定还是先去打听一下蔡先生的下落，问问他究竟关在何处，而后，再想法给他送点吃的，这就说明村里人还没有死绝，还有人记挂着他呢。于是，八哥就到县公安局去找了她的一个表哥，蔡先生被抓的消息，就是这位表哥悄悄透给她的。表哥也不是什么掌权的人，表哥只是一个在县公安局做饭的临时工。听了她的要求后，表哥面有难色。表哥说："八哥，你也知道，我只是个做饭的。这事我可给你帮不上忙。上次也就是他们吃饭的时候，从嘴里漏了一句半句，我都告诉你了。"接着，他又小声说，"听说他根本就不关在本县……"八哥听了，说："表哥，那我就不难为你了。"

出了县公安局，八哥又咬着牙进了县委招待所，她本打算去找一找省调查组的梅局长，可一问，人家却说梅局长已经走了。于是，八哥站在县城的十字路口上，踌躇良久，最后又决定去市里找王华欣。王华欣她多次见过，人家是大干部，主意多，到了这份上，她觉得只有去找他了。

到了市里，天已经黑了。八哥整整跑了一天，连口水都没顾上喝，可等她赶到时，信访局已经下班了。八哥是一家一家地问着，摸到了王华欣的家。王华欣住在市医院家属院三楼的一个单元里，敲开门之后，八哥"扑通"一声，就在王华欣面前跪下了。不料，王华欣却很不客气地说："干什么？这是干什么？是上访的吧？要上访明天到办公室去。现在下班了！"

八哥跪在那里，一怔，抬起头说："王书记，你不认识我了？"

王华欣看了她一眼，说："你是……"

八哥流着泪说："我是弯店的，叫八哥。"

王华欣拍了拍头，说："噢，噢噢。是八哥呀，快起来，快起来。"

八哥没有起来。八哥仍跪在那里，说："王书记，我蔡叔被人抓走了。你救救他吧。"

王华欣安慰她说："你不要慌。来，来，先坐下，坐下来慢慢说。"

待八哥在沙发上坐下来，王华欣又赶忙给他妻子介绍说："这是弯店的，乡下人，是老蔡的侄女……"王华欣的妻子看了她一眼，"嗯"了一声，就扭身到里间去了。

八哥坐在那里，又一次求道："王书记，你救救我叔吧。"

王华欣说："老蔡的事，我已经知道了。"

八哥说："那……我叔啥时能放出来？"

王华欣看了她一眼，想了想说："你放心，这个事我会管的。"

八哥又说："我叔啥时能放出来？"

王华欣点上一支烟，吸了两口，说："这个嘛，你就交给我吧。我管。我一定管。"

八哥说："我叔也不是坏人。他只是……"

王华欣再次点点头，说："我知道。"

离开王华欣家的时候，八哥一直在品味那个"管"字，她觉得那个"管"字里好像还有一点别的东西，有一种叫人不能相信的东西……这时候，八哥已不再相信任何人了。她觉得王的话也未免太简单了。他说他要管，可他却没说他怎么管。这么说，她跑了一天，却只跑来了一个字。这么一个字就把她打发了？当八哥走在大街上的时候，那一闪一闪的霓虹灯让她更为焦躁不安。到了这时，她发现她仍没有抓住一点可靠的东西，她仍然是什么也没有找到，心里头仍是空落落的。她觉得她已经"跑"疯了，一种豁出去的念头油然而生！那么，她还能破坏什么呢？她只有破坏她自己了。此时此刻，"自己"成了她惟一能抓住的东西。

于是，在当天夜里，八哥又一次坐火车赶到了省城。就在夜半时分，她又敲开了梅局长的家门。这时梅局长已经睡下了，梅局长问了一声："谁？"

她站在门外，猛吸一口气，说："我，八哥。"

六、大象无形

就在蔡先生笑的时候，呼国庆也笑了。

呼国庆接到了一个批件。当他看了那个批件后，不由得笑了。

呼国庆觉得，自他任县委书记以来，只有这一仗打得最漂亮，可以说是大获全胜！在这件事上，省报的副总编冯云山也是帮了大忙的。

当那个"内参"通过报社的渠道递上去之后，中央及省里的有关领导很快就作了批示，不到半月的时间，批件就下来了。因为是一个制假贩假的超亿元大案，那口气是很严厉的：要从重、从快、从严查处，杀一儆百！

有了这个批件，就如同有了"尚方宝剑"，呼国庆就更有信心了。到了这时候，呼国庆就觉得，这个姓蔡的虽然神通广大，也没有什么了不起，说到底还是一个农民。至于躲在幕后的王华欣，一直到现在也没敢露面嘛！有了这个批件，只怕他会躲得更远。呼国庆当然清楚，这一次打假，实质上是跟王华欣的一次公开较量！这一次可以说是打蛇打在七寸上了。一开始他就是十面埋伏，打了王华欣一个措手不及！现在的当务之急，是抓紧审那个姓蔡的，让他吐口。只要他一开口，王华欣的狐狸尾巴就露出来了！

于是，呼国庆马上给公、检、法的三长分别打了电话，要他们正确领会中央领导的批件精神，抓紧办案，特别强调说，包括那些行贿索贿的情况，不管牵涉到谁，都要一一查清……

然而，风向说变就变了。就在呼国庆打电话时，先后又有几十个电话打到了颍平。在这个时候，几乎所有人的口吻，都是一个意思：要从重从快！

只有蔡先生一个人在鼓里蒙着。蔡先生的花生米就快要吃完了，蔡先生等着有人给他送花生米来。可是，蔡先生等到的却是一个人。一天，一辆黑色的小轿车开进了东平县看守所。蔡先生转来转去，又回到了东平。就在他回东平的第二天，那个人就到了。蔡先生被看守提了出来，坐在了一个没有窗户的屋子里。接着，门一开，那人进来了。那人在他的面前坐下来，把一包花生米推到他的面前，却久久不说一句话。

蔡先生微微一笑，说："你来了。"

那人看着他，叹了一口气，说："老蔡，我救不了你了。"

蔡先生抬起头，看了看他，笑了。

那人从兜里掏出了一个复印件，默然地递给了蔡先生。蔡先生接过来，细细地看了。而后，蔡先生沉默了。蔡先生坐在那儿，一句话也不说。

那人说："老蔡，你要想说什么，你就说吧。这都怪我，我没有考虑到这一步。到了这时候，我已无回天之力了。"

蔡先生绵绵地说："那么说，上头已经定了？"

那人点了点头。

蔡先生想了想，说："你也知道，我是个残疾人……要说，这些年……也值了。"

那人说："老蔡，委屈你了。到了这一步，你决定吧。一切由你决定。"

蔡先生叹道："那花生米真香啊。"

那人说："老蔡，你拿主意吧。"

蔡先生说："我本意是想给弯店做点好事的。可咱没有做好事的本钱……"

那人说："我知道。"

蔡先生说："老婆就不说了，老婆早晚是人家的。我家里还有一个老娘……"

那人重重地点了点头。那人说："还有什么要求，你尽管说。"

这时，蔡先生淡淡地说："能见你一面，我这口气就咽下了。"过了片刻，蔡先生摆了摆手，说："走吧。放心，放心吧。"

此后，审讯蔡先生的步伐骤然加快了。蔡先生先是被押回到了县里，审了两场后，又被解到了市里。审他的人很明确地告诉他，与案情有关的，你可以讲，与案情无关的，就不要多讲了。蔡先生心里很清楚，于是，问到什么的时候，蔡先生就说："我无话可说。"

又是半月过去了。在这期间，呼国庆曾先后两次让公、检、法的人给他汇报情况，其结果是什么也没有得到。那姓蔡的不吐不咬……

很快，蔡先生就被"执行"了。在许田市的办案历史上，这是最讲效率的一次了。

那一天，许田市万头攒动，围观的人也特别多。走时，蔡先生特意换了一身干净衣服，理了一个寸头，竟还有了几分风雅。在临执行之前，又是一辆黑色轿车开到了刑场上，人们都认得那是市委书记的专车。车门开了，只见王华欣披着一件风衣从车上走了下来。他从兜里掏出了一张纸，让监刑的公安局长看了，而后挺身穿过了百米警戒线，来到了蔡先生的面前。看见他的时候，蔡先生笑了，蔡先生抬头望了望已有了十分凉意的秋阳，大声说："天气不错！"这之后，两人就站在那里说了一段话。两人究竟说了些什么，就没有一个人知道了。

再后，枪就响了……

一时，王华欣的行为成了人们街谈巷议的话题。紧接着，各种猜测不胫而走。关于两人到底谈了些什么，仅民间就有许多的版本……但这一次，王华欣却落下了极好的口碑！人们普遍反映，一个县级干部，在这种时候，还敢去看他，这就是条汉子！

蔡先生的尸体是八哥用架子车拉走的。八哥雇了一辆架子车，把蔡先生的尸体收走了。当尸体拉回村时，全村人都围上来了。可是，村里却没有一个人理八哥，谁也不理她。弯店的人只要说起来，都说她"脏"，连她的爹娘、哥嫂见了她，也像是见了苍蝇一样！安葬了蔡先生之后，八哥就走了。此后，她就再没有回来……

一个月后，人们才发现，蔡先生的娘已硬在了床上！她的床头上仍挂着那串虱子，连虱子也早已饿死了！

当呼国庆听到那些传闻的时候，他沉默了很久，心里慢慢地游出四个字来。那四个字是：

大象无形！

于是，呼国庆用力地拍了一下桌子。只听得"啪！"的一声，吓得秘书、干事们都匆匆涌进来了。只见呼国庆一脸青紫色，他摆了摆手，不耐烦地说："去！去！"

第十章

一、地上与地下

呼家堡的"新村"分地上和地下两种。

地上的"新村",是活人住的。一栋一栋,都有牌号。

地下呢,是死人住的。一列一列,也有碑号。

这是呼天成的又一伟大创举。

"文革"时期,到处都在破"四旧",破着破着就破到了死人的头上。上头一声令下,让村村都平坟。于是,那些先人们的坟墓都一个一个平掉了,先后种上了庄稼。原来村里呼、刘、王三大姓,有三块很大的墓地,全部平掉后,村人们也就没了上香烧纸的地方。一到清明,媳妇们也就马马虎虎随便找个地方烧一烧,表示一下意思。"文革"以后,风声不那么紧了,看邻村都把先人的坟头又一一竖起来了,呼家堡人也想这样做,却又没人敢,后来呼、刘、王三大姓的老辈人就找了呼天成,说了"祖先"的事情。那时,呼天成正领着村人集中精力建新村呢,顾不上,就说:"这事我记着呢,让我想想。"等地上的新村有了眉目以后,在一天夜里,呼天成忽发奇想,说咱干脆也建一座"地下新村",让走了的人到阴间也过过这集体生活,省得他们死后寂寞。这话说了,呼、刘、王三姓的老辈人面面相觑,可一时也提不出反对的意见,于是事情就这样定下来了。

"地下新村"的阴址，是呼天成亲自带人去选的，选来选去，选在了西岗上。西岗是一块朝阳的荒地，就是不上水。呼天成看了，说这地方好。这个地方，既不占好耕地，阳光又充足，八面采风，是个好地方哇。于是，这事就定下了。可是，到了迁坟的时候，又出事情了。首先，呼、刘、王三大姓的意见就很难统一。由于坟已平过多年，好多人竟然连先人的姓名都记不清了。呼、刘、王三姓，是按姓氏排呢，还是按辈分排呢？众说不一。老辈人说，总得有个规矩吧。其他杂姓的，就更麻烦了……结果，争来争去，谁也不服谁。他们争的时候，呼天成一直不说话。到了最后，人们说，就让天成定吧。于是，又是呼天成定下了一个原则。他说，既是"新村"，就得有"新村"的样子。就按号排吧，各姓按各姓的埋，统一排号，村里统一立碑。

　　在西岗上，呼天成让人专门拉了一道砖砌的花墙，栽了几行松柏，又砌了一道大门，还在大门前边搞了两个石狮子，门的上方书四个大字：地下新村。碑呢，是统一用水泥板制的。不管怎么说，先人归位的时候，好歹有个"身份"了。这"身份"对先人们来说，就是一个编号。其实，迁坟时，好多棺木打开以后，里边已经空空如也，什么都没有了。有的只剩下一片布，有的是还剩两块碎了的骨头，有的甚至连骨头也找不到了，只是一些沤坏了的木渣。还有一个最大的难题是，一门一门，一姓一姓的，谁是谁呢？记忆力好的，仅是能记住个大致方位，也弄不十分清楚，你说是你五叔，他说是他六爷，还有的说怕是俺四奶奶吧？……就这么糊糊涂涂地迁过去了。结果，迁到"新村"这边的，顶多只能算是先人们的灵魂了。在这里，每个灵魂都成了一个编号，从 001 开始，接下去是 002，003，004……一直排下去了。排着排着又排出事情来了，刘家祖上有一个人，是解放初期被镇压的；王家也有个人，是抗美援朝时牺牲的。于是，王家的人就说，俺土成爷是烈士！咋能跟刘老茂弄一样呢？刘家人说，人都死了这么多年了，骨头都沤成灰了，还论这论那哩？王家人说，咋能不论呢？烈士啥时候都是烈士。结果，争来争去，还是呼天成一锤定音，说：这样吧，凡镇压的，就不说了；凡是烈士，就加个红星，以示有所区别。

先人归位后，头一年过清明，村里的女人们就一拨一拨地站在"地下新村"里吆喝："咱爷是多少啊？"

这边就有人大喉咙喊："咱爷是175，咱奶是143！"

那边说："咋差着码哪？"

这边说："咱奶走得早！也不知是不是咱奶，弄混了。就那吧……"

还有人叫道："287是咱爹，还是咱娘？！"

那边就急喊："三叔，那是咱三叔！"

后来，呼天成说，咱也别搞封建迷信这一套了。到了清明节，村里集体送两个花圈，悼念悼念，让他们"联欢"吧。于是，也就没人再去送"纸钱"了，就让他们自己"联欢"。

这样，久而久之，在祭祀先人时，数字的记忆就渐渐地大于了血脉的记忆。不知为什么，人们一说到死去的人，就不由得想起了"地下新村"里的碑号，那些数码字立时就在脑海里出现了，一提起来，就是"几几、几几"。

在呼家堡，辈分和姓氏的力量自然就淡了许多。

可谁也料想不到，死人一旦有了区别，活人就也想"区别"一下。对这件事，反应最强烈的竟然是八圈！

这年冬天，八圈病了，他病得很重。头两天，还有人见他拄着棍在菜地里挑粪呢，没几天的工夫，人已经下不了床了。论年纪，八圈已算是高寿了，他这人看上去病恹恹的，竟活了八十多岁。因为八圈一辈子没有结婚，算是孤寡老人，他虽一个人住，生活呢，该是由村里管的。八圈一生病，就对人说："古人云，七十三，八十四，阎王爷不找自己去。看这劲儿，我活不了几天了。能不能让我见见天成？"人们就劝他说："圈爷，有啥你赚说了。该看病看病。呼伯太忙，你见他干啥？"他说，"我就一个要求，让我见见天成。"可那段时间呼天成太忙，一直没有空儿。于是，八圈就开始"上书"了。他躺在病床上，就接二连三地让人代笔给呼天成写信。每次"上书"，他就瞪着两眼，郑重其事地口述道：尊敬的天成……第二封又改成：敬爱的天成同志……第三封是：最最最敬爱的天成同志，我是快要死的

268

人了……

就这么一连写了三封，有天晚上，呼天成果然看他来了。看见呼天成的时候，八圈两眼一亮，说："天成啊，你可来了。"

呼天成走到床前，笑着说："圈叔，你的信我收到了。咋样啊？让大夫再来给你看看吧？"

八圈说："不用看。天成啊，我不中了。有句话，我想给你说说……"

呼天成说："圈叔，你也不用那么悲观，人嘛，都有老的时候。有啥话你就说吧。"

八圈的手抖抖地从被子里伸了出来，他手里拿的是一张纸，他抖着手里的那张纸说："天成，你看看，我可是平反了呀。县剧团早就给我平反了。这儿有红头文件，正式的。"

呼天成点点头说："我知道。圈叔，我知道你平反了。有啥事你说吧。"

八圈喘了口气，说："我这前半辈子，唱了半辈子的戏；后半辈子，挑了半辈子的粪，也算是给人民做了贡献了……"

呼天成说："那是，那是。贡献还不小哪。"

八圈说："那我现在算是……'人民'了吧？"

呼天成笑着说："当然是人民了。不是人民你是啥？"

这时候，八圈的脸微微地红了，那红像姑娘似的，竟带着一丝羞涩。八圈说："那我有个小小的要求……"

呼天成说："圈叔，你也不用吞吞吐吐的，有啥要求你说。"

八圈小心翼翼地说："我是快入土的人了，进那'地下新村'的时候，能不能赐我几个字呢？"

呼天成说："啥字？"

八圈说："你看，我是个唱戏的，一直唱旦儿，我有艺名……到了那边，我还想，还想给大家唱两口。"

呼天成笑着说："那好哇。你说吧，啥字？"

于是，八圈像孩子似的祈望着呼天成，说："你看，那碑上，能不能给我书四个字：人民艺人。"

立时，呼天成不吭声了。他沉默了一会儿，突然又笑了。他说："圈叔，你的要求不低呀。"

八圈的脸一下子憋得通红，他急急地说："你看，你看，我是'人民'吧？你刚才还说我是'人民'……"

呼天成说："圈叔，你是人民不假。我啥时也没说你不是人民。可这'人民艺人'……这这，我看就算了吧。"

八圈眼巴巴地说："天成，你看，我唱了半辈子戏，这总是真的吧？"

呼天成点了点头说："真的。"

八圈说："那我算是艺人吧？"

呼天成说："艺人，你是艺人。"

说着，八圈哭了。八圈抖着手里的那张纸，呜咽着重复说："你看，恁都说我是'人民'，这，我又是个艺人……我都平反了，红霞霞的章盖着，这又不是假的。你都不能赐我四个字……"

呼天成说："圈叔，你要别的什么我都能答应……"

八圈说："我啥都不要，我就要这四个字……"

呼天成说："圈叔，不是我不依你。这四个字太重了，没有先例呀。要是给你书了，别人书不书？这事，只怕得商量商量……"

八圈迷迷离离地说："早些年，我红着呢。那时候，你不知道我有多红。到一个村里给人唱戏，人黑压压的，有人躲在台子板下，从缝儿里抠我的脚……走的时候，大闺女小媳妇跟一群，送出十里开外，他们都叫我'十里香'。还有人叫我'浪半城'，这都是真的……"

呼天成背过身去，一声不吭。

这时，旁边有人提醒他说："圈爷，你别说了，那是旧社会……"

八圈仍迷迷糊糊地说："旧社会我唱戏，新社会我还是唱戏，就是词儿不一样。阳间我能唱，到阴间，我就不能唱戏了？"

呼天成仍是沉默不语。

八圈见呼天成不说话，就说："天成啊，我就要这四个字，恁商量吧。我等着，啥时候商量好了，我啥时候闭眼……"

呼天成叹了口气，终于说："那你等着吧。"

在此后的时间里，八圈就一直等着。他瞪着两只眼，怔怔地望着屋顶，半晌了才出一口气，但只要有人来看他，他就急煎煎地问："批下来没有？"

二、"人民"评议会

八圈是五天后咽气的。

在这五天时间里，有一次村里开干部会，呼天成还是把八圈的要求提出来了。他说："八圈有这个要求，大家议一议吧。"

村秘书根宝说："人都死了，要那干啥？"

有人说："那是灵魂。报上不说了，'灵魂'是大事！"

副村长呼国顺说："叫我看，人死如灯灭，两眼一咯叽，其实是啥也不啥。这人呢……"

呼二豹说："鸟！不就是四个字吗？那算个屄。"

有人马上打断他："那是四个字吗？那是荣誉！"

听人这么一说，呼二豹立即改口说："就是。圈爷这人，娘娘们们儿的。娘娘腔不说，走路还一扭一扭，指头还老翘着，浪不叽的，没个男人样！听我爷说，他年轻时，是个棉花锤，走一路弹一路，到哪都勾人家女人，好串个小场，嗨，愣是有人喜欢他……"

羊场场长呼平均说："依我说，他本就是唱戏的，给他书上也没啥大错。他这一辈子，连个女人也没有。有一回，我还见他偷偷趴厕所墙上，也不知看啥哩？说起来，也老可怜……"

妇女主任马凤仙抢着说："你还说哩，他这是流氓！我不同意。八圈的艺名是啥？恁知道不知道八圈的艺名是个啥？是'浪八圈'！恁听听，恶心不恶心？他能算是'人民艺人'？！要是给他书，那谁都能书！俺爹，喂了一辈子牛，书不书？到时候，也给他书上'人民饲养员'？！"

新任的团支书姜红豆撇了撇嘴，说："那是四个字吗？哪能光是四个字？！圈爷这人，反动不说，男不男女不女的，他算啥'人民艺人'？'人民艺人'是个荣誉称号，多光荣啊！那是一般人能用的？"

老委员徐三妮嚷嚷地说："恁知道八圈过去最拿手的是啥？《十八摸》，还有《小寡妇上坟》，他最拿手的是《十八摸》。解放前，只要他一上台，下头嗷嗷叫！说十八摸，十八摸……净黄色歌曲！"

马凤仙马上说："听听，这能是'人民艺人'？！"

有人小声说："阳间不管阴间的事。那他，不是要去那边了嘛。他又不在这边，他想唱两句，叫我说，赔让他唱了呗。他也不是净唱《十八摸》，他还唱过《李天保吊孝》《王金豆借粮》……"

马凤仙说："那边咋啦！那边也是'新村'，都不管了？叫他想唱啥唱啥？这也不对吧？"

于是，干部们齐声说：不能书！这可不能书！"人民"能是乱书的吗？！

这时，突然有人说："有了，有了。干脆就给他书上'浪八圈'，这不是他的艺名吗？"

立时，"哄"一下，众人都笑了。

这会儿，马凤仙又郑重地说："叫我看，圈爷这人思想有问题！报上不是说了，思想就是灵魂！不是谁不谁都可以书的。要是家家户户都提出这要求咋办？得定个规矩。"

有人说："这事咱得想好，要不，出魂的时候，他不走可咋办？"

此时此刻，众人都不吭了。

呼天成看了众人一眼，说："咱先说说，圈叔够不够格吧？"

干部们就七嘴八舌地嚷嚷起来。大多数人都说，不够格！也有的说，勉强。还有人说："死了就啥也不知道了，也不妨先答应他……"

就这么议了一会儿，呼天成说："要论说，圈叔还是有贡献的，在村里挑了半辈子粪，临老，有这么个要求，也不为过。关键是咱得有个标准，就像凤仙说的，得有个统一的尺度。要不，这也要书，那也要书，就乱套了……"

众人都说，那是，那是。

呼天成又接着说："我这个人，不迷信这这那那。啥魂不魂的，也就是个说法儿。说白了，敬死人，都是让活人看的。既然八圈提出来了，那别的人，也会提出来。咱这'地下新村'既然搞了，就搞好它。依我看呢，人干了一辈子，走的时候，该光荣的，也得让他光荣光荣，凡是对呼家堡做过贡献的，开追悼会时，当众宣读宣读，让后辈人也知道知道，这也是对下辈人的激励。现在，大家议一议吧？"

众人沉默了片刻,有人笑着说:"这等于说,从这个新村,到那个'新村'报到的时候,开个介绍信？"

众人都说:这好,这好。走了,开个"介绍信",省得到那边……

马凤仙突然举起手说:"有了,有了。我想起来了,干脆咱分三个等级：金魂,银魂,铜魂。贡献大的就书上'金魂',一般贡献的就书上'银魂',贡献小的就书'铜魂'……"

有人马上说:"这不好吧？这不好。"

猪场场长说:"我有个想法,你们看行不行？叫我说,那印是干啥用的,印就是盖的。走了,每人写上两句,盖上村里的大印……你听我说完嘛,盖三个印的,那是特别好的;盖两个印的,是比较好的;盖一个印的……"

有人抢白说:"不行,不行。你当是卖肉呢？一个一个都盖上戳？！这不是胡闹吗？！"

姜红豆脸先是红了红,说:"呼伯说了,遇事得多动动脑筋。我呢,头都想大了,想出个主意,也不知行不行？现在不是讲文明吗,上头搞啥都是四星、五星,咱能不能搞个'五星魂'？我还没有考虑好,也只是个建议。"

正在这时,有人慌慌地跑来说:"圈爷快不中了。他说,他不难为干部们了。要是那'人民艺人'批不下来,就算了。想想,这'人民'是重了,不书也罢。他说,他好孬也算是个艺人,要是能书的话,干脆就给他书上'艺人浪八圈'。他说,他不嫌丢人……"

众人听了,你看我,我看你,都面面相觑。而后,又都望着呼天成。呼天成说:"说起来,八圈也没啥大错,算是个好人。"

这时候，人们又齐声说：好人，好人。

于是，人们都想起了八圈的好处。八圈自从回到村里以后，就成了人们的"笑料"。那时候，人们都知道他是"戏子"，是个"四类分子"。然而，却没有一个人见他唱过戏。他明明会唱戏，可他回来后，却哼都没哼过一声，人们听到的，仅仅是一些传说。人们眼中所见的八圈，只是一个挑粪的八圈。后来，在漫长的日子里，八圈几乎成了村里的一道风景。每当他担着一副粪桶出现在村街里的时候，人们就不由得想笑。那时候，他的嘴上总是捂着一个破口罩。无论天冷天热，他都坚定不移地捂着这么一个破口罩。那口罩黑污污的，就像是牛头上戴的笼嘴，看上去不伦不类。更让人觉得可笑的，是他挑粪的姿势。有一段时间，只要他一担着粪从厕所里走出来，人们就无比兴奋地高声叫道："看，八圈出来了！八圈出来了！"八圈担着粪挑子走路是无一处不颤的，那就像是一株散发着臭气的柳树。他的步子，从来都是碎碎的，就像是有人捏着他的脚一样，一押一飘，一飘一押，不光脚尖翘，脚跟也踮，叫人疑惑他是用脚心走路的。他的腰呢，一软一软，明明挑着一担粪，却像是俏媳妇串亲戚，屁股摆动的幅度特别大，一左一右、一左一右地吊，往左吊时头往右扭，往右吊时头往左摆，那小屁股，不像是长在人身上，倒像是两坨棉花锤，弹得人揪心。两只胳膊，一只搭在扁担上，搭在扁担上也就罢了，可他那五个指头却是翘着的，又出一种挺恶心人的样子。懂行的人说，那叫"兰花指"。可八圈的"兰花指"却又跟戏上的不一样，八圈的"兰花指"更泥，泥得不像是人的手。他自己说，当年，他能做出七种花形。另一只胳膊，不是摆，那是舞的，一翻一顺，仿佛袖子很长，一会儿是甩，一会儿又收，就像是袖里藏着一只小鸟，一时飞出去，一时又飞回来……这边的指头呢，又的幅度小些，只是不停地转，转得人眼花缭乱的。不知为什么，那时的民兵连长呼墩子最恨他，他时常悄悄地跟在他的身后，冷不防就照他屁股上踢一脚，说："看看旧社会把人日弄成啥样了！"八圈扭头看看他，小声说："墩子，我惹你了吗？"呼墩子说："日你妈，猖狂啥？天天弄得我一身火！"八圈眨眨眼，不明白他是什么意思，也就不敢再吭了。八圈最绝的还有两手，一是他跨进厕所时的那一脚。那时候，村里的厕所都是简易的，用土墙一垒，中间隔上一道墙，用石灰在墙上刷一个"男"字一个"女"字，就成了男女厕所。这样的厕所是没有门的，为了防猪拱，总要扎上几根木棍挡一下。这道防猪的木栅栏有一尺多高，所以，八圈每次进厕所挑粪都要先跨过这道栅栏。于是，这一跨就成了八圈的绝活。每当他跨这一步时，总是先退出老远，吸上一口气，担着空粪桶，身子拧拧地端出一种小女儿的姿态，溜儿溜儿地碎步小跑，嘴里念着"蹬、蹬、蹬、蹬……蹬！"最后这一"蹬"音儿拉得特别的长，倏尔就"金鸡独立"，站在那当栅栏的木棍上了，一只脚竟然向后踢出，平身往前探去，颤颤燕儿飞状！伫立片刻，才一吊腰，从那木棍上拧身下来。那时他已六十来岁，这一"蹬"常叫人看得目瞪口呆！有人问他，说："圈叔，你这是干啥哪？"他讷讷的，也不吭。再后，他私下里给人说："你懂什么？这叫'丫环上绣楼'。"接着又赶忙说，"打嘴，打嘴。这是'四旧'。"八圈的另一绝，是他的针线活儿。可八圈从不承认他这是针线活儿，八圈说，这叫"女红"。八圈的"女红"是蹲靠在厕所的南墙边做的。天暖的时候，挑了粪的八圈，时常蹲在阳光下补他的破袄。他补袄时，总是扯一根长长的线，针是绣花小针，线是红丝丝的净线，那小针捏在手上，拿腔作势的，每一个动作都做得有节有拍，错落有致，细细地扎进去，长长地扯出来，一会儿绾一个花头，一会儿绾一个花头，指头柔柔地动着，一挑、一翻、一绕、一扣，硬是用手做出一个个憨、媚、娇、羞的小样儿！近了瞧（光看手的姿态），那就像一个思春的小姐在绣花；远了瞅，分明是两只调情的斑鸠在亲嘴儿……若是有系着裤带的女人从厕所里走出来，见了，都会忍不住朝墙上唾一口，在心里骂道：呸，贱不叽叽的！可每到这时，在厕所对面墙根处，总是蹲着一堆儿一堆儿晒暖儿的汉子。明里，那些汉子是"晒暖儿"的，其实呢，那眼直勾勾的，都在看八圈做"女红"！看是看，一个个嘴里却说："真他娘的恶心人哪！"然而，在那些日子里，八圈的这些说不出口的丑事，竟成了呼家堡的一道最吸引人的风景……

275

现在，八圈的日子不多了。临走，他想要个"人民艺人"的帽子。这看来是不能书的。既然"人民艺人"不能书，那"浪八圈"也是万万不能书的。要是书了，不光丢八圈的人，连呼家堡的名声也败坏了。于是，干部们都说，不好，这不好。要是真书上"浪八圈"，还不如不书。

就这么议来议去的，也没议出个名堂来。后来有人说："八圈要托生个女人就好了。"

众人也都说："对。圈爷要是个女人，那就好办了。"

最后，人们都等着呼天成发话，可他两眼眯着，一句话也不说。

正在这时，又有人快步跑进来，气喘吁吁地说："圈爷断气了！……"

干部们一愣，忽地都站了起来……只听呼天成闷闷地说："散会吧。"

两天后，埋人时，八圈的墓碑上刻的碑号是：311。

三、谁是主

谁也没有想到，紧挨着八圈走的，竟然是呼天成的娘。

那么，如果按正常的序列，在"地下新村"的碑号上，六奶奶将是：312。

六奶奶大约是不喜欢这个碑号的。她是信"主"的人。不知从什么时候起，她信"主"了。在一些日子里，天黑下来的时候，有人见她拐着一双小脚，匆匆地赶到邻村去，那是她做礼拜去了。

那时候，呼天成一直很忙，他忙起来，常常是一连几个月不回家，就是偶尔回去一趟，也是急匆匆的，拿了东西就走。所以，呼天成并不知道他娘信"主"的事。一直到了六奶奶病重的时候，他才知道，娘信"主"了。

在平原的乡村，大凡信"主"的，都是一些得了邪病的人。这些人不知怎么就患上了各种各样的怪病，久治不愈，而后在寻找偏方治病的途中，你传我，我传你，就都信"主"了。"主"在这里是一种念想，是一种无奈之后的精神开脱，是求告无门之后的一道"无形的门"。它重在一个"信"字。所以，在平原，"主"的教义大多是口传的，说起来，那都是一些很家常、很功利的白话。比如说，你信吧，信了病就好。比如说，"主"是叫人向善的，多做好事，不做坏事。"主"说了，不偷不摸不抢，上孝顺公公婆婆，下善待乡邻妯娌，走了就可以进天堂。进了天堂下一辈子就不会再受苦了，到了那时候，就跟"共产主义"一样，想吃啥吃啥，想要啥要啥……每到礼拜时，她们聚集在一起，大声诵唱着一些连她们自己也说不明白的句子；或是在默念中一遍一遍地向"主"祷告、诉说。平时，她们都是一些沉默寡言的人，可在这里，她们却一个个毫不害羞地放声吟唱，在群体中把心里的淤积喊出来，把藏在脑海里的"病"一次次地吐给"阿门"……而后是相互之间交流一些感受，叙谈着各自的病情。"病"是她们的因，"信"是她们的果。于是她们的聚会，就成了她们的一个个施放灵魂病魔的节日。

六奶奶本是个没大言语的人。由于六爷走得早，她已经守了三十八年的寡了。那时候，人人都说六奶奶有福，养了个好儿子，可六奶奶在村里却从未张狂过。平日里，六奶奶很少说话，早些年，她也是一样地下地干些薅草的活计，总是默默地来，又默默地去，拧着一双小脚。再后，年岁大了，就很少出门了。初时，六奶奶是得了偏头疼的病。夜里，她常常睡不着觉，总是用手紧紧地掐着一个地方，才会好受一些。那时，她每次出门，鬓角处总带着一块用手掐出来的黑紫。条件好些的时候，也治过一些日子，总也治不好。后来，在邻近的芳庄，她就信了"主"了。奇怪的是，信了"主"之后，她的偏头疼病果然就好了许多。于是，她就成了呼家堡第一个信"主"的人。

呼天成做梦也想不到，母亲的死，竟然成了对他的又一次挑战！如果他依了母亲，那么，在呼家堡，信"主"的就不是她一个了。

那天晚上，踏着月色，呼天成回家了一趟。进了院门之后，他突然发现娘的屋里晃动着许多的人影。于是，他就推开了娘的屋门。这时，他看见，在娘的屋里，站着五六个蒙着黑头巾的老太太。灯光下，只见老太太们一个个都勾着头，咂巴着嘴，双手合在一起，嘴里"扑噜、扑噜……"不知在念叨什么。呼天成一怔，说："这是干啥哪？"然而，却没人吭声，那些老太太仍是旁若无人地在"扑噜"着什么。片刻，只见门后有一个人站了起来，那人咳嗽了一声，说："你娘病了。"呼天成回头看了一眼，见那人是他七十多岁的老舅。老舅就住在邻近的芳庄。他说："老舅，你来了。"老舅瞪了他一眼，什么也没有说。呼天成又问："这是干啥哪？"老舅说："你娘病了，你都不知道？"呼天成说："我咋不知道。有病看病嘛。这是干啥？"说着，他就往娘的床前走去，可床前却站着一圈"扑噜扑噜"的老太太，他绕过那些老太太，站到了床角处。这时，他看见娘躺在床上，两眼半闭着，嘴里竟然也在"扑噜……"！于是，呼天成在屋里站了一会儿，默默地走出去了。

当他站到院里的时候，女人凑过来小声说："娘信'主'了。她们是来给娘祷告的……"

呼天成没有再理女人。呼天成站在那里，沉默了一会儿，朝屋里喊了一声："老舅，你出来一下。"

老舅从屋里走出来，劈头就说："说起来你也是当干部哩，你娘都病成这样了，你都不管？"

呼天成说："我咋不管？有病看病嘛，不是一直挂着水哪。我这就去叫医生来。"

老舅说："你也别叫，她那么大岁数了，净折腾她。你娘信'主'了。医生治不了她的病。"

呼天成说："医生治不了，那谁还能治？"

老舅说："'主'。你娘得的是心病。'主'能治她的病。"

呼天成看了老舅一眼，说："老舅，那些人是你领来的？"

老舅说："嗯。看看人家，都是自愿来给你娘祷告的。"

呼天成说："你把这些人都领走吧。娘病了我会管。"

老舅眼一瞪，说："我给你说，你娘信'主'了——阿门。你娘也没别的想头，就想跟着'主'进天堂——阿门。这是你娘的心愿。你总不至于挡你娘的路吧？"老舅说一句，就赶忙勾头"阿门"一下……

呼天成说："进啥'天堂'？我就不信这一套。"

老舅说："你不信？你不信算了。你娘信！"

呼天成火了，说："老舅，你把这些人给我领走。你要不领走我就不管了！"

老舅喷溅着唾沫星子说："你不管算了。我这回就不让你管了！"

呼天成说："舅，这话可是你说的？"

老舅晃着一头白发，一蹿一蹿地说："咋？是我说的！我是你舅，你还敢打我？！"

呼天成在院里站了一会儿，说："那好。既然你不让我管，我就不管。"说完，他扭头就往外走。

这时，老舅跳脚喊道："我是你舅！还反了？你是鳌子锅，我是铁锅排！你有种就别回来。你娘断气你也别回来！"

呼天成站在门口处，回头看了老舅一眼。自此，呼天成再没回过家……

不料，第二天，老舅就更"猖狂"了。半晌的时候，先后有一百多个"信徒"来到了呼家堡！这些人大多是一些妇女和老人，她们各自背着干粮，一拨一拨地从四乡里徒步走来，而后是一堆一堆地围在呼天成的家门前，席地而坐，接着村街里就响起了一片"扑噜……"声，她们一边祷告一边不时地在胸前画着"十"字，脸上带着一种肃穆、庄重的神色，最后是齐声"阿门"！那"阿门"之声在呼家堡的上空飘荡着，久久不散。

渐渐，先是有呼家堡的老太太抱着孩子出来看，接着围观的人就越来越多。到中午的时候，呼天成的家门前已围得水泄不通。只见那些"信徒"们一个个规规矩矩地坐在那里，嘴里不停地"扑噜、扑噜、扑噜……"她们也有不"扑噜"的时候，一旦停下来，她们就相互传送各自带着的干粮和水，你递给我，我递给你，你的就是我的，我的就是你的，饿了就啃一口干粮；渴了，就喝一口装在塑料瓶里的水……

这时，竟然有很多的老太太把手里拿的干粮递给那些围观的人们，说："吃一块吧，这是'主'的赐福。"很快，呼家堡的老太太就跟那些"信徒"们对上话了。有人说："谁让你们来的？""信徒"们就说："是'主'让我们来的。"又问："'主'是谁？""信徒"们说："'主'就是上帝。我们都是上帝的羔羊。我主耶稣……"再问："信'主'有啥好？""信徒"们说："信吧。这可不是迷信。上头有政策，说是信仰自由。你也自由一回吧，信'主'可好了。有病治病，没病消灾……"有人就问："啥病都能治？""信徒"们就说："对。啥病都能治。河西张庄有一姓马的，死了三天，又还阳了。那是'主'不让他走。'主'说，他的罪还没受完……"有人就问："那六奶奶的病咋不好哪？""信徒"们就说："六奶奶的罪已经被'主'免去了。六奶奶就要进天堂了。进天堂好啊，天堂里就跟共产主义一样一样……"说话间，突然有一位老太太哼了一句什么，众信徒就都跟着唱起来。她们咿咿呀呀地唱着，在午时的阳光下，那喑喑哑哑的歌声既让人沉醉又让人迷茫。

错午时，呼天成的老舅一踽一踽地从门里走出来了。他站在村街上，跺着脚扬声骂道："日他先人，特上样儿了吧？！连口水也不预备？啥东西？！……"立时，就有"信徒"说："别骂别骂，咱是自愿的。你饿了？这儿有馍……信'主'了，咱可不能骂人。"老舅就一颠一颠地说："恁不能骂，我能骂。我是他舅。我是他亲舅！舅是干啥哩？舅就是来给娘家人出气的！还当干部哩，啥干部？吃屎干部！那礼数都学到裤裆里了？天成哩，把天成给我叫回来！一天了，连个面都不照……"

听他这么一骂，那些围观的人反倒一个个出溜出溜不见了。他们像躲什么似的，说走就都走了。突然之间，村街里只剩下了那些嘴里仍在"扑噜"的"信徒"们……"信徒"们四下望望，很吃惊地说："这里的人怎么猫样？"

于是，老舅更是放声大骂，老舅本是信主的人，可他一骂就骂回来了。他很传统地骂道："……六蚂蚱七秋黍，驴尾巴吊棒槌，狗屎不是！黄鼠狼播兔娃，一窝不胜一窝！秋核桃砸青柿子，净扁头疙瘩！

门栓上挂黄绫子，充屦啥哩？！嗑瓜子嗑出个臭虫，这叫人吗？这还能算是个人？！人是个啥？人不是五谷杂粮喂的？人是狗生的猪养的马操的？我日他先人哪！……"

这些话最后又传到呼天成耳朵里去了。就在信徒们"扑噜、扑噜"给他娘祷告的时候，呼天成却在茅屋里的那张草床上躺着……这时，不断地有人跑来告诉他："来了好多好多人，净迷信，净迷信哪！"又有人跑来说："是不是把她们撵走？那嘴里都是'扑噜、扑噜'，也不知'扑噜'的啥？"还有人跑来说："骂开了，骂开了，你老舅在那儿骂呢，跳脚大骂……"可不管谁说什么，呼天成都一声不吭，他就在那儿一动不动地躺着。

一直闹到了黄昏时分，女人黄着脸跑来说："娘睁开眼了。娘四下瞅呢，娘怕是想见你……"

呼天成不吭。

女人又说："娘既然信了，就让她信一回吧……"

呼天成仍然不吭。

夜半时分，女人又噔噔噔跑来了。女人流着泪说："娘怕是不行了。医生说，水都输不进了……"

女人说："娘的眼还没闭呢，临老，你不见娘一面？"

这时候，干部们都在外边站着，等着呼天成说话。可呼天成仍是沉着脸，一言不发。

这天夜里，呼家堡几乎家家都亮着灯，人们不时地朝外探头看看，仿佛在等待着什么，就那么一直默默地等待着……

凌晨一点，老舅来了。老舅是被村里的干部们劝来的。老舅呼呼地喘着气，站在了茅屋的门前。老舅在门前站了一会儿，终于说："你娘不行了，你娘开始捯气了……你回去吧。俺走，俺马上走。从今往后，我这老姐姐一去，咱就算断亲了！我永不再踏你家的门！"说完，老舅两手一背，勾着头走了。

回到呼家，老舅往床前一跪，放声大哭道："老姐姐，老姐姐呀！你就这一个心愿，我都没有给你办成，我老无能啊！……"哭了一通之后，他走出房门，长叹一声，对着黑漆漆的夜空说："主啊！……"而后，他又对那些坚持了一天一夜的"信徒"说，"走吧。走吧。咱走！"

终于，万般无奈，"信徒"们齐声"阿门"之后，还是撤走了……

呼天成是天将明时回家的。那时，娘已断气了。呼天成一步一步地跨进屋门，他在娘的灵前站了一会儿，硬硬地说："……穿衣裳吧。按村里的规定，明天开追悼会。"

可呼天成并没有参加娘的追悼会。他睡了，他一睡睡了三天。有人悄悄地说，呼伯确实睡着了，他听到了呼伯的呼噜声……

最终，六奶奶也没按"主"的旨意走，在岗上的"地下新村"里，她的碑号仍是：312。

后来，有人说，从没见过像呼天成这么"钢"的人。娘死了，一滴泪都不掉！

四、挂"星"的灵魂

在呼家堡，老曹竟成了第一个挂"星"的灵魂。

老曹是递年的夏天去世的。

在那年夏天里，老曹踩在了皮带轮上，他就像是鏊子上的烙馍一样，几经翻卷，最后变成了呼家堡纸厂的第一张纸。

老曹本是劁猪的。那时候，他常年在外游逛，大部分时间在四乡里给人劁猪，当然一有机会他也干些别的，比如修个柴油机啦、马达啦。老曹是个能人，手很巧，干什么都是一看就会。老曹这人从不跟村里人打交道，可他最敬重一个人，那就是呼天成。当他在外游逛了一些日子之后，他认为他发现了一个很好的"副业"。于是，他跑回来对呼天成说，支书，咱村也办个纸厂吧，看外边办纸厂老赚钱。呼天成说，你行吗？他说，行。多厉害的狗，我都收拾了。呼天成默默地看了他一眼。他赶忙又说，我知道村里人都恨我，我是想给村里人办件好事。

于是，呼天成答应了。他就凭着一张脸，去市里跑了几趟，赊回来了一个旧锅炉、一台烘机。打浆机是老曹自己摸索着造的。老曹说，打浆机就不用花钱买了，咱自己弄。于是，老曹跑到人家的纸厂偷偷看了几回，比葫芦画瓢，就自己摸索着干了。当时一村人都很兴奋，说老曹不简单！

这是四月半的事，当时，呼天成给老曹下了一道命令，说是"五一"出纸。老曹很听话，就一门心思忙"五一"出纸的事。然而，谁也想不到的是，到了"五一"那天，老曹竟成了呼家堡纸厂出的第一张纸！

呼家堡纸厂是四月二十七开始试车的。在"土技术"老曹的带领下，一连试了三天三夜，可就是出不来纸，不是这里有问题，就是那儿有毛病，出来的只是一些像麻袋片一样的东西，没有一块囫囵的……老曹就说，别慌，我说叫它出来它就得出来。那时候老曹已经三天三夜没合眼了，他的两只眼熬得像血葫芦一样，却还是不甘心。最后一次试车的时候，他专门让人把呼天成叫来，说这次一准成功。当人们把呼天成叫来时，老曹对呼天成说，开始吧？呼天成四下看了看，问：咋样？他说：行，这回准行。呼天成就点了点头说，那就开始吧。于是，老曹就慌慌地跑去亲自推闸。老曹个太矮，蹿了两蹿，伸手仍够不着挂在墙上的闸刀，他干脆就趄起身子，顺势踩在了皮带轮上，高高地举着一只手，只听"轰隆"一声，闸是推上了，机器也跟着转起来了，可老曹头一晕，却像烙馍一样卷在了皮带上……就在眨眼之间，又听到"哗"的一声巨响，站在另一边的人就高声喊道："出来了！出来了！"当人们围上去看时，却又见纸槽里一片红染染的，人们诧异道：咦，咋是红纸？！

然而，那却是老曹的血……

当机器停下来时，老曹的两只眼还直直地瞪着，可人已经成了一张碎纸了。

顿时，人们都吓傻了。一个个像呆子似的，大眼瞪小眼……

只有呼天成一个人默默地走上前去，看了看老曹。这时老曹已成了一张半卷的红纸！他的两只眼直瞪瞪地往外鼓着，像个抽了筋的瘪皮蛇，样子十分难看。老曹身上的骨头全碎了，骨头碴子一截一截地戳在外边，把身子扎得就像个烂了的柿饼……过了一会儿，呼天成抬起头来，大声宣布说："老曹是因公牺牲的。他是烈士。他是咱呼家堡的英雄！"

这时，人们才慢慢地醒过劲来。又过了一会儿，呼天成对那些傻站着的人说："你们都过来。"于是，人们都怯怯地走了过去。呼天成说："你们看，老曹闭眼了吗？"到了这会儿，人们才一个个大着胆走上前来，看了看老曹，而后说："没有。"呼天成就说："老曹是死不瞑目啊！你们说怎么办？！"众人都不吭声了，谁也不知道该怎么办。呼天成就说："咋也得让老曹闭眼哪！你们说是不是？"众人也都说："是。"接着，呼天成又说："咱就是不干了，也得把第一张纸弄出来！"于是，他当即派人赶往城里，说无论如何也要把造纸厂的技术员请来；同时又吩咐人就地给老曹布置了一个灵堂。

而后，呼天成就去捂老曹的眼睛，可老曹的眼睛鼓得像气蛋似的，已经炸出了眼眶，捂了半天也没捂上。于是，呼天成就默默地站起身来，立在老曹的灵前，一动不动站着……

待过了一天一夜之后，机器通过技术员的再三调试，终于把一张纸完整地生产出来了。到了这时，呼天成才转过身来，亲自把这张纸盖在老曹的身上，说："老曹，你瞑目吧。"

接着，呼天成亲自主持了全村人参加的追悼会。在会上，呼天成流泪了。他流着泪说："毛主席说，人固有一死，有的人死了，重于泰山；有的人死了，轻于鸿毛。老曹是因公牺牲的。他为了呼家堡三天三夜没有合眼，最后倒在了机器旁，他的死重于泰山！当然了，有人会说，老曹过去也干过一些不那个的事情，可人无完人嘛。看人要看大节、看主流嘛。无论怎么说，这一次，他是功臣！是我们呼家堡的烈士！他的家属，在我们呼家堡，应该享受烈士的待遇。有人会说'烈士'是要上头批的。可老曹这样的烈士，不用上头批。老曹是我们呼家堡的光荣，我们自己定的烈士用不着上头批。今后，凡是因公牺牲的，都是呼家堡的烈士！在这里，我号召全村人向老曹学习！"

往下，干部们一个个上去发言，都说了老曹的很多好话……

老曹是"倒插门"来呼家堡的。老曹的女人怎么也想不到，老曹"走"得竟如此风光！那时候，老曹每次回村，大都是有人拽着他的脖领子揪回来的，身上也挂过"投机倒把"的牌子……现在老曹是"烈士"了。老曹的几个儿子也都跑上来乱纷纷地给呼天成磕头。不料，呼天成却喝道："干啥呢？起来，起来，有头给你爹磕去！以后得好好跟你爹学！"

当晚，守灵的时候，老曹的小三偷偷地对他的两个哥哥说："咱爹临死那天，半晌还回家了一趟……"

曹家老二说："回家干啥呢？"

小三悄悄地说："拿回来了一个轴承，铜的。"

老大兜头给了他一耳光："胡说！"

小三说："真的。我看见了。包着油纸，爹藏到梁头上了。"

老大说："再胡说，看我不打你的嘴！"

小三分辩说："真的。不信你去看看。"

曹家女人一惊，黄着脸说："出去可不敢乱说。你爹是烈士。你爹如今是烈士了……"

小三说："我知道。出去我不说。"接着又小声说："我用舌头舔了一下，真是铜的。"

第二天，呼天成亲自带领全村的老老少少去给老曹送葬。老曹本是外姓人，他是呼家堡的女婿。应该说，老曹的一生是很不得志的。他的目光总是很阴鸷。他在村里从来没有得到过人们的尊重，人们看到他的时候，都说老曹这人邪，是眼邪，说他长着一双狗眼。长期以来，他一直是一个"倒插门"的。在平原，"倒插门"是一个很低贱的词语，那是一种让人看不起的行为。这就等于说，他为了女人出卖了他的姓氏，也出卖了他的后代。在村里，人们甚至不知道他究竟叫什么，无论是大人还是孩子，都喊他老曹。在这里，老曹仅仅是一个代号，这是对一个外姓旁人的客气，也是一种骨子里的疏远。可谁也没有想到，他的葬礼竟然会如此的隆重！呼家堡广播站的两个大喇叭也架到"地下新村"门前的石狮子上，喇叭里放着哀乐。下葬的时候，所有的人都对着他的棺材三鞠躬，对着这个矮矮的小个子的灵魂表示哀悼……

当人们排着队来悼念老曹的时候，心里都藏着一种说不出来的滋味。谁都觉得老曹似乎不应该享受如此隆重的葬礼，老曹算什么呢？他只不过是一个外姓旁人罢了。是呀，老曹死得很惨，老曹一推电闸就过去了，也就是眨眼之间，老曹成了一张红颜色的肉纸。可这又怪谁呢？一个劁猪的，这不是逞能吗？可谁也没有把心里的话说出来。人们只是走得很麻木，悼念得也很"过程"。谁也说不清呼天成为什么要这样做。他亲娘死的时候，他一滴泪都没掉，他甚至没有到墓地来。可对于老曹，他怎么会如此的看重呢？到底为什么？！谁也想不明白。可他硬是这样做了。人们就只有跟着走。

跟着走哇！

于是，在"地下新村"里，老曹的墓碑上光荣地凿上了一颗星。这是呼家堡多年来给死人缀的第一颗星，这颗星是在众人的目光下，由刘全老头一凿一凿刻上去的，而后又刷了两道红漆。很耀眼哪！这光荣虽说是死亡之后的，可它映在人们的眼里，就成了一种很刺激人的东西。

葬礼结束后，呼天成独自一人在"地下新村"里站了很久。

天晴着，有云儿在天边远远地、绵绵地飘动。西岗地势高，站在这里，眼前是茫茫无垠、纵横交错的平原。五月，麦子已抽穗了，到处都是一片绿汪汪的。油菜地里，是一摊灿烂的黄。再往下走，就是村子了，那排房一栋栋的，已初具规模。身后是死人，眼前是活物。两个"新村"。生与死，离得很近哪。死是活的说明，活也是死的寄托。看来，人是活念头的，一个念头，就可以产生一些活生生的物什。只要你敢想，只要你用心，就没有办不成的事情。有时候，你必须超常办事，你必须出人意料，就像耕地的老牛一样，你要是冷不防甩上一鞭，它就会猛一激灵！如果不可能的事情能够成为可能，那么……

那是一颗星吗？那是一条路！一个伟人说，榜样的力量是无穷的。这就是"榜样"！

可是，老曹搞的那个纸厂，也只是断断续续地生产了三个月，生产出了一堆没人要的揩屁股纸。那些纸一张也没有卖出去，后来都分到了一家一户，让人擦屁股用了。

在"地下新村"里，老曹仍然是"烈士"。

五、大偷与小偷

递年春天，下过第一场雨后，呼家堡又有一个人被送进"地下新村"享福去了。他的序号是：313。

313 是孙布袋。

孙布袋最后是笑着走的。

那还是十一月的时候，有一天，呼天成从城里开会回来，刚走到村口，就被一个人拦住了。

那竟是秀丫。

秀丫说："我都等了你一天了。"

呼天成看了她一眼，说："有事吗？"

秀丫默默地说："他……快死了。他想见你一面，跟你说说话。"

呼天成迟疑了片刻，抬起头，看了秀丫一眼，用手拍了拍脑门，想了想说："好。我就见见他。"

于是，两人一前一后地走着，呼天成就跟着秀丫去了。进了门，呼天成才发现，孙布袋果然病得很重。只见他病恹恹地躺在一张小木床上，露着一个白苍苍的脑袋。人是会变的呀！本来个头很大的孙布袋，人已收缩得走了形，就像个孩子似的躺在那里，显得又瘦又小。孙布袋后来一直在村里放羊，他放了近三十年的羊，这会儿，他身上仍然残留着一股刺鼻的羊膻味。

看见呼天成进来，孙布袋微微地扬起头，脸上顿时亮起了一小块病态的红晕。他笑了，他大口大口地喘着气，笑着说："你还是来了。"

呼天成望着他，默默地看了一会儿，说："布袋，有病咋不去治呢？"

孙布袋说："时候到了。治也没用。你坐吧。"说着，他用力地咳

287

嗽了一阵，眼白翻了翻，望着站在一旁的秀丫和女儿，说："出去吧，你们都出去吧。让我跟老呼单独说句话。"

等人都出去后，孙布袋缓声说："过去，我一直怕你。我怕你怕了一辈子。我现在不怕你了。"

呼天成笑了，淡淡地说："你怕我干啥？"

"过去，我一看见你就想尿。真的。"孙布袋说。

呼天成望着他，说："真怕？"

孙布袋说："真怕。"

呼天成沉默了一会儿，大手一挥说："算了。你病成这样，都不要计较了。你说呢？"

孙布袋喃喃地说："没有几天了。也就是两三天的事。我已经让人去给我看过'号'了。到那边，坟头排在我三哥的后头，我是313。这'号'好啊。"

呼天成笑眯眯地望着他，一句话也不说。

孙布袋吃力地咳嗽了一阵，说："老呼哇，我年轻的时候，偷过庄稼，背了一辈子小偷的罪名。其实，我还真想再偷一次，能再偷一次多好。可我活不了几天了……"

呼天成眯着眼，望着孙布袋，笑着说："布袋，那时候，你啥没偷过？你偷得真巧妙啊。"

孙布袋也笑了，他笑着说："有一次，我偷了六两芝麻，没有一个人知道……"说着，孙布袋喘了口气，带几分狡黠地说："可我偷不过你。你是大偷，我只能算是小偷。我这一辈子，没偷过人吧？"

呼天成望着他，摇摇头，说："布袋，这么多年，你也没闲着呀。我知道，你一直想抓我的把柄……"

孙布袋往上挪了挪身子，喃喃说："你都知道了？"

呼天成直直地看着他，点了点头。

孙布袋说："其实，我还得谢你呢。真的。你也知道，我原是一个懒人，是你让我变勤快了。"

呼天成笑着说："噢？是嘛。"

孙布袋脸上那一小块更红了，他的一只手紧扣着床板，歪着身子说："可不。可我盯了你那么多年，到了也没把你抓住……"

呼天成淡淡地说："你也不容易呀。"

"我知道我斗不过你。本来，我是有机会的……"孙布袋有些遗憾地说。

"我也给过你机会。"

孙布袋喃喃道："是哇。有天晚上，大月明，我就要抓住你了……"

"我一直等着你呢。"

孙布袋说："其实，我要抓你也容易。那时候，我就没睡过觉，我一夜一夜盯，要是有一点动静，我就过去了……"

"那声音就跟猫盖屎一样。"

这时，孙布袋趄着身子，突然从被子里伸出了两只手，那手像鸡爪一样佝偻着，已经伸不开了，他晃着两只手说："你看，我放了三十年羊，你放了三十年'我'，人也是畜生。"

呼天成略显惊讶地望着他，说："布袋，你长见识了。"

孙布袋说："人老了，糟践粮食多了……"

呼天成说："我也老了。"

孙布袋说："人一老，就成贼了。"

"老贼？"

"老贼。"

呼天成点了点头："有道理。"

孙布袋："你闻出来了吧？我身上有股味。孩子们都不大理我，我身上有股羊膻味。那时候，我就睡在羊圈里，一天一天，我觉得我都快变成狼了……"说到这里，孙布袋沉默了一会儿，又喃喃地重复说，"我放了近三十年的羊，身上有味了。"孙布袋说着，眼里突然出现了一个灼人的亮点，那亮点像火星儿一样迸出了眼眶，直直地烧着呼天成："有一年，我掐死过一只羊羔，你不知道吧？"接着，他笑了笑说："你要是知道，早把我斗死了。"

呼天成说："为啥？"

孙布袋喘着气说："我恨你。"

孙布袋又说："我给你娶了个女人……"

呼天成背过身去，一声不吭。

孙布袋恶狠狠地说："我把脸都卖了，结果是给你娶了个女人……"

呼天成说："其实你不该娶她。"

孙布袋手一摔，一撑，硬是扬起了小半个身子，他呼呼哧哧地说："那是我用'脸'挣的！"

呼天成在沉默了很久之后，终于说："我这一辈子，就办了这一件错事。"

孙布袋突然咳嗽起来，他咳嗽了一阵，说："你不光害了我，你也害了她。你不知道吧？我老是掐她，夜里，我一夜一夜掐她，我只掐那一个地方，让它紫了黑黑了紫！可她一声不吭……"

呼天成的呼吸陡然变粗了。

孙布袋说："你们都不把我当人，我也就不当了。当个人老难。"

孙布袋又说："那本书，是我撺掇八圈献给你的。你不知道吧？"

呼天成怔了一下，说："啥书？"

孙布袋说："就那本书，练的是'童子功'……"

呼天成站在那里，一言不发。

片刻，只见他快步走到床前，弯下腰去，盯着那两只浑浊的眼睛，低声说："布袋，我这就去叫车，立马派人把你送到省城的大医院去，让医院全力抢救你！你得活着，你就好好活吧。"

孙布袋眨了眨眼，眼里竟然透出了一丝惊恐："我……尿了。我一看见你，就想尿。"接着，他喘了口气，说："你，是想折磨我吧？"

呼天成说："折磨你干啥？我想让你好好活着。你给呼家堡放了三十年羊，你是呼家堡的功臣。"

孙布袋木木地说："我知道，你是想看我的笑话呢。"

呼天成说："还是活着好。"

孙布袋愣了一会儿，忽然间笑了。他脸上的皱纹一堆一堆的，那些干了的皱褶一点点地红晕起来，整个脸显得红扑扑的。他顿时成了个顽皮的孩子，他拍了一下床板，乐呵呵地说："可我活不了了。县上的大夫说了，我是癌症，还是晚期，啥啥都扩散了。真的，我活不了了。"

呼天成默默地望着他，像是很失望地说："布袋，你还是不要走。"

孙布袋说："咋，你能挡住？"

呼天成皱了皱眉头："我是说，你一走，我就没有对手了。"

这时，孙布袋哭起来了。他像狼一样呜呜地哭着说："我跟你斗了一辈子，头发都愁白了，从来没胜过……"

呼天成说："这一回，你胜了。"说完，他扭头就走。

孙布袋追着他的屁股说："我胜了？我也能胜一回？"

六、生命在于运动

就在埋葬了孙布袋的那天晚上，呼天成把秀丫叫出来了。

那是个月黑头的日子，天黑得像锅底，四周鸣着春虫的叫声，那叫声一咬一咬地呼应着，聒出了很多的春意。呼天成说：走走。秀丫没有应声，只是默默地跟着他走。

春天了，风里已没有寒气了，风开始扯丝了，风一丝丝地扯动着，竟能从指缝里漏走。却又觉得那无边的黑鬼魅魅的，像是长了很多小手。所以，秀丫不时地要回头看一看，然而却什么也没有。可是，走着，走着，秀丫忽然"咦"了一声，这一声很轻，但也引起了呼天成的注意。呼天成说："你怕了？"接着，呼天成又说："跟着我你还怕什么。"

秀丫不吭了。可她心里却起了疑惑。她想，怎么走着走着，走到岗上来了？她看见了"鬼火"，远远的，她看见了那绿荧荧的、一忽儿一忽儿的"鬼火"。再走，眼前出现了一片黑乎乎的东西，秀丫明白了，这是"地下新村"。呼天成竟把她带到这里来了。白天里，她就在这里葬了她的男人……

秀丫顿时站住了。她不走了。

这时，呼天成扭头看了她一眼，说："我这人从来不迷信。你没听人说，生命在于运动。"

这话说得很含糊。他的话总是很含糊，秀丫一点也不明白他的意思。可她不能不走了，这个人的声音就像磁铁一样，一下子就把她吸住了。不管他说什么，她都会听。在她眼里，他从来就没有错过。于是，她心里虽然有些害怕，却仍旧跟着往前走。她心里说，我是疯了，疯得没有边了。这么多年来，只要一看见他，死我都愿。

再走，就是"地下新村"了。眼前是一道黑花花的墙，在墙的后边，是一个个埋着死人的坟头，秀丫不敢往前看，看了让她头皮发麻。可呼天成却一直在她头前走着，他真胆大呀！这个地方是他命名的，他说叫什么，就是什么。这时，她听见呼天成说："这里多静。等我们老的时候，也会睡在这里。所以你什么也不用怕。你要怕，就是自己吓自己。"

人在夜里浸得久了，就慢慢地跟夜融在了一起，这时候，四周好像亮了许多，那黑也显得不那么厚了，夜已成了一缕缕的黑气，在你四周来来回回地游走。于是，那些墓碑仿佛一个个地直起身来，汪着一片青墨色的凉意。春天了，那黑也温和了许多，带着沁人的暖意。天墨墨的，星星离得很近，却又很模糊，到处都是一眨一眨的针样的亮光。突然之间，那密织的黑气四下奔逃，像纱一样地卷走了，天空一下子明亮起来，星星越来越远，一轮黄灿灿的新月陡然出现在夜空里，墓地里亮亮地映出了两个人的身影。这突然出现的亮光把秀丫吓坏了，她一下子扑在了呼天成的怀里，一动也不动……等秀丫睁开眼的时候，她发现，她就站在她那死鬼男人的坟前！

新土，眼前是一丘新土。月光照在水泥制成的墓碑上，那上边有新刻的碑号：313。

秀丫下意识地松开了手，往后退了两步。就在这时，她听见呼天成说："我这人从不迷信！"

秀丫勾下头去，喃喃地说："你……这是干啥？"

然而，呼天成看了她一眼，却突兀地说："脱。"

秀丫身上陡然出现了一丝寒意，她的身子抖得像筛糠一样，喃喃地说：“这……这是干啥呢？”

呼天成说：“这么多年了，我从来没勉强过你。你要不愿就算了。”

秀丫哭了，秀丫哭着说：“……这是干啥呢？”

呼天成忽然改了语气，他和缓地说：“秀丫，你不用怕，有我呢。”

秀丫的身子不再抖了，她低声说：“就在这儿吗？”

呼天成说：“就这儿。”

秀丫沉默了一会儿，低声说：“还是换个地方吧，这里阴气……重。我怕你落下……毛病。”

呼天成说：“我这人阳气旺，我不怕这这那那。”

秀丫站在那里，仍然迟疑着。一瞬间，天又暗下来了，有阵阵阴风朝她袭来，恍惚间，她觉得男人正慢慢地从棺材里坐起来，目不转睛地望着她……

呼天成看着她说：“他死了你还怕他？”

她说：“我不是怕。我一点也不怕。我只是有点膈应……”说着，不知怎的，秀丫身上就有了一股力量。她望着呼天成，先是慢慢脱去了脚上穿的两只鞋，那是一双带有孝布的黑鞋，她把鞋褪在地上，就仿佛脱去了一种束缚。而后，她很快地脱去了上身的衣裳，这时她用力猛了一点，一不小心竟绷掉了一个扣子，那粒红扣子像流星一样向远处飞去。往下，她一咬牙，把裤子也脱了，她就那么光条条地迎风站着……

她心里说：“布袋，死鬼，你要是心里有气，就朝我来吧。”

这时，呼天成说：“秀丫，你躺下吧。”

于是，她就顺从地躺下了，躺在了坟前的一片草地上……

到此为止，呼天成仍在那里坐着，他从兜里掏出烟来，点上，慢慢悠悠地吸着……而后，他说：“秀丫，你是我的女人，一直都是。这没错吧？”

秀丫默默地说：“是。”

呼天成又说：“我没有勉强过你吧？”

秀丫说：“没有。”

呼天成说："我这一辈子就做错了一件事，我对不起你呀。"

秀丫说："我不怪你，我从来都没埋怨过你。"

呼天成咬着牙说："他掐过你，他一夜一夜地掐你，是吧？"

秀丫哭了，她哭着说："别说了……"

呼天成叹了口气，说："我欠你太多了，怕是还不上了。"

秀丫流着泪说："你别说了。别再说了。"

接下去，呼天成就坐在那里默默地吸烟，小火苗在他眼前一明一灭地烧着，一直到那支烟吸完的时候，呼天成才"哼"了一声，恨恨地说："他以为他胜了。可他从来就没有胜过。"接着，他扭过头来，对着墓碑说："布袋，你以为我怕你？我什么时候也没有怕过。你要是有种，就从棺材里滚出来吧！"说着，他站起身来，把那烟头在墓碑上按灭，这才回身对秀丫说："你起来吧。算了，地上太凉。"

秀丫突然直起身子，她的两只乳房在身前一悠一悠地扑动着。她突然说："他死了你还恨他。"

呼天成说："人死如灯灭，我恨他干啥？再说，他也不值得我恨。"

接着，她又补充说，"你也恨我。"

呼天成说："我怎么会恨你呢？"

秀丫大声说："那，你'写'我呀,你来'写'我呀！我不怕这死鬼，我也不怕丢人，来吧，就让他看着，你'写'呀！"

呼天成一下子呆住了。

第十一章

一、谈判

那个电话来得很突然。

接电话的时候，呼国庆正在兴头上。上午，他刚刚代表县委、县政府去给教师们补发了拖欠已久的工资，而后又与流着泪表示感谢的教师代表们一一握手，合影留念。在那个特殊的时刻，他也是很激动的。不管怎么说，在全县教师面前，他终于实现了他许下的诺言。特别值得一提的是，有些教师竟感动得称他为"呼青天"！一个县级干部，当被人叫做"青天大老爷"的时候，那心里的滋味还用说吗？

下午，他又主持了一个具有半秘密性质的商务谈判，把那些从"造假村"抄来的机器设备以三千六百万元的价格卖给了南方的一个买主。这件事在某种意义上说，是非法的（这对国家而言）；在某种意义上说，却又是合法的（这对颍平县而言）。所以，谈判是在极秘密的情况下进行的，县里只有极少数人知道。开初的时候，谈判进行得很艰难，双方一直僵持着。作为一个县的县委书记，他当然不会直接去跟人谈判。但谈判的进程却是由他来操纵的。去跟人谈判的范骡子每隔一个半小时"尿"一次，每"尿"一次就跟他通一次电话……后来，谈判终于成功了。说实在话，这三千六百万等于是白捡的。有了这三千六百万作机动，颍平县的日子就好过多了。他这个县委书记，能不高兴吗？！

人一高兴，在招待买方客人的酒宴上，酒自然就喝得多了些。所以，当晚，呼国庆没有回去，就在县委招待所的那个（专门由他支配的）套间里住下了。进了套间之后，他把身子往席梦思床上一扔，却仍然没有一点睡意，脑海里乱哄哄的，异常兴奋。不知怎的，冥冥之中像是有感应似的，他突然想起了小谢……他暗暗地叹了口气，心里说，泡个澡吧。

然而，就在服务员给他放好了洗澡水的时候，电话铃响了。

呼国庆刚脱了衣服，他没打算接这个电话，可他看电话铃一直响着，一遍一遍响，很好玩。于是，当铃声响到第六遍时，他才走过去，拿起电话，"喂"了一声，说："哪里？"

电话嗡嗡响着，很远，里边只传来了一个字："……我。"

呼国庆的酒劲还没下，头喝得蒙生生的，他没有听出是谁，就没好气地说："你哪里呀？！"

这时，电话里传出了很细微的声音，听上去就像蚊子哼一样，含含糊糊地："……我。"

呼国庆气了，说："操，'我'是谁呀？说清楚！"就在他刚要搁电话时，只听电话里默默地说，"……一个你早已忘记的人。"顿时，他心里"咔嚓"一下，像闪电一样亮了！接着，他心口一紧，赶忙"噢噢"了两声，用试探的语气说："小谢？你是……小谢？！"

电话里静了很久，而后，有一个女人的声音很清晰地传了过来："是我。"

呼国庆的呼吸一下子急促起来，他对着话筒急切地说："小谢，是你吗？真是你，你在哪里？！"

谢丽娟在电话里说："你别管我在哪里。我只问你一句话：你过去说过的话，还算数吗？"

呼国庆连想都没想，就立即回答说："算数。"

停了片刻，谢丽娟说："那好。我……遇到了一些困难。还记得你的许诺吗？我急需一笔款子。如果你能兑现许诺的话，你给我借一百万,三年后归还。"

呼国庆手拿着话筒,脑子里仍是乱哄哄的。他心里说,一百万?!我说过这样的话吗?他拍了拍头,沉吟了一会儿,说:"让我考虑一下。"

电话里很久没有声音……

呼国庆说:"小谢,你,好吗?"

电话里仍然没有声音……

这时,呼国庆突然觉得很渴,喉咙里干干的,像卡着什么似的。他终于说:"小谢,我看,你还是来一趟吧?……"

电话里又是很久没有说话。过了一会儿,谢丽娟也终于说:"好。我马上飞过去。"

放下电话,呼国庆的脑子顿时清醒了。一方面,时隔两年多,他终于又听到了小谢的声音,那声音仍然使他激动,可以说是感慨万端哪!而且,他仿佛又看见了谢丽娟在他眼前走来走去的情景,那美妙的身段,那些美好的……像水一样,从记忆的闸门里喷涌而出……一下子就把他淹没了!然而,在另一方面,小谢提出要借一百万,这毕竟不是个小数目,上哪儿凑呢?说起来,他是县委一把手,张张嘴,给银行打个招呼,这也不算什么大问题。可关键是他得有一个"名义",得有一个适当的借口。他心里说,总得找一个恰当的"说法儿"吧?他知道,在这块土地上,形式就是内容。只要你找到了一个正当的形式,那你无论干什么,都是正当的;假如你没有找到这个形式,那就是犯罪!

一时,呼国庆颇感棘手。他在屋子里踱来踱去,试图想出一个万全之策。他知道这件事他是必须得办的,他说过的话,他不能不办。况且,不管怎么说,是他对不起人家小谢……可怎么办呢?他先是想到了注册公司,以县里的名义在深圳注册一家公司,让小谢来主持?后又觉得不妥,如果以县里名义注册公司,那起码得给政府那边打个招呼,还要开常委会研究,这么一来事情就复杂化了。后来,他又想到了呼伯,让呼伯帮帮忙?这个数对呼家堡来说,不是什么大问题。可他又很快地摇了摇头。他不能再去麻烦呼伯了,到了呼伯那里,他怎么说呢？看来，银行也不行。给行长一个人说虽不要紧，可要从银行贷，手续太麻烦，办来办去，万一泄露出去，传出点什么，那就不好了。这件事，还是范围越小、知道的人越少越好哇。

就在这时，呼国庆脑海里突然蹦出了一个念头，这个念头刚出现时，他还犹豫了片刻，心里颤了一下，可这个念头却十分的顽固，它一下子就钉在了他的脑海里了。

人是不是该留一条后路呢？

于是，在夜半时分，呼国庆破例打了一个电话……

人往往就是一念之差呀！

第二天上午，范骡子气冲冲地来到了呼国庆的办公室，一进门就说："呼书记，那姓黄的又变卦了！"

呼国庆在办公桌前端坐着，他手里拿着一份《人民日报》，漫不经心地翻看着，待翻了两页后，他才慢慢地抬起头来，"嗯"了一声，说："老范，坐，坐下说。怎么了？"

范骡子说："那王八蛋又变卦了。原来说好的，三千六百万。这会儿，他又说只带了三千四百五十万！操，这不是诈咱吗？"

呼国庆坐在那里，诧异地说："噢，还有这样的事？"

范骡子说："叫我看，那姓黄的也不是个正经货！红口白牙说得好好的，睡尿一夜，他又变了！"

呼国庆一拍桌子，很严肃地说："你马上给我查一查，是不是有人把风透出去了？"

范骡子怔了一下，说："不会吧？这事儿，范围很小哇。我看哪，这王八蛋是看咱急着卖，想拿咱一手！"

这时，呼国庆慢悠悠地站起身来，手里捧着个茶杯，在屋子里来来回回地走着。他的步子先是轻绵绵的，走动时一点声音也没有，仿佛所有的神思全用到大脑上去了。片刻，当他往回走的时候，那神情又像是慎重到了极点，眉头紧紧皱着，一步比一步重，就像是踩进了雷区一样！走着，走着，他突然站住了，沉吟片刻，摆了摆手说："老范，说起来，是亏。要不……另找一家？"

范骡子说："亏死了。我虽然不懂，可那机器好好的，据说价值七八千万都不止呢！"

呼国庆望着他说："你能不能再找一家？"

范骡子有点为难地说："当时接头的有好几家，都是南方来的。你不是说要找一家最靠得住的吗？其余的都推掉了，到了这会儿……"

呼国庆一直沉默不语，他久久地望着范骡子，像是在等他拿出主意来。最后，呼国庆终于说："要是没有别的办法，那就这样吧。亏是亏一点，算了。"

范骡子抬起头，诧异地望着他："那就按三千四百五十万卖给他？"

呼国庆说："既然没有新的买主，三千四百五就三千四百五吧。让他马上把钱划过来！"

范骡子说："行啊，你是大老板，你说了算。"接着，他又多了一嘴，说："嗨，谈来谈去，三千六退到了三千四百五，不白谈了吗？"

呼国庆一锤定音："县里财政紧张，等不及了，就这样吧。你再盯盯。"

范骡子说："那好，我再盯盯。"

然而，出了门，范骡子仍是百思不得其解。他想，昨天谈得好好的，三千六百万，怎么一觉醒来，就成了三千四百五十万了？！这里边不会有什么猫腻吧？

这也是一闪念。在这个闪念之后，范骡子多了个心眼，于是，他做了一个小小的手脚。在办理了转卖的手续之后，范骡子在招待南方客人的送别宴上，又专门叫了一个"酒篓"来陪酒，而且叮嘱"酒篓"一定要把这姓黄的"放倒"！

于是，在送别的酒宴上，"酒篓"果然使出了浑身的解数，先是讲了十二个"荤段子"，而后又玩了"十八相送"，就这么"送"来"送"去的，一下子就把那姓黄的撂翻了！结果，那个惊人的"秘密"终于被范骡子从他那酒气冲天的嘴里掏出来了……

当范骡子得知这个"秘密"之后，连他自己也吓了一跳！

二、屋外的"屋"

开始的时候，他和她面对面坐着。

两人都有一点拘谨，那目光探探的，带着久别后的陌生。

谢丽娟明显地瘦了，虽然她化了妆，衣着也很华丽，但仍掩饰不住她身心的憔悴。人一憔悴，那双大眼就更显得大了，看上去水汪汪的。她默默地坐在那里，神色里竟然显出了几分风尘，看去更有一种勾魂摄魄的魅力。

在很长时间里，两人都不说一句话，就那么默默地相望着。

窗外是花坛，在花坛前边横着一行老柳树，再往前就是水库了，水库里有一碧好水，水里荡着几只鸭子，鸭头在水里一勾一勾地嬉戏……

这个地方是呼国庆特意安排的。当他接了那个突然打来的电话之后，他就决定把她安排在这里了。这是一幢别墅式的小招待所，别墅有两座，号称"姊妹楼"，是回乡省亲的香港人捐造的，就坐落在县城的水库边上。这幢别墅平时归县里管，一座是香港客人回来省亲时住的；另一座是上边来了重要客人或是常委们商量重大问题的时候，才偶尔用一用。呼国庆把她安排在这里，是经过认真考虑的。一是这里环境好，条件也不错。再一点是，这里秘密，不受干扰。因为这个小招待所是直接归县委管的，这样就省去了很多不必要的麻烦。

呼国庆终于说："这里还行吧？"

谢丽娟点了点头，说："还行。"

呼国庆又说："你呢？"

谢丽娟又点点头，说："还行。"

呼国庆说："在那边……"

谢丽娟再次点头，说："还行。"

呼国庆有点尴尬，他笑了笑，说："我看你老练多了。"

谢丽娟说:"是吗?"

往下,呼国庆无话可说了。他坐在那里,总想转弯抹角地表示一下歉意,可又觉得现在再说这话,就显得太做作、太虚伪了。可是,说什么好呢?时隔多年,连那熟悉也成了陌生了。

于是,呼国庆说:"你累了吧?"

谢丽娟抬头看了看他,却站起身来,有点突兀地说:"我想洗个澡。"说着,她站起身,径直进了里边的卧室。

后来,就有哭泣声从洗浴间里传出来了。那哭声呜呜咽咽的,若隐若现,裹在哗哗的水声里……

呼国庆站起身来,往前走了几步,想去推浴室的门,可他迟疑了一下,却又站住了。

过了一会儿,浴室的门开了。在热腾腾的雾气中,谢丽娟披着一条白色的浴巾从里边走出来。她的头发湿漉漉的,脸上带着新浴后的红润,身上沾着晶莹的水珠,光着两只脚丫,一步一步地走到了房间的中央。这时,她站下来,两眼望着呼国庆,说:"今天,站在你的面前,我已经是一个妓女了。我是以一百万的身价卖给你的。来吧。"说着,她的眼泪掉下来了。

呼国庆一下子木了。他站在那里,像被钉住了似的。他没想到她会说出这样的话,这话太打人,太伤他的自尊心了。

然而,谢丽娟却默默地走到了他的面前,牵住了他的一只手,拉着他往房间里走去。这时候,呼国庆就像是一个木偶一样……一直到进了卧室后,谢丽娟才松开了他的手,而后她毅然甩掉了披在身上的浴巾,把那雪白的胴体放倒在那张大床上,还故意地躺出了一个"大"字来。而后,她说:"在深圳,我有很多沦落的机会……我没有沦落。我把这个机会留给了你。来吧,呼书记。"

呼国庆一动不动地站在那里,十分吃惊地望着她,嘴里喃喃地说:"你,变了。"

谢丽娟闭上眼睛,说:"我变了吗?我很不要脸是不是?一个人,一旦没有了尊严,还有脸吗?你还等什么?"

呼国庆站在那儿，说实话，他心里是很想的，可他又撕不开这个脸皮。一时，那场面就显得十分尴尬。终于，他挠了挠头，跨前一步，默默地坐在了床边上。片刻，他试探着伸出手来，一点点地向前探去，终于握住了谢丽娟的一只手……

当两只手握在一起的时候，一只手很热，一只手却很冷。手与手之间很陌生，没有语言，那只是肉与肉的接触，带着些许歉然和惊怵。而后，呼国庆的手轻轻地抚摸着小谢的那只手，他一个指头一个指头地抚摸着，慢慢地，那手上就有话了。手上的话是通过指头肚儿上的纹路表示出来的。那纹路在摩挲中慢慢地贴近，在一次次的贴近中，那光滑、那圆润、那渐升的温热，一步步转换成了一种语言，那语言是在相互的体味中显现的，一只手说，我恨你。另一只手说，我知道。一只手说，你知道什么？另一只手说，我什么都知道。是我对不住你。一只手说，现在你是嫖客了。另一只手说，你骂吧。有时候，我也觉得我活得不像个人……而后，两只手都沉默了，手与手在沉默中慢慢地、一点一点地活泛，一点点地响应。接着，呼国庆抓起谢丽娟的那只手贴在了自己的脸上。在这一刻，呼国庆竟然掉泪了，有两行咸咸的泪水从他眼里流了下来，滴在了谢丽娟的手上，一滴，两滴，终于，泪水化开了心上的坚冰……谢丽娟慢慢地睁开眼睛，望着他，久久之后，她说："想我吗？"呼国庆垂下泪眼，默默地点了一下头。谢丽娟又说："想我的身体？"呼国庆迟疑了一下，就老老实实地说："也想。"后来，谢丽娟慢慢地坐起身来，猛地抱住了呼国庆，喃喃地说："想死你了……"

此后的三天，是金屋藏娇的三天，也是如胶似漆的三天。在这三天里，呼国庆是一阵清楚一阵糊涂，清楚的时候，他觉得他像是一个"偷儿"，他是在"火中取栗"，惶惶不安的程度像是到了世界的末日！于是，与小谢相处的每一分每一秒都是珍贵的，都成了他的最后一刻。他摸遍了她的每一寸肌肤，吻遍了她的每一丝乌发，他与她紧紧地粘合在一起，一次又一次地冲击那隐在草丛中的湖泊。他的手，他的眼，他的心都在贪婪地咀嚼这难得的爱情之果。他每一次深入都像是在走向深渊，就像是在万丈深渊里探险一样，他是在战栗中欢乐，在欢乐中战栗，那精神上的战栗使他加倍地疯狂和野蛮！那就像是他自己在破坏自己，在玩一种走向堕落的游戏。可他心里始终藏着一种不安，他说不清这不安到底是什么，可他就是不安！当他糊涂的时候，他又清醒地说着一些傻话。他说，你真白呀，你怎么这么白哪？他说，你的嘴，我最喜欢的就是你的嘴，你的嘴就像是水蜜桃，就像是花芯做成的肉肉，就像是那个那个那个……鲜艳欲滴鲜嫩可口的那个，吃了还想吃。他说，我睡了，我就这样睡了，我就睡在你的身体里边，我真睡了……

　　谢丽娟却始终都是清醒的。包括两人在最疯狂的那一刻，她也是清醒的。她心里自始至终都存着这样的一个念头，她要征服这个男人。在经过深圳那长达两年半的漂泊之后，她成熟了。她觉得她应该紧紧地抓住这个男人。这个男人就是她最终的依靠，是她的码头，是她的栖息地。她的最大的变化是她的内心，女人的狡猾是藏在心底的。女人一旦拿定了主意，是最能做到义无反顾的。可女人又是万变不离其宗的。女人所有的主意都是由爱和恨作衬底的。她是爱呼国庆的，她爱得如痴如醉，爱得发疯。然而爱情一旦进入工程的时候，她的爱里就注入了更多的冷静，更多的算计。她是在失败之后，又重新鼓足勇气，前来参加战斗的。在她眼里，这次重新见面，将是一场战争！她是高举着爱的旗帜来战斗来了。于是，她的战斗姿态是分层次的。她是一边拒绝一边接纳，一边辣辣地反抗一边柔柔地吸引，一边如火如荼一边冰雪交加。她一时说，我得走了，我必须得走；一时又说，我真想死在你的怀里，你让我死吧！有时候，她会给他扣上一个个扣子，把他从怀里推开；有时候，她又主动地去给他解开一个个扣子，像蛇一样缠在他的怀里。用爱作铺垫的表演是一种最真实的表演。在一次次的表演过程中，她从深圳带来的一瓶法国香水起了很大的作用……

　　那是没明没夜的三天哪！

　　白天里，两人也紧紧地偎在一起，几乎没有下过床。说的都是一些车轱辘话。小谢拧着身子说："我饿，我饿了。"

　　呼国庆说："你想吃什么？我让他们做。"

303

小谢说：“我想吃你，就吃你。”

他说：“你不是爱吃西餐吗？”

她说：“你流氓。”

他说：“你怎么知道我流氓？”

她说：“你坏。”

他说：“还是吃中餐吧。在平原上，有一道菜，不知你听说过没有？”

她说：“你这里还有什么好菜？”

他说：“这道菜的名字叫‘小鸟窝窝儿’。”

她擂着他说：“你坏死了。你坏死了。”

他说：“哈，你吃过？你一定吃过……”

而后，两人就又滚在一起了……

在夜深人静的时候，两人也偶尔到水库边上坐一坐。当两人来到水库边上的时候，谢丽娟终于说了她心里隐藏已久的话。她绵绵地说：“国庆，你告诉我，你想不想有一个小屋？”

呼国庆怔了一下，说：“屋？”

她望着他：“一个屋外的‘屋’。”

呼国庆心里一烫。他从来没敢想过，他的屋外还可以有一个小“屋”？他拥有一个屋外的“屋”？那是一个秘密，一个人可以长久地拥有一个秘密，那是多么惬意的事情啊。而且，这是一种暗示，一种默许，一种让人心领神会的“解放”。也可以说是谢丽娟对他的宽大和特赦，那就是说……他呼国庆可以有两个“家”了。那不是太那个了吗？！

她说：“我要你说实话，想，还是不想？”

呼国庆却一下子把她抱了起来……

临别的那天晚上，谢丽娟显得特别妖艳。她上身穿的是一件黑色的女式弹力紧身无袖衫，下身是一袭飘飘的白丝裙，月光下，水边上，她时而前时而后地漫步走着，看去就像一泓夜的梦，一束弹动着的黑色火焰。那黑衫，那白裙，那肉焰焰的臂膀，那紧绷着的乳峰曲线，都显得格外的娇媚性感。在呼国庆看来，她就像是一只黑色的银狐，一条游来游去的美人鱼。在皎洁的月色下，呼吸着心爱女人肉体的芳香，一依一依地走在水边上，简直就像是在梦中仙境一般。呼国庆醉了，他真是醉了！这时，他突然觉得古人真是太厉害了，古人创造了那样的四个字，那四个字若是没有体验是绝写不出来的，什么叫"醉生梦死"？这就是"醉生梦死"呀！人，能有如此的良辰美景，死也值了。

后来，当两人坐下来的时候，谢丽娟偎着他喃喃地说："国庆，我用这一百万做底金，去做些生意。而后用赚来的钱，给你造一个小屋。一个金碧辉煌的小窠。你累了，就来歇一歇。你乏了，就来坐一坐。你想我了，就来躺一躺。当你不想做这个官的时候，或者当你不能做官的时候，你就来找我。这样，不好吗？"

呼国庆的嘴动了一下，可他什么也没有说……

这时候，谢丽娟伸出舌尖来，用舌头堵住了他的嘴。于是，两个舌头无声地搅在了一起。那舌头就像是两扇小小的肉磨。一会儿是你磨我，一会儿是我磨你，那津液就成了流淌的语言……两人站在水边上，紧紧地胶在一起。

谢丽娟突然喊道："天哪，给我一张床吧！"

呼国庆默认了。

三、"黄花闺女"

王华欣终于当上副市长了。

在王华欣当上许田市副市长的第三天，就给范骡子打了一个电话。他在电话里说："骡子吗？"范骡子有点不高兴，说："谁呀？"王华欣大腔大口地说："我，王华欣。"一听是王华欣的电话，范骡子心里很不是味，一时竟不知该说什么好了。停了好一会儿，才说："是王书记呀。有事吗？"王华欣在电话里笑着说："骡子，还记恨我呢？"范骡子语无伦次地说："王书记，不，王市长，看你说哪儿去了？没有，没有。"王华欣就直截了当地说："骡子，来吧。咱哥俩聚聚，喝两杯。"

范骡子心里一躁,忙说:"王市长,要请也是我请,咋能让你破费哪……"王华欣说:"哪儿那么多废话。咋,请不动啊?"范骡子慌了,说:"那、那、那……"王华欣说:"你也别'那'了,过来吧。我派车去接你。"自此,范骡子不敢怠慢,就坐着车到市里去了。

车进了市,已是傍晚了。司机直接把范骡子送到了本市最有名的桃园大酒店。下了车,只见桃园大酒店门前霓虹灯闪闪烁烁、五光十色,有一个红红绿绿的"酒吧女郎"在空中的电网上跑来跑去,一时东,一时西,一时绿了一时又红,映人的眼。上了台阶,又见两位穿着旗袍的小姐(真人)先是深施一礼,雀儿似的叫道:先生晚上好!进了大厅,就见一片金碧辉煌,巨大的吊灯像开了花的树一样,一盏一盏在头顶上灿烂,到处都是灯的影、光的影,脚下绵软软的,就像是走进了一片虚幻的世界。

范骡子在乡一级的干部里也算是个人物,可他却是第一次进这么好的地方,走着走着头上的汗就下来了。待他坐电梯上了二楼,又看到了一处一处的景致,音乐像水一样在过道里流淌着,雅间的门全都是皮子包的,每个门前都立着一个小姐,走过去时,他觉得就像是皇上一样,小姐们一一鞠躬,又是一迭声地说:"先生晚上好!晚上好!晚上好!"再走,范骡子头就蒙了,他觉得他就像个傻子一样,一脚高一脚低的,像是在满地找眼珠子。

最后,范骡子总算被司机拽进了那个叫做"贵妃厅"的雅间。这是一个巨大的豪华套间,雅间分里外两进,中间隔着一袭古色古香的博物架,里间放着一张仿古的、用大理石当桌面的豪华圆桌和高靠背的座椅;外边摆着一排橘黄色的皮制沙发、仿古茶几,周围摆放的是彩电、录像机、衣架等设备。地上铺的是厚厚的纯毛地毯。小姐竟有四个,像画一样,背墙而立。

进门之后,范骡子怔了片刻,正不知该往哪里下脚,只见王华欣从沙发上站起来,快步走到他的跟前,一把抓住他的手,说:"骡子,来来,坐,快坐。"待范骡子在沙发上坐下,王华欣说:"骡子,咋?还不想见我?"范骡子有点拘谨地说:"王书记,哪儿的话呢,我……"

说着，他四下里看了看，问，"客人还没到呢？"王华欣大咧咧地说："什么客人？我今天就请你一个人。"范骡子嘴张了张，不安地说："这、这，实在是……太破费了吧？"王华欣拍拍他说："我谁也不请，就咱哥俩。"接着，王华欣又说："你也别以为这是吃我。我给你明说，我一个表弟，做生意挣了钱，他个人的钱，有几百万呢，今儿个吃他，他签单。"范骡子忙说："咋不让他上来，一块儿吃？"王华欣摆了摆手说："咱哥俩好好聊聊。他来干什么？今晚上就咱俩。"说着，王华欣把范骡子拽上餐桌，而后拿起菜谱，翻了翻，对小姐说："菜不要多，要精。我们就两个人，你给挑最好的上，要四凉四热。不过，有一道菜，是必须上的，让我这位老弟尝尝鲜。"站在一旁的小姐说："先生，你指的是？"王华欣示意了一下，说："就那个，菜单上没有的。"小姐点了点头，马上说："明白了。"

菜上来之后，王华欣把包间里的小姐全都赶了出去，他笑着说："骡子，这会儿就不要'颜色'了吧？咱哥俩单练，好好聊聊。"说着，他把一瓶五粮液一分两半，咕咕咚咚倒进两个高脚杯里，说："骡子，今儿个，可就咱哥俩。酒要喝个痛快。话要说个痛快。成不成？"范骡子不知他葫芦里到底卖的什么药，心里毛毛的。可人家是市长，话已说到了这份儿上，就赶忙说："成，成。"王华欣接着说："好。既然这样，咱得行个令。规矩是：在这个酒桌上，咱哥俩都不许说一句假话。咱今天脱光他，连裤衩子都不要，来个赤裸裸，有啥说啥。谁要是说一句假话，罚酒三杯！骡子，我把这个权力交给你，今晚你就是酒司令，我要有一句不实，你吐我一脸，我擦都不擦！不过，可有一条，出了门不算，出了这个门，该咋还咋。活了大半辈子了，也该说几句真话了，交交心吧。你说是不是？"

一听王华欣这样说，范骡子心里热乎乎的，同时也有点怵，话已滑到了嘴边上，又赶忙咽回去，口不照心地说："行，我听市长的。"

王华欣乜斜着眼看了看他，二话不说，就把酒杯端起来。接着，他脸一沉，说："骡子，你把这杯酒喝了！你说的是真心话吗？操，就咱哥俩，咋还这么贫气？！"范骡子一看这阵势，再没说什么，他接过那杯酒，咕咕咚咚地喝下去了，而后他亮了亮杯子底，说："哥，我喝了！"王华欣重重地拍了拍他，说："行，兄弟。还是当年的骡子。吃点儿菜，吃点儿菜。"接着，王华欣也把自己面前的那杯酒搁下去了。

喝了酒之后，王华欣十二分恳切地说："兄弟，多少年了，我一直想找个人聊聊，吐吐这心里的窝囊。唉，咋说呢？跟谁说呢？不是一家的，不能说，离得近的，不能说。老在心里憋着。这些话，我跟你嫂子都没说过，她是城里生城里长的，说了也不理解。在咱这平原上，活人老难哪。说起来，你跟我这么多年了，我的经历，你还不知道吧？我打小没了爹，是跟着娘再嫁到王家拐的。小时，人家都喊我'带肚儿'，整整喊了五年……你说我恨不恨？十七岁时，我跟公社书记当通讯员。你知道那会儿我干啥？天天晚上给书记提夜壶。晚上提进去，早上提出来。书记尿泡大，天天晚上尿得满当当的，我这破指头天天就在人家的尿里蘸着。那还不是一个人的尿，有时候，是两个人的尿，书记跟公社的女广播员尿一个壶里，弄不好就洒一身！我就忍哪忍哪，咬着牙忍，不忍又有啥办法？有时，提着尿壶我浑身的血乱蹦，你说我恨不恨？后来我又在县法院干过一段，县法院的院长有个傻儿子，傻得不透气。院长不知从哪儿弄了个偏方，说是吃活人脑子能治这种病。你想想，活人脑子上哪儿弄呢？那会儿，我为了巴结他，就到枪毙人的刑场上去给他挖活人的脑子！那边枪一响，我就跑过去了，拿着一个碗，跑到头被打烂的犯人那里去给他挖活人的脑浆……这样的事我都干过，你说恶心不恶心？！后来我总算熬出来了，当了八年的公社书记。从麦岭到坟台，从坡张到西赵，没有我治不住的地方。可人家就是不提我，没有办法，我就去给人家送礼，你猜我送的啥？送的是'婴儿胎盘'。我老婆在医院妇产科，有这点特权，就把'婴儿胎盘'焙干了给人家送去，那东西大补……我这个人没别的，就是一个胆，我胆大。在咱这个地界上，人是活胆的。没有胆量你啥也干不成。胆这东西，你知道是靠什么来滋养的？靠恨。乡下娃子，能一步步地走出来，靠的都是恨。恨积得越多，胆就越大。在平原上，不是说人活一口气吗。气是怎么来的？气是生出来的。生气，生气，不就是这个意思吗。人是靠恨来聚气的，仇恨就是气的源泉。老弟，今天我可是脱光了。我说这些，你品品，有一句假话没有？"

范骡子的眼眶红了。听了王华欣的这一番话，范骡子长叹一声，端起酒杯，二话没说，就把酒灌下去了，而后说："我服了。全是实话！"

往下，王华欣又说："老弟，我这个人，一向不拘小节，说起来毛病很多。我承认我是整过人的。人不可能不整人，只要你在那个位置上站着，你就得看着上边，防着下边。但我拾掇人有一条原则，就是恩怨分明。没有伤害过我的人我绝不弄他。就是伤害过我的人，假如他不是那么过分，假如他还能让我过去，我也不去弄他。有人说我王华欣霸道，我是霸道，可我霸在'道'上，我有我的原则。七年前，我娘去世时，我不在家，是你带全乡的干部替我办的丧事，丧事办得很体面。那会儿，腊月天，你站在灵前替我整整守了一夜的孝。送殡的时候，你上的是头炷香，还带着全乡干部给老人三鞠躬……人心都是肉长的呀。这些，我都记着呢，一辈子都不会忘。至于后来，那是我对不起你。这么多年了，你鞍前马后的，从没提过别的要求。说起来，我也知道你的心思，就想弄个副县。人嘛，干了半辈子了，弄个副县，也不为过，该。可那会儿，都知道你是我王华欣的人，咱俩又是三天两头照面，要是我直接提，太招眼，犯忌讳呀。我想让那姓呼的提，那会儿他姓呼的正给我捣蛋哪，要是我说，他必然反对。当时我想，不管怎么说，你跟姓呼的多少沾点瓜葛，他老婆跟你是至亲，只要他在会上说一声，就好办了。可我万万没想到，他会六亲不认，会来这么一手。当那一万块钱放到我桌上的时候，骡子，你猜我怎么想？那就跟当面扇我的耳光一样！我就问他，呼县长，你这是啥意思？他说没啥意思，我处理不了了，只好交给书记了。我说多少？他说一万。我说屌，一万。他说你点点吧。我说不用点了，放这儿吧。他说你还是点点，点点好。这么一来，'局'就僵在这了。到了这一步，我这人就显得自私了，我只想把自己'择'出来，说良心话，对这些心狠手辣的年轻干部，我也怕呀！于是，我就把秘书叫过来，当面把钱点了。点钱的时候，刚好纪委的那个'二炮'闯进来了。'二炮'这人，你也知道，咋咋呼呼的，是成事不足，坏事有余。我说让他处理，是让他先把钱带过去，而后再说。谁知道这家伙是惟恐天下不乱，当天就把钱送到市里去了……这事，细究起来，从我这方面说，对不起你老弟，是我把你害了。本来，我想着晚上再去跟'二炮'谈谈，把事绊住，不料还是晚了一步。我呢，后来也自身难保，被人赶出了颍平……"

话说到这里，范骡子心里像刀搅一样难受！他抓起酒瓶，又是咕咕咚咚喝了一气，接着趴桌上嗷嗷地哭起来了，大哭！

王华欣轻轻地拍拍他，说："骡子，男儿有泪不轻弹，只是未到伤心处。今儿咱哥俩说说体己话，哭吧，哭出来心里好受些。"

嗷嚎了一阵，范骡子坐起来，说："王书记，你还当我是个人？"

王华欣说："骡子，我今天把你请来，就是想当面向你道歉的。这么久了，我一直没有给你解释。我也不想解释。那时候，事已至此，多说也无用。今天咱哥俩见面，放开了，我也吐吐这心里的话。兄弟呀，让你受委屈了。你的副县，啥时不解决，啥时都是我的一块心病。"

范骡子说："干工作几十年了，我咋也没想到会走到这一步，弄得人不人鬼不鬼的。如今，副县不副县的，我也不想了。只要你当我是个人……"

王华欣一拍胸脯，说："兄弟，我把话撂在这儿。这个愿，我是要还的。早早晚晚，我一定还。"说着，王华欣端起酒杯，"兄弟，碰了吧？"

范骡子也昂昂地说："碰了！"

正在这时，一个小姐扭扭地把那盘菜送进来了。当她把菜放在桌上之后，细声细气地说："先生，菜上齐了。"王华欣笑着说："也不给介绍介绍？"那小姐低下头，红着脸小声说："黄花闺女。"王华欣故意重复说："啥？"那小姐不好意思地笑了，说："就是你要的'那'嘛。"王华欣说："那是个啥？"那小姐却笑着跑了。王华欣哈哈大笑说："你看你看，还不好意思呢。"范骡子探头看了看，只见摆上来的是一个烫金边的雕花大瓷盘，盘子中央是一个萝卜刻成的小花窖儿，窖儿里精精意意地放着四个红枣，盘子周围摆着一圈绛黄色的东西，似干

310

菜又不像干菜……范骡子心里想，不就是枣吗？

待那女孩关上门之后，王华欣却介绍说："这可是一道主菜，也是他们这里最贵的一道菜，这道菜的名字就叫'黄花闺女'。"接着，王华欣笑了笑，又说："要说腐败，这道菜才算沾了点腐败的气。骡子，我今天特意点了这道菜，就是为了让你尝尝鲜。如今不是讲究'食文化'嘛。这道菜，可以说是'食文化'的典范。你看，周围这一圈，你知道那是啥？那是黄花菜，而且是淮阳产的黄花菜，普天下，只有淮阳的黄花菜是七个瓣的，其余地方的黄花菜都是六个瓣的。你看中间这个窑，这是萝卜刻成的雕花窑儿，你看那形状，究竟像什么？哈哈，我就不细说了。你再看那窑儿里，泡的是四个红枣。这菜贵就贵在这四个红枣上了，这四个红枣叫做'阴枣'。怎么炮制的，人家不让说，我也不说了……这枣儿，可以说是补品中的极品，延年益寿，滋阴壮阳，是这里的一绝。据说，这道菜是从清朝宫廷秘籍上找到的谱，每道工序都与'七'有关，最后还要泡上七七四十九天，才能上桌。原来一个枣儿要五百元，客人都嫌贵，后来又改成三百元一个，这盘菜价格一千二。老弟，说'食文化'啥啥的，那是狗屁！大补才是真的。叨，你叨一个尝尝，这可是'黄花闺女'！"

范骡子惊呆了！他一辈子也没吃过这么贵的菜，一盘竟要一千二？！他战战兢兢、半信半疑地用筷子夹起一个枣儿，往嘴里一放，只觉得腥腥的，有一股什么味，正想吐的时候，却见王华欣连声说："别吐，你可千万别吐。你要吐了，就辜负我的一片心意了。它贵就贵在这股味上了，大补大补！"说着，王华欣也拿起筷子夹了一个，放在嘴里，细细地品味着……

王华欣吃了一个枣，而后说："骡子，这人活着，也就几十年的光景。你说是不是？"

范骡子说："是。那是。"

接着，王华欣又漫不经心地说："所以呢，这该尝的也得尝尝。有人告诉我一个道理。说这人世间，动物类的，是吃啥补啥。植物类呢，是像啥补啥。想想，有些道理。你说是不是？"

范骡子又说:"有道理。有道理。"

王华欣笑着说:"这天地间,说白了,就是一个阳,一个阴。你看,这人分男女,动物有公母,植物有雌雄,连电都分个阳极阴极。阴阳谐调,这才叫配合。所以,我今天特意请你尝尝这'黄花闺女',不虚此行吧?"

这会儿,范骡子已有了三分醉意,竟大腔大口地喊道:"不虚此行!"

饭毕,王华欣又把范骡子带上了三楼。这里是"一条龙"服务,接下去又洗了、蒸了、按了……而后,两人回到包间里,一人腰里围着一条浴巾,点上烟,泡上茶,就那么赤条条地相对而坐。到了这时,王华欣定定地看着范骡子,说:"骡子,我想问问:你还有血性没有?!"

范骡子连"黄花闺女"都吃过了,还能说什么呢?回想起那些日子,他的牙咬得嘣嘣响,身上的血直往头上涌!

王华欣盘腿坐在床上,半眯着眼睛,说:"骡子,咱今天脱光了说。他这样整咱,咱是不是该整整他了?"

汗一出,醉劲也下了。范骡子坐在那里,沉吟了半晌,心里毛毛地说:就再当一回叛徒?

四、公事私办

范骡子家的院子里有一棵树。

那是一棵皂角树。在平原,人们都把皂角树称作"叫叫树"。

这棵"叫叫树"很有些年头了,一树老刺。入秋后,结满树皂荚,到了冬天,皂荚干透了,会摇出一树黑响儿,所以才称作"叫叫树"。

夏日里,它是一树羽状的黄叶,碎碎散散的,能铺很大的凉荫,那凉荫花搭搭的,站在凉荫下朝上望去,会看到一脉一脉光影和透明的叶纹,那叶儿的背面是青绿色,阳面却是黄的,时光像蚕一样在叶上爬,爬出一些青青黄黄的光影,在一片一片的光影里,有虫影儿在叶片上一蠕一蠕动着，藏得很妙哇！虫儿咬过的地方，会亮出一个小小的斑点，那是枯黄……

范骡子在树下站了很久了。他立在树下，仰头向上，看了一会儿，心里说，日他妈，再当一回叛徒？

叛徒也不是那么好当的。当叛徒也是需要勇气的，你得先逃过良心的谴责，而后还得找一个足以说服自己的借口，先是自己不骂自己，往下才能顶得住别人的骂。范骡子的借口很好找，范骡子心里说，关键是那一百万，一百万哪！他们太黑，他们就是这样干的，你还怕什么？他们想过你吗？那时候，为了一个尻副县，你东凑西借的，厚着脸送了一万块钱，他们就那样地整你，你冤不冤？天底下已经没什么好人了，你还做什么好人？是他们先害你的，你不能不出手了！再说了，人家王华欣如今是市长了，人家找你，就看你的态度了。你要是不动，以后还怎么在官场混呢？还有一说，那是王华欣红口白牙说出来的，要解决你的副县，你想不想解决，你是真的不想吗？

没有退路了。那事一旦说出去，你就没有退路了，要是你当时不说，还有挽回的可能。可那会儿，两人赤条条的，酒涌在头上，你一激动，啥都给人家说了，这会儿，就没有后悔药了。范骡子想，人真不是东西！

于是，范骡子又成了"马前卒"。

范骡子先是偷偷地请了半月假，在家里"猫"了一天后，就悄悄地上路了，他先去了市里，而后与市检察院的两个人一块儿坐车到了省城。接着就坐飞机到南方去了。这是一次极秘密的行动，走时，王华欣特意指示说："要公事私办。"

"公事私办"是在平原上广为流传的一句俗语。在平原，无论办什么事，若是"公事公办"的话，那是什么事情也办不成的，就是勉强办成了，也要拖很长时间，要把你的耐心磨到极限之后，才有可能办出结果。所以，在这里，要讲效率的话，必须"公事私办"。"公事私办"的含意是很明确的，那就是要把公家的事当成自己个人的事情来办，要跑关系，要动用大量的人情，要不辞辛劳一竿子插到底等等。由副市长王华欣亲自指挥的这次"反腐败"行动，应该说是彻头彻尾的"公事私办"。首先，办案的经费——五万块钱，是由王华欣出面向一家企业借的；办案的人，也是由王华欣通过检察院的关系秘密组织的（一个老马、一个小吴，据说都跟王华欣沾点亲戚）；而作为指证人的范骡子，则是以看病为名请了事假的。王华欣说："都是自己人。"

就这样，他们一行三人来到了南方的一个小镇上。这个南方小镇是很开放的，街面上到处都是"颜色"，说话叽里咕噜的，一片"鸟语"。他们在"鸟语"里整整泡了三天，才听出一点门道。于是也都一个个卷着舌头跟人说话，终于打听到了那家汇款的银行，接着又顺藤摸瓜，查到了那姓黄的下落。一看到"黄庭华"这个名字，范骡子说，就是他！然而，查到黄庭华的下落之后，却无法下手，因为那姓黄的在这个小镇上是个头面人物，竟是两家公司的董事长，还兼着镇上乡镇企业局的副局长呢！一看这样的情况，三个人都有些怵，这是人家的地盘，怕抓不好弄出什么事来。于是就给王华欣挂了电话，王华欣讲得很干脆："非常之地，要采用非常手段。先想法吊住他，最好不要惊动当地政府，不行的话，就是绑也要把他绑回来！"最后，还是检察院的人有办法，他们一连盯了那姓黄的四天，不管白天还是夜里，就在那里死盯……

一直到了第八天头上，黎明时分，那姓黄的终于露面了，他是出来锻炼身体的。当他跑出家门之后，在一条小街的拐口上，三个人冲了上去，连拖带架地把他弄进了那辆早已准备好的出租车里，手铐一戴，开上就跑！一直到车开出那个小镇之后，他们才算定下心来。

这次范骡子真是长见识了。一路上，他疑疑惑惑地问："你们就是这样抓人的？"检察院的小吴说："可不就是这样。你想会是啥样？"

审讯姓黄的工作是在另一个城市开始的。车开出二百多公里后，他们在临近公路的那个城市里租了一个套间，把那姓黄的带了进去。这时候，那两个检察院的人才换上了检察官的制服，而后对那姓黄的说："老黄，你不是说我们绑架你吗？睁眼看看，这叫执法！"说着，把早已开好的拘留证拿在他的眼前晃了晃。老黄很硬，老黄说："这叫执法啦？"检察院的老马说："对，这就叫执法。"老黄鼓着他的金鱼眼说："我犯什么法啦？我是局长。我要告你们，我要上告的！"
检察院的老马说："老黄，你没有犯法？你敢说你没有犯法？！"老
黄昂着头说："我没有犯法啦，我真的没有犯法啦……"老马说："操，
我说你犯法你就犯法。你信不信？"这时，范骡子走上前，拍拍他说：
"老黄，招了吧。"老黄怔怔地看着范骡子，终于想起来了，他嘴里嘟
囔说："你们平原人太不讲义气啦，怎么能这个样子呢？"老马说："你
不交代不是？好，好，不交代咱还走，我让你自己交代。"

于是，第二天，他们把戴着手铐的黄庭华塞进了出租车的后备厢
里，一走又是二百多公里。一路上，车开得很快，颠颠簸簸的。坐在
车上，范骡子就觉得身后的后备厢里总像滚着一个大冬瓜似的，咕咕
咚咚乱响。他不安地问："死不了吧？"老马笑了笑说："死不了。不
过，够他呛。"又到了一个城市，等把姓黄的从后备厢里拽出来的时候，
这人已滚成一堆泥了，他连站都站不住了，只见他大口大口地喘着气，
哑着喉咙一迭声说："爷，我招，我招了。你让我招什么我就招什么
行吧。"

于是，就在路边上的一个旅店里开了一个套间，把黄庭华押进去
后，老马递给他一支烟，说："好好说。"黄庭华吸了一支烟后，眼珠
子转了转说："好啦。你们让我说什么啦？"老马说："说说你犯法的
事！"黄庭华说："你提示一下啦。"这时，老马脸一黑，说："老黄，
你私自办烟厂犯法不犯法？你私自购买卷烟设备犯法不犯法？你制假
贩假犯法不犯法？我告诉你，哪一条抠出来都是死罪！"黄庭华一听，
脸慢慢地灰了。接着，他想了想说："我能不能给家里打个电话？"
老马脸一沉说，"不行。"黄庭华哭丧着脸说："这些事情，不光是我
一个人的啦，我们是镇办企业，镇长也是知道的啦……"老马说："镇
办企业怎么了？镇办企业我就不能查你了？！我告诉你，要是把这事
抠出来，是大案。你们镇上的干部得全窝端！"老马吓唬了一阵之后，
突然说："老黄，你想回去不想？"老黄抬起头，泪流满面地说："想
啦。"老马说："那好，我现在给你一个从宽的机会。你们那里的事，
我可以暂且不问，我只查与我们这里有关的问题。你听清楚了吗？我

这是放你一马。你要好好配合，我问什么，你说什么。好好说，说清楚，我就放你回去。"黄庭华头点得像鸡啄米似的说："讲啦，讲啦。"老马说："我问你，是不是你到颖平县去买的卷烟设备？"黄庭华看了坐在一旁的范骡子一眼，说："是啦。"老马接着问："一共花了多少钱？"黄庭华交代说："三千多万啦。"老马喝道："到底多少？说清楚！"黄庭华说："三千五百五十万啦……"往下，姓黄的就把那事屙出来了，屙得很净。于是，就让他在口供上签字画押，一一都按上了手印。

而后，他们就一路游山玩水，到一个城市该看就看，该玩就玩。当五万块花去大半的时候，也就到了本省的境内了……范骡子一一都看在眼里，他心里说："日他妈，事就是这样弄的？！"

事毕，等他们回到省里时候，王华欣亲自赶到省城，在一家最豪华的酒店里给他们摆酒接风。而后，王华欣说："这一仗打得漂亮。往下，咱兵分两路。一路去查那姓谢的，还是从银行这条线查，查清他们之间的关系，看那一百万汇到哪儿去了。干什么用的。不过不要打草惊蛇。另一路，骡子，你回去，尽快去弯店一趟，让他们写几封揭发信，直接寄给我。"范骡子怔了一下，说："他们要是不写呢？"王华欣看了他一眼，说："骡子，你尿了？"范骡子连声说："没有。没有。"王华欣淡淡地说："白纸黑字，事都成了，你还怕什么？"范骡子又赶忙说："我不是怕。"王华欣说："这事一定要砸实。让他二百年也翻不了案！"

那天晚上，王华欣又把范骡子单独留下来，说："骡子，咱哥俩多少年了？"

范骡子说："二十多年了吧？"

王华欣说："老伙计了。"

范骡子说："是。老伙计了。"

王华欣说："事不秘则废呀。"

范骡子说："我知道。"

王华欣说："咱要把这个事坐实。"

范骡子说："那是。那是。"

最后，王华欣抬起眼皮，说：“你那个副县，我记着呢。”

范骡子怔了怔，红着脸，张口结舌地说：“不，不急。”

一个月后，所有的线索全都查明了。那一百万的去向也全都弄清楚了。而且，更让王华欣高兴的是，他们顺藤摸瓜，竟然还查到了那谢丽娟与呼国庆的暧昧关系。通过监听谢丽娟的电话，两人的狐狸尾巴全露出来了。可王华欣却仍然按兵不动。他说，她账上不是还有五十万吗，让她花出去再说！

范骡子每天都像热锅上的蚂蚁一样。在这段日子里，他连县委大院都不敢进，生怕脸上流露出什么。他几乎每天都给王华欣打电话，说咋还不下手呢？可王华欣一点都不急，王华欣说，你慌什么？沉住气，待听了王华欣的解释后，范骡子出了一身的冷汗，他心里说：高手。这才是高手！

五、私事公办

呼国庆是在一次会议上被人叫走的。

这一段时间，呼国庆在颍平的威信非常高。最初，当有人称他“呼青天”的时候，他还批评了人家，沉着脸道：“不要胡说。”可在他的内心深处，还是很愿意有人这样叫他的。所以，他想扎扎实实地做几件事情，好在老百姓心目中巩固一下“青天”的形象。于是，他把从弯店打“假”弄来的三千万全部投到修路工程上去了。不是说“要致富，先修路”嘛。他想把颍平的路好好修一修。他的办法是省里搞三分之一、县里拿三分之一、群众集资三分之一，弄他几个亿！计划是乡乡有公路，村村通汽车。

不料，就在他一心一意要做“青天”的时候，他却被人叫出去了。那天，他作为县里一把手，刚在一个万人大会上作了动员报告，当他端起茶杯要喝口水时，有人轻轻地拍了他一下，说：“呼书记，有人找。”于是，他站起身来，就到外边去了。出了门，就见外边停着两辆车，一辆是桑塔纳，一辆是他的奥迪。车前站着两个人，从脸上看，都很陌生。只见其中一个年长的说："呼书记，市里有个会，很紧急，请你去一趟。"呼国庆心里"咯噔"了一下，问："现在就去吗？"那人说："现在就去。"这时，呼国庆往远处望了一眼，说："那好，我去方便一下。"说完，就朝不远处的厕所走去。那人怔了怔，似乎想说什么，可他跟了两步，却又站住了。

呼国庆进了厕所门，心想，这么突然，是不是人事上有变动？！他知道人事变动常搞突然袭击，把生米做成熟饭，文儿一下，到时候你不走也得走。他心里说，要是有什么的话，这是最后一次机会了。他想了想，慌忙从夹在胳肢窝里的包里拿出手机，啪啪啪按了几下，拨通了呼家堡的电话，说："根宝吗？呼伯在不在？噢。那我问你，最近没听说什么吧？噢，噢，也没什么。我估计有人暗地里做我的活儿！这样吧，等呼伯回来，你告诉他一声，让他老人家尽快帮我查一下……"说完，他把手机塞进包里，两只手揉了揉脸，又从从容容地走了出来。

待车进了市区，呼国庆朝窗外看了一眼，他发现车没有去市委，而是走了另一条路，呼国庆知道，这条路是通许田宾馆的。许田宾馆原是市委招待所，是有名的一所，条件最好。现在改了名字，叫许田宾馆，比原来的招待所更豪华更气派了。市里有很多会都在这里开，市委常委们也常在这里商量事情。所以，这事并没有引起他的警觉。他只是隐隐地觉得这不太正常。如果人事上有变动，一般是去组织部。不过，他已经考虑好了，如果调他的话，他是坚决不走的。

车果然开进了许田宾馆。等他进了大厅，坐电梯上了三楼，来到308房间的时候，他才发现，事情远比他想象的要复杂！308是个豪华套间，在这个套间里，坐着两个人，其中一个竟是他的对头，王华欣！另一个，是市纪委书记赵修贤。这两个人，一个是分工抓"纪检"的，一个是抓"信访"的，在呼国庆眼里，就像是"黑白无常"！呼国庆顿时心里一寒，他知道事情的"性质"变了。

这时候，他深深地吸了一口气，心里说，别慌！而后，他快步走上前去，很大气地说："赵书记、王市长，急火火把我'点'来，有何吩咐？"赵修贤微微笑了笑，并没有站起与他握手，只是点点头说："国庆来了，坐吧。"倒是王华欣显得更热情些，他打着哈哈说："国庆，路上没堵车吧？快坐快坐！"这时，呼国庆心里又是一堵：没有握手？没有握手也是一种信号！这就说明，的确是有人下手了。

于是，当他在沙发上坐下来时，脑海里却在飞速地旋转：问题到底出在哪儿？他们到底抓到什么把柄了？！

往下，又是王华欣先开口的。王华欣很随意地问："国庆，最近忙啥呢？"

呼国庆淡淡地说："正修路呢。"

王华欣哈哈一笑，说："修路好哇。好事好事！积德行善，修桥补路。为官一任，造福一方嘛。怎么样，资金都到位了吧？"

呼国庆故意说："腿都跑断了。王市长是老领导了，是不是也给家乡做点贡献哪？到时候，让老百姓也给你立个碑……"

"不敢，不敢。"王华欣笑着说，"贡献说不上，家乡的事嘛，该帮忙我还是要帮的。我这个人口碑一向不好，再立块碑，不成了万人骂了？"

呼国庆说："上边千条线，下头一根针。骂也是骂我。"

王华欣笑眯眯地说："听说你干得不赖嘛，都有人叫你'呼青天'了……"

呼国庆说："这是谁黑我呢？没有的事，我只知道骂我的人不少。"

王华欣脸上仍是笑眯眯地问："家里都好吧？"

呼国庆说："还好。"

王华欣说："广文呢？两口子没啥吧？我可知道，广文一直不放你的心，呼书记可别金屋藏娇啊！"

"没啥。我这个人，你是老领导了，还不清楚？"呼国庆嘴里应着，心里却在骂：日你妈，有啥阴招你赔使了！

王华欣接着又问："孩子呢？你那个丹丹，是叫丹丹吧？上几年级了？"

呼国庆急于想知道"底牌",可王华欣偏用钝刀子锯他!他心里有些火,可他一直暗暗忍着,说:"三年级。挺好。都挺好。"

　　就这么扯了几句闲话。突然,王华欣话锋一转,把脸扭向了赵修贤:"老赵,你说吧。"

　　纪委书记赵修贤看了他一眼,说:"你说吧?"

　　王华欣说:"你说你说。"

　　赵修贤身子靠在沙发上,两只眼皮耷蒙着,慢吞吞地说:"国庆啊,今天把你请来,是有些、这个这个啊……情况想了解一下。这些事情嘛,当然了,还是希望你能够正确对待,也不要有什么,啊,顾虑。一就是一,二就是二。作为一个党员,党的负责干部,啊,这个这个,要实事求是嘛……啊?"

　　呼国庆定了定心,说:"赵书记,到底啥事?你说吧。"

　　赵修贤仍耷蒙着眼皮说:"这个嘛,群众有些反映。你呢,是不是给组织上谈一谈?有些事情,早说比晚说好……"

　　呼国庆想了想,心一横,气呼呼地说:"是不是又有人告我了?不干工作保准没人告!我这个人不怕告。身正不怕影子歪,组织上可以查嘛。"

　　赵修贤沉默了一会儿,又慢吞吞地说:"国庆哇,你要相信组织。如果没有一定的啊……我们也不会把你找来。这个这个,啊,是个机会。人嘛,没有不犯错误的,啊?你再想想,好好想想。"

　　呼国庆忽地站了起来,说:"我没什么可想的。也没什么可说的。如果有人告我,把证据拿出来!"

　　顿时,屋子里的空气紧张了……赵修贤看了王华欣一眼,一句话没说,却把眼睛闭上了。

　　此刻,王华欣突然笑了。他笑着说:"国庆,不要激动嘛。坐下,你坐下。老赵他苦口婆心的,也是一番好意。你有啥就说啥,实在没有,也可以不说嘛。"

　　呼国庆想了想,又坐下了。坐下之后,呼国庆又解释说:"赵书记,我刚才那话不是对你的……"

然而，赵修贤仍然没有睁眼……

王华欣看着呼国庆，那目光像刀刃一样，十分锋利。可他嘴里却说："国庆，群众有举报，信一封一封的，反映很强烈哇。组织上把你叫来，跟你谈谈。不算过分吧？"

呼国庆回了他一眼，说："不过分。可我要问，谁举报的？根据是什么？"

王华欣的脸一沉，说："你不要管人家。今天要谈的是你的问题。"

呼国庆说："我没有什么可说的。"

王华欣说："真没有？"

呼国庆说："没有。"

王华欣像猫逗老鼠一样看着他："要是查出来呢？"

呼国庆说："党有党纪，国有国法，你们随便处置！"

王华欣说："好。我再问你一遍，有没有需要向组织上交代的问题？有就是有，没有就是没有。你要想清楚。现在，我再重复一次，我们是代表市委跟你谈话的，你要慎重考虑。"

呼国庆沉默了大约有一分钟的时间，而后咬着牙说："没有。"

王华欣微微点了点头，刹那间，他眼里像是爬了很多的蚂蚁……片刻，他扭过身来，看了看赵修贤，说："老赵，那就这样吧？"

赵修贤靠在沙发上，仍旧一声不吭。

王华欣回过身来，轻轻地摆了摆手，说："那好，你走吧。"

呼国庆犹豫了一下，心里说，要走快走！这么一想，他站起身来，大步向门口走去。就在这时，赵修贤突然睁开眼皮，说："国庆啊，有句话我送给你：要想人不知，除非己莫为。出了这个门，你好自为之。"

这时，呼国庆已走到了屋门口，他想折身回去，可又觉得不妥。于是，他立在门口处，怔了片刻，终于还是硬着头皮走出去了……

呼国庆走出门后，发现过道里很静，一个人也没有。当他一个人闷头走进电梯的时候，头一下子大了，心里像是爬满了一窝一窝的刺猬……他想，到底是什么地方出问题了？他们这么兴师动众的，不只是捕风捉影吧？王华欣这个王八蛋，一定是他下的手！可他到底发现了什么？是从什么地方下手的？！得赶快了解一下。这么想着，他的牙咬得嘣嘣响，浑身直打战，脚步像是踩在心上，走路一飘一飘的。

　　来到一楼大厅的时候，有一个人突然抢上来跟他握手，把他吓了一跳！那人叫道："呼书记，你怎么来了？"可他眼前一黑，却忘了这人是谁了，也就跟他打了两句哈哈，嘴里说："噢噢。开个会。好，好……"而后，快步朝外走去。走出玻璃转门，他才松了口气，看了看天，天是晴天，蓝蓝的。可就在这时，有两个人挡住了他的去路。这两个人站在他的面前，很有礼貌地说："呼书记，请上这辆车。"

　　这时，呼国庆终于看清楚了，那是一辆警车。

第十二章

一、大与小

俗话说，种瓜得瓜，种豆得豆。

一个人，如果在长达四十年的时间里，把所有的精力都用在培植一块土地上，他在这块土地上种下了一种声音。那么，他算不算土地的主人呢？

呼家堡东西长，南北短，方圆仅一百五十七平方公里。在这一百五十七平方公里的土地上，呼天成可以说是惟一的主宰。应该说，没有人比他更熟悉这块土地了，也没有人比他更热爱这块土地了。这里的一草一木都是在他的主持下"生长"的，这里的一砖一瓦都是在他的旨意下兴建的，连那些埋在地下的死人，也是由呼天成重新给他们安置的——那就是"地下新村"。过去，几乎是每天早上，只要他在家，他都要沿着村界巡视一遍。他的脚步声很独特，那是一种坚实有力的、一强一弱的踢跶声（早年，他的左腿受过伤）。每当他的脚步从村街、从田野里响过时，连树上的麻雀都为之一震。而后，他的声音就像雨露一样，渗进了土地的每一个角落。

他说，要上晨操。

人们就去上晨操。

他说，要种带色的棉花。

人们就去种带色的棉花。

在会议上，他说，举手吧。

人们就举起森林般的手……

这个声音是不敢生病的。这个声音一旦生了病，很快就会招致全村人的不安。几十年来，呼家堡人早已经过惯了这种只有一个声音的日子，如果这声音突然消失的话，呼家堡人倒真不知道该怎么活了。这并不是诳语。有一次，呼天成突然发高烧，他在床上躺了几天，后来被送到市里的大医院去了，一去半个月。在那半个月的时间里，呼家堡几乎每天都有人到村口去张望，看呼天成是否回来了。每到傍晚，在夕阳西下的村口，在经过了一天劳作之后，人们常常把自己站成一棵树。当树成了林的时候，这竟成了呼家堡的一道景观。

在这里，他的声音已经化成了人们的呼吸。

可是，在后来的日子里，村人要想见他一面，已经不是那么容易了。一是因为呼家堡的摊子越来越大。他的确事多；二是由于每日里要求见他的客人太多，实在是应接不暇。为了避开那些他不愿见的人，呼天成养成了夜里工作白天睡觉的生活习惯。这样一来，能走进那个茅屋的人就越来越少了。尽管这样，村里的大小事，还是要他点头的。不过，他只是在需要出现的时候才出现。平时，如果不开会的话，人们是很难见到他的。况且，村里只有一个人知道他的确切行踪，那就是村秘书根宝了。可根宝又是一个守口如瓶的人，谁也别想从他嘴里掏出话来。如果想见呼天成，就必须通过根宝传话，得到批准之后，才能安排接见的时间，那也是要排队的。

村里有一位老太太，今年七十六岁了，是村干部呼平均他娘，应该说是有些脸面的。可她为了能见上呼天成一面，竟每天拄着拐杖在村口张望。呼平均诳她，说呼伯到城里开会去了。她就一直在村口等着。她跟人说："我都等了八天了。就想见见天成。如今见他一面老难哪！"呼平均多次劝她说："有吃有喝的。呼伯恁忙，你见他干啥？"平均娘说："我想看看，他叫我死在哪儿？不是排的有号吗？那啥子'地下新村'，我也不知道我排的是几号？我想去看看……"后来呼天成听说了，就

324

破例见了她一面。呼天成对平均娘说，"老嫂子，回去吧，我都安排好了。到时候一定让你睡个好地方。"老太太高兴得一时热泪盈眶，连声说："中，中啊。"

就这样，在呼家堡，他一日日地神秘化了。

然而，作为一个拥有亿万资产的"主人"，呼天成的个人生活其实是极简单的。他最爱吃的，只是一种手工的擀面。这种面是在案板上擀出来的，面要和得硬一点，如果水开后，再加一些霜打的红薯叶，他会吃上两碗。这种饭他几乎天天都要吃上一顿。有时外出开会，时间长了，他回来后的第一件事，就是让人给他擀碗面。在穿戴上，他也是极不讲究。当然了，他很有几件出外穿的西服和皮鞋，那都是成套的，是外出才穿的。在家时，他更喜欢随意地披着一件什么，那种披着什么的感觉，是他在几十年时间里慢慢养成的，这也是他最舒服、最惬意的时刻。在平原的乡村，披着衣服就像是披着"威望"一样，那种潇洒是平原上独有的。不过，他也有"讲究"的时候，那其实是一种狡黠和表演。比如，凡是中央来了什么大人物的时候，他定要穿一身地道的农民装束，上身要穿对襟的布褂子，下身要穿掼腰的宽裆裤，脚上是一双手工的圆口布鞋，甚至脸上也"配合"出一种慈厚来；如果来的人是记者，或是商界、知识界的人士，那就不一样了，那样的话，他的穿戴就要往"雅"上走了，那就是怎么讲究怎么穿了。他要换上雪白的衬衣、圆领的毛线衫，有时也会打上领带，外罩呢，不是西装，就是宽松雅致的夹克衫。下身的裤子也是笔挺笔挺的，脚上定要换上锃亮的皮鞋，连胡子也要刮得干干净净的。他说，这些人，都是衣裳架子。不能让他小看咱。可人一走，他就马上又换回来了。

他必须披着一件什么……

呼天成还有一个最显著的特点：他的口袋里从不装钱。这很大气呀！不是吗？尤其是近年来，无论他走多远，无论外出还是在家，他从来都是两手空空，衣兜里从没装过一分钱。所以，他经常跟人们开玩笑说，他是玩泥蛋的，是一个地地道道的"无产阶级"。

可他又是一个少有的"无产阶级"。在呼家堡，他只要咳嗽一声，来访者就可以受到上等的款待。在平原，他的承诺就是最好的信用凭证。在国内，他一句话就可以调动亿万资金。他甚至可以走遍全国而不用带一分钱（因为呼家堡的经营网络已遍布全国各大、中城市，并且在省城、在北京都设有办事处）！这在当今中国，只怕独有他一人了。

作为一个"无产阶级"，有一件事曾使呼天成大为恼火。那事发生在去年春上，就为那件事，村秘书根宝受到了最严厉的批评。可是，就那件事的本身来看，就足以让世人震惊了。

去年的一天，呼天成坐的车在去省城的路上出了事故。那是一个春光明媚的上午，在 300 国道上，他乘坐的一辆黑色奥迪车与道口上突然出现的另一辆带拖斗的卡车相撞了。在千分之一秒的时间里，呼天成只来得及"嗯"了一声，紧接着，一声巨响，两车撞在了一起！由于呼天成及时地"嗯"，使司机下意识地踩了紧急刹车，这样，虽然两车相撞，人却没有受什么伤。在撞车后，司机像傻了似的愣在那里……当时，呼天成从车里钻出来后，一声没吭，就站在路边上悄悄地打了两个电话。不到十分钟的时间，有一辆轿车飞驰而来，抢先把呼天成接走了。上了车，呼天成随口给司机交代说："你留下处理事故，根宝马上就到。"

紧接着，又过了不到五分钟，先后又有七八辆轿车赶到了事故现场，车上的人匆匆地跑过来问："呼伯没事吧？呼伯怎么样？！"再往后，又有三个县的交警开着警车，鸣着警笛，一批一批地赶到了。于是，整个 300 国道全被封锁了！那个场面极为壮观，有许多被堵在路上的司机惊讶地问："谁呀？这是谁呀？老天爷，这么势海？！怕是中央领导吧？"尤其是对方撞车的那个司机，见官员们一拨一拨地往这里赶，当时吓得连话都说不出来了，而给呼天成开车的司机呼宝俊却立在那里，得意洋洋地高声说："我，我是呼家堡的！"就这样，呼家堡的名头在一天之内，经司机们的破嘴传遍了全省！

第三天，当呼天成知道情况后，他的脸顿时就黑下来了，他把根宝叫到跟前，狠狠地把他日骂了一顿！呼天成铁着脸说："杨根宝，谁让你这样安排的？拿着鸡毛当令箭，你好大的胆子！"

根宝小声说："呼伯，我，我是怕您出什么事……"

　　呼天成咬着牙说："狗日的，你给我说说，你跟我这么多年了，都学了什么，连一点沉稳劲都没有?!"

　　根宝说："一听说撞了车，我当时就……慌了，就打了几个电话。"

　　呼天成质问道："你假借我的名义打多少电话，说?!"

　　根宝说："八个。我只打了八个电话。我怕您万一受伤，想就近找人……"

　　呼天成骂道："胡屎日! 八个，你还嫌少是不是? 你动用了三个县的警力! 你知道不知道? 你，你咋不打一百个呢?!"

　　根宝低头不吭了。

　　呼天成气呼呼地说："你想干啥? 你说说，你到底想干啥? 你这是败坏呼家堡的名誉，你这是往我脸上摔屎呢! 你知道不知道?!"

　　根宝低着头，小声说："当时情况紧急，我没想那么多……"

　　呼天成一拍桌子，喝道："你给我滚出去! 站外边反省!"

　　杨根宝两眼含泪，默默地退到门外去了……

　　就这样，根宝整整在院里站了一天。到了傍晚时，呼天成的气才消了。他默默地招了一下手，说："进来吧。"

　　当杨根宝走进茅屋后，呼天成望着他说："根宝，想通了没有? "

　　杨根宝低着头说："想通了。"

　　呼天成说："说说，错在哪儿了? "

　　杨根宝说："我，不该，那么张扬……"

　　呼天成放缓语气说："根宝啊，你也是跟我这么多年了。虽说你是好心，可你这好心给我捅了大娄子! 俗话说，好事不出门，坏事传千里。这坏影响已经传出去了，很难挽回呀! 有一点，你要切记，咱是干啥的? 咱是玩泥蛋的，咱是个农民! 啥时候也不能张狂。你要是忘了这一点，你就大错特错了。话说回来，我那些关系也不是不能动用，要用有所值。好钢要使在刀刃上。你想想，你虽说是打了八个电话，可你调用了六个县级干部的专车，动用了三个县的交警，就为这一点点小事，你就闹出这么大的动静?! 你好好想想吧。我再告诉你一点，在平原上，你知道人是活什么的？人是活小的，你越'小'，就越容易。你要是硬撑出一个'大'的架势，那风就招来了……"

到了这时，杨根宝才幡然醒悟，他心服口服地说："呼伯，我明白了。我知道我错了。"

呼天成默默地点了一下头，说："明白了就好。我只允许你这一次。"

过了一会儿，呼天成说："那人呢，情况你了解了没有？现在咋样？"

杨根宝说："那司机还在交警队扣着呢。他是三家凑钱买的车，车刚开出来，就撞坏了……"

呼天成想了想，说："你去一趟，代表我。一是谢谢人家交警。二呢，给交警队说一说，把人放出来算了。咱是集体，人家是个人，车撞坏了，咱给人家修修，要尽量挽回影响。"

杨根宝说："呼伯，他可是大车。看那样，修修怕得上万。"

呼天成淡淡地说："上万就上万吧。"

而后，呼天成话锋一转，沉下脸说："对宝俊这样的司机，永不再用。让他回大田里干活！"

十天后，那个肇事的司机开着那辆修好的卡车来到了呼家堡，他是来表示感谢的。见到呼天成的时候，他二话不说，就"扑通"一声跪下来了。他跪在呼天成的面前，重重地磕了一个响头！说："恩人哪，恩人……"而后，当他离开呼家堡时，却疑疑惑惑地回头望了一眼，说："他们怎么就这么势海呢？"

二、一个谜

在很多人眼里，呼家堡是一个立在平原上的谜语。

是呀，这样的一个村子，也没有什么资源，怎么说富就富起来了呢？有很多前来参观的人，都对此感到万分的惊讶。那些有心计的，也曾不止一次地偷访过呼家堡，期望着能窥视到一点奥妙，可结果是他们什么也没有得到。连专家们也认为，这是一个孤立的奇迹！

然而，有一点是他们没有发现的。

按说，他们是很熟悉"经营"二字的。可他们只注意到了对商品的经营，却从没想到对人的"经营"。在这里，有一个最核心的秘密，是从不外传的。

呼天成从不经营商场，他经营的是"人场"。

如果说，呼家堡的发展，是由五斤白面起家的话，那是不准确的，起码说是不科学的。这种"经营"是有连续性的，它并非一日之功，就像一棵大树，是不可能在一天之内长成的。

呼天成的"经营"方略是长远的，他不是一天两天、一年两年，他是几十年一贯如此。这是一种感情方面的长期种植，他甚至不要求回报。只要他看中了你，只要他认为你是"朋友"、是"人才"，那么，他在感情上的栽种就是长期的，始终如一。

特别是对老秋。早在三十多年前，当老秋作为下派干部初来呼家堡时，呼天成就觉得老秋这人不简单。这是一种超常的眼光。那时候，当脖里围着一条围巾的老秋站在大碾盘上讲话时，他就认准老秋是个不可限量的"人物"。老秋口才漂亮，讲起话来滔滔不绝，口若悬河！正是这一点，使他认定老秋可交！所以，半月后，当老秋背着铺盖离开呼家堡的时候，呼天成匆匆赶了上去，他追出八里地，追上了下派干部老秋，由此开始了他们长达半个世纪的友谊。他递过去的其实只是一个破手巾兜，手巾里包的是五个鸡蛋。这五个鸡蛋，是呼天成借遍了全村才凑到的。那正是饿死人的年月！他追上老秋的时候，就说了一句话，他说："老秋，你别走，你的东西忘在这了。"说完，他就把那兜鸡蛋往老秋手里硬硬地一塞，扭头就走。

那时候，这五个鸡蛋，对已经浮肿的老秋来说，相当于半条命！

后来，在"文革"时期，当他偷偷地把老秋从省城背回来的时候，老秋也只剩下半条命了。那时老秋的腰已经被人打断了，况且还是省里的"二号走资派"，是万人大会上被点名批判的人！这次与往常不同的是，风险太大，万一有风声透出去，他呼天成也完了！然而，在呼天成的内心深处，仍觉得老秋不会就这么完了，他还会有东山再起的一天，人有时候就得搏一搏。就这样，呼天成硬着心把老秋背了回来，在呼家堡藏了一年零四个月……

果然，时间证明了这一点。后来，他发现他背回来的不仅仅是一个人，那是一笔巨大的"财富"。这笔"财富"首先是精神的，其次才是物质的。那是一个巨大的有放射力的"磁场"！他知道，人是活"场"的。一个人的磁力越强，场的放射力就越大。在这里，老秋可以说是代表着一个省的"场"啊！

这还不仅仅是老秋一个人。四十年来，呼天成结交的老干部，说起来也是一大批呀！老秋只是他们当中的一个代表。对这些上层人士，无论是他们遭难的时候，还是官复原职的时候，甚至到他们后来退了二线，"呼家堡"的礼数都是一样的周全。在这里，呼天成奉送的是一份回忆、一份念想、一种叫人忘不掉的情分。早些年，呼家堡并没有什么好东西，可在四季里，老秋们总能吃到呼家堡送去的"思念"：那或是几穗刚下来的青玉米，或是几块岗地上的红薯，或是两斤小磨香油，或是一对小兔、一篮红柿……这对那些手握重权的领导们来说，并不算什么主贵东西。可是，在时光里，就不断地有一个信息传达给了老秋们，那是说，有人还念着你哪。在远离省城的乡村，有一个人始终记挂着你呢。要是万一谁出了什么事，这里就是你的家！老秋们能不感动吗？后来在社会上广泛流传的"呼家堡绳床"，就是呼天成专门为那些"老同志"特意制作的……

在平原上，呼天成苦心"经营"的不仅仅是那些手握重权的老干部，对年轻人也是一样。长期以来，他培育了多少人才呀！在平原，有一长串名字是足可以让呼天成引以自豪的。可以说，在省、市、县三级干部中，有一大批"人才"是他一手托出来的……

呼天成有一双"慧眼"是出了名的。

在呼天成的"人才库"里，曾有一个在民间广为流传的典故，叫做"一盒火柴出一个市长"。后来成为许田市常务副市长的孙全林，就是这个典故的主人。

说起来，那已是二十多年前的事了。有一次，呼天成到公社去参加一个干部会，会开到乡、村、队三级。就在那个干部会上，呼天成偶然结识了孙湾的团支部书记孙全林。那时的孙全林才二十一岁，小伙子刚当上村里的团支书，人看上去很腼腆，一说话脸就红，也是头一次参加公社的干部会。开会的时候，他有幸跟呼天成坐在一起。会开了两天，两人就相熟了。那时呼天成的烟瘾特别大。有一天下午，讨论的时候，呼天成想吸烟，却忘了带火，就随手拍了拍坐在他身边的孙全林，说："小青年，有火没有？"孙全林就马上说："有。"说着，他下意识地摸了一下裤子兜，又说，"哟，忘屋了，我去给你拿。"说完，不等呼天成回话，就站起来匆匆走出去了。

　　过了片刻，孙全林拿着一匣火柴走了回来，悄没声地递给呼天成。呼天成接过那匣火柴一看，顿时明白了，这匣火柴是孙全林在外边的商店里给他现买的！那时候一匣火柴才二分钱，说起来并不算什么，可呼天成在意了，他在意的是这种"态度"。他感慨地摇了摇头，笑着说："这娃呀，太灵性！"于是，当他们第二次见面时，呼天成就地蹲在那儿，匆匆在烟盒纸上写了一个条儿。而后，他拍了拍孙全林的肩膀，说："小孙，想不想到公社来干？"孙全林高兴地说："想是想啊。谁要咱呢？"呼天成就把那个纸条递过去，说："拿上这个条儿，去找老胡（当时的公社书记）。"孙全林吃了一惊，迟疑疑地说："呼叔，人家胡书记会要我吗？"呼天成笑了，说："娃子，好好干，你是市长的材料！"后来，孙全林先是当上了公社通讯员，而后一步步地往上升，果然就当了市长。再后，孙全林曾多次对人说："呼伯让我往东，我绝不向西。"

　　省委组织部干部调配处处长邱建伟，原是下放到呼家堡的知青。那时候，他刚刚中学毕业，才十七岁。一个十七岁的年轻人，在来到呼家堡的头一年里，就闯下了一场祸！夏天里，他一个人偷着去学犁地，结果把牲口赶到沟里去了，摔残了一头牛！牛是庄稼人的半个家业，腿一残，就犁不成地了。这事，要搁一般人身上，就是大罪。可呼天成看了他一眼，却说："算了。这娃子认真，他是想学好呢。"竟然第二天就任命他当了第二生产小队的副队长。

第二年的冬天，邱建伟又犯下了一个无法饶恕的错误。临近年关时，他领着一帮年轻人去公社所在地的公路边上埋电线杆。这活儿是县里派给呼家堡的，分了八百米的线段。那时叫做"青年突击队"，他是带队的。电线杆是水泥做的，本来是一根一根埋的，可邱建伟为了争第一，却突发奇想，想用用他学过的"知识"，好加快进度。他把那帮年轻人叫到一起，说你们知道"杠杆原理"吗？众人都说不知道。他就说，你们既然不知道，就听我的吧。于是，他让那些年轻人把二十个坑全部挖好，又命令他们把二十根电线杆全都放在挖好的坑里，然后用他在中学里学过的"知识"，架起了一个所谓的"滑轮组"——准备把二十根电线杆一次全竖起来！当这一切都照他的吩咐准备好之后，邱建伟得意洋洋地大喝一声："拉！"众人就跟着齐声发力……然而，就在电线杆快要拉起来时，只听一阵"噼噼啪啪"的巨响！眨眼之间，二十根电线杆全部被拉断了！！

邱建伟当时就傻在那儿了，众人也都愣住了，谁也不说话了。就在这时，负责施工的公社治安员气急败坏地跑过来，一脚就把他踹倒了，他恶狠狠地骂道："日你妈，你这是搞破坏！"说着，就去找绳子捆人。于是，一帮人把邱建伟五花大绑地捆到了乡派出所。那时候，二十根电线杆，可是一个很大的数目呀！在派出所的院子里，邱建伟被铐在了一棵树上，派出所所长指着他说："明早送县局，至少判他三年！"当时邱建伟吓坏了。他知道，在那种时候，别说判三年，哪怕只判一年，他这一生就算毁了。邱建伟带着哭腔对派出所所长说："叔，饶了我吧，饶了我吧……"派出所所长说："叔？喊爷也不行。非判你狗日的不可！"然而，就在当天晚上，呼天成匆匆赶来了。

他让人给他搬条凳子，就坐在邱建伟的面前，默默地望着他。过了很久之后，他长长地叹了口气，扭头对所长说："老王，解了吧。"派出所所长说："老呼，他这可是搞破坏呀！"呼天成看了所长一眼，又说："解了吧。这事怪我，是我派他来的，我承担责任。"所长怔了一会儿，说："老呼，不是我不给面子，这可是犯法的事呀。"呼天成又一次坚持说："解了。那二十根电线杆，呼家堡给你补齐！"所长摇了摇头，说："这事，我也做不了主啊……"呼天成望着他说："老王，你解不解？要不解，我就坐在这里不走了。"所长再次看看他，终于很无奈地说："老呼啊，除非是你，换谁都不行。"说着，他嘴里嘟嘟囔囔地走上前去，终于给邱建伟开了手上的铐子……当时，邱建伟无声地哭了，满脸都是泪水。

那年过节时，邱建伟不敢要求回家了，当知青们都回家过年时候，只有他一个人留在了"知青点"。不料，在年三十的早上，呼天成又专门去看了邱建伟，还给他送去了一篮子红柿。呼天成说："建伟，回去吧。回去看看你父母。那事你也别搁在心上，没啥大不了的。咱村里穷，也没啥送你家人，这篮柿子，你给家人带回去吧。"那时邱建伟说："呼伯，你……为啥？"呼天成默默地看了他一眼，只说了一句话："你敢想。是个人才。"后来，社会上时兴推荐上大学时，呼天成又第一个推荐他上了大学……这一桩桩往事给邱建伟留下了刻骨铭心的记忆！

省报副总编冯云山，也算是下放到呼家堡的知青。那时，冯云山身小力薄，眼睛还近视，根本干不了力气活。可他有一个特长，看书过目不忘，"老三篇"能倒背如流！呼天成说，这孩儿好记性！于是，呼天成一句话，就让他到呼家堡的学校里教学去了。他下乡三年，在学校里待了三年，可以说是没让他吃一天苦。后来，冯云山考大学时，呼天成特意批给他三个月假，说回去复习吧。待他考上大学后，呼天成又送给他一张表，那是一张"党员登记表"。呼天成说："呼家堡也没啥送你，这张表，你填填。"后来，冯云山就是靠着那张表，在毕业时留在了省城的报社（那一年省报就选了一个人，要求必须是党员）。再后来，冯云山曾多次找呼天成帮忙，评职称时，他缺"硬件"，呼天成就以呼家堡的名义赞助了三万元，让他出了本书，评上了副高职称；从正处升副厅时，又是呼天成替他说了话……所以，长期以来，冯云山一喝酒就哭，他觉得他欠呼伯的太多了。可呼天成一次也没找过他。他总想报答呼天成，可呼天成从不给他机会。所以，凡是牵涉呼家堡的事，他必是一路绿灯！

省银行行长范炳臣，原来跟呼天成没有一点瓜葛。他跟呼家堡惟一的联系是，他转弯抹角地跟呼家堡有一点亲戚关系，说起来也算是呼家堡的外甥。那一年征兵时，他已体检合格了，就在换军装的前一天，他又领着一帮知青跟人打群架，被县公安局的人抓了。于是，他的家人又转弯抹角地求到了呼天成头上。那天下着鹅毛大雪，呼天成听了，叹一声说："这是娃子一辈子的事，我就去一趟吧。"就此，他冒雪连夜赶到了县城，坐在局长的办公室里，口口声声说是范炳臣他舅，硬是把他保出来了。待范炳臣从牢里出来后，他只看了小伙子一眼，就说，"娃子有胆，我这一趟来得值。"后来，范炳臣在部队里参加了中越战争，连续立功受奖，一直提到了副师职！他年年回来都要看一看呼天成。当他要求转业时，一个副师职的干部竟跑了半个月也没找到合适的地方，这时候，又是呼天成帮了他。呼天成专门到省里跑了三趟，硬是让他留在了省城最难进的部门。他转业后，先是当了副行长，后又当了行长。所以，范炳臣总是对人说，我一生最关键的时刻，靠的都是呼伯呀！

颍平县县委书记呼国庆……

市工商局副局长刘海程……

市税务局局长彭大鹏……

…………

当然，还有许多故事是不便言传的。那几乎是呼天成穷其一生积累下的"财富"，也是平原人的生存精髓。

在这里，给予是一种高超的技艺，也是人生的一种大智慧，在有的时候，那叫"雪中送炭"；在有的时候，那又叫"锦上添花"。这是一个人生的"制高点"，呼天成一直牢牢地掌握着这个"制高点"。就这样，一天天，一年年，他种出了一个"人场"。

尤其让人赞叹的是，呼天成的种植是没有时间性的，那是一种长期的效应。只要他活一天，这个巨大的人生磁场就会不停地发挥效应。那么，如果有谁胆敢反对呼天成，哪怕呼天成不吐一个字，也会有人站出来说话！

后来，当老秋成了京城元老之后，曾说过一句话。他说，我这一辈子，最服气的一个人，就是人家老呼。他说，他比我强，是四十年不倒啊！

三、"呼家面"

那年，临近年关时，呼天成确实发愁了。他不是愁过年的问题，他愁的是没什么可送。眼看时近年关了，给老秋他们"慰问"点什么呢？那些年，呼天成一直忙于"新村"的建设，等房子一座一座盖起来时，村里已经很空了。过去每逢年里节里，他都是要送一点什么的。今年该送什么好呢？

就在那个飘着雪花的早晨，呼天成在村子里转了一圈之后，心不在焉地走进了磨面房。那时，呼家堡已有了两台小钢磨。时近年关，磨面房很忙，机器轰轰隆隆地响着。这种小钢磨磨的面很粗，号称"一风吹"。呼天成围着钢磨转了一圈，不经意地看了两眼，微微地摇了摇头。当他扭身要走的时候，有意无意说了一句："这面能不能磨得再白一点？"

当时，在磨面房帮助干活的是刚从部队回来的复员军人王炳灿。王炳灿是个能人，他虽然回来时间不长，但他的精明已是众人皆知了。王炳灿赶忙说："咋不能？"他接着说："呼伯，你要多白吧？"

呼天成站住了，说："这不是'一风吹'吗？"

王炳灿说："是'一风吹'，不过，我有办法。"

呼天成笑了，说："你有啥办法？"

王炳灿说："我试了。要想白，多垫两层细箩，多磨几遍，要多白有多白。"

呼天成笑了，说："就这么简单？"

王炳灿说："这就看是谁干了。我干，就这么简单。"

于是，呼天成说："那你就给我磨吧，别可惜粮食，要最白的，

335

你给我磨一百斤。"

王炳灿说："我在书上看了，细面有三种：75%、65%、50% 的。你要哪一种？"

呼天成用赞赏的目光看了看他，说："那就要 50% 的吧。要白，要筋道。你给我五斤装一袋。"

王炳灿马上说："我知道了，要小袋。"

呼天成往外走了两步，又折回身来说："炳灿，好好干吧。以后，这一摊就交给你了。"

后来，就是用这种普通的小钢磨改造后磨出来的细白面，有一袋送到了当时的省委副书记老秋的家里，当然还有一些其他的，都是小小不言的。那时全国还都在吃 85% 面，即使是省委书记，也还从没吃过这种像雪一样白的 50% 粉（虽然是"土法上马"）。就在那年春节，老秋家包饺子用了呼家堡的小袋白面，那面的确白，也筋道。老秋吃了大加赞赏。过罢年，刚好省里进了两套大型的磨面设备，那时还是计划经济时期，机械设备是由省里统一调拨的。在分配指标的时候，老秋想到了呼家堡。于是，老秋大笔一挥，就把其中的一套批给了呼家堡。在那个时期，设备批给你或批给他，是没有分别的，只要是集体就行。那套设备价值百万，可呼家堡却一分钱也没有花……

当那套设备运到呼家堡的时候，一开始，呼天成也并没多看重。就觉得磨面房大了一些而已，可以磨多遍面了。可是，到了第二年的冬天，村里的会计的一句话竟把他说愣了。

会计说："我把数字打出来了。就今年，咱那个磨面房，钱挣了四十七万。还余了十五万斤麸子。"

呼天成愣住了。他怔怔地说："多少？你是不是算错了？"

会计老德说："没有错，四十七万。"

呼天成又问了一遍："多少？"

老德说："四十七万。"

那时候，四十七万是一个巨大的数目！连呼天成也没想到一个磨面房会挣这么大的数儿，那不就是"多遍面"吗？！然而，能磨"多遍面"的，在整个颍平县，他们却是独此一家。后来呼天成不再吭声了，他一句话也不说，就那么沉默了很久很久。后来他说："这个数字，要保密。"

那年冬天，呼天成作出了一个让人无法想象的决定，那是个大手笔！

就在快到年关的时候，呼天成让面粉厂赶制了一万包小袋（五斤装）精粉，再加上别的礼物，分别派出了七个小组，前去"慰问"那些与呼家堡有关联的"方方面面"。"方方面面"在这里成了一个个人物的代名词，那是一个由呼天成开列的长长的名单。从县城到市里，从省城到北京，这是一次耗费巨资的"慰问"。呼天成把这次行动叫做"千里送鹅毛"。在整个呼家堡，除了老德之外，没有一个人知道，呼家堡收入的第一笔巨款——四十七万，有一大半"千里送鹅毛"了！

那一年，呼家堡人并没有分红。春节时，呼家堡人吃的仍然是85%面包成的饺子，连呼天成也不例外。

不过，就在"千里送鹅毛"之后，村里的会计老德光荣地退休了。从此，"铁算盘"老德成了菜地里的一名菜农，干的是轻活。

应该说，呼天成是无心插柳。他看重的是"人场"，他要种植的是一个有放射性的声音。在那七年时间里，他几乎是年年进行如此的"慰问"。可他没有想到的是，在无意之间，他做了一个天大的"广告"！在一些有"身份"的家庭里，"呼家面"这个名称不胫而走！

"呼家面"这个品牌，是从人们的口头走向市场的。它先是悄悄地在一些"体面"的人家流行，而后才走向社会的。这种小袋装的面粉，在一个时期里，成了高贵和体面的象征。后来，当整个社会全面走向商品经济时，那种小袋食品的方便快捷，已成了所有食品行业争相模仿的一种包装。

三年后，当呼天成决定更换面粉厂的设备时，他所培植的"人场"发挥了极大的效用。那时候，买进口设备是需要上头一层一层来批的，那些"批文"需要过一道道关卡，盖无数个公章。在城市里，有很多单位为了跑"批文"整年住在北京，一两年也不一定能跑下来。

可呼家堡要的这套进口的面粉设备，"批文"全部跑下来，却仅用了三十七天！

应该说，一个人的大气是由时光和阅历来熏染的，而一个人的豪气却是由物质来铺垫的。当呼家堡的年收益超过千万时，呼天成那些像树棍一样的字迹就成了无往而不胜的"金字招牌"，成了一道道万金难买的"手谕"。在这方面，呼天成是从不惜乎钱的。他说，钱算龟孙！

然而，呼天成最为高明的一点，是从来不搞"个人行为"。他是从不送礼的。在呼天成的字典里从没有"送礼"这两个字。在这一点上，呼天成可以说是独树一帜。在所有的场合，在所有的交往中，他嘴里从来都说：呼家堡不搞那一套！可呼天成又是最看重情义的。在呼天成的字典里装满了"慰问"、"探望"、"支援"、"赞助"、"奖励"等字眼。这些字眼使他日见大度，也使他的行动蒙上了一层高尚的轻纱，成了一种组织上的正当行为。

一九八一年，当"呼家面"正式进入省城的时候，呼天成也就打了一个电话。呼天成在电话里对省委组织部干部处处长邱建伟说："建伟呀，咱家乡的面运到省里了，你尝尝吧。"邱建伟心领神会，马上对着电话说："呼伯，您放心吧。"而后，他先后打了一连串的电话，致使"呼家面"长驱直入，一路绿灯，优先进入了省城的市场。省报副总编冯云山听说后，免费给呼家堡策划了一个活广告，叫做"今年流行'呼家面'"！省银行行长范炳臣更是不遗余力……连银行系统办的年货里也有一份是"呼家面"。

一九八二年，当"呼家面"初次进入北京市场时，虽然通过了一道道关卡，最后还是陷在了一个食品公司的经理手里。

北京太大了，纵是中央部委的领导，也无法去直接指挥一个食品公司的小经理。那一次，是王炳灿带车进京的，他一共拉去了五辆卡车的面粉，全陷在那儿了。就是那个姓吴的经理，死活不接受！那是呼天成在商品领域里打的第一个败仗。呼家堡生产的面粉长途跋涉运到了北京，原是姓黄的经理答应的，现在换了吴经理，人家一句话，就不要了！当时，前去接洽的面粉厂销售厂长王炳灿又先后跑了十几家食品公司，结果是没有一家愿意要的。五辆车呀！那会儿王炳灿简直愁坏了，当他路过天安门的时候，竟然突发奇想，跑到广场上大哭了一场！到了最后，他那有名的"铁嘴"都磨破了，还是没有把面粉推销出去。最后，他实在是没有办法了，就连夜给呼天成打了电话。呼天成一听，也坐不住了，他说："我去一趟，见见这个吴经理。"

于是，呼天成连夜赶到了北京。第二天，当呼天成见到吴经理时，吴经理说："我很忙，只能给你三分钟的时间。"呼天成就马上说："那好，吴经理，咱就长话短说。这样吧。这些面，我们不要了，白送给你们行不行？"吴经理一听，愣了，说："什么，什么，白送？"呼天成说："这么远的路，我们既然拉来了，也没法再往回运了。这些面粉，算我们白送的，你们试试嘛，看看呼家堡的面粉到底咋样。"吴经理愣了一会儿，冷冷地说："这不是浪费吗？不合适吧？再说，我们也很忙啊……"呼天成说："我知道你忙……"吴经理打断他说："你知道这是什么地方吗，这可是首都。你说你白送，我们就能要了？"呼天成看着他，慢慢地吸了一口气，说："是这样。我看公司里业务多，的确很忙。经理们连辆车都没有，每天骑车上下班，很辛苦啊。咱工农是一家，面我们不要了，另外，咱呼家堡再'支援'你们一辆车。这几天，来来往往的，给你们添了不少麻烦，算是补偿吧。"

吴经理不经意地看了呼天成一眼。那会儿是冬天，呼天成脸黑黑的，上身穿着黑布棉袄，下身是黑棉裤，脚下是圆口布鞋，显得土里土气的，竟然说要"支援"他们一辆车？他觉得这牛皮吹得也太大了！当时，吴经理差一点笑出声来。于是，他就用打发人的语气说："好，好，就这样，就这样吧。你们要是真不要了，就卸下来吧，我让他们试一下。"不料，呼天成又说："我现在就给你写张'条子'，三天后，你派人去提车吧。"于是，呼天成当即就给吴经理写了一张便条，放在了办公桌上。而后，他站起就走了。

吴经理迟疑了片刻，伸手把那张"条子"拿起来看了看，只见那字写得歪歪斜斜、枝里八杈的，根本就像是一场玩笑。于是，吴经理笑着摇了摇头，顺手把那张"条子"团成蛋，扔到一边去了。

三天后，当吴经理又指着那个团成蛋的"条子"给人当笑话讲的时候，一辆崭新的"桑塔纳"轿车已开到了公司的门口！

后来，"呼家面"就成了第一个打入北京市场的外省面粉。

那位坐上了桑塔纳轿车的吴经理，曾不止一次地对人说："老呼只要写个字，那就是手谕呀！"

四、鱼和饵

"呼家面"后来能够成为系列化的产品，主要是得力于一个人。

这个人是呼天成专程从省里请来的。

此人姓董，名叫董学林，是省粮食学院的一个教授，研究生物的。人们都称他董教授。董教授是个瘦高个，细眯眼，长着一个红红的蒜头鼻子，戴着一副细腿儿的破眼镜。这位董教授是南方人，说话蛮声蛮气的，家里日子过得并不富裕，派头却很大。当呼天成第一次上门请他的时候，他一口就回绝了，说："呼家堡是个什么地方？那是搞生物科学的地方吗？开玩笑！"第二次，是邱建伟陪着呼天成一块儿去的，还带上了省委领导的信，于是，董教授就显得客气多了。他连声说："邱处长来了，还有什么可说的，我去！"但一谈到具体事的时候，他还是扭扭捏捏地说："这个，这个嘛。按规定，院里是要收费的。"呼天成笑了，他说："可以，可以。"接着，董教授又说："我个人倒没什么。院里呢，是要按钟头收费的，就像上课一样。"邱建伟笑着说："老董，你放心。院里我打招呼。"呼天成也说："放心吧，呼家堡是不会亏你的。"

于是，这位董教授就到呼家堡来了。

刚来的时候，董教授非常固执，从来不允许有人反驳他的意见。他总是用手拢着头上那些不很多的头发，头摇摇的，这里看不顺眼，那里也看不顺眼，到处发表见解，总是说，这个，这个嘛，你们应该这样，你们应该那样……他一说，人们就得照他的意见改，弄得村干部一时无所适从。

有人找了呼天成，呼天成说："他说什么，你们就听什么。"

可就是这位董教授，在他住下的第三天，就贸然夸下海口，说要把他的一种食品保鲜技术引到呼家堡来，使呼家堡的收入翻三番！他说，这很简单嘛。可就是这个"很简单嘛"的问题，光建实验室就花掉了呼家堡一百万！

可是，呼天成还是一句话：照他说的办！

然而，时间一天天过去了，在他的一再坚持下，需要购买的机器设备也已经到位了（那可是一笔巨款啊），然而，董教授说的那个"很简单"的问题却仍然在"驴蛋上"悬着。就是说他那个"很简单嘛"的问题，一直没有解决。谁都知道，如果这个问题不能解决的话，呼家堡早先为实验室投入的一百万，也就算是白花了……

那是三个月之后的一天下午，这位总是昂着头的董教授，却突然把头低下去了。他先是去厕所里尿了一泡，嘴里嘟哝说："小便一下，也要跑这么远，太不像话！"接着，他转过身去，猛地把那些用于生物培养实验的罐罐通通扫在了地上，屋子里顿时传出了一片噼里啪啦的破碎声！他先是乱发了一顿脾气，接着，像疯了一样，在屋子里来来回回地走动着，最后，他突然一甩手，烦躁不安地说："我搞不成，我搞不成了！我走，我走！"说着，站起就要走。

这时，陪着他的两个年轻人吓坏了！赶忙去请示呼天成。呼天成匆匆来到了老董的实验室。

呼天成看了他一眼，说："老董，听说你要走？"

董教授不好意思地说："老呼，我没给你搞成，我走吧。反正到现在，我还没拿呼家堡一分钱，这些天，就算我白尽义务了，我给你白尽义务了。"

呼天成看看他，突然笑了。他笑着说："这话说到哪儿去了？你是我请来的，是给咱呼家堡帮忙的。就是搞不成，我也不会怪你。你不要慌嘛。"

董教授叹了口气,挠了挠头,很沮丧地说:"我还是走吧。看起来,我没这个本事。我是真没这个本事喽……"

呼天成说:"这玩意儿不好弄是真的,不能说你没这个本事。这样吧,你不要慌,再休息两天,玩一玩再走。"

董教授急躁地说:"我走。我还是走吧。我一天也不在这儿待了!"

呼天成默默地望着他,过了一会儿,问:"家里,还有什么事吗?"

这时,董教授勾下头去,嚅嚅了半晌,才吞吞吐吐地说:"这个,这个……没什么,也没什么。不过,老呼,不瞒你说,院里快要分房了。我人在外边,这个,这个嘛……"

呼天成想了一会儿,点点头说:"老董,出来这么多天了,既然你执意要回去看看,就回去看看吧。"说着,呼天成扭过头来,低声对会计吩咐了几句,会计匆匆去了。不到一会儿工夫,会计拿来了一沓子钱。

呼天成说:"老董啊,你在呼家堡这些天,确实不容易,这一万块钱,就算是呼家堡对你的慰问吧。"

那一万块钱就放在老董的眼前,老董没想到呼天成会给他钱。一时,董教授脸红了,显得十分尴尬。他红着脸诺诺地说:"这这、不大好吧? 不是、不是说好的……五、五千吗? 再说,我、我、我……也没搞成什么。"

呼天成拍拍他,说:"拿着吧,钱不多,是个意思。虽然没搞成,呼家堡也不会忘了你的。我看这样吧,今天晚上,咱们唠唠,明天,我派个车把你送回去。房子是大事,你回去也是对的。"

当天晚上,呼天成吩咐人搞了一些小菜,打了一瓶茅台酒,两人边喝边聊。董教授心里实在是有些惭愧,那头就再也昂不起来了,话说得也没有底气。他说:"老呼啊,你看,这这这没搞成……对不住你啊。"呼天成说:"董教授,话不能这样说,你能来呼家堡,这就已经很够意思了。日子还长着呢,来,我敬你一杯。"董教授心里不痛快,自然是一喝就多了,喝着喝着董教授就醉了。喝醉了酒的老董哭着说:"老呼,你不知道吧? 我是右派呀。就为这个项目,说我反对'米丘林',

我成了右派。我劳动改造了二十多年。那时候，谁也没把我当个人。管教说，蹲下。我就得蹲那儿。管教说，跪下。我就得跪那儿。我还趴在地上学过狗叫……现在平反了，我是啥也不会了。手里也就这一个项目。这个项目要是搞不成，我老亏呀！"说着，人醉成了一摊泥，大哭。

到了第二天下午，呼天成派车把他送了回去。告别的时候，董教授再三说："惭愧，惭愧。"

不料，等董教授回到家的时候，一套三室一厅新房的钥匙早已送到了董教授妻子的手上！并特别声明，这套房子是呼家堡"奖"给董教授的……

董教授回到家仅过了一夜（那一夜是如火如荼的一夜），第二天他又重新回到了呼家堡。这套新房太烧人了！那时，这套房价值十五万，那时候，这是一个天大的数目哇！就是这个数目一下子把董教授打垮了。董教授回到呼家堡的当天，就对呼天成说："老呼，我要是搞不成，我就是呼家堡的孙子！"

而后，夏天过去了，秋天过去了。这一次，前前后后的，呼家堡为董教授的实验又投了一百万！这半年自然是敬"神"一般，董教授说吃什么，就给他做什么，每天都是有酒有肉，听说董喜欢喝绍兴老窖，就专门派人去南方买了两箱。董教授呢，就像是变了个人似的，说话小声小气的，再没有过去的那种傲气了。可是，一直到年关的时候，脸色苍白的董教授跟跟跄跄地从实验室里走了出来，他整个人就像是垮了似的，弓着个腰，连站都站不稳了，他"扑通"往地上一跪，喃喃地对呼天成说："老呼哇，我无能。我承认我无能。我是孙子，我是呼家堡的孙子！"

呼天成一怔，脸跟着也沉下来了，可他转过脸却又笑了。他走上前去，把他扶了起来，哈哈一笑说："老董，老董哇，你别这样，千万别这样。我说过了，真搞不成也绝不埋怨你。"

当天夜里，呼天成又一次给董教授摆酒压惊。这一次，董教授喝着喝着又哭起来了。他流着泪对呼天成说："老呼，我对不起你。我回去好好想想，想出办法我还会来的。我一定来……"

呼天成强打精神说："董教授，你别难过，这没有啥。呼家堡随时都欢迎你来。"说着，又让人把准备好的三万元送给了董教授。这一次，董教授的头勾得像断了脖子的鸡一样，他一直不敢再接钱。看着那些钱，董教授的手竟抖起来了！他抖着手说："不不不！老呼，你这是骂我呢。这个，这个，我不能再要了……"呼天成说："拿着，你一定得拿着，你要不拿，就是看不起呼家堡！"

第二天，呼天成再次派车，把这位"屡战屡败"的董教授送走了……

到这时候，呼家堡仅实验费一项，已砸进去二百多万了。村里也开始有了舆论。当然没有一个人敢指责呼天成。人们都说，这姓董的头发梳得怪光，是个骗子！十足的骗子！看吧，他再也不会来了……

在村街里，竟有人拦住呼天成说："老呼啊，这人是个骗子，咱可不能再跟他打交道了！"

呼天成笑了笑，什么也不说。

走着，又有人对呼天成说："老呼，那人是个骗子！他是钓咱呢……"

呼天成看了他一眼，笑了笑说："咱是鱼嘛。钓就让他钓吧。"

等碰到第三个人说这话时，呼天成的脸顿时黑下来了。他黑着脸说："不要再说了。等我死了，你再说这句话！"

从此，再没人敢说什么了。

那是一个闷热的夏天，在那个夏天里，呼天成连续三次召开全村大会，他在会上高声说："愿当鱼的，举手！"

整个会场上，人群黑压压的，却没有一个人举手……

呼天成说："没人愿当？没人当我当。"说着，他独自一人把手举起来了，接着又说："当鱼有什么不好呢？不就是吃点亏嘛。"

片刻，呼天成又沉着脸说："我说老董会回来的。你们信不信？！"

仍是没有一个人吭声。

呼天成"啪"地拍了一下桌子，再一次高声说："信不信？！"

众人只好说："信！"

这时，呼天成说："我知道你们不信。不信也不要紧，允许不信。我再问一遍，信不信？！"

到了这时，众人齐声吼道："信！"

就在这一年的夏天里，呼天成又一次派人前去"慰问"了董教授。这时的董教授仍没有想出办法来，他又在愁他的孩子了，因为他的小儿子高考落榜了……于是，呼天成一句话，呼家堡又拿出了五万元，"赞助"了省城的一所重点大学，让他的儿子成了省重点大学的一名走读生。于是，秋天的时候，董教授万般无奈，才又第三次来到了呼家堡。这一次，他是背着被褥来的。他给人说，这一次如果搞不成，我只有死在这里了。所以，一进村，他就直接进了那个令他不堪回首的实验室……

日子就这么一天天过去了。当秋叶飘零的时候，这位董教授终于从实验室里走了出来。他站在那里，很久很久，才睁开双眼，看了看高高蓝蓝的天空。接着，他扶了扶眼镜，吐一口气，说："成了。我搞成了。我终于搞成了！"

那天中午，董教授异常的兴奋，他又多喝了些酒，在宴席上，他的头又昂起来了，一时手舞足蹈，脸也喝得红腾腾，话也特别多。后来，借着酒力，他说："老呼哇，这个项目我总算给你搞成了，也算是对得起呼家堡了。这样行不行，现在好多地方不是都在试行股份制吗，股份制你懂吧……哦，哦。这个，这个嘛，我希望能跟呼家堡长期合作。我还有项目，我要跟呼家堡长期合作！你看，我把这个项目作为技术入股怎么样？"

呼天成笑着说："吃菜，吃菜。"

董教授十分激动地说："这个嘛，我知道呼家堡待我不薄。可这个，技术也是一种资本嘛，也是可以投资的嘛。"

呼天成笑了，他笑着说："可以，可以考虑。你拿个方案吧。"

于是，当天晚上，董教授就离开了那个实验室，被请到呼家堡的高级客房里去住了，那是一个十分豪华的套间，人们介绍说，这套房是省里领导来了才让住的。并说，呼伯说了，让他好好休息休息。董教授四下里看了看，很得意地说：“蛮好，蛮好。”夜里，董教授舒舒服服地洗了个热水澡，躺在那张席梦思软床上，美美地睡了一觉，在梦里，他甚至梦见他的“股份”已变成了花花绿绿的票子……

第二天早上，当董教授吃过早饭，兴冲冲地找呼天成谈技术入股的时候，却有人告诉他说，呼天成不在家，去县里开会了。

然而，就在同一时刻，在那个茅屋里，呼天成对根宝说：“对这个人，呼家堡已做到了仁至义尽。可他这个人贪得无厌！根宝，你记住，我再也不会见他了。”

董教授在那个高级房间里傻等了三天。到了第四天，他才想起去拿他的记录本。当他匆匆赶到实验室去找他的记录本时，却发现那个实验室已经搬空了，屋子里什么也没有了。那些数据，还有那两个由他培养的学生也不见了。他愣愣地站在那里，觉得好像不是这个地方。又四处去寻，可他再也找不到他的实验室了……当他又回头去找呼天成时，根宝告诉他，呼天成到北京去了，也不知道什么时候能回来，你还是先回去吧。

董教授不走，他就赖在那个高级房间里，整整等了十天，可呼天成却仍没有“回来”。最后，他很无奈地背着被褥走了。

走时，没有一个人送他。

一直，董教授百思不得其解，他想，我怎么会败在一个农民手里呢？

五、洗手会

一九八六年是呼家堡最红火的一年。在那一年里，“呼家面”的年产值首次超过了一个亿。也就在那一年里，呼天成为呼家堡人定了工资。工资是一样的，上至呼天成，下至放羊的老汉，每人二百五十元。呼天成说，人家说咱呼家堡人是“二百五”，咱就二百五！

在会上，那话说得斩钉截铁，没有任何人反对。然而，有一个人却忽地站起来了。可他什么也没说，就又快快地坐下了。

此后，有很长一段时间，呼天成再没露过面。

夜里，有人见呼天成不停地在小树林里踱步……是呀，有一个人的目光让他感到不安了。那目光里飘出来了一种不祥的气味。过了几天后，呼天成有意无意地对根宝说："天太干，该下点雨了。"听了这话后，根宝一句话都没说，他知道，呼伯这话是有所指的。

果然，在那年的腊月二十三，灶王爷上天的日子，面粉厂主管供销的厂长王炳灿被呼天成叫去了。当他走进茅屋的时候，屋子里已坐满了人。这些人都是村里的干部。

呼天成看了他一眼，说："炳灿，你回来了？"

王炳灿用表功的语气说："回来了。呼伯，不是跟你吹，我手里掌握了二十八个销售点！人家说了，只认我，谁也不认！光北京，我前前后后跑了四十多趟，这回总算大功告成了。"

呼天成笑了，说："炳灿，你功劳不小哇。"

这时，王炳灿从兜里掏出烟来，那烟是英国产的"555"。他点上烟，吸了一口，大咧咧地说："也没啥。我这个人有个特点，就是记性好，只要见过一面，我就记住了，下次再见，我一准能让他请我吃饭！"

这时，呼天成又看了他一眼，淡淡地说："炳灿，那儿有盆，去洗洗手。"

王炳灿怔了一下，随口说："手？洗过了，在家已经洗过了。"

呼天成笑了笑说："洗过了？那就再洗一遍吧。"

这当儿，王炳灿仍没有往别处想，他心里说，再洗一遍就再洗一遍。王炳灿把燃着的烟放在了桌边上，来到门旁的盆架前，把手伸进了水盆里，很认真地搓了一遍。而后，又用毛巾擦了擦，说："有啥事？"

那支香烟，所有的人都看见了，那是"555"牌的……

呼天成说："手洗干净了？"

王炳灿说："洗干净了。"

呼天成又说："真洗净了？"

王炳灿举起两只手，笑着让呼天成看了看，说："还打了香胰子。"

这时，呼天成脸一沉，慢声说："炳灿，那你交钥匙吧。"

到了这会儿，王炳灿才傻傻地望着呼天成，好半天才醒过劲儿来。他迟疑疑地说："我，我犯啥错了？"

众人都一言不发，就默默地看着他。

呼天成说："你说呢？"

王炳灿急了，一急竟结巴起来："我、到底犯啥、啥错了？"

呼天成望着他说："你要是实在想不起来，就先把钥匙交出来，回去反省吧。啥时想清楚了，啥时再来找我。"

在呼家堡，王炳灿是有名的"铁嘴鸭子"，他能说是出了名的。王炳灿是当过兵的，一九七一年的兵。在部队里那会儿，曾当过一段代理排长。他回来以后，就经常对人吹嘘说，他是"8341"的，御林军！他说，你们知道什么是御林军吗？那是中央的卫队，由汪东兴指挥，直接保卫老毛的（他不说"毛主席"，总是说"老毛"怎样怎样，那口吻就像他也是中央领导人似的）！他说，那时候，他经常跟朱德下棋。朱德总是叫他，小鬼，小鬼……朱德老让他一马，他才勉强能下个和棋。他还说，他当年曾看守彭德怀。那时候"什坊院"（说得有鼻子有眼儿的）住着一批"老家伙"，像老彭、老谭、老罗……一批元帅大将，全归他管！他还说，他能当排长（代理的）主要是沾了喉咙的光了。他长了一副好喉咙，会喊口令，"立正，稍息，向右看齐……"喊得非常好。团里一开大会，就让他上去喊口令，他声如洪钟，一嗓子就能喊出十里远！有一段，他差点就成了"口令干部"了。他跟人吹嘘说，他转干的表都填了，可最后还是没转成。他说，他吃亏也吃亏在嘴上，他的嘴太碎，在团里混了一段，有些不该说的，他也跟人说了。最关紧的，是他有了一个"小罗曼"，那妞是团长的女儿。团长的女儿总跟在他的屁股后边，"小王，小王"地叫他，惹得团长不高兴了。团长一句话，终于还是"复员"了……开始的时候，王炳灿总是把村里人说得一愣一愣的，后来说得多了，人们也就不信了。终于有一天，有人揭发他，说他在北京当兵不假，可他当的是工程兵，在那里是"掂瓦刀"的。

于是，人们就给他起了个绰号，叫"铁嘴鸭子"。

可这会儿，"铁嘴鸭子"站在那里，身上一阵阵发凉，他实在是想不起来，他到底错在哪儿了。过去，在一段时间里，他可一直是受表扬的人物啊！那时候，有一阵子，呼家堡的面推销不出去了，还是呼天成亲自点的将，让他去当面粉厂的销售厂长。那会儿，呼天成把他叫去，说："炳灿，我想用你一样东西。"王炳灿连忙说："叔，你用吧。只要我身上有的，你赆用了。"呼天成说："我知道你有一张好嘴，我用用你的嘴。你去给我搞销售吧。"王炳灿说："行啊，干啥都行。北京我熟，净熟人！"接着，呼天成说："你还需要什么？你说。"那时候，王炳灿还什么都不是呢，口气就很大。王炳灿想了想说："我管销售这一摊，我说了算不算？"呼天成说："算。从今天起，你就是销售厂长。"王炳灿一时就不知道说什么好了。不料，呼天成又说："管销售，成天出去跑的，我再给你一辆车。"一下子，这个"马"给得太高了！这是王炳灿做梦也没有想到的。呼天成竟然真的批给他一辆旧桑塔纳，让他开着车出去跑！呼天成对干部们说，炳灿有一张好嘴，就用用他的嘴吧。于是，他就跑销售去了。他在面粉厂跑了七年销售，也可以说是为呼家堡立过功的。这样想着，他伸出手，慢慢地解下了拴在裤带上的那串钥匙……交了这串钥匙，就表明，他被撤职了。

第二天早上，上晨操的时候，呼天成当着全村人的面，高声喊道："王炳灿来了没有？"

这时，站在人群中的王炳灿赶忙说："来了。"

只见呼天成黑着脸说："把手举起来，让大家看看！"

王炳灿在众目睽睽之下，脸"腾"地就红了，他红着脸，慢慢地把手举了起来……此刻，全村人都回头望着他，谁也不说话。只听呼天成说："炳灿，你的手干净吗？"

王炳灿心里觉得屈，就诺诺地说："我也不知道我到底错在哪儿。"

呼天成说："那好，回去想吧。"

于是，在呼家堡的广场上，王炳灿独自一人从人群里走了出来……身后是上千双眼睛，惟独他一人被剔出来了。

此后，一连三天，村里每次开会，呼天成就让王炳灿把手举起来，让大家看一看。接着就问他：炳灿，你的手干净吗？！……这样一来，王炳灿在众人眼里就成了一个有罪的人。在呼家堡，一个人受到最大的惩罚就是孤立。当你走在村里的时候，没有一个人理你，也没有一个人跟你说话。你所见到的都是一片冷漠的目光。

忽然有一天，王炳灿很主动地站在了全村人的面前，举起他的手，他的手里拿着一条烟。他流着泪说："我知道我错在哪儿了。我的手不干净，我在去北京联系业务的时候，前前后后一共收过人家五条烟、四瓶酒。我手里拿的这条烟就是人家吴经理给的，我没有上交，我不是人，我有罪。现在我向全村的老少爷们儿作检查……"

呼天成很严厉地看着他，说："炳灿，我一直等着你。头一天，如果你交代了，我会原谅你。第二天，如果你能交代，我还会原谅你。我等了你整整三天，可你一直不交代。"

王炳灿赶忙说："我错了，我确实错了。我知道我错了。我的手不干净，我向全村老少爷们儿认罪。"

呼天成严肃地说："呼家堡是什么地方？这是一块净地！这块净地是不允许有污染的。呼家堡只能有一个字，那就是'公'字，呼家堡不允许有'私'字！如果你想个人发财，那你就离开呼家堡！我说过多少遍了？呼家堡不是哪一个人的，呼家堡是个整体。今后呼家堡的摊子越来越大，要是你漏一点我拿一点，那呼家堡不就成了老鼠窟窿了吗？集体还有什么号召力？我看干脆散摊算了！"

王炳灿就在会上检讨说："我的手不干净，我丢了集体的脸，我这是给集体抹黑……"

呼天成说："炳灿，我问你，你住的房子是谁的？"

王炳灿低着头说："村里的。"

呼天成说："屋里的沙发呢？"

王炳灿说："村里配的。"

呼天成说："挂钟呢？"

王炳灿说："村里的。"

呼天成又说："粮食呢？水呢？电呢？八月十五吃的月饼呢？说！"

王炳灿说："都、都是村里发的。"

呼天成说："噢，你还知道啊？！"

王炳灿勾着头说："我错了。我错了。"

于是，在王炳灿检讨之后，呼天成就问："王炳灿说他认识到他的错误了。大家说，过关不过关？！"

众人就齐声吼道："不过关！"

就这样，呼家堡连续召开了一个月的"洗手会"。在"洗手会"上，王炳灿每一次都要端着一盆清水走上台去，当着全村人的面"洗手"。每当王炳灿当众洗手时，就有村人高声喊道："打打肥皂！打打肥皂！"于是，就有好事者跑去拿来肥皂送上去，让王炳灿当众一次次地打肥皂净手。每次，洗过手之后，王炳灿还要把手当众举起，绕场一周，让大家都看一看……当"洗手会"开到第十次的时候，村中一个叫王木元的老汉，竟吓得尿了一裤子！

一天晚上，呼天成把王炳灿叫到了那座茅屋里。呼天成淡淡地说："炳灿，你坐吧。"可王炳灿不敢坐，王炳灿就在那儿站着，他低着头说："叔，我服了。我真服了。"

呼天成笑了笑说："你不服。我知道你心里不服。"

王炳灿说："水大漫不过堤。我是真服了。"

呼天成说："服了？"

他说："服了。"

呼天成说："那我问问你，在咱呼家堡，你算不算'人才'？"

王炳灿忙说："我狗屁不是。我是个吃才，我是个脓包！我算啥'人才'？我……"

呼天成摆了摆手说："这你就错了。这说明你没说实话。在呼家堡，你算是个'人才'。如果不是'人才'，我也不会用你。你是'人才'不假，可有一点你还没闹明白，才是人用的。用你，你就是'人才'。不用，你就啥也不是了。这话可对？"

王炳灿点着头说："对，对。老叔说得对。"

呼天成叹了口气，眯着眼说："炳灿，你有反骨啊。"

王炳灿吓了一跳，忙矢口否认说："没有，没有。叔，天地良心，我是真没有哇！"

呼天成淡淡地说："你也不用紧张。有反骨，也不是坏事嘛。"

王炳灿连声说："真没有，我真没有。叔，你说，就是我十个王炳灿也顶不上你的一个小拇指头！说真心话，待遇上，我是有过一点想法，那也只是想法。我可从来没想过别的呀！"

呼天成说："敢想是对的，就是要敢想敢干嘛。"

王炳灿流着泪说："叔，我错了。我知道我错了。你该咋处理就咋处理吧。"

呼天成眯着眼靠在沙发上，很久没有说话。过了一会儿，他慢声细语地说："炳灿，我也反复想了，你是个'人才'，不用你，太可惜。用吧，群众又有些意见。你老叔很为难哪。这样吧，两条路，由你选。一条是，乡政府那边有个经联社，那儿缺个主任，你要愿意的话，就去吧。另一条，下到大田地，一切从零开始，给群众一个重新认识你的机会……"

王炳灿愣愣地站了一会儿，喃喃地说："叔……"

呼天成闭着眼说："去吧。好好干。"

第十三章

一、审讯的诀窍

灯泡一直在他头顶上亮着。

那是只大约五百瓦的灯泡，也许是一千瓦！那只灯泡正好罩在呼国庆的头顶上，像火盆一样烤着他。他觉得他快要被那灯泡烤煳了。

他们人分三拨，连续"问"了他三十六小时，可他自始至终都是一句话也不说。他一再告诫自己：不能说，一句话都不能说，尤其不能说假话。

七年前，当他在顺店乡当书记时，一有空闲，他就去派出所看人问案。那时候，看人办案是他的一大消遣。在那里，他发现，在派出所侦破的所有案件中，有七成以上都是"问"出来的。派出所所长老崔是个问案的高手，他说，他最怕"闷葫芦"，只要对方开口，他就有办法了。他还说，他不怕犯人说假话。只要他敢说一句假话，这案子就八九不离十了。

有一个案子，呼国庆至今还记得十分清楚。那是一个抛尸案，受害者是个九岁的幼女，是被奸污后拧断脖子抛在机井里的，性质十分恶劣。发现时，已是半月以后了。当时，没有查到任何有用的线索，案子完全是"问"出来的。那犯人是个小个子民办教师。一开始，在摸底排查中，这人并不是目标。因为他曾代过这女孩三个月的课，就把他也叫来了，只是想了解一些情况。叫他来的时候，他正在地里砍玉米秆呢，绾着裤腿，看上去土尘尘的，根本不像个敢杀人的主儿。进门的时候，他还很从容，先是让了一圈烟，人们都说不吸，他就坐下了。

老崔说："吃了？"他说："吃了。"

老崔说："啥饭？"他说："糊糊。"老崔说："尿，你就吃这？"他说："咱是个民办教师，还能吃啥？"老崔突然说："认识芫红不？"他说："认识。一个村的，咋不认识。"老崔说："说说咋认识的。"这时那民办教师迟疑了一下。他眼小，他的眼一直眯缝着，看上去就像是用黍秆篾子划了一下似的，小得几乎看不见。他就那么眨巴着小眼说："她上学时认识的。我教过她三个月的课。"

结果，就是这一句话出了问题。等那小个民办教师说完这句话之后，老崔站起来了，对坐在一旁的民警说："你们说着，我去尿一泡。"而后，老崔用脚踩了呼国庆一下，站起来了。他也跟着站了起来，跟老崔走到了院里。

出来之后，老崔说："呼书记，有门。他这句话是假的。你想，一个村里住着，他能不去吃'面条'？""吃面条"是平原乡村的风俗，谁家生了孩子，无论是生男生女，都是要请客的，这其实是一种宣告。请客时，村里亲戚都要来庆贺，在酒宴上，最后上的是一碗"喜面"，这就叫"吃面条"。

回来后，老崔又接着问："芫红几岁上的学？"他说："七岁吧？"老崔说："背的啥书包？"他说："蓝。兴是蓝的？"老崔说："坐第几排？"他说："第五排吧。"老崔说："你教她的啥课？"他说："语文。"老崔说："她的'芫'字怎么写？"他说："一草一元。"老崔说："你家离芫红家多远？"他说："隔俩门。"老崔又重新拉回来说："上学以前你从没见过她？"他说："不多在意。"老崔说："是没见过还是不在意？"他说："不在意。"老崔问得很随意，问的全都是白话，他说的也是白话……后来，就这么整整问了一天一夜，问得那民办教师张口结舌，到最后，他坐在那里，裤裆里湿了一片，他尿了，他裆里的尿水一滴一滴往下渗。到这时，老崔笑了，老崔说："叽吧。你看你干那事？"

所以，呼国庆非常清楚，在被讯问的过程中，不能说一句假话，你只要一句有假，就肯定会留下破绽，这样的话，你的心理就会受到这句假话的干扰，你的思维就没有逻辑了。往下，你就再也无法说真话了。你必须用一千一万句假话，来"圆"你先前说过的那一句假话，在"圆"的过程中，假话越说越多，你既没有记忆的信号，也没有思考的机会，无论是多机敏的人，你也不可能次次周延，这样"圆"来"圆"去，你就把自己套住了。

在沉默中，呼国庆竟然有了些许顿悟。他开始分析自己，他心里说，呼国庆，你上过三年的电大，又在武大进修过两年，还当过七年的乡党委书记、三年半的县长、两年半的县委书记，你学的东西都让狗吃了？你的智慧呢？你的精明呢？你不是一直在学习对付人的能力吗？可结果呢？结果是你坐在了这里。权力是什么，在某种意义上说，权力是一张纸。这张纸给了你，你就有了权力，这张纸一旦收回去，你就什么也不是了。这不仅仅是你在较量中的失败，也是你智力上的失败。你的精明都用在小处了，你是小处精明，大处愚钝。

是的，呼国庆早已放下"架子"了。"架子"是什么？那是一种包装，就像一个人走进澡堂子一样，一旦脱了那身衣服，人就成了一模一样了。是啊，当一个人成了被审查者的时候，你身上所有的"光环"都失去作用了。你已不再是一个县的一把手，不再是百万人的主宰者。在长达半个月的时间里，当他经过连续的秘密迁移（为了防止他串供），在从一个县解到另一个县的途中，吃过各样宴请的呼国庆充分体会了饥饿的滋味。到了这时候，他才刻骨铭心地明白了什么叫做"尊严"。

那一天，在押解的途中，路过一个乡村小镇时，他突然看到了路边上一个卖猪头肉的小摊。于是，他说：报告（这是规矩），我想吃块猪头肉。押解人员经过短时间的磋商，终于同意了。同时给他约法三章：不准说话；万一碰上熟人不准打招呼；有事先报告。于是，就在那个小摊旁，两个人夹着他坐下来。他狼吞虎咽地吃了一块后，又说：报告，我还想再吃一块。于是就让他又吃了一块。吃完后，他再一次要求说：能不能让我再吃一块？就让他再吃一块……吃完后，他又看见旁边竟还有一个卖胡辣汤的摊子，就说：报告，我想喝一碗胡辣汤……就让他喝了一碗胡辣汤。喝完后，他说：报告，我想再喝一碗。就让他再喝一碗……在那个地方，他一连吃了三块猪头肉，喝了三碗胡辣汤！那么脏的一个小摊，却是他这么多年来，吃得最香的一顿饭！真香啊！人是什么东西啊？！在此时此刻，又有谁知道他是一个县委书记呢？

他知道，查他是有备而来，这件事是王华欣一手策划的。要说问题，也就是那个事了，那个事是他的一个大失误！那个事单独来看，是致命的，但要综合起来，也许还不至于。现在，就看他们到底了解多少情况了。不错，谢丽娟从那笔钱中提走了一百万。可这钱是打假打来的，是在买卖中的一种转借，仅仅是方式上的暧昧。况且这一百万并没有经他的手，他在中间仅仅是起了某种无法言传的作用而已。而他所起的作用是无法查证的。就是那姓黄的站出来咬他，他也说不出来实际的证据。他会说他打了电话，可时过境迁，有谁能证明呢？除非他录了音，可呼国庆断定他当时没有录音。这里边只有一种可能，那就是那姓黄的和谢丽娟同时站出来指证他，如果他和她同时站出来咬他，那他就无话可说了。然而，就目前的情况来看，小谢是不会站出来害他的。她绝不会。现在，呼国庆最担心的是，小谢会不会好心办错事？她如果对他们说，我现在把钱退还回去，那就大错特错了！这件事的起因就不是钱的问题，他们要搞的是人，他们针对的就是他呼国庆，你要是把钱交出来，就正中他们的下怀。要是小谢为了救他而取这样的下下策，他呼国庆就永无出头之日了！

这是他最大的担心。

太荒唐了。他本来是打假的，是想给老百姓办好事的，可办着办着却办到自己头上来了。他知道，要认真起来，王华欣的问题比他大得多，也比他严重得多，可现在人家却成了查处你的人！那么，就只有让他们查了，你还不能不让他们查。

事情就是这样，你无话可说。

坐在他面前的都是些不简单的人物。他们审人审惯了，审出经验来了。别看他们一个个笑眯眯的，可一旦你"招"了，一旦你让他们抓住了什么话把儿，那就有你的好看了。他们绝不会轻饶你！你看那个瘦子，他的眼一直像枪口一样，紧盯着你，那眼仁里不知转着多少个念头。你再看那个胖子，一直不紧不慢的，就像是想跟你拉家常似的，可脸上的笑是很假的，很假呀。有时候，他们一言不发，就这么长时间地看着你，这是在磨你哪！这就要看你的毅力了，看谁磨得过谁。

呼国庆一直眯着眼在强光下坐着，一有机会，能睡的时候，他就睡。不能睡的时候，他就数数，往往是数着数着，他就又迷糊了。这时候，就会有人走上来，拍拍他说，老呼，呼书记，醒醒。睡着了？

等他一醒过来，那灯光就像锯一样，锯他的眼……

终于，那胖子说："呼书记，咱也别绕弯子了。那姓谢的，你总认识吧？你都没想想，为什么把你请来？你看看这些材料，这一本一本的材料，我不说你也知道，这都是干啥用的？就是你不说，你能保证别人也不说？"

呼国庆心里说，这是套你的。他们终于还是把小谢抬出来了。这是一只钩子，就是想把你肚里的东西钩出来。

这时候，门外就响起了脚步声，一个女人的脚步声，后边显然是跟着人呢。这个女人就从他的窗前走过，脚步经过窗口的时候，略微迟疑了一下，有人就叫道："谢丽娟，往前走。"

呼国庆知道，这句话就是让他听的。这仍然是一计，这是一套连环的动作，就是让你知道，你的一切都在他们的控制之中了。这就叫"声东击西"。

呼国庆清楚，如果他们真是抓住了什么，那不管你说还是不说，后果都是一样的。小的时候，他喜欢爬树，总是把裤子剐烂，爹打他的时候，总是让他说干什么去了？开始的时候，他就老老实实地说，可说的结果是爹打得更狠！后来，他就不说了，说了打，不说也打，那就不说吧。再后，爹死了，娘也死了，他一下子成了孤儿……在平原上长大，如果是有灵性的，都会逐渐领悟一个字，那是一个"忍"字。

这个"忍"字就是他们日后成事的基础。一个"忍"会衍生出一个"韧",这都是从平原上生长出来的东西。这东西说起来很贱,一分钱也不值,但却是绵绵不绝的根本所在。就像是地里的草一样,你践踏它千次万次,它仍然生长着,而且生生不灭。

呼国庆想,现在你惟一的策略就是等待。在等待中寻找希望。那么,挽回败局的可能不能说一点也没有。能救他的也只有一个人,那就是呼伯。可他已经求过呼伯一次了。

他还能不能指望第二次呢?

每每想到呼伯的时候,他心里就生出了无限的感慨,老头可以说是他精神上的父亲。是他把他一手培养出来的。别看老人那么大岁数了,仍然是威风不减当年哪!四十年不倒,他自始至终都能把握住自己。他已经活成了平原上的"魂"。相比之下,自己就显得狗屎不是了!

有时候,他会想,这口子是怎么撕开的呢? 想来想去,只有一个人,那就是范骡子,坏事的只可能是范骡子一个人。他叛变一次,就可能叛变无数次。这当然是他用人上的失误。这也是他目光短浅造成的恶果。他用他,仅仅是考虑到了眼前,从长远的角度看,这又是一大败笔!

当他把一切都想清楚之后,得出了一个结论:人是不能退却的,在关键时刻,一步都不能退。

就在接受"讯问"的这段时间里,呼国庆把自己重新过滤了一遍。他搜索自己的每一个毛孔,首先把自己烫了烫! 他一次又一次地剔除精神上的那些软弱的东西。包括爱情,他甚至都有了新的理解。他觉得,在这个世界上,纯粹的爱是没有的,人仅仅是相互之间的吸引,那吸引也是要一定的物质基础作铺垫的。即便说是纯精神上的吸引,那也是包含着物质因素的。物质是很刺激人的,在某种意义上说,肉体是物质,语言也是一种物质。在这方面,他自己就是一个很好的例证。呼伯曾多次批评他,说他最大的缺点是人太精明,反应太快。当时他还不以为然,现在看来,呼伯是对的。如果你自己不出手,就没人能打倒你。接受教训吧。

要钝,要钝哪!

又换人了，这次是三对一……

沉默。

二、女人的原则

"姓名？"

"谢丽娟。"

——到了这时候，你必须得作最坏的打算。你要保护他，你一定要保护他。保护他就是保护你自己。

"性别？"

"……"

——女人是什么？女人是子宫，是来源，是根据地，是大后方。后院是不能起火的，后院一旦起火，那就会烧得一塌糊涂。

"年龄？"

"二十八岁。"

——这个年龄已是不容你再作选择的年龄了。前边不管是坑是井，你都得义无反顾地跳下去。跳下去就说明你活过、爱过、恨过，你的人生是完整的。再短暂也是一种完整。你已不能回头，也无法回头。

"文化程度？"

"大学本科。"

——本科。知识是什么？知识就是用汉字做成的小板凳。当你坐上去的时候，你才发现，那些汉字都是应该倒着写的。不过，那些日子总是让人向往。那时候，你是在文字里读世界。那是多么美好的一段日子啊！

"职业？"

"光明公司。"

——"光明"不过是你的向往。是你欺骗了"光明"，还是"光明"欺骗了你？也只有九十七天，在你的"光明"里，你编织了你全部的爱，那里有你关于一生一世的设计,你要的不过就是一个小窠。这过分吗?

"不那么磊落吧?往下说,职务?"

"经理。"

——有人说,在大街上,扔一块砖头会砸倒三个经理。那其中的一个就是你吗?经理应该是中国社会最勇敢的一群。那是拿着生命去作赌注的一群,那是在奔走中为欲望呼号的一群。尤其是女性,那是在淫邪的目光中行走的一群!你得去办多少个证啊。应该说,没有比你更磊落的人了。你是在赤条条地行走,那些目光早已把你剥光,你不能不磊落!

"企业性质?"

"私营。"

——在平原,"私营"等于妓女,是卖你自己的肉。相比之下,那些割"国家"肉的人却是"高尚"的,就像是官营的老鸨。

"婚姻状况?"

"未婚。"

——你二十八岁了,却"未婚"。这在他们,就是一个"问题"了。你是他们的"问题"。你也的确有"问题";爱就是一个"问题"。

"说说吧。"

"说什么?"

——这是一个陷阱。貌似温和的陷阱。多么平和,"说说?"

"你还不知道说什么?先说说你跟呼国庆之间的关系。"

"我跟他没啥关系。"

——他们查到什么了?他们都知道些什么?!"关系"是一个涵盖面很宽的术语,外延看起来无边无际,内里却裹着一个钩子。钩子是用来钓人的。注意。

"他是谁?"

"他就是他,第三人称。"

——看看,差一点就上当了。是啊,对他,你是再熟悉不过了。在梦里,你一次次地梦见他。他已经溶化在你的血液里。在你的身上,已有了一颗种子，那就是他种下的。他好吗？他现在在哪里？也许，他和你一样，也在承受着同样的压力，这很有可能。所以，你要警惕。

"行啊，到底是上过大学。说说你跟他的经济来往。"

"我跟他没有经济来往。"

——小心。"经济来往"，一句一句，渐渐接近了。他们要抓的就是他的"经济问题"。

"你知道这是什么地方吗？"

"知道。"

——这是什么地方？不就是中华人民共和国吗？还能是什么地方。

"知道还不如实说。还需要我给你提示一下？你看看这些材料，这一沓一沓的材料，都是干什么用的？告诉你，谁也不是白吃干饭的。你的问题是小秃头上的虱，明摆着的。就看你的态度了……不说，是不是？好，那我就给你提示一下，半个月前，你给谁挂过电话？上午十点钟一次，下午五点钟一次，半夜十二点又挂了一次，不错吧？说说吧，电话是打给谁的？"

"……"

——电话。天哪，他们监听了你的电话！那么，他们注意你已非一日了。他们到底都知道些什么？

"不吭了？这能是没有关系？没有关系半夜十二点还挂电话？"

"挂了又怎样？这是我个人的隐私，不需要你们知道。"

——事到如今，你只有硬着头皮顶住。不管他们查到了什么，你要坚决顶住，你必须顶住。那天晚上，你都跟他说了些什么？

"你只要承认就行。你承认就好办了。你跟呼国庆是什么关系？"

"一般的同志关系。"

——"同志"。现在，只有你跟他是"同志"了。真正的"同志"。没有比你更"同志"了。这个词儿真是一个好词，"同志"。创造这个词汇的人真伟大！想一想，那些日子，你跟他在一起的那些个日子……多"同志"。

"不对吧？一般关系一天打三次电话？你瞧那热乎劲，半夜十二点还有说不完的话。能说是一般关系吗？这解释得通吗？说说你跟他是咋认识的？"

"工作上认识的。"

——那个日子，你当然不会忘。那是你跟他认识的开始。也是你爱的开始。那就是你的"工作"，在那个叫顺店的乡下，你"工作"了。

"什么时候认识的？当时都有谁在场？"

"认识好多年了，记不清了。"

——那棵树还在吗？那一排平房还在吗？红砖，红瓦，一排一排的，那时候你是从上边来的，后来到"下边"去了……你成了他的人。

"你这个女同志不老实呀。你以为我们没法你是不是？我告诉你，你的问题不是一般性质的问题，你的问题是很严重的！如果你还坚持这样的态度，不积极配合的话，后果是不堪设想的。你还很年轻，组织上主要是想挽救你。你要想清楚。说吧。"

"说什么？"

"先谈谈你男女关系方面的问题。"

"我还没结婚哪……"

"你为什么不结婚，等谁呢？"

"你管得着吗。"

——我等他。我等的就是他。恐怕你们已经知道了，知道了又该如何？

"你这个人哪……你在大学里的表现，你在宣传部的表现，以及你在深圳的表现，我们都了解得一清二楚。你不是跟人说过吗，到哪儿你身后都是一个排……这话是不是你说的？"

"我谈恋爱不犯法吧？"

——是啊，那个时候，在大学的时候，在市委的时候，有多少人追你？可结果呢？现在，你仍能回想起那些个日子，那些……"一个排"。那个写信的，一天一封"地址内详"；那个扬言要割腕的，差点没把你吓死；那个总是在你的窗口朗诵"葡萄诗"的，为那句"夜的葡萄"，他把喉咙都"啊"哑了；那个总是站在图书馆门前跟你说

"bonjour"的硕士，你为什么要还他一个"boo！"呢；还有那个在大雪天站在校门口给你送棉靴的"多情种子"，他把两只手插在棉靴里一直给你暖了四个小时……

"你是谈恋爱吗？在深圳，你跟邱，你跟王，你跟那个那个肖、黄，也是谈恋爱？这些人都是有妇之夫，你跟人家谈什么恋爱？"

"那是他们的事，你去问他们好了。"

——在深圳，你是欲哭无泪。那些脸仍在你的眼前晃来晃去……这是不堪回首的一页。邱老板、王董事、肖肿（总）、黄肿（总），还有那么一个小胖子，天天跟在你的屁股后边，他是那么有钱，可你还是拒绝了。那些脸全油光光的，献给你那么多的玫瑰……这是你最屈辱的一页。

"当然，过去是过去，我们可以既往不咎。还是希望你谈谈你跟呼国庆之间的关系。"

"……"

——呼国庆，我恨你！我恨死你！如果你早一天……这一切根本就不会发生，我也不会受这样的污辱。

"不说？他都说了，你还不说？姑娘，你不说这就不好了。主要是对你不好。你想想，人家都交代了，你这里不说，到最后吃亏的还是你。我实话告诉你，你不要对他抱什么幻想。你别以为一个县级干部就可以保你过关。没有那回事！我最后再问你一次，说还是不说？"

"我跟他只是一般认识。"

——一般认识。化成灰也是"一般认识"！

"好，好。你还抱有幻想，是不是？那我再提示你一下：五个月前，你到姊妹楼干什么去了？"

"我从没去过什么姊妹楼。"

——那三天，是你一生的"节日"！

"颍平县的姊妹楼，你敢说你没去过？！小马，去！把录像机抱过来，给她放放！叫她看看她自己的丑态！"

"我……"

——天啊，他们竟然有录像？！杀了我吧。把我杀了！

"小马，回来，回来吧。算了，算了。咱们都是男同志，还是给人家姑娘留点面子吧。别把事情做绝……姑娘，你不要哭，你要相信我，该说的，你不说是不行的。你是个知识分子，我们也不想让你太难堪。说吧，说吧。"

"我……"

——国庆啊，呼国庆，我要死了，让我死吧！

"小马，给她倒杯水，让她润润嗓子。"

"我跟他认识……很偶然。是考核干部时认识的。那年夏天，市委抽调人考核干部，我跟组织部的两个人到了顺店乡，那时他是乡党委书记，人很……风趣。而后就……认识了。"

"噢。怎么成蚊子了？大声点。以后呢？"

"以后，就跟他好上了……"

"怎么好的？你这个'好'字太简练了。说得详细点。"

"我喜欢他，他也喜欢我。后来，就……那个了……"

——在他们面前，你已被剥光了，你还有什么可隐藏的？反正就是这回事了，就是这么一回事！脱光了，就这回事。

"你说的'那个'是不是指发生关系？"

"是。"

"几次？多长时间？第一次在哪儿？"

"我不想说了……"

"你知道不知道他是有妇之夫？"

"知道。"

"知道你还跟他'好'？"

"他妻子作风不好，他说要跟我结婚。"

"这话是什么时候、什么情况下说的？"

"早了……"

"那好。'好'上之后，他都送过你什么？"

"什么也没有送。"

"不会吧？"

"开始确实没有。"

"那以后呢？以后都送你什么了？"

"都是些小东西。一盆花，一本书，一件内衣，一盒磁带什么的……"

"就这些？大的，说说大的。"

"我没要他什么。我喜欢他这个人不是东西……"

"看看，说着说着就下路了。看来又需要我提示了。那我给你提示一下：你办公司的资金是从哪儿来的？"

"借的。"

"谁给你借的？是不是呼国庆给你借的？"

"他也给我帮了点忙……"

"他帮了什么忙？说清楚。"

"……他说过要给我借。"

"咋说的？咋借的？借了多少？"

"一百万。"

"就是你公司注册那一百万？"

"是。"

"这一百万的来源？"

"从一个商人那儿借的。"

"哪个商人？姓什么叫什么？"

"好像是姓黄……"

"咋好像，你拿了人家那么多钱，咋连人家的名字都记不住？这不对吧？"

"是姓黄。"

"在借款这件事上，呼国庆都做了哪些工作？"

"我不清楚。"

"看看，一到了关键问题，你就不说了。这不好啊。呼国庆自己都交代了，你还不说，这对你没好处哇。"

"我确实不清楚……"

"那好，你再考虑考虑。今天就先问到这儿吧……"

…………

"这些天，考虑得怎么样了？"

"我没什么可考虑的。"

——傻！你傻呀！傻，傻，傻！！

"哎，怎么说着说着就变了？头天的笔录还在呢。"

"那天我说的，不对！"

——你已到了这种地步了，说你流氓也罢，说你下贱也罢，说你道德败坏也罢，豁出去了！

"怎么不对？什么是对的，你说说。"

"我跟呼国庆没有什么。"

"'没有什么'是啥意思？"

"'没有什么'就是什么也没有！"

"那你跟呼国庆是啥关系？"

"一般关系。"

"啥叫'一般关系'？"

"认识。"

"仅仅是认识吗？你跟他没有生活作风上的问题？你自己说。"

"有。我就是个坏女人，我想跟谁睡跟谁睡。你要是有证据就拿出来。你放吧！你不是有录像吗？你放啊！"

"喊什么？你不要对抗。对抗对你没一点好处。你翻供了，是不是？我们不怕你翻供。铁证如山！我告诉你，你不交代，就是包庇罪！"

"那你放，我看看我的丑态！！"

三、人与群

颍平县城炸了窝了！

当呼国庆被传讯的消息在县城里传出之后，一个调查组悄悄地进驻了颍平；紧跟着，那笔打假打来的修路款就被银行冻结了。款一冻结，已经开工了的县、乡两级公路就瘫在那儿，到处都是坑坑洼洼的，招来了一片骂声！

教师们又得到消息说，连那些补发的工资也是非法的，也要收缴，统统都得退回去。这事一经传出，就像是点着了炸药包似的，他们一个个义愤填膺！张罗着来了个集体上访！于是，县委县政府门前总是围着一群一群的人……

在平原，有句话叫做：没有不透风的墙。那就是说，无论你干了件多么秘密的事，只要你干了，早晚是会传出去的。你看，仅仅才几天的时间，范骡子一下子就成了"新闻人物"了。

在极短的时间内，在县城里每一条大街上，人们议论的只有一个话题：范骡子。只要范骡子一出门，可以说到处都是枪口似的目光！无论他走到哪里，无论他站在什么地方，只要有人，那人就会说：看，他就是范骡子！

范骡子一下子就成了颍平县的"灾星"。只要他往那里一站，人们就指指点点地说：这人就是范骡子。哎哎，范骡子来了！

开初，范骡子并不知道这些。他只是有点急，有点坐立不安。前一段，他曾不断地给王华欣挂电话，询问"情况"进展得怎么样了？王华欣给他回话时，总是说，沉住气。你慌什么？他说我不是慌，我的意思是要办就板上钉钉，砸死他。王华欣说，你放心吧，一准板上钉钉。可是，眼看又过了一个多月了，还是没有一点消息。正当范骡子又要问的时候，这一次是王华欣主动来电话了。王华欣在电话里说，事成了。你等着听好消息吧。

然而，就在呼国庆停职检查、被依法传讯之后，范骡子却没有得到一丁点的好处。那天是范骡子最最倒霉的日子。那天早上，他刚一出门，就碰上了顺店乡的党委书记王大功。王大功过去曾给他当过副手，后来调到了顺店乡。他也跟范骡子一样，在城里盖了房子，每天早上有车来接他去顺店上班。往常，两人见面总要开几句玩笑，骂几句，而后你走你的，我走我的。可这天早上，当他看见王大功时，大功却把脸扭过去了。王大功胳肢窝里夹着一个包，扭过脸往前走了几步，却突然又折回头来，很鄙视地说："骡子，你咋干这事？你那是人干的事吗？"范骡子一怔，说："叽吧，我干啥事了？"这时候王大功的车来了，王大功临上车前又撂下一句："操，不是你是谁？你就等着挨骂吧！"

范骡子心里说，我想干啥干啥，你算个屌啊。这么想着，他又往前走。没走多远，他又碰上了县工商行的行长，行长在路那边，他在路这边。行长个大，也是夹着一个包，走路一哈一哈，像狗一样驼着个腰，看上去一脸的"官司"。看见范骡子的时候，行长横插过来，贴着他的耳朵说："骡子，你怪厉害呀。这回，你可给全县人民办了个大好事！你这一手是跟谁学的？教教我行不行？"范骡子说："别乱。别乱。我干啥事了？"行长拍拍他，咬着牙低声说："骡子，我尻死你妈，你可把工行坑得不轻！"范骡子一惊，说："操，你咋骂人？"行长低声说："我骂你是轻的。你知道我为修路贷出去多少？光工行就一千多万！你还不知道人家是咋骂的吧？往前走，听听就知道了。你干的就是万人骂的事！"范骡子站住身子说："别慌，你说清楚，我干啥事了？"行长说："我没工夫跟你扯资本主义。你有种就往前走！"说着，"呸！"往地上吐了一口，扬长而去。

到了这会儿，范骡子心里才有点虚了。他站了一会儿，手下意识地往脸上摩挲了一下，说管他呢，要脸干啥？我不要脸了，谁还能咋着我？这么一想，就又硬着头皮往前走。往前走了一段，到底是心虚，这时他看见前边路边有一个卖胡辣汤的小摊，就说，我干脆坐下来喝碗胡辣汤吧。就在他刚要往摊前去的时候，就听见摊前一片议论声，有人说：……骡子？谁是范骡子，咋没听说过？有人说：咋没听说过，就在新街那头住，烟草局的赖种！有人说，咋不把他骗骗哪！长一张臭嘴，到处瞎日白！有人笑说，那骡叽吧本就是闲的，也不用骗。众人哄地笑了。又有人说：那路不是修不成了？有人说，修个鸟！出这么一个咬蛋虫，还修啥修？！为这事，书记都日弄起来了……范骡子一听这话，胡辣汤也不喝了，扭头就走。就在这时，有人伸手一指，说：快看，快看，他就是范骡子！就见"轰"一下，那些正埋头喝汤、嚼油条的主儿，一个个都站起来了，喊道：谁呀？谁呀……

再走，范骡子脸成了猪肝色。他心里说，往常县城里刮臭风，有向东还有向西的，这回咋成了一边倒了？拐过一个弯，范骡子突然觉得脖子上一凉，他吓了一跳，扭头一看，是县文明办的老井。老井笑嘻嘻地望着他。范骡子心口一热，觉得总算还有个"向西"的。他就很热情地说："老井，你干啥呢？"老井说："干啥？给人舔屁股呢。"他说："净乱说。舔谁的屁股？"老井说："真的。真的。现在都时兴舔屁股，我也得跟人学学。"范骡子说："你是编筐骂我呢？"老井说："你看，我骂你干啥？你是谁？全县能有几个范骡子，就你一个吧？你是独一无二，我学还学不及呢，我会骂你？"范骡子一听话锋不对，说一声："我不跟你日白了。"说着勾头就走。不料，老井却追着他的屁股说："骡子，你别走，我问问你。"骡子只管走，老井就拽住他不让走。骡子说："啥事？"老井说："你介绍介绍经验，舔错屁股的时候，勾回头再舔，是不是加点糖？"范骡子想骂人，可他看看周围，却把这口气咽下去了。

走过马道街，眼前就是清虚街了。烟草局在清虚街的东头，可西头偏中一点就是县政府。范骡子站在路口上迟疑了一下，他甚至想就此拐回去，今天不上班了。可他又想，就算是我，就算把屎都拉到我头上，可我他妈是主持正义，我怕谁呢？于是，他再次给自己鼓了鼓气，硬着头皮往前走。

就在他离县政府还有一二十米远的时候，就看见政府门口闹嚷嚷地围着一群人。范骡子并不知道那些人是干什么的，可他脚下一软，还是站住了。就在这时，听见有人大喊一声：那不是范骡子吗？他就是范骡子，你们问他吧！说这话的是县教育局的白局长。老白正苦口婆心地给教师们做工作，劝他们先回去，正说得口干舌燥的时候，看见了范骡子，于是"枪口"一转，把众人的视线引到了范骡子的身上……顷刻间，人们乱哄哄地跑过来，把范骡子给围住了。一时，范骡子眼前到处都是唾沫星子，到处都是指指画画的手，到处都是"枪口"一般的目光！骂声、吵闹声不绝……

范骡子没有办法了，只好挺住身架问："干啥？干啥？你们想干啥？！"这时，一个缨子头教师上前一把揪住了范骡子的衣领子，挥着手说："都别嚷嚷，我问问他！"这人说："你就是范骡子？"他张口结舌地说："咋、咋？你放手。"那人说："我就不放。"范骡子喊道："都看看，打人了啊！"众人说：打你是轻的！那人说："喊啥喊？赶紧回去准备碗筷吧。你家有多少碗多少筷子？要是不够了赶紧预备。"他说："想、想干啥哪？"那人说："干啥？上你家吃饭！不上你家吃饭上谁家吃饭？总不能让教师们去喝西北风吧！"众人乱哄哄地说：上他家！上他家！那人说："听说你是想当官的。你想当官俺也不拦你，可你总得让人吃饭吧？"范骡子说："谁不让你吃饭了？"那人说："嗨，你还有理了？一月才三百多块钱，好不容易才发下来了。你这一日白，又得收回去！你说你是不是不让人活了？！"众人乱嚷嚷地说：你是啥好货？嗑瓜子嗑出个臭虫，你充啥好仁（人）？你要是个好货也罢。你自己还拿钱买官呢！夹着一万块钱去买县长，这谁不知道？问问他，问问他有没有这事？！

此时此刻，范骡子是百口难辩。人们的手捣在了他的脸上，人家的唾沫星子溅在了他的脸上，人家的话像刀子一样一句一句地割他……在推推搡搡的过程中，范骡子在不知不觉中一直退到了十字路口。到了这时候，人群外不知谁喊了一声：看，他就是范骡子！于是，整个路口很快被堵塞了。往下，就成了"展览"的过程。每一个过路的人都要看看谁是范骡子，看看这个范骡子究竟长得什么样。十字路口顿时成了"骡马大会"，到处都是车声、人声、喇叭声，人们挤挤搡搡地探身往里边看，嘴里说：是他呀，我当是谁呢？原来就是他呀，他就是骡子！颍平县出柿子，有人趁机抓起小摊上的烘柿摔在了范骡子的脸上，只听"叭"一下，范骡子脸上流淌着一片稀里哗啦的红汁！于是，人群就更乱了。一些不了解情况的乡下人，也都乱哄哄地在人群里挤来挤去，嘴里喊着：卖啥哪？卖啥哪？骡子，啥骡子？没见骡子？……一直到交警赶到，人群才慢慢散了。

这时候，范骡子已觉得无路可走了。他往哪儿走呢？

四、外圆内方

呼国庆怎么也想不到，呼伯会来看他。

就在呼国庆被监视居住的第十天，呼伯坐车看他来了。

呼国庆被抓的消息，呼天成是从省城回来后才知道的。听到消息后，呼天成很长时间不说一句话。他在那张草床上眯着眼躺了一会儿，而后重新坐起来，嘴里喃喃地说："这孩子，你看这孩子。"说着，他迟疑片刻，终于拿起电话，拨了一串号码后，电话通了，接电话的是许田市常务副市长孙全林。孙全林在电话里说："呼伯，有事吗？"呼天成说："你说呢？"孙全林马上说："呼伯，那件事不是我抓的。是李书记亲自抓的……"呼天成说："我见见人。能见吗？"孙全林沉默了一会儿，说："这事有难度。他是隔离审查。不过，呼伯要见，我想办法吧……"呼天成对着话筒说："我就见见人。"孙全林说："那好。我安排时间。你等我的电话。"

等孙全林安排妥当后，在市区外军营后边的一座没有任何标志的两层小楼里，呼天成见到了呼国庆。这次对呼国庆的审查格外严格，他先后被人带着换了好几个地方，进了这座小楼后，监控他的任务就被武警接管了。小楼的前前后后、楼上楼下布了很多岗，凡是跟案件无关的人，是不准靠近的。

所以，当他见到呼伯的时候，呼国庆吃了一惊！

一看见呼伯，呼国庆就"腾"地站了起来。他站在那里，嘴唇嚅动着，看上去十分激动……

呼天成进屋之后，先是在一张椅子上坐下来，而后，他摆了摆手，那意思是说，你坐下吧。可呼国庆却没有坐，他就在那儿站着。站得很直。他觉得当着呼伯的面，他不能坐。到了这一步，呼伯能来看他，他也没脸坐了。

看他不坐，呼天成也不再招呼他坐了。在余下的时间里，呼天成一直用审视的目光望着他。应该说，这孩子是他一手培养出来的，对他的期望也最大。他特别喜欢他身上那股精明劲，喜欢他那一点就透的悟性。在他小的时候，呼天成就着意培养他，让他经受各种各样的锻炼。可是，他太精、太透，他总是举一反四。这就不能不招人嫉。你看，他站在那里，他不坐，那其实是一种表示，这不仅仅是对他呼天成的尊重，他是以此来表示忏悔的。他就是这么灵，他站在那里，用行动来说明他是对不起老人的，他辜负了他的期望。

呼天成皱着眉头，就那么默默地看着他。开始时，他的头是低着的。而后，他的头慢慢地抬起来，也望着呼天成。当两人的目光对接时，呼国庆心里的委屈、悔恨全从目光里倾吐出来了。他望着老人，虽然仍是一句话也不说，可他的目光像一条长链似的，紧抓着老人的心。呼国庆当然清楚，这是他惟一的机会了。他必须紧抓住这次机会。老人如果存心救他，他还有希望，老人如果撒开他不管，那他就没有任何希望了。所以，他身上的每一根神经都绷得紧紧的，期望着能用目光来打开老人的心锁。他知道，对老人，哀求是没有用的，老人最讨厌那种下跪求饶的人。他不能诉说，况且在这么短的时间里，他也说不清楚。老人要是救他，那他自有办法了解到情况。现在，他最害怕的是老人开口，老人如果开口问他，那么，他说什么好呢？

呼天成的眉梢动了一下，忽然笑了。那笑是从眼角里透出来了。那笑意仿佛在说，这孩子，到什么时候了，你还给我玩心眼？你的心眼就是太多了，你要是心眼少一点，你就不会出事了。笑过之后，呼天成微微地摇了摇头，那又仿佛在说：孩子呀，我说过多少次，你怎么就不听呢？你本来是前途无量的呀！可是，呼天成仍然喜欢他的这种精明，包括他的算计，从内心说，都是他喜欢的。那仿佛就像是他亲手栽的一棵树，他眼看着他一天天成长，看着树身上的一个个小疤痕，一个个长歪了的枝杈，那也是很有趣的，不是吗？可他的弹性很好，以至于到了这种地步，他仍旧是富有弹力的。从呼家堡走出来的人，能有这么好的弹力，可以说是屈指可数。这就好啊。

慢慢地，呼国庆眼里流下了两行泪。他虽然一句话也不说，可他流泪了。此时此刻，泪水也是他的一种表达。他不能解释，眼泪在这里就成了他的解释。这是一种含有亲情意味的解释。他见到了亲人，千言万语又无从说起，那么，他只有用泪水来诉说了。泪水从眼窝里涌出来，滴在了眼前的地上，他没有擦，一任泪水在脸上流淌。泪水成了他的"说明书"，那像是一张帖子，呈送给了老人，那就看他接不接了。

这会儿，老人脸上却没有了任何表情。他呆呆地、很麻木地在那儿坐着，仿佛眼前什么也没有，他什么也没有看到。他的眉头纹丝不动，脸像是一块生铁，看上去冷冰冰的。很久，他的目光才慢慢聚焦，那目光一旦聚合，就像是响箭一般，带着"嗖、嗖"的哨音，一下子就把他穿透了！这时候，那目光是很毒的，那眼神里没有一点点情分，那里边透出的是无情的斥责。又过了很长时间之后，他的眉梢动了一下，眨了眨眼，那目光的锐度才稍稍减弱，有了一点点柔和，那光里带着深深的叹息，仿佛在说，你就是棱角太多了，你要那么多的棱角干什么？在平原上生活，人是活圆的，这我给你说过多少遍了，你不听啊！

呼国庆脸上的泪水干了，留下的是两道隐约可见的泪痕。这就使他身上那种"架"出来的官员身份多了一分滑稽，多了一分诱人的孩子气。他知道，老人来看他，是颇费了一些周折的。这件事早晚是要透出去的。也许，外边就有人在偷听。所以，虽然他心急如焚，可他该表达的都已经表达了。往下，就看老人作何打算了。一直到现在，他仍然不能肯定老人会豁出去救他。况且这件事是有相当难度的……王华欣现在是副市长了，要扳倒一个副市长，也不是那么容易。那么，他希望老人能有一个暗示，在他离开之前，老人会不会有所表示呢？

就在这时，老人把手伸进了衣兜，从兜里掏出了一个小布兜。那布兜已经很旧了，是粗帆布做的。老人把布兜放在面前的桌上，而后慢慢地解开束口，从里边拿出一张纸做的棋盘，摊在了桌面上。片刻，他伸出两个指头，从小布兜里夹出了两个泥蛋，那泥蛋一方一圆。他把方的撂过去，摆了摆手，示意呼国庆到近前来……于是，呼国庆靠前一步，站在了桌前。老人也不说话，拿起那个圆的泥蛋走了一步。这次，呼国庆没有马上跟着走，他站在桌前看了很长时间，而后他才拿起那个方泥蛋。当他拿起那个泥蛋时，他的手抖了，他的手抖个不停，久久地，他才把泥蛋放在棋盘的位置上……

两人各自走了八步，八步之后，老人把棋盘收起来了。

在这八步当中，呼国庆实质上只走了一步，他不断地重复他走过的那个位置，一进一退，一退一进。走来走去，他的棋子还在原来的位置上，这等于没有走。这就是说，他没有选择，没有选择又有着无限的选择。他其实是在重复老人那次赢他时走过的步子。

在棋盘上，下独子棋是很孤的，没有援助，没有配合，没有相应的任何条件，也几乎没有胜的可能。你惟一的希望是等待对方出错。这时候你走的是一种心理，走的是耐性，走的是谨慎。这是一种消磨人的玩法。走的是精、气、神，走的是钝、忍、韧……不是吗？可是，老人收棋时，好像是眉头皱了一下。这说明什么？说明老人并不满意。那么，他又错在哪儿了？就两个棋子，一圆一方，不这样走又该怎样走呢？老头曾多次说过，人是活"圆"的。可从老人的处世方略来看，也不尽是圆哪，他也有"方"的时候，而且……等等，一圆一方，一方一圆。那么说，"圆"是形式，"方"是内容？不对吧，这怎么统一呢？有了，有了，老头的意思是"外圆内方"。

是"外圆内方"啊！

呼国庆看了老人一眼，他心里说，我明白你的意思了。

可是，老人收了棋，却缓缓地站起来了。到了这时，呼国庆知道，老人要走了。可两人自始至终还没说一句话哪。虽然该表示的，他都已经表示了，可他还是希望老人临走前能说一点什么。于是，他的心怦怦跳着，眼里也不由得流露出了内心的渴望。老人真是不管他了？

此刻，老人却把身子扭过去了。他正一步一步地朝门口走去。房间本就不大，老人离门口仅有四五步的距离。到了这时，呼国庆喉咙里恨不得伸出一只手，把老人重新拽回来。可他还是强忍着没有喊，他觉得不能喊，他要是喊了，他所有的努力就功亏一篑了。他只有眼睁睁地看着老人走，他来了，又走了，没有给他留下一句话。

然而，就在老人的身影将要在门口处消失时，蓦地，他的身子转过来了。

他转过身来，眯着眼上下打量了一番，而后，目光停在了呼国庆的脸上。他的目光定定地望着他，慢慢，他眼里有了一种恨铁不成钢的意味。他摇了摇头，长叹了口气，终于说："要是混不下去，你就回去吧。"

而后，老人就真的走了。楼梯上传来了纷乱的脚步声。那是有人在送老人下楼……不久，院子里就传来了汽车的轰鸣声。

老人走后，呼国庆一直在试图破译老人说过的那句话。他心里总是一阵热一阵凉。这句话到底是什么意思呢？"要是混不下去，你就回去吧。"要是，要不是呢？这么说，老人会出面救他？不然，他不会说这样的话，老人从来不白话，凡是他说过的，就一定兑现的。可是，回去？又能回哪里去呢？重回呼家堡吗？那么，这意思好像是说，老人也无能为力。你出了这样的事，又能怨谁呢？将来，等你出狱之后，你还回去当你的农民吧。是这意思吗？不会吧？如果是这样的话，老人就用不着来看他了，看他干什么呢？在如此戒备森严的情况下，他人都见了，那就是说，老人不会就这么轻易放弃。看来，有希望。有希望啊！

假如他能够东山再起的话，他不会忘记这一天的。

"要是混不下去，你就回去吧。"

五、光荣与梦想

范骡子死了。

范骡子死在了他家后院的厕所里。

范骡子的女人哭着说，你咋这么窝囊啊？你窝囊了一辈子，临走，你都不会挑个好地方？！

大约，范骡子也想过这些，可他没处可去，也只好如此了。

范骡子是在他的任命下达后的第二天走的。在此之前，他曾一次次地给王华欣挂电话，发了许多牢骚。可王华欣总是一句话，让他沉住气，不要慌。王华欣说，老鼠拉木锨，大头在后哪！每次，王华欣给他打打气，他心里才好受几天。女人说，你不要脸了？他说，我就是不要脸了！可过上一段，又不行了，他还是想要脸的……就这样，在呼国庆被隔离审查的这一个多月时间里，范骡子在颍平县成了过街老鼠了。

尤其是前一段，先后有许多亲戚打上门来责问他。特别是吴家，一下子就像变成了仇人似的，恨不得活吃了他！那一天，他躲闪不及，碰巧给吴家堵在了屋里。广文爹、广文娘和吴广文一块儿给他来了个"三堂会审"。三个人一进门，脸上就带着"孝"呢，那脸阴得能拧出水来。老姐姐说："他舅，都是亲戚，你说说，你咋干这事呢？"他说："我干啥事了？我啥事也没干。"老姐姐的态度还算好的，她说："那不是你是谁？大街上都谣诼成那样了，你还说不是你？"他说："人家想咋议论咋议论，那我管不着。"老姐夫说："你也别跟他瞎乜叉了，你给他日白那干啥？人心都是肉长的，他不是人，你跟他说啥人话哪？我就问你一句，吴家咋得罪你了？"见范骡子不吭声，老姐夫又说："我遍想没有得罪你的地方啊？头一回就不说了，头一回没应承你，你撮乎着让他两口子闹离婚，不管咋说吧，后来总算没离成。直到你进了烟草局，这才算安生了。可这还没几天呢，你又把人给黑进去了。你不就是想当官吗，值得这样？！你安的啥心哪，非弄得家破人亡？！"

范骡子听了，气不打一处来，他说："姐夫，话不能这样说，你要这样说，还叫我咋张嘴哩？"老姐姐说："要嘴干啥？那嘴是吃草料的？你小时候，娘死得早，我是咋待承你的？一口馍让你，一口汤也尽你，到今天，你就这样对俺？"老姐夫说："他舅，你要是有一点良心，就把案子撤了，从今往后，你过你的，俺过俺的。你要是不撤，咱这就算断亲了！"

吴广文也在一旁冷着脸说："舅，我再喊你一回舅，你让我去见见国庆。不管咋说，俺也是夫妻一场。他如今有难了，我不能不管。"范骡子急了，说："广文啊，你咋还在鼓里蒙着呢。他呼国庆有第三者了！你知道他是咋犯事的？他给那女的弄了一百万！你想想，这是小数吗？"老姐夫说："编吧，你编吧。这回我是咋也不会信你了。"吴广文说："就算他有第三者，这也是俺两口子的事。要是有这事，你咋不给我说？用着你出面去整他？！"范骡子说："广文，你要是这样说，你要是也这样说，我就不说啥了。我啥也不说了。"吴广文说："是真是假你让我见见他。"范骡子说："这是人家上头定的事，这事跟我根本就没关系，我咋有权力让你去见他？"吴广文说："你说这事跟你没关系？真没关系？！"范骡子说："真没关系。这都是上头定的。"吴广文说："没关系你咋知道他有第三者？"范骡子只好说："我也是听人家说的。"吴广文说："你听谁说的？走，咱一块儿去见他。"范骡子一怔，说："这我不能去。"吴广文说："你不是说听人家说的吗，你为啥不敢去呢？"

话说到这里的时候，老姐夫脸一黑，拽住吴广文说："算了，算了，也不用跟他闲磨牙了。走，咱走！"老姐姐流着泪说："你，你真是吃草料长大的？"范骡子见解释不清，脸一灰，说："老姐姐，我就是吃草料长大的。从今往后，你别再理我了！"此时，老姐夫嘴一张，一口恶唾沫吐到了范骡子的脸上，他说："呸！咋结你这门肮脏亲戚！"老姐姐也跟着"呸"起来了，紧接着，就像是万箭齐发，三个人站在那里，一阵"呸、呸、呸……"，顷刻间，范骡子满脸满身都是唾沫！！

待三人闹过之后，女人大哭。女人哭着说，这算咋回事啊？！

即使是到了这一步，范骡子还没有想到死。他并不想死。平原有句话，叫做"好死不如赖活着"。人轻易是不会死的。况且，范骡子一直觉得他是有理的，起码也算是主持正义吧。他是因为主持正义才犯了众怒的。这时候，他就剩下这一个借口了。人有时候得有一个借口，有了一个借口之后，人才有了偷生的可能，不然的话，在如此众叛亲离的情况下，就实在是没有活的必要了。

后来事情的发展是范骡子做梦也想不到的，他没有想到（对他个人来说）结局会是这样的。

那天，他先是接到了一个报喜的电话。电话是王华欣打来的。王华欣在电话里说："骡子，是骡子吧？"他心里说，日你妈，我快死你手上了！嘴上却说："是。"王华欣说："骡子，你请客吧。"范骡子嘴上说："请谁的客？"心里说，吃吃饭，再桑桑拿，一次得两千多，我上哪儿报销？王华欣说："那事办了。"他问："啥事？"王华欣说："你不是一直想弄个副县吗，批了。"他说："批了？"王华欣说："批件马上就到县里了。这次批了八个。你等着好消息吧。可别忘了请客。"范骡子说："请。我请。"

可是，范骡子刚高兴没几天，那脸就嘟噜下来了。那天刚好刮大风，风很大，天刮得土尘尘的，人都是侧着身子走路。人要是倒了霉，连老天爷都不暄烦你。就是在那一天，范骡子接到了通知，让他到县委组织部去一趟。没想到，进了组织部，部长的脸却是冷冰冰的。部长看见他，只扬了扬下巴，说："坐吧。"范骡子从兜里掏出烟来（那是他特意买的"中华"），敬了部长一支。部长摇摇头说："不吸。"而后部长用讥讽的口吻说："老范，你'跑'得不赖呀。'件'下来了。"范骡子想说他没跑，可他张了张嘴，话没说出来，只是很尴尬地笑了笑。接着，部长挠了挠头，很严肃地说："范汉章同志，根据组织上的决定，经县委常委讨论，任命你为颍平县防空指挥部协理员。括号，副县级。请你交代一下目前的工作，三日后到防空办报到。"

范骡子的头一下子炸了！他翻了翻眼皮，很长时间了，似乎还没弄明白部长的意思。可部长却说："现在公事办完了。我谈一点个人的意见。老范，说起来你也是老同志了，你咋干这事呢？当然，这仅代表我个人，不代表组织。可我弄不明白，你为啥要这样呢？就为这一张纸？"范骡子很艰难地问："部长，你是说，烟草局那边……"部长说："咋？你没听清楚？你要没听清楚，我再给你念一遍。"范骡子语无伦次地说："不是。那、那、那……为啥哪？"部长说："为啥？

378

你还不清楚？"范骡子硬着头皮说："我不清楚。"部长说："那好，我告诉你。按说，这是组织上考虑的事，用不着对你个人讲。可我忍不住，就对你说了吧。"

接下去，部长说："颍平修路的事，你知道吧？修路的启动资金咋来的，你也清楚吧？全县总动员，现在十八条路全开工了，一条条都开肠破肚的，弄了个半半截截……可这么一下子，那启动资金查封了，启动资金一封，省里的三分之一，人家也不给了。路修不成了，群众集资那三分之一，又闹着要退款。你说说，这事该咋办？！"部长又说："老范，不说别的，你这一掺和，在县里闹出这么大的动静，你说你缺德不缺德？就算是替老百姓着想，这事也不该干！要是路修成了，你咋闹都行，你对呼书记个人有意见，你可以跟他拼刀子，是不是？这算啥呢？这是拿老百姓开玩笑！噢，你是一级组织，你说修路，叫集资人家就集资，叫出力人家就出力，现在开工这么多天了，你一告不当紧，整个工程都停了。你这一闹，颍平至少砸进去两个亿！连银行都得关门！你说说你为啥要这样？！"话说到这里，范骡子站起来了。范骡子喃喃地说："我、就是浑身是嘴，也说不清楚了……"

出了门，范骡子木呆呆地在路上走着。他嘴里反反复复地念叨着："防空办，防空办，让我去防空办……"念着，连他自个都不由得笑了，那是神经质的笑。那就是说，干了一辈子，他彻底地被人扫地出门了！局长当不成了不说，还是"防空办"的协理员。他知道"协理员"是个什么东西。奔了一辈子，天天想着"进步"，结果奔了个"防空办"，那比杀他还要难受！走着，走着，他竟忍不住哈哈大笑，眼泪都笑出来了。

回到家，女人问他："谈了？"他说："谈了。"女人说："哪儿呀？"他含含糊糊地说："就本县呗。"女人说："副县长？"他说："嗯，副县级。"女人说："那新房子不知给不给咱？"他说："啥新房子？"女人说："县里不是新盖了一栋楼嘛。说是副县级以上才能住。也不知给咱不给？"他说："给。公布了咋能不给呢。"女人看了看他，又说："看着你咋恁不高兴呢？"他说："你懂啥？我这是绷着呢。"女人说："就是。

就是。还是谦虚点好。"他说："你去给我弄俩菜，喝两盅。"女人说："那我给你做饭去了……"

而后，他就屋里转转，院里转转，这里摸摸，那里看看，看样子有些心神不宁。女人正忙着做饭呢。女人看他有点不正常，心想，他许是高兴的，嗔道："看你，都高兴傻了。"他说："可不。"女人说："你真得绷着点。要不，出了门咋办？"他说："是，得绷着点。"接着，他在晚饭前的这段时间里一趟趟地往厕所跑。女人知道他一向有蹲在厕所里思考问题的习惯。多少年，他一遇到什么问题，就蹲在厕所里不出来了。女人知道他有这个毛病，也就没有在意。

到了晚上，他又喝了不少的酒。喝着喝着就哭起来了。女人还一直以为他是心里高兴才掉泪的，他盼了那么多年，能不高兴吗？所以，仍然没有在意。一直到了第二天早上，女人醒来一摸，身边没人了。

后来，找来找去，就发现他吊死在厕所里了。

第十四章

一、阳光大道

那是一个星期六的上午，在省城最有名的"白吃一条街"上，有几家最高档的酒店先后接到了预约雅间的电话。

省城现在成了一个"吃"的中心。在这里，"吃"已经不单单是为了吃，它成了一门很高超的学问。在省城，"吃"是交际，是门路，是探索，是文化，是档次，是品位，是政治上的"学习、学习、再学习"；生意上的"实践、实践、再实践"。这里的"吃"又分两种，一种是"吃公款"，一种是"吃大款"。"吃公款"的是淋漓尽致、前呼后拥、豪气冲天；"吃大款"的是一掷千金，却又散兵游勇、躲躲闪闪。吃来吃去，"吃公款"的到底光荣些、体面些，它吃成了一条街，这就是民间广为流传的"白吃一条街"。

在省城，这所谓的"白吃一条街"，其实是省城最为繁华的一条东西大道，长约十公里，名为"阳光大道"。由于阳光大道东段离省委、省府近；西段离市委、市府近，于是各地来省城办事的头头脑脑请人吃饭一般都选在这个地段上。久而久之，这个地段就成了黄金地段。酒店越开越多，一家挨着一家，这里的生意也越做越红火，酒店越开越高档。有一段，因中央下令不准公款吃喝，这里也曾萧条过几天，后来反而越加火爆了。为什么呢？那是因为下边地、市的领导来办事时，干脆连钱都不带了，带上一两个人（企业的厂长或经理），吃了一抹嘴，由他们结算就是了。在这里，吃的就是一种优越感。

可以说，这条街上的酒店全是豪华高档的。然而，要论在全省的名气，最豪华、最高档的也就是那么几家。

头一家，自然数"南国"。"南国"的"雅"是全省都有名的，"宰人"也是全省有名的。"南国"并不大，一共两层。在这里不仅仅是吃饭，主要是吃"文化"、吃品位的。这里的饭菜讲究是不消说的，另外还有三大特点，第一，这里收藏了大量的油画作品，这里挂的油画自然不是赝品，而是画家的原作。进来之后，满目都是"雅意"，让客人觉得吃了这顿饭之后，放眼望去，美女美画，品位像是也跟着提高了似的。第二，这里还有一个很精致的小书店，那些书也全是上了品位的"经典"、"精品"；摆的都是国内外名家的名作。若是在钢琴和小提琴的伴奏下，饭后到小书店里稍作浏览，挑上几本书，不就显得更"文化"了吗。第三，这里还不定期地举办"讲座"，请的自然都是国内知名的专家学者。所以，到"南国"吃饭，贵是贵，可吃一次就等于品位提高了一档；若是多吃几次，不就吃成"学者"了吗。

在"白吃一条街"，能排在第二位的，当数"贵妃池"。"贵妃池"有四层，这里也是讲"雅"的，不过，这里讲的是"雅玩"，玩的是一种"档次"。在"吃、喝、洗、玩"方面，那是一条龙服务。进门之后，先有小姐为你免冠、脱鞋，而后光脚乘电梯上二楼，脚下是一色的纯羊毛地毯，踩上无声，踏过无痕，有小姐领进雅间；饱餐后上三楼，有小伙给你更衣，进浴间泡大池，洗过了"枪林弹雨"，蒸过了干、湿"桑拿"，再由按摩小姐"踩一踩、按一按"；倘有雅兴的，再领到对面去"品茗"，又是一色的"情侣论坛"或是日式"榻榻米"雅间，你是喝"龙井"还是"铁观音"呢？拉门一关，自然有小姐跪式服务，一招一式显示日本人精湛的"茶道"，过一把日本鬼子的瘾；茶毕，把嗓子润好了，再到四楼，进一暗暗的红灯雅间，在半明半暗之中由小姐伴你卡拉OK……已是很舒服的时候，回到一楼，有球童给你换上鞋子，打一打保龄球，掷一个"全倒"什么的，也就有了"洋人"的感觉。只要有人出钱，真是乐不思蜀啊！

排在第三、第四位的是两个"花园酒店"。这两个"花园"是由所在的地理位置决定的，一个在阳光大道的东段，叫"东花园"；一个在西边，叫"西花园"。说起来各有千秋。"西花园"以"软"闻名，"东花园"以"硬"著称。这一软一硬，吸引了不少客人。"西花园"以粤菜为主，有三道菜最有名：第一道菜是"龙虎斗"。蛇是活的，猫也是活的，现杀现吃，号称天下第一名菜。第二道菜是"一蛇三吃"。一位"三点小姐"把一条凉森森、滑腻腻、活生生的蛇挂在脖上，表演给客人看，看定了再杀。蛇肉、蛇血、蛇胆分解开来，蛇肉可做出各种花样；到时，会有小姐把一颗活生生的鲜蛇胆放进主客的酒杯里，那酒立时腾一股绿烟，化开去碧绿碧绿，喝下去明目、活血、清肝利胆。第三道菜叫"百舌津"，号称民间一绝（据说是一百种蛇的舌炮制出来的，制作方式是不外传的），清凉、败火、解毒、润肺，甘饴如蜜，入口即化。而"东花园"则以"药膳"取胜。这里最有名的三道菜：一为"三鞭羹"。所谓三鞭即牛鞭、驴鞭、鹿鞭。尤其是鹿鞭，一般的饭馆假货居多，而"东花园"号称自己有一人工养鹿场，自产自销，绝不对外，所以这里的"三鞭"货真价实、老少无欺。二为"铁拐李"，俗称"驴钱肉"。这虽是凉盘，但因制作方式独特，一鞭一盘，也极受欢迎。三为"霸王别姬"，又俗称"和尚桥"。这道菜取自平原典故（一个叫人有点屈辱的"孝"话），由活鼋鱼加鲜鹿茸、鹿血及各种补品久炖而成。于是客人们一个个吃得红光满面，热血沸腾，仰天长啸！自然是一而再再而三地登门光顾了。

省城这四家最豪华的酒店，先后都接到了预订雅间的电话。省报副总编冯云山订下的是"南国"的"陶然亭"。这是"南国"酒店的第一雅间。本来，一听说省报的，又是老总，那是请都请不到的。这年月，酒店经理深知媒体的厉害。于是他满口承当，说是有多少客人尽管来，一切免费。可冯总编却不买账，他在电话里说："你也不用客气。我也不要你免费，你该收多少收多少。但菜一定要最好的！我请的是一位尊贵的客人。"接着，他又开玩笑说："你一免费，给我拼拼凑凑、上些嘎七杂八的，那怎么行呢？要上最好的！"酒店经理再三保证说："一定让您满意。一定让您满意！"

省银行行长范炳臣订下的是"贵妃池"的"一乳香"。"贵妃池"简直可以说是省行的下属单位，虽然早已承包给了个人，但那是银行投资建起来的。所以，范炳臣说话是命令式的，他拿起电话说："老魏，狗日的，中午给我留一间……对，当然要最好的。嗯。菜也是最好的。我的老领导、大恩人，你看着办吧。对，不管啥时间，你都得给我空着。"对方自然连连称是，不敢有二话。

至于东、西花园，则是省税务局和工商局的两位处长抢着订下的。省委组织部干部处长邱建伟是一个很谨慎的人。他是从不请人吃饭的。这次来的是尊贵的客人，于是就破例给一个朋友打了电话，这位当处长的朋友接了电话后，满口承当，可他只是在时间安排上稍稍地迟疑了一下，说是有个活动，看能不能推掉，待会儿再给他回话。可就这么一迟疑，当场有一个人就钻了空子，立马走出去给邱建伟挂了电话，说是已订下了"西花园"。你想，邱建伟是何等人，那是多少人请多少次都请不到的呀。可这边呢，就几分钟的时间，等再回电话说已经订了"东花园"时，邱建伟却说已经安排好了。此人后悔莫及，连连解释，一再道歉，说万一不行就改在晚上，请一定赏光……

省城这边，酒席已经备下了。可客人还在路上呢。临近中午时分，再联系时，客人已经进了省城了。于是，电话打来打去，预订的雅间又不得不统统取消，三人又匆匆忙忙地坐车赶往"牛车水"。

一路上，三人都有些后悔。是呀，呼伯来了，怎么就没想到这个地方呢？

"牛车水"也是一家酒店。这家酒店不大，名字却很别致，一听就知道，他卖的是一种"田园风格"。只不过，这家酒店在槐树街上，所处的地段偏一些，不那么有名罢了。这家酒店的雅间全都隔成了一间一间的"农舍"模样，里边的摆设是"炕"、"桌"合一的形态，墙上有画出来的格格小窗，壁上挂着一串红辣椒、一张老锄、一挂赶牛鞭、一套牛鞅子……让人在感觉上就像是回到儿时的乡村一样。在省城工作的干部，有百分之七十是农家子弟，他们大多是考学考出来的，就是余下的百分之三十，也是不敢细问的，若查上三代，也一准是农民出身。所以，这家酒店虽不像"白吃一条街"那样喧闹，生意也一直很好。只不过，没有人知道，这家酒店是呼家堡投资建的。

待三人分别赶到时，呼天成已在其中的一间"农舍"坐定了。"牛车水"这个地方，呼天成过去曾来过一次，印象不错，他喜欢这个地方，朴朴实实，干干净净，有一股乡土味的亲切。老头以往来省城，是从不通知他们的，来也匆匆去也匆匆，每次都让他们留下遗憾。这一次，虽然事先通知了他们，可老人却在最后一刻改变了主意，约他们来"牛车水"，这明摆着是不让他们"表示"，这就使他们又一次失去了表达"心意"的机会。看见他们，呼天成笑着说："你们的心意，我都知道。心领了。吃饭是小事。再说，这里清静。都很忙，见你们一面，说说话吧。"

倒是范炳臣大咧咧地说："老叔，您这样可不行啊！您这不是打您侄子的脸吗？去呼家堡是您'表示'，来省城了，总不能还是您吧？"

呼天成又是一笑，说："我是个玩泥蛋的，去那些地方，折我的寿哇。"说着，他指了指范炳臣，道："炳臣啊，你可是胖了。"

范炳臣拍了拍肚子，开玩笑说："可不，三尺五的腰，您侄媳妇成天嚷嚷着让我减肥呢。我说，我不减，你跑吧。你跑了，我再找个好的。老叔，您猜您侄媳妇咋说，她说你敢！你要敢生外心，我立马找呼伯告状，让他老人家扇你的脸！一听这话，我就没辙了。我说，投降投降。"

听他这么一说，几个人都哈哈大笑。

笑过之后，呼天成又看看冯云山，说："云山哪，报社那边咋样？"

冯云山扶扶眼镜，恭恭敬敬地说："还行，还行。"

范炳臣插话说："老冯现在可不得了，那可不是一般的'行'。我说他是个'无形杀手'，一篇文章就把人干掉了……"

冯云山反击说："大财神，你就别笑话我了。你说说谁不求你？"接着，冯云山又感叹道："没有呼伯，就没有我冯云山的今天……"

呼天成摆摆手，淡淡地说："都是你们自己努力的，跟我扯不上。"说着，呼天成直直地望着邱建伟，亲切地说："建伟还是不胖啊。"

范炳臣调笑说："呼伯，您没看他是干啥的，他会胖？他是主管'生死簿'的人，全省干部的前程都捏在他的手里。操那么大心，他能胖吗？"

邱建伟很矜持地笑了笑，说："呼伯，您别听他的。他们两位，一个银行行长，一个报社总编，都是大权在握。我其实是给他们跑腿服务的……腿都跑细了，当然胖不了了。哪像他们，整天喝五吆六的。"

范炳臣笑着说："对，对，领导就是服务。"

邱建伟仍然是很矜持地说："在呼伯面前，咱们都是晚辈，就不要再窝里烂了。说实话，无论哪个方面，咱们谁也抵不上呼伯的一个小指头。"

冯云山连声说："那是，那是。"

范炳臣说："还得学呀。"

这时，冯云山恳切地说："呼伯，你这次来，一定要多住几天，我安排，我来安排……"

呼天成一摆手，打断他说："安排什么？不用安排。你们都忙……"

范炳臣大着嗓门说："呼伯来了，谁敢说个'忙'字？！"接着又说："刘副省长前天还说，他要去看您呢。这次来，您见他不见？"说着，他的声音压下来了，耳语道："他大概有事要找北京的秋老……"

呼天成却淡淡地说："还是不见吧。"

冯云山赶忙说："可不能把呼伯来的消息说出去。一传出去，请他的人多了。光那些企业老总们，哪个不想见呼伯？"

几个人点点头，都说：明白。明白。

呼天成笑着说："不是我这个人主贵，是呼家堡主贵呀。"

待说了些闲话。三人中，只有邱建伟看出"眉眼"来了，他轻声说："呼伯，您大老远跑来，是有什么事要办吧？"

冯云山生怕失去这个回报老人的机会，立即说："呼伯，您说吧。"

范炳臣更是个火爆脾气："老爷子，只要您言语一声……"

邱建伟也说："只要能办的，我们一定尽力。"

呼天成脸沉了一沉，而后微微一笑，说："你们饿不饿？我可是饿了，先吃饭。"

这时，众人都跟着说："吃饭。吃饭。"

然而，端上来的却是四碗炸酱面。

二、马桶上的"新闻"

李相义喜欢坐在马桶上看报。

他这个习惯由来已久。多年来，作为许田市的市委书记，他每天早上起床后的第一件事，就是急急忙忙地跑进卫生间，插上门，褪下裤子，而后舒舒服服地在马桶上坐下来，一边方便一边翻看当天的报纸。他这个"就着铅字拉大便"的习惯是在当中学教师的时候养成的，所以只有家里人知道。报纸是秘书一大早送来的，再由妻子给他一张张叠好，放在一只固定的方凳上，同时还要削好一支铅笔，以备他需要圈点时使用。李相义蹲下来之后，首先要看的，当然是《人民日报》。这份报纸他一般只看"大标题"和一些"社论"，这主要是看"动向"。特别是词语上的变化，别看有时只是一两个字，他会格外注意。接下去要翻的是两个"参考"。一个叫"大参考"，是供相当一级干部看的内部情况通报；一个叫"小参考"，即《参考消息》。看"小参考"是浏览性的，注意一下"国际风云"而已；"大参考"就看得稍细一些了，那主要是为了了解国内的"动态"。再往下，省报他是要认真看的，对省报，他着重于看两方面的报道，一是省委领导的讲话，二是表扬和批评，尤其是对许田市的报道，他几乎是每篇都要看，细看。看了，有时候还要圈点一番，批上一两条意见，让相关的部门拿去传阅。最后，如果有时间的话，他还要再翻一翻晚报，看一看"社会监督"、"健康知识"什么的。这一般大约要用半个小时到四十分钟的时间。而后，他会很重地咳嗽一声，这时候，他的"便池办公"才算告一段落。所以，李相义后来搬过几次家，他老婆提的惟一条件是必须"双卫"。

然而，这几天，李相义在卫生间待的时间却越来越长了，出来的时候，脸也拉得很长。也就是最近这几天，他突然发现，省报对许田市的批评文章越来越多，可谓连篇累牍。大前天，他看到的是一篇关于"脏、乱、差"的批评文章，点名批评了许田市的卫生状况，那还是在第四版上，不怎么显眼。紧接着，又一篇批评许田的报道出来了，这篇文章又移到了第三版上，这是一篇标准的"含沙射影"——写的是许田市近期出现的一起"绑架儿童案"，说案子至今未破……文章的末尾居然还出现了这样的字样："许田的社会治安状况可见一斑。"这是什么意思？居心叵测呀；再往下，火药味就越来越重了，文章是点名批评"321"工程，竟然上了"头版"！"321"工程是许田的一个重点工程，是花了世界银行贷款的一项水利工程，耗费巨资。文章的题目竟然用上了"黑洞"二字！到了今天，赫然又出了一个头版头条，题目叫做《上马与下马——20亿资金哪里去了？！》，这篇文章的矛头可以说是直接对准许田市委市政府的，因为这个投资二十亿的又一重点工程曾是李相义亲自抓的。尤其是文章后边括号里的那几个小黑体字，使李相义的血压一下子升高了，那几个字简直就像是枪口："本报将作进一步的跟踪报道！"

李相义敏锐地觉察到，这些文章是有背景的。动作不小哇！为什么会连篇累牍地批评许田？为什么文章一下子就搞得这么尖锐？这是不正常的，很不正常。按惯例，凡是批评地方上的文章，在见报之前，一般都是要给地方上打招呼的，要征求一下地方领导的意见，关系好的，还要送你审阅。这可好，闪电战？突然袭击？看起来，是"山雨欲来风满楼"啊！

这天早晨，在马桶上坐久了，李相义觉得头晕目眩、四肢发麻，两条腿硬得就像是木头一样，他竟然站了几次都没能站起来。

于是，李相义脑海里马上跳出了两个字："住院。"

后来量了血压，果然是高压190。那就住院吧。在这个时候，也只有住院。住院是防患于未然，是以退为进，也是李相义的"领导艺术"之一。过去，每遇到"重大危机"，李相义都是先住院。李相义住进医院的高级病房后，立马就让秘书给宣传部长打了电话。等宣传部长匆匆赶到时，李相义已经输上水了。部长踏进病房，刚要问候几句，不料，一沓报纸乱纷纷地撒在他的脚前，那些报纸上的文章都是用红笔圈过的，看上去十分的醒目！接着，一向温文尔雅的李相义突然破口大骂："王八蛋！一窝王八蛋！"部长吓了一跳，怔怔地站在那里，张口结舌，连问候的话也说不出来了。接着是沉默，令人窒息的沉默。

后来，李相义问："那些文章你看了吗？"

部长嚅嚅地说："看了。"

李相义说："作何感想啊？"

部长头上的汗下来了，那汗一下子云集在部长的额头上，就像是个爬满了蚂蚁的大倭瓜。部长僵在那里，好半天才说："李书记，这是我工作没有做好，我……失职。"

李相义用讥讽的口吻说："报纸都出来了，你说你失职？你失的什么职？"过了一会儿，他突然问："去过庐山吗？"

部长满头大汗，一怔，忙小声说："去过。"

李相义又说："看过'仙人洞'吗？"接着，他厉声说："你没闻到味儿吗？这就叫'大有炸平庐山之势'！"

部长小心翼翼地解释说："过去，跟省报的关系一直很好，驻站记者都是配了车的。报纸一出来，我马上就找了驻站记者，他说他一个字也没写，到底是怎么回事，连他也不清楚……"

李相义说："这是干什么？！"接着，他的语气沉下来了，他缓声说："不想让我干，我可以不干嘛。"

部长心里怦怦乱跳，赶忙说："李书记……"

片刻，李相义突然指示说："你马上给我查一下，看问题到底出在哪里。什么渠道？什么背景？谁指使的？！"

于是，部长擦着头上的汗又匆匆走出去了。他的脑袋大得就像斗一样，出门的时候，竟撞了一下，差一点栽倒！

二十分钟后，市长赶到了。市长看了一眼那些扔在地上的报纸，一步就跨过去了。市长说:"李书记,情况很严重啊。省行刚才来了电话,说那两个重点项目的贷款都冻结了。不光要停止拨款,他们还要派人审核……"

李相义很勉强地笑了笑,说:"要说'黑洞',哪里没有'黑洞'?市场经济是个新事物,是摸着石头过河嘛……"

紧接着,组织部长到了,他又带来了一个消息,说省委组织部要来考核。本来许田市是排在第二十三位,是要到年底的,现在提前了,排在了第一位……

李相义默默地说:"好嘛,三箭齐发。"

市长说:"李书记,这事还是要跑一跑,不能光被动挨打。不然的话……"

当着众人,李相义摆了摆手,说:"我知道,现在是查谁谁有问题,不查没问题,一查一准有问题,越查问题越严重。在许田,我是班长,我负责任,你们去吧。"

市长说:"我现在就去省城,摸一摸情况。"

李相义不语。可十分钟后,再量血压,高压210!

当天晚上,宣传部长风尘仆仆地从省城回来了。他直接去了医院。

进了病房后,部长四下看看,却不见人。片刻,只听卫生间里传出了一声咳嗽,接着是翻报纸的声音。部长迟疑了一下,就对着卫生间的门汇报说:"李书记,情况……基本摸清了。"

"卫生间的门"说:"噢,说吧。"

部长就站在卫生间的门旁,说:"那个……我等会儿吧。"

"卫生间的门"说:"你说,你说。"

于是,部长赶快把病房的门关上,四下看了看,才走过去对着那个小门说:"李书记,情况基本摸清了。省报那边,主要是冯总编冯云山的劲儿……省行,是行长范炳臣……至于省委这边,是邱建伟邱处长……他们突然发难是有原因的……"

这时,卫生间里传出了一阵"哗哗"的水声,紧接着,李相义提着裤子从里边走出来了。他边走边问:"消息可靠吗?"

"可靠。"

李相义说："能刹车吗？"

部长看了李相义一眼，惭愧地、无奈地摇了摇头说："该见的都见了，不让步。省行的意思是，国家的钱，不能就这么打水漂儿……报社的意思是，接到不少群众来信，反映很强烈……不过，在饭桌上，他们都同时说到了呼家堡……"

李相义气呼呼地说："群众？谁是群众？"

李相义沉默了一会儿，突然又问道："没有家贼引不来外鬼。你这边呢？"

部长低着头说："跟新闻科的一个干事有点牵连……"

李相义气愤地说："你是怎么搞的？没有一点纪律性，把他扣起来。"又问，"上内参了没有？"

部长说："目前还没有。我已做了一些工作。不过……"

李相义在房间里走了几个来回，而后说："能动用这么大的力量，看起来不是凡人哪。"

部长赶忙说："我想，只有一个人能办到……"

李相义一摆手，很烦躁地说："我知道了。"

夜里，李相义独自一人在沙发上坐了很久，他特别交代了秘书，不管任何人来看他，都一律不见。他要坐下来认真地想一想了。现在，他已经明白了事情的根源，那么，往下就看他如何去处理了。他知道，老呼这个人树大根深，只有他才能做出这么大的动作……况且，呼天成这次根本就没有出面，他甚至会说他什么也不知道，但省里一旦追查起来，公开曝光，银行再跟着屁股追还贷款，那么大的窟窿……到时候，他这个市委书记就真的干到头了。

于是，夜半时分，李相义挂了一个电话，把已经睡下的王华欣叫了起来。待王华欣匆匆赶到医院病房时，已是凌晨一点钟了。他走进病房，只见里边黑乎乎的，连灯都没开。正当他疑惑不解时，只听"叭"一声，沙发前的落地灯亮了，只见李相义满脸忧郁，独自一人在沙发上默默地坐着……他忙说："李书记，这么晚了，你还……"李相义动了一下身子，招了一下手，沉着脸说："坐吧。"王华欣忐忑不安地在另一只沙发上坐了下来。

这时，李相义站起来，把一沓报纸重重地递到了他手上，而后说："看看吧。"等王华欣一目十行地把那沓报纸看完（主要是看那些用红笔圈的地方），抬起头来，望着他的时候，李相义用缓重的语气说："看了？"王华欣说："看了。"李相义说："有来头吧？"王华欣点了点头说："李书记，我看这是有预谋的……"李相义说："牵一发动全身，来头不小啊。"接着，他又说："你知道什么叫阳谋吗？"王华欣赶忙说："李书记，那件事可是证据确凿，板上钉钉啊。"李相义接着说："这我清楚，你也清楚。说白了，都是阳谋。"王华欣立时不吭了。

李相义说："人家是以子之矛攻子之盾。你打你的，我打我的。有些事情，看似简单，实际上是很复杂的。那是一棵大树，年数太多了，树大根深，轻易是动不得的。你戳了树上的马蜂窝，树晃一晃，就是满天风雨，弄得我很被动啊。许田的事情，不是我软，也不是我怕，我五十七了，怕什么？可要一旦查起来，就不是一个人的事了。政治，有时候是磨合，有时候就是妥协。当然，当然，我可以顶住，我也可以不干，这个市委班子也可以改组嘛……"

这话一说，王华欣吓坏了，忙说："李书记，我可没有这意思。我听市委的，你咋决定我咋执行。"

李相义说："真听我的？"

王华欣说："听你的。"

李相义沉吟了片刻，说："退一步海阔天空啊。"

王华欣忍不住说："李书记，放虎归山可是遗患无穷。"

李相义说："在平原，辩证法还是要学一学的。不光要一分为二，还要会一分为三、一分为四、一分为五。要有耐心。谁占有时间，谁就是胜利者。"

正在这时，李相义的妻子一觉醒来，扭头一看，惊叫道："这时候还不睡，你不要命了？！"

李相义厉声说："你懂什么？"

三、治病的方法

三天后，李相义坐车到呼家堡去了。

车一进村，呼天成早已候在那里了。李相义首先抢上去跟他握手。相比之下，李相义显得更诚恳、更热情一些。李相义说："老呼啊，一直想来看看你，可一天到晚穷忙，总是抽不出空……"呼天成笑着说："知道你忙。你是大神，这里庙小哇。"李相义说："此言差矣。你是平原首富。好大一方荫凉！我早该来拜拜了！"说着两人都笑起来。接着，两人握着手，呼天成问："李书记，是不是先参观一下？"李相义迟疑了一下说："那就看看吧。"于是，干部们就陪着他看。先是看了村舍，房子是一排一排的，都是二层的小楼，进了几家，见家家几乎都是一模一样的，李相义心里有些疑惑，嘴上却说，不错，不错。

而后，来到了广场上，见民兵们早已集合完毕，等着让他看民兵表演呢。只见广场上忽地就跑出一支人马：民兵全是挑出来的，大约有百人，一色的棒小伙，穿着一色的训练服，在口令下，一会儿走成了块状，一会儿又绷成了一条条笔直的线；操练的时候，无论纵队、横队，撒出去就像尺子量过一样；那喊声也仿佛是从一个喉咙里发出来的，齐刷刷的，就一个音儿。而后民兵们又给他表演了一套"擒拿拳"，一个个龙腾虎跃，身手不凡，到最后，突然之间，人人手里都有了一块砖，只听一声："嗨！"那砖就同时劈头盖脑地砸在了头上，地上是一片碎了的砖头，人却完好如初……李相义再次点点头，连声说：好，好。再接下去，呼天成又领他看了车间里的"呼家面"生产线，车间很大，只见一块块方便面摇摇地从流水线上走下来，竟也是一模一样！到了这时，李相义想，四十年不倒，树大根深，到底不一样啊。他摇了摇头，心里暗暗说，不过，这里只长了一个脑袋啊！

看完这三个地方后，呼天成却把李相义领到了菜园里。

这次，呼天成是在菜园里接待市委书记的。菜园有四五亩的样子，一畦绿一畦黄，种着各样蔬菜。菜园门前有一个葫芦架，架上结满了绿色的葫芦。风吹葫芦摆，一悠一悠的，眼前是满目绿色，看上去煞是喜人。呼天成叫人在棚下摆了两张靠椅，一个小方桌，方桌上摆的是新摘的西红柿和嫩黄瓜，都是用清水洗过的，水灵灵的，很鲜。

待两人坐下来，呼天成说："书记大驾光临，没什么好招待的，这里空气好哇，只有招待你些新鲜空气了。"

李相义笑着说："不错，不错，你别说，这里还真不错呢。"说着，吟诗道："'采菊东篱下，悠然见南山'，真叫人羡慕啊。"接着，他话头一转，说："老呼，怎么样？下台之后，我来给你当个园丁吧？"

呼天成说："不敢，可不敢。"

李相义脸上笑着，又追了一句："怎么？不接受哇。"

呼天成哈哈一笑说："我能当真吗？老秋也说过这话。"

李相义含沙射影地说："噢，连秋老都想给你当园丁，那就轮不上我了……"

"当领导的，也就是说说罢了，真让你来，你就不来了。当不得真哪。"接着，呼天成关切地问："听说李书记住院了，身体咋样？"

李相义说："噢，你也听说了？血压高，血压偏高。"

呼天成说："身体是大事。我有一个偏方，是专门治心脑血管病的。这是一个得过偏瘫的老县委书记从一个老中医那里觅来的。他给我讲，百治百验。"

李相义说："噢，别小看偏方，偏方治大病。说说。"

呼天成说："说来很简单。十斤山里红，五斤冰糖，二斤蜂蜜。山里红要捣碎、熬熟，而后再加冰糖、蜂蜜，添上一碗水，一直熬，熬成膏状，装进瓷罐里……吃时一天两次，一早一晚，一次两调羹。这方儿调整血压，降胆固醇，软化血管，灵得很哪。"

李相义说："这方儿不错，试试。我回去一定试试。"接着，他又反过来问："老呼，听说你腿不大好？我也听说一个偏方，是专门治骨质增生的。这方儿也是百治百灵的。说是：四两冰糖，四两蜂蜜，四两芝麻，上锅蒸四个小时，把冰糖熬化，芝麻蒸透，一天两次，一早一晚，一次一匙，一月包好。"

呼天成接着就说："咱平原别的不多，活人的偏方儿多。我这儿还有一个养气健脾的秘方：小茴香加四季豆，熬水喝，健脾养胃，专治'气鼓'。"

李相义也不示弱，他笑着说："挺好。"接着就问，"老呼，眼咋样，不花吧？说到偏方，我还听说一个养眼的秘方呢，叫个'一、四、七'。是个老私塾先生告诉我的：一天吃七个黑豆，一直吃下去，吃到四十，添一岁加一颗。只要能坚持，活到百岁，还能看一里开外，保你的眼既不会近视也不会老花。"

呼天成说："好数，七是个好数。我再给你说一个'二、五、八'的偏方。春二月的榆钱籽、五月的油菜籽、八月的石榴籽，这都是要籽的，三种籽儿加羊肝一起煮，可治'虚火'。"

李相义"哧儿"一声笑了，说："好个'二、五、八'！你听说过'三、六、九'吗？我有一个偏方：春天的桃花、伏天的莲花、雪天的腊梅花，用蜜腌了，装在土罐里，埋在地下，过三冬六夏，挖出来制成膏药，贴在心口处，专治心绞痛。"

呼天成说："你睡觉怎么样？庄稼人，偏方多，我还有一个治失眠的偏方，叫'一、二、三'。芥菜籽六粒，一粒用胶布贴在耳垂上，两粒贴在胸口，三粒贴在脚心。专治失眠，贴一个月，保你睡得好。"

李相义马上说："是药三分毒。药吃多了，也不是好事。"

呼天成说："那就以毒攻毒嘛。"

李相义很含蓄地说："说来说去，病是养的，人养病，病养人哪。"

呼天成还道："心病还得心药医呀。"

李相义说："那是，那是。"紧接着，他话锋一转，漫不经心地说："老呼啊，有些事，我得向你请教啊。"

呼天成说："这话言重了，我一个玩泥蛋的，你跟我请教啥？"

李相义说："国庆的事，你听说了吧？"

呼天成淡淡地说："听说倒是听说了。组织上的事，还是由组织上处理吧。"

李相义说："不过，作为一级领导，我有一个观点，不知道你同意不同意？对干部还是要爱护的。推一推，还是拉一拉，结果是不一样的。就是犯了错误，还是要挽救嘛。不能一棍子打死，你说呢？"

呼天成说："叫我说，地还是要种的。听蝲蝲蛄叫，就不种庄稼了？"

李相义说："是啊是啊。人嘛，干工作，闲言碎语总会有的。况且，也没有多大问题嘛，有些事情，查了就有问题，不查也就不是问题了，这就看如何对待了。老呼，对国庆的事，你的看法呢？"

呼天成说："一句话，实事求是。我刚才说了，组织上的事，组织上自会慎重处理的。他若不争气，谁也救不了他。"

李相义说："国庆是个难得的人才，我也问了，没有什么大不了的问题嘛。市场经济，出一点偏差也在所难免。班子里有些矛盾，这也是很正常的。不过，动不动就告状，我也是很反感的。我的意思呢，把他交给你，让他先回来休息一段，而后再……你说呢？"

呼天成说："这不合适吧？"

李相义说："咋不合适？你是老同志，带一带嘛。就这样定了！"

呼天成说："你这是难为我呀。"

临走时，李相义让秘书拿出了那沓报纸。李相义说："老呼，这些报纸上登了一些批评文章，对许田的工作很有帮助，你看看吧。"呼天成说："报上的东西，不可不信，也不可全信。"李相义含蓄地说："有道理，有道理。老呼啊，如有可能，还请你帮着做些工作呀。"而后，他就上了车，车刚启动，李相义又摇下车窗玻璃，说："还有一个偏方，旧报纸烤红薯，治心墨。"

呼天成接着说："梅豆花打荷包蛋，治白带。"

李相义笑了笑，车窗慢慢合上了。

四、一个炸雷

呼国庆跪在了那座茅屋的门前。

没人要他跪，是他自己要跪的。

市里审查了他一月有余。突然之间，审查取消了，他被放出来了。他当然知道，在关键时刻，是呼伯又一次救了他。

在这件事上，应该说，呼天成与李相义是做了"交易"的，这是一笔无法言说的交易。就在李相义从呼家堡走后，呼天成就给省城打了电话。紧接着，省报不再发表批评许田的文章了，省行也不再紧着追查贷款的事了，还有，对许田的考核也就此打住……这一切来得快去得也快。在许田，李相义说话是算数的。是他亲自找呼国庆谈了话，而后又亲自派车，把呼国庆送到了呼家堡。

一踏进呼家堡，呼国庆什么也没有说，就在那座茅屋前跪下了。

天真蓝哪！呼国庆觉得眼皮上像是爬着一片虱子，很痒。

他慢慢地睁开眼睛，终于又看到阳光了。阳光很曝，眼前闪着一片光雨，那光雨像碎钉一样，泻在他的头上脸上，十分刺目。他又赶忙把眼闭上，久久地，才又缓缓地睁开。他心里说，出来了，终于出来了。

整整审查了他一个多月，他总算又尝到自由的滋味了。自由，是多么可贵呀！在这一个多月里，他几乎把世上的事物全都想遍了。他发现，在平原，人是多么的脆弱，简直是不堪一击。一切像在梦中一样，他的人生，真有点像"鬼打墙"，走着走着，却又走回来了……有段时间，他甚至万念俱灰，再也没有当年那种锐气了。只有一条，是他牢牢把握的最后防线，那就是不说，什么也不能说。

当他跨出那座小楼的时候，他的腿竟然有点发颤。在那一刻，他的心竟然说，快点快点。

当他跪下来时，他觉得他已无话可说……还说什么呢？天作孽犹可违，自作孽不可活!

就在这时，他听到了一声浑浊的咳嗽声。只见呼天成默默地站在了屋门口，看了他一眼，却又把身子扭过去了。

呼国庆终于说："呼伯，我对不起您，我给您丢人了。"

呼天成背着身子，默默地说："对不起我倒也罢了。你对不起这块土地。"

呼国庆默然不语，他确实是无话可说。

呼天成叹了一口气，说："国庆，你已经不是第一次了。你是两次。为一个女人，你一犯再犯，是狗改不了吃屎啊!"

呼国庆一声不吭。他想，就让老人骂一顿吧。

呼天成又说："你知道你为啥会犯同样的错误吗?"

呼国庆仍是不吭。

只听呼天成厉声说："因为你没有信仰!"

呼国庆一惊，忙叫道："呼伯……"

呼天成一摆手说："你不用解释。我看，你还是回来吧。我得把信仰给你种上。"

呼天成沉默了很久之后，又说："国庆啊，我本来是可以不管的。你知道为什么要把你弄出来吗?"

呼国庆心里一热，再次叫道："呼伯……"

呼天成说："也是为了这块土地呀。"接着，他问，"国庆，接受教训了吧? 我要你记住，无论到什么时候，锅都是铁打的。"

呼国庆默默地点了点头。

接着，呼天成慢声细语地说："国庆啊，你是聪明人，可你的聪明没用到正经地方。你呀，真是可惜了!"

呼国庆一直低着头，静听老人的教诲。

不料，呼天成却没再多说什么，他话锋一转，却有些悲凉地说："孩子，你呼伯老了，老了呀。"

呼国庆心里一怔，忙抬起头，呼伯从没有这样叫过他，现在，他突然这样叫他，呼国庆竟陡然产生了一丝警觉："呼伯，您……"

呼天成说："我老了，腿都锈了。干不了几年了。"接着，他突然变得严肃起来，他说，"我考虑很久了。呼家堡缺个接班人哪……"

呼国庆忙说："呼伯，在呼家堡，是没有人能取代您的。谁也取代不了您。"

呼天成又摆了摆手说："我不是这意思。时间不饶人啊。我想来想去，也只有你了。"

呼国庆抬起头，茫然地望着老人……

呼天成却突然说："这就是我保你出来的根本原因。"

呼国庆一愣，说："我？"

呼天成说："大才小用了？"

呼国庆忙说："不是，不是。"

这时，呼天成说："孩子，你知道你的电话，是谁告诉小谢的吗？"

这次，呼国庆是大大地吃了一惊！他抬起头来，怔怔地望着老人。

呼天成说："是我让根宝告诉她的。"

呼国庆呆呆地、张口结舌地说："那、那……"

呼天成说："我并不是有意要让你栽跟头。应该说，这是一次考验。我怕你再犯同样的错误，可你还是犯了。人年轻的时候，栽一两个跟头，是好事。到了一定的年龄，连犯错误的时间都没有了。"

呼天成接着说："现在，我再告诉你一个秘密。你看看我的腿……"说着，老人把裤腿揪起来，让呼国庆看了他那发黑发紫的双腿，接着说，"孩子，我得了绝症了，活不了几天了。本来，我这腿四十多岁就该发作的，我一直坚持练功，可以说是多活了二十多年。现在，我的时间不多了……"

听了这话，呼国庆更是吃惊地望着老人，一句话也说不出来了。

呼天成很严肃地说："这是一块净地。也是一份事业。是我花了四十多年心血种下的。现在到处都在腐烂。外边的腐烂我们管不了。我只要你保住这一块净地。实话对你说，用人的事，我一直不放心。十多年来，我一直在寻找呼家堡的接班人。可考虑来考虑去，也只有你能撑起来。你是栽过跟头的。只要不再走斜，还是可用的。我带你一年，以后，呼家堡就靠你了。不过，我有一个条件，也是我惟一的要求，我要你一生一世都植在这里，用你的身家性命保护好这块净地。当然，我也给你说清楚，也有这样的可能，我也许在最后一分钟改变主意，取消你接班的资格……"

呼国庆迟疑了一下，说："呼伯，您能不能让我考虑一下？"

呼天成说："可以，你考虑吧。我给你三天的时间。"

不料，就在第二天，谢丽娟匆匆赶来了。她也是刚刚放出来的。放她的时候，还有一个条件。要她三天之内离开许田，走得越远越好。可她竟追到呼家堡来了。

一身艳装的谢丽娟一头闯进了呼天成的茅屋，当她看到呼国庆的时候，二话不说，拉上他就走。她说："国庆，咱走，你跟我走。"

呼国庆看了看她，说："你走吧。"

谢丽娟说："走啊。离开这里。这是一块腌人的土地，你不是不知道。"

呼国庆仍重复说："你走吧。"

谢丽娟气了，说："你是人吗？你还是不是人？还有没有做人的骨气？"

呼国庆不吭。

谢丽娟说："国庆，你再想想。这是个什么地方？你不是说，世界很大吗？你不是说，这是一块无骨的平原吗？你不是说……"

呼国庆仍然不吭。

谢丽娟说："我再问你一遍，你走不走？"

沉默。

谢丽娟盯着呼国庆看了一会儿，突然勾下头去，贴近他的耳朵小声地说了一段话。谁也不知她究竟说了些什么，只见呼国庆眼里先是露出了诧异的目光，继而，他抬起头来，慢慢地转过脸，惊讶地望着谢丽娟……

这时，天上突然响起了一个炸雷！六月天打炸雷，是个什么征兆啊？

呼国庆怔住了。

谢丽娟也怔住了。

茅屋里，晃动着一个巨大的背影……

当天晚上，呼天成突然发起了高烧！

消息传出后，人们全都拥出来了，所有呼家堡的人全都拥到了村街上，静静地等待着呼伯的消息。

人们忧心忡忡地想，如果呼伯有个三长两短，他们怎么活呢？！

后来，干部们急匆匆地从茅屋里跑出来，边跑边喊："狗！哪里有狗？！呼伯想听听狗叫。"于是，就有人飞蜂一样地开车找狗去了……

夜半，有人终于把狗牵来了。可狗只叫了两声，却又很快牵走了。因为那是一只从派出所借来的狼狗……

就在这时，村里惟一的老闺女徐三妮突然跪了下来，她跪在地上，泪流满面地说："呼伯想听狗叫，我就给他老人家学学狗叫！"于是，她竟然趴在院门前，大声地学起狗叫来……

沉默，很长时间的沉默。而后，全村的男女老少也都跟着徐三妮学起了狗叫！

在黑暗之中，呼家堡传出了一片震耳欲聋的狗叫声！！

图书在版编目（CIP）数据

羊的门：新版 / 李佩甫 著． -- 北京：作家出版社，
2016.4（2025.2重印）

ISBN 978-7-5063-8917-4

Ⅰ．①羊… Ⅱ．①李… Ⅲ．①长篇小说－中国－当代
Ⅳ．①I247.5

中国版本图书馆CIP数据核字（2016）第091645号

羊的门（新版）

作　　者：李佩甫
出　　品：语可书坊
策　　划：张亚丽
责任编辑：桑良勇　姬小琴
装帧设计：古涧千溪
出版发行：作家出版社有限公司
社　　址：北京农展馆南里10号　　　　邮　　编：100125
电话传真：86-10-65067186（发行中心及邮购部）
　　　　　86-10-65004079（总编室）
E-mail:zuojia@zuojia.net.cn
http://www.zuojiachubanshe.com
印　　刷：三河市北燕印装有限公司
成品尺寸：152×230
字　　数：349千
印　　张：25.5
版　　次：2016年7月第1版
印　　次：2025年2月第18次印刷
ISBN　978-7-5063-8917-4
定　　价：45.00元